징기스 콘의 춤

LA DANSE DE GENGIS COHN

by Romain GARY

© Éditions Gallimard 1967

Korean translation copyright © Maumsanchaek 2018

This Korean edition was published
by arrangement with Éditions Gallimard
through Sibylle Books Literary Agency, Seoul

이 책의 한국어판 저작권은 시빌에이전시를 통해
프랑스 Gallimard사와 독점 계약한 마음산책에 있습니다.
저작권법에 의해 한국 내에서 보호를 받는 저작물이므로
무단 전재 및 무단 복제를 금합니다.

■ 이 도서의 국립중앙도서관 출판예정도서목록(CIP)은
서지정보유통지원시스템 홈페이지(http://seoji.nl.go.kr)와
국가자료공동목록시스템(http://www.nl.go.kr/kolisnet)에서 이용하실 수 있습니다.
(CIP제어번호: CIP2018008184)

징기스 콘의 춤

로맹 가리

김병욱 옮김

마음산책

징기스 콘의 춤

1판 1쇄 인쇄 2018년 3월 25일
1판 1쇄 발행 2018년 3월 30일

지은이 | 로맹 가리
옮긴이 | 김병욱
펴낸이 | 정은숙
펴낸곳 | 마음산책

편집 | 이승학 · 최해경 · 최지연 · 성종환   디자인 | 이혜진 · 최정윤
마케팅 | 권혁준 · 김종민   경영지원 | 박지혜

등록 | 2000년 7월 28일(제13-653호)
주소 | (우 04043) 서울시 마포구 잔다리로 3안길 20
전화 | 대표 362-1452 편집 362-1451   팩스 | 362-1455
홈페이지 | http://www.maumsan.com
블로그 | maumsanchaek.blog.me
트위터 | http://twitter.com/maumsanchaek
페이스북 | http://www.facebook.com/maumsanchaek
전자우편 | maum@maumsan.com

ISBN 978-89-6090-369-2 03860

★ 책값은 뒤표지에 있습니다.

아무도 인류를 꿈꾸지 않는다면
인류는 영원히 창조되지 않을 것이다.

1
디부크

2

가이스트 숲에서

3
징기스 콘의 유혹

■ 일러두기

1. 외국 인명, 지명, 작품명 및 독음은 외래어 표기법을 따르되 일부 절충하여 실용적으로 표기했다.
2. 옮긴이 주는 글줄 상단에 맞추어 표기했다.
3. 원서에서 강조한 단어는 굵은 고딕 글씨로 표시했다.
4. 국내에서 소개된 소설, 영화 등은 번역된 제목을 따랐고, 국내에 소개되지 않은 작품은 원어 제목을 독음대로 적거나 필요한 경우 우리말로 번역해 적었다.
5. 연극과 영화명, 곡명, 그림명, 잡지와 신문 등의 매체명은 〈 〉로 묶었고, 장편소설과 책 제목은 『 』로, 시와 단편소설은 「 」로 묶었다.

1

디부크

나를 소개한다

나는 여기, 내 집에 있다. 나는 이 장소들과 이곳 공기와 한통속이며, 오직 이곳에서 태어났거나 이곳에 완전히 동화된 사람들만이 이해할 수 있는 방식으로 이곳 공기를 마신다. 일종의 부재不在지만, 자랑이 아니라 참으로 멋진 부재다. 하도 자주 존재감을 나타내다 보니 이제는 진짜 현존이 되어간다. 물론 마모라거나 습관, 내성, 경미한 증발 같은 것이 있었지만, 연기는 결코 하늘에 지워지지 않는 흔적을 남기지 않는다. 푸른 하늘, 유대화한 어느 순간, 그 얼굴 위로 바람이 약간 일었다가, 곧 더는 나타나지 않는다. 이렇게 등을 깔고 누워 무료하게 시간을 보내며 편히 쉬고 있을 때면—영원이 특히 좋아하는 몸짓이다—언제나 나는 하늘의 무구한 아름다움에 놀란다. 나는 아름다움에, 완벽에 민감하다. 저토록 환히 빛나는 창공은 프레스코 벽화 속 마돈나, 전설의 공주를 연상시킨다. 위대한 예술이다.

내 이름은 콘, 징기스 콘이다. 물론 징기스는 별명이다. 모이셰가 본명이지만 나처럼 웃기는 녀석에겐 징기스라는 이름이 더 잘 어울린다. 나는 유대인 희극배우다. 예전에는 이디시 카바레들에서 이름깨나 날렸다. 먼저 베를린의 **슈바르체 쉭세**독일어로 '유대 계집'을 의미에서, 그리고 바르샤바의 **모트케 가네프**에서, 마지막에는 아우슈비츠에서 그랬었다. 비평가들은 나의 유머를 약간은 못마땅하게 여겼다. 좀 과하고 다소 공격적이고 잔인하다 생각했다. 어쩌면 그들의 말이 옳았는지도 모른다. 언젠가 아우슈비츠에서 어느 수감자에게 너무 웃기는 얘기를 들려주었다가 그만 그를 죽게 하고 말았다. 분명 그는 아우슈비츠에서 웃다가 죽은 유일한 유대인일 것이다.

나는 사실 그 유명한 수용소에 머물렀다고 할 수 없다. 1943년 12월, 하느님의 가호로 기적적으로 탈출했다. 하지만 그 몇 달 후, **하우프트유덴프레서**유대인 잡아먹는 우두머리 샤츠 휘하의 SS분견대에게 다시 붙잡혔다. 나는 샤츠를 친근하게 샤츠헨이라고 부른다. 독일 말로 **귀여운 보물**을 뜻하는 애칭이다. 나의 친구는 지금 이곳 리히트에서 일급 경찰서장이 되어 있다. 그래서 나도 지금 리히트에 있다. 샤츠헨 덕분에 리히트의 귀화 명예시민이 된 것이다.

더욱이 이곳은 자연 풍광도 매우 아름다워 운이 좋은 편이었다고 해야 할 것이다. 작은 숲, 개울, 계곡, und ruhig fliesst der Rhein. Die schönsten Jungfrauen sitzet, dort ober wunderbahr, ihre goldene Geschmeide glitzet, sie Kämmet ihre goldene hahr ……하이네의 시 「로렐라이」의 일부. '그리고 고요히 라인강은 흐른다. 지극히 아름다운 처녀가 저 위에 앉아 있다. 그녀의 황금 장신구가 반짝인다. 그녀는 금발을 빗질한다……' 나는 시를 좋아한다.

샤츠헨과 나는 1944년 4월 그날 이후 두 번 다시 헤어지지 않았다. 샤츠가 나를 자기 집에 살게 해주었다. 그러니까 22년 가까이 유대인을 자기 집에 숨기고 있는 것이다. 나는 그의 환대를 남용하지 않으려고 애쓴다. 되도록 너무 많은 자리를 차지하지 않으려 하고, 한밤중에 너무 자주 그를 깨우지 않으려고 노력한다. 우리더러 뻔뻔하다고 하는 얘길 너무나 자주 들어 예의범절을 증명해 보이고 싶어서다. 나는 그가 욕실에 있을 때는 언제나 혼자 있게 해주고, 여자를 만나고 있을 때는 난처한 순간에 등장하지 않도록 아주 세심한 주의를 기울인다. 함께 살 수밖에 없는 상황에서는 요령이 있어야 하고 삼갈 줄도 알아야 한다. 얘기를 하다 보니 삼십 분 전부터 그를 좀 방치해둔 것 같은 느낌이 든다. 물론 지금 그는 이 지역 전체를 슬픔에 잠기게 한 미스터리한 범죄―살인범이 하루도 거르지 않고 살인을 하고 있다―때문에 몹시 바쁘지만, 그런 이유로 친구를 외롭게 내버려둬선 안 된다. 그러므로 나는 단걸음에―말이 그렇다는 얘기다―괴테스트라세 제12호 중앙 경찰서로 그를 만나러 갈 생각이다. 내가 곧바로 모습을 드러내는 일은 없다. 이 바닥에서 흔히 하는 말로, 나는 입장하는 것을 좋아한다. 엉터리 희극배우의 해묵은 반사적 행동이다. 거리에는 기자들이 떼로 있으나 누구도 나를 눈여겨보지 않는다. 나는 뉴스 거리가 아니다. 대중은 신물이 난 터다. 그들은 나를 질리도록 보았고, 귀가 따갑도록 내 얘길 들어 이제 더는 그런 이야기를 듣고 싶어 하지 않는다. 특히 젊은이들은 40년대 사건이나 나에 대해 전혀 개의치 않는다. 옛 전사들이 지난날의 공적을 끝없이 떠들어대는 걸 그들은 지겨워할 뿐이다. 그들은 빈정대는 어투로 우리를 '꼰대 유대인들'이라고 부른다. 그들은 뭔가 새로운 걸 찾는다.

그래서 나는 안으로 살그머니 들어가 늘 그러하듯 친구 곁에 자리를 잡는다. 나는 조심스레 그늘 속에 숨어 그를 관찰한다. 샤츠헨은 격무에 시달리고 있다. 사흘 밤을 꼬박 뜬눈으로 보냈다. 이제 더는 젊지 않은 데다 술을 너무 많이 마시니 내가 돌봐주어야 한다. 언제 심장마비가 올지 모를 일, 나로선 그토록 오랜 세월 나를 데리고 살아주는 사람을 잃고 싶지 않다. 그가 없어지면 내가 어떻게 될지 짐작조차 할 수 없다.

집무실은 깨끗하다. 내 친구는 강박적으로 청결에 집착한다. 끊임없이 손을 씻는다. 신경성이다. 심지어 뤼브케 대통령의 공식 초상화 아래에 작은 세면대를 설치해두기까지 했다. 씻으러 가려고 십 분마다 몸을 일으킨다. 씻을 때는 특수 분말을 사용한다. 비누는 절대 쓰지 않는다. 샤츠헨에겐 극도의 비누 공포증이 있다. 어떤 놈으로 만든 비누인지 알 수 없는 것 아니냐고 그는 말한다.

비서의 자리는 집무실 안쪽 작은 책상 뒤다. 그의 이름은 휩슈다. 우울한 표정의 볼품없는 서기로, 드문드문한 머리카락이 가발처럼 보인다. 얼굴에는 〈심플리치시무스〉1896년부터 1964년까지 발행된 독일의 주간 풍자 잡지 시대, 프러시아 시대, 제국 관료주의 시대 것으로 보이는 코안경을 통해 세상과 관계를 맺는, 두 개의 두더지 눈이 있다. 서른 살쯤 된 듯하고 나와는 일면식도 없다. 1944년에 나의 최종 신분 서류, 즉 공식 사망 증명서를 작성한 자는 동명의 다른 휩슈다. **모이셰 콘, 일명 징기스 콘. 유대인. 직업: 유대인. 출생:** 1909년. **사망:** 1944년. 그러므로 나는 정확히 서른다섯 살이다. 1909년에 태어나, 1966년에도 서른다섯 살이니 이것도 일종의 기록이다. 우연의 일치도 있다. 그리스도의 나이 말이다. 게다가 나는 종종 그리스도를 생각한다. 나는 젊음이 좋다.

풍기 단속 특별 수사관인 구트는 지금 서장과 얘기를 나누는 중이다. 그가 하는 말이 아주 잘 들리지는 않지만, 이 지역과 기독교민주당에서 상당한 영향력이 있는 주요 인사 두 명이 서장과의 긴급 면담을 요청하고 있는 모양이다. 샤츠헨은 아무것도 알고 싶어 하지 않는다. 그가 긴장했고, 지쳐 있고, 신경이 잔뜩 곤두서 있음을 나는 느낀다. 언젠가부터 그는 우울증 상태에 이르렀다. 내게서 벗어나 해방되리라는 그의 희망은 늙어갈수록 눈에 띄게 사라지고 있다. 이제는 무엇도 우리를 떼어놓을 수 없다고 생각하는 눈치다. 이제 그는 잠도 자지 않아, 어쩔 수 없이 나는 나의 노란별과 함께 그의 침대맡에 앉아 다정하게 그를 응시하며 밤을 보내야 한다. 그가 피곤한 때일수록 나는 더 집요하게 들러붙는 존재가 된다. 이는 내가 어떻게 할 수 있는 일이 아니다. 유대인의 내력이 그렇다. 떠돌이 유대인의 전설에 나는 누구도 예상치 못한 가지 하나를 덧붙였다. 내재하는, 편재하는, 잠재하는 동화된 유대인, 독일 공기와 땅의 원소 하나하나에 내밀하게 혼합된 유대인이라는 덧가지를. 앞에서 나는 그들이 나를 귀화시켰다고 말했다. 이제 나는 날개와 작은 장밋빛 엉덩이만 있으면 천사가 된다. 하기야 여러분도 모두 알지 않는가. 부헨발트 주변 선술집들에서 사람들이 대화를 나누다 돌연 침묵이 찾아들 때 속삭이는 '유대인이 지나간다'라는 표현 말이다.

쓸데없는 소린 그만하자. 내 친구 샤츠 서장은 밖에서 대기 중인 그 **영향력 있는 인사들**의 접견을 거부한다. 그들의 얘기가 듣기 싫은 거다.

"아무도 만나지 않겠다고 했네. 아무도 보고 싶지 않아."

아무도? 나로선 약간 기분 상하는 말이지만 두고 보기로 한다.

"난 지금 정신을 좀 집중해야 해."

책상 위에 증류주가 한 병 있다. 그가 술을 한 잔 따라 마신다. 끔찍이도 자주 마셔댄다. 그것이 죽은 유대인들을 향한 오마주라는 걸 나는 느낀다.

"폰 프리트비츠 남작은 이 고장에서 가장 유력한 인사들 중 한 명입니다. 루르 지방 절반이 그의 것이지요" 하고 구트가 말한다.

"그러거나 말거나……."

그가 다시 술을 마신다. 나는 불안해지기 시작한다. 이 개자식이 날 떨쳐버리려고 한다.

"그럼 기자들은 어쩌지요? 밤새도록 기다렸는데요."

"딴 데 가서 알아보라지. 처음엔 경찰을 무능하다고 비난하더니, 그 양치기―마지막 희생자를 발견한 인물―를 잡아들이자 우리가 속죄양을 찾아낸 거라고 떠들어댄 사람들 아닌가. 뭐 다른 새로운 소식은 없나?"

구트가 맥없는 몸짓을 해 보인다. 나는 당국을 대표하는 사람이 하는 그런 몸짓을 좋아한다. 경찰이 자신의 무능을 실토할 때는 기분이 상쾌해진다. 문득 로쿰_{향료}를 넣은 터키 과자을 먹고 싶은 강렬한 욕구를 느낀다. 조금 있다가 샤츠헨에게 한 상자 가져다 달라고 해야겠다. 그는 내 과자 부탁을 거절하는 법이 없다. 그는 내게 과자 만들어주는 걸 좋아한다. 나의 환심을 사려는 생각에서다. 언젠가는 아주 재미난 일이 있었다. **하누카** 축제 때 일이다.

우리의 축제를 속속들이 알고 있는 샤츠는 내가 특히 좋아하는
코셔유대교 율법에 따른 음식 요리를 몇 가지 준비했다. 그때 그는 그 요
리들을 큰 쟁반에 담아 유리병에 오랑캐꽃 한 묶음까지 꽂아서
는, 무릎을 꿇은 채 내게 쟁반을 내밀고 있는 중이었다. 내가 **사바
트** 날과 축제일 전야에는 으레 그렇게 해주길 요구했기 때문이다.
그것은 우리 둘이 분명히 정한 친선 협정이었고, 그는 그것을 철
저히 지켰다. 심지어는 서랍 속에 유대 달력과 사라 아주머니 요
리 책까지 숨겨두고서, 혹시 우리 축제일을 잊어버릴까 봐 신경
을 곤두세우고 날짜를 살피곤 했다. 바로 그때 하숙집 여주인 프
라우 밀러가 안으로 들어왔고, 그녀는 샤츠 서장이 무릎 꿇은 채
애원하는 표정으로, **촐런트**와 **게필테 피시** 요리가 담긴 쟁반을 그
자리에 있지도 않는 유대인에게 바치는 광경이 너무 무서워 앓아
눕고 말았다. 그 후 그녀는 샤츠를 애써 피하며 가는 곳마다 서
장이 미쳤다고 떠들어댄다. 물론 어느 누구도 독특한 우리의 관
계를 이해하지는 못한다. 늘 들러붙어 지내다 보니 사정을 잘 아
는 사람이 아니고는 뚫고 들어오기가 매우 어려운 둘만의 작은
세상을 이루게 된 거다. 어느 면에서 샤츠는 내게 감정적 집착 증
세를 보이고 있는 셈인데, 내가 그걸 모를 리는 없다. 나는 그가
어떻게든 나를 떨쳐내 보려고 정기적으로 정신과 의사를 만나러
간다는 사실을 안다. 그는 내가 모르리라고 생각하는 것 같다. 나
는 그를 혼내주기 위해 꽤 재미난 처벌 거리를 하나 생각해냈다.
음향 테이프 소리로 그를 괴롭히는 것이다. 즉, 노란별을 단 채 석
고를 바른 얼굴로 소리 없이 가만히 그 앞에 서 있기만 하는 게
아니라 소리를 내는 것이다. 나는 그에게 여러 가지 목소리를 들

려준다. 그가 가장 예민하게 반응하는 소리는 어머니들 목소리다. 우리가 판 구덩이 속에 함께 있던 사람들은 모두 마흔 명 정도로, 물론 거기엔 자녀 딸린 어머니들도 있었다. 나는 유대인 어머니들의 비명을 충격적일 만큼 사실적으로—예술에서 나는 사실주의를 지지한다—그에게 들려준다. 기관 단총 사격이 시작되기 직전, 아이들도 살아남지 못한다는 사실을 마침내 깨닫고 지른 비명이다. 그 순간 한 유대인 어머니가 내는 소리는 적어도 1000데시벨은 된다. 그걸 듣고 내 친구가 하얗게 질린 얼굴로 두 눈이 휘둥그레져 침대에서 벌떡 일어나는 꼴은 참 볼만하다. 그는 그 소리를 몹시도 두려워한다. 그래서 끔찍한 표정을 짓는다.

그런 표정, 그것은 내 친한 친구들에게선 보고 싶지 않은 표정이다.

"뭐 새로운 소식은 없나?"

"전혀 없습니다" 하고 구트가 대답한다. "전원 감시인이 마지막입니다. 지금 법의학자는 그가 수의사보다 좀 더 일찍 살해되었을 것으로 추정합니다. 수법은 늘 같습니다. 등 뒤에서 칼로 심장에 일격을 가했습니다. 순찰대를 두 배로 늘렸습니다."

"란츠에 지원 병력을 요청해야겠군."

내 친구가 이마의 땀을 닦는다. 이번 연쇄살인은 그에게 매우 중대한 문제다. 경찰관으로서의 경력이 걸린 문제다. 범인을 체포한다면 승진이 확실하다. 그렇지 않으면 언론이 저렇게까지 떠들어대고 있으니 조기 퇴직을 면키 어렵다.

구트가 상관을 위로해주려 한다. 되도록 좋은 쪽으로 생각하게 하려고 애쓴다.

"어쨌든 이건 세기의 범죄입니다."

샤츠가 창백한 두 눈으로 그를 뚫어지게 쳐다보며 말한다.

"늘 그런 말들을 하지."

그의 말이 맞다. 이 구트라는 자의 말은 좀 과하다. 세기의 범죄라고? 그럼 나는 뭐지?

"기자들에겐 뭐라고 할까요?" 하고 구트가 묻는다. "굶주린 저들을 가만 내버려두면 우리를 마구 씹어댈 텐데요. 경찰의 태만이니…… 당국의 마비 상태니……."

"물론 그럴 테지. 어디 한두 번 당하는 일인가" 하고 샤츠가 투덜거린다. "끔찍한 범죄가 발생하면 늘 경찰 책임으로 돌리지. 우리를 학대하는 게 어제오늘의 일인가. 뭐 새로운 흔적은 없는지 조사해보았는가?"

"늘 마찬가지입니다. 우리가 아는 모든 변태 성욕자, 섹스 강박 정신 이상자들의 흔적과 비교해보았습니다만 결과는 아무것도 찾을 수 없습니다."

"그렇군. 단서도 전혀 없고 살해 동기도 짐작조차 할 수 없는데 시체가 스물두 구라니! 한데 희생자들이 모두 황홀경에 빠진 표정을 짓는 이유에 대해선 뭐 할 말 없나? 개 같은 인생에서 이보다 더 좋은 일도 없다는 듯이 말이야! 난 정말 이해가 가지 않아! 전혀! 그렇게 기쁜 표정이라니! 당신도 그 수의사 얼굴 보았지? 꼭 천사 같아 보였어. 하여간 참 짜증나는 일이야."

"사실 참 당혹스러운 일입니다" 하고 구트가 말한다. "게다가 날씨까지 무더워서……."

아닌 게 아니라 참 무더운 날씨다. 일반적으로 나 같은 상태—

뭐랄까? 신체적 특성이 부재하는 상태랄까. 언제나 우리 유대인들은 추상에 끌리는 성향이 아주 강했다―에서는 기온에 무감각하다. 하지만 가이스트 숲에서의 이번 연쇄살인 이후 나는 아주 묘한 뭔가를 느낀다. 뭔가 따끔거리는 느낌. 뭔가 팔딱거리는 느낌. 뭔가 어루만지는 듯한 느낌. 대기 중에 어떤 기이한 감동 같은 것이 있다. 부드럽고 따뜻한, 밝은 내일을 약속하는 여성성 같은 것이 있다. 빛조차 좀 더 순수하고 어딘지 비현실적으로 여겨지고, 빛이 여기 있는 이유가 그저 누군가에게 후광을 씌우기 위해서인 것만 같다. 이미 그것은 자연의 빛이 아니다. 인간의 손과 재능이 느껴진다. 문득 나도 모르게 내가 라파엘을 떠올리고, 피렌체의 보물들, 첼리니의 마술, 우리의 신성한 태피스트리들, 많은 것을 예술에 빚졌을 뿐 현실에 빚진 것은 거의 없는 온갖 걸작들을 떠올리고 있음을 깨닫는다. 그것들이 내 주위에서 최고조에 이른 상상 세계의 찬란한 개화를 준비하고 있고, 곧 이 지상에서 더러움이나 불순함이나 불완전함은 흔적조차 찾아보지 못하게 될 것 같은 느낌이 든다. 이럴 때 우리는 이디시어로 **마즐토브**라고 말한다. 축복이라는 뜻이다. 언제나 나는 모나리자를 옹호했다.

"경찰 조직에 몸담은 이후 지금까지 그렇게 행복한 시체는 한 번도 본 적이 없어" 하고 샤츠가 말한다. "정말이지 천상의 얼굴들이었단 말이야. 그래서 한 가지 의문이 드는데, 내 생각에는 바로 이것이 문제의 열쇠 같아. 그 자식들이 본 것은 대체 무엇인가? 녀석들을 죽이기에 앞서, 분명 녀석들에게 뭔가를 보여주었고, 그건 어떤 아름다운 것…… 아름다운 것일 텐데……."

서기로 일하는 휩슈의 동요하는 기색이 내 시선을 끈다. '아름
다운 것'이란 말이 그에게 더없이 만족스러운 효과를 내는 것 같
다. 외모는 마치 박제되어 나프탈렌이 칠해진 사람 같지만, 알고
보면 몽상가요 다정다감한 사람임이 확실하다. 그는 분명 감동한
것 같다. 그의 두 눈썹이 코안경 위에서 악상 시르콩플렉스프랑스
어 발음 구별 기호 가운데 하나. '^'로 표기 형태로 결합하여, 마치 향수에 잠
긴 강아지 같은 얼굴이 된다. 사무원에게서 이런 막연한 동경을
보다니 정말 뜻밖이다.

"어쨌든 싸운 흔적은 없었습니다" 하고 구트가 말한다.

"그래, 그저 죽여주기만을 바랐다고 하는 편이 옳을 거야. 그렇
게 밝은 얼굴들이니…… 대체 무엇을 보여주면 그들을 그런 은
총 상태에 빠뜨릴 수 있을 것 같은가?"

휩슈가 펜을 든 채 엉거주춤 몸을 일으켜 환각에 사로잡힌 눈
으로 허공의 한 점을 바라본다. 그의 목젖이 칼라 위에서 경련하
듯 움직인다. 그가 침을 삼킨다. 머리가 떨리기 시작한다. 아무래
도 걱정이 되는 친구다.

"그저 보기만 해도 축제를 즐기는 기분으로 죽음을 맞이할 수
있을 만큼 아름다운 것이 이 지상에 뭐가 있단 말인가?…… 무
슨 일인가, 휩슈? 잔뜩 흥분한 것 같은데. 자네는 그런 것에 대해
뭐 좀 아는 것 없나?"

휩슈는 다시 자리에 앉아 펜을 머리카락 속으로 밀어 넣고는
머리를 조아린다. 그가 머리를 긁기 시작한다. 장담하건대 그는
숫총각임이 분명하다.

"화학적 조사도 의뢰했나? 마약을 먹인 건지도 몰라. LSD라든

가 멕시코 버섯 등, 놀라운 환각 작용을 일으키는 신약 환각제들
이 있지. 그러면 모든 게 설명이 되는데."

이에 대한 구트의 입장은 확고하다.

"마약 흔적은 없습니다" 하고 그가 말한다.

"검출되지 않는 환각제도 있지. 꼭 무슨 신이나…… 뭐 그런
거시기를 보기라도 한 것 같단 말이야."

"신이 현신한 것 같지는 않습니다."

"어쨌든 그들은 모두 황홀경 상태에서 살해당했어" 하고 샤츠
가 침울한 어조로 말한다. "분명 비교秘教적인 구석이 있단 말이
야. 제의와 연관된 범죄일까?"

"그럴 리가요. 이곳이 아스텍 사람들 나라도 아닌데요. 독일 땅
에서 인신공희라는 건…… 농담이시겠지요."

그러자 샤츠가 친구임을 감안할 때 참으로 믿어지지 않는 한
문장을 내뱉는다.

"내가 아는 한, 누군가 이처럼 동기의 흔적도 이성의 그림자도
찾아볼 수 없는 집단 학살에 뛰어드는 경우는 처음인 것 같군"
하고 그가 엄숙한 어투로 말한다.

너무한다. 이런 **후츠페**이디시어로 뻔뻔스러움, 후안무치라는 뜻에 반발하
지 않고 그냥 넘어간다는 건 말이 안 된다. 누군가 독일 땅에서
이성의 그림자도 찾아볼 수 없는 집단 학살에 뛰어드는 것은 그
가 아는 한 처음이라는 이 주장은 꼭 나더러 들으라고 하는 소리
같다. 나는 시위를 한다. 뒷짐을 진 채 경찰서장 앞으로 가서 선
다. 나는 이렇게 하는 것이 그에게 효과가 있다는 게 자랑스럽다.
정말이지 내 모습은 꽤 그럴싸하다. 줄무늬 파자마 위에 검은색

긴 외투를 걸쳤고, 외투 위 심장 쪽에는 규정에 맞는 노란별이 달려 있다. 물론 나의 안색은 매우 창백하며―아무리 용기가 있어도 당신을 겨누는 SS대원들의 경기관총과 **포이에!**라는 명령 앞에선 당신도 별수 없을 거다―외투, 코, 머리카락 등, 머리에서 발끝까지 모든 것이 석고로 덮였다. 우리에게 상징적 징벌을 내리기 위해 그들은 연합군 비행기가 파괴한 어느 건물 잔해 속에 우리 구덩이를 파게 했으며, 구덩이를 다 판 뒤에도 한참 동안 현장에 머물렀다. 샤츠헨이 나를 주운 곳이 바로 거기였다. 물론 당시에는 자신도 그러는 줄 모르고서. 다른 사람들은 어찌 되었는지, 또 다른 독일인이 그들을 자기 집에 살게 해주었는지 어떤지는 나도 모른다. 내 머리카락들은 하포 막스_{뉴욕 태생 유대인 희극배우}의 머리카락처럼 완전히 뻣뻣이 곤두섰다. 공포에 질려 머리 위로 일어나서는, 마치 누군가 영원히 남을 예술적 효과를 내기라도 한 듯 계속 그런 상태로 남았다. 사실 머리카락이 위로 곤두선 게 꼭 공포 때문이었다고 할 수는 없다. 그것은 소음 때문이었다. 원래 나는 소음을 잘 견디지 못하는데, 어린아이를 품에 안은 엄마들이 일제히 외치는 소리는 실로 끔찍한 소음이었다. 유대인 배척자처럼 보이고 싶진 않으나 정말이지 누군가 자기 자식을 죽이려 들 때 유대인 어머니가 지르는 아우성은 이 세상 그 무엇도 따라가지 못한다. 귀를 틀어막을 밀랍 공도 없이 나는 완전히 무방비 상태였다.

죽은 자가 산 자를 붙잡다

내 친구 샤츠는 나를 알아보자마자 곧바로 몸이 뻣뻣이 굳는다. 나에겐 적절한 때를 포착하는 감각이 있다. 말하자면 나는 **코크메**, 즉 적절한 말이나 우스운 시각적 효과를 내야 할 순간을 정확히 선택할 줄 아는 것이다. 일 초만 빠르거나 늦어도 사람들은 웃음을 터뜨리지 않는다. 나에게 그런 능력이 있기에 이번에도 내가 입장을 망치지 않았다고 단언할 수 있다. 나의 친구가 '내가 아는 한 처음'이니 어쩌니 하는 말을 꺼낸 바로 그 순간, 나는 춤을 추며 무대 뒤에서 나온다. 그러고는 입가에 미소를 가득 머금은 채, 그의 앞에 서서 먼지를 털고 손가락 끝으로 나의 노란별을 문지르기 시작한다. **슈바르체 쉬세**에서, 나는 언제나 이렇게 어떤 유대 바이올린 곡조에 맞춰 춤을 추면서 입장하곤 했다. 이번에도 역시 효과 만점이다. 서장은 몸이 굳고 얼굴이 약간 흙빛이 되어 나를 뚫어지게 쳐다본다. 아니, 그냥 쳐다보기만 하는 게 아니라, **내게 말까지 한다**. 그렇다, 그는 약간 목쉰 음성으로 내게 말을 건넨다. 다른 사람들이 있는 자리에서 그가 이러기는 이번이 처음이다. 지금까지 우리 관계는 어디까지나 사적이고 내밀한 관계로 제한되어 있었기에, 사정을 모르는 사람은 누구도 샤츠가 자기 속에 보물을 감춰두고 있는 줄 짐작조차 하지 못했을 것이다.

"그건 같은 게 아니지" 하고 그가 말한다. "비교가 전혀 불가능한 일이야. 전쟁이 있었어. 이념도 있었고…… 그리고 또 명령이 있었고……."

나는 그에게 이해한다는 뜻으로 안심하라는 몸짓을 해 보인다. 나는 계속 손가락 끝으로 나의 별을 어루만지다가 샤츠헨에게 다가가서 그의 어깨 위에 앉은 먼지를 털어준다. 하지만 그는 고마워하기는커녕 겁에 질려 뒷걸음질 친다. 구트 형사와 서기가 놀란 얼굴로 그를 쳐다본다. 물론 그들 눈에는 내가 보이지 않아서다. 이건 세대차 문제인 것 같다.

나는 주머니에서 작은 솔을 꺼내 조각상의 먼지를 털듯 샤츠를 머리에서 발끝까지 털어준다. 그를 아주 깨끗하게 만들고 싶다. 이어 나는 방금 작은 얼룩 같은 것이 목격된 그의 어깨 위에 침을 뱉고 소맷자락으로 문지른다. 그러곤 그에게서 좀 물러나 입가에 행복한 미소를 머금고 머리를 갸우듬히 기울인 채 감탄의 눈길로 나의 작품을 바라본다. 완벽하다. 샤츠가 안락의자를 밀치며 고함을 버럭 지른다.

"그만!" 하고 그가 울부짖듯 말한다. "제발 그만! 이게 벌써 22년째요! 날 좀 가만 내버려두시오!"

나는 **알았다**는 뜻으로 고갯짓을 하고는 휘파람으로 〈호르스트 베셀 리트〉나치당의 당가로 불렸던 노래를 부르며 물러난다. 요즘 독일에는 다시 군대행진곡 붐이 일고 있다. 음반을 만들고 노래를 흥얼거린다. 준비를 하고 있다. 에르하르트 수상이 핵무기를 요청하기 위해 미국으로 갔다. 그는 아무 성과 없이 돌아왔고 자리에서 쫓겨났다. 18년간의 민주주의, 그것은 과거가 있는 나라에게는 버거운 짐이다. 새 수상 키징거는 1932년에서 1945년까지, 즉 유치한 이상론과 격정이 맹위를 떨치던 시기 나치당에 몸담았던 인물이다. 요컨대 간헐적으로 뿜어져 나오는 이 열기, 이 부흥 움직임이 나를 약간 불안하게 하는 것 같다. 뿐인가, 몇 년 전 헤르베르트 레빈 교수가 프랑크푸르트 인근 오펜바흐 종합병원 원장으로 임명되었을 때 시의원들 대부분이 반대하고 나선 일도 기억난다. 그들이 내세운 구실을 그대로 인용하면, **유대인들이 겪은 일을 고려할 때, 유대인 의사가 공정하게 독일 여성들을 치료하리라고 믿고 그런 일을 그에게 맡기는 건 불가하다**는 것이다. 최근 나는 1966년 10월 16일 자 〈선데이타임스〉의 별책 부록에 실린 이 인용문을 오려내어, 내 친구 샤츠의 화장실 의자 위에 핀으로 꽂아두기까지 했다. 그가 외로움을 좀 덜 느끼도록 말이다.

"도저히 참을 수가 없군!" 하고 샤츠가 고함을 지른다.

구트가 대경실색하여 그의 표정을 살핀다. 휩슈는 자리에서 일어나 사려깊게 사랑하는 대장 쪽으로 몸을 기울인다. 분명 그들은 과로 때문이라고 생각할 것이다. 말이 났으니 말이지만 여러분은 아이히만이 주머니에 항상 어린 손녀 사진을 넣고 다녔다는 사실을 아는가? 사람은 절대 자신의 행동을 전부 깨닫지는 못한다.

"예? 뭐라고 말씀하셨죠?" 하고 구트가 묻는다.

"아냐. 내게……" 하고 샤츠가 투덜거린다.

"내게 유대 귀신이 붙어 있어"라고 말하려던 게 분명하나 마지막 순간에 말을 고친다.

"내게 심리 불안증이 있다네" 하고 그가 말한다.

그가 술병을 잡고 술을 들이켠다. 난 이 자식이 이러는 게 정말 싫다. 날 술에 빠뜨리려 한다.

"과로할 때마다 그래" 하고 샤츠가 말한다. "백주 대낮에 그런 경우는 드물지만…… 그건 그렇고, 내게 면담을 요청한 그 '영향력 있는' 두 분께는 내가 지금 몹시 바쁘다고…… 시체들에게 포위당해 있다고 전하게……"

그 말에 나는 시치미 뚝 떼고 얼른 그의 앞으로 나선다. 난 그저 내가 해야 할 일을 열심히 하는 사람으로 보이고 싶을 뿐이다. 샤츠헨은 그러는 나를 눈으로 좇다가 벌떡 일어나 주먹으로 책상을 치며 외친다.

"맙소사! 이건 학대야 학대!"

"알겠습니다, 잘 알겠습니다" 하고 쿠트가 대답한다. 서장이 면담을 고집하는 바깥의 두 사람을 두고 하는 말인 줄 안 거다. "얼른 가서 말씀 전하겠습니다."

그가 고개를 끄덕인다.

"좀 쉬시는 게 좋을 것 같습니다, 서장님."

"난 언제나 끝까지 내 의무를 다했어" 하고 서장이 말한다.

맞는 말이다. 그에게 경의를 표하고 싶다. 내 손엔 작은 부케가 하나 있다. 그것을 내 친구 책상 위 유리병에 꽂는다. 이렇듯 나는 섬세한 주의력이 넘치는 사람이다. 서장은 성난 황소 같다. 그는 잠시 그 부케를 바라보더니 다시 책상을 치기 시작한다.

"그 꽃 좀 치워!" 하고 그가 버럭 고함을 지른다.

구트 형사와 휩슈가 서로 시선을 교환한다.

"무슨 꽃 말씀인가요, 서장님?" 하고 구트가 묻는다. "꽃이 어디 있다고……."

샤츠헨이 숨을 깊이 들이마신다. 하지만 그러는 게 과연 그에게 득이 되는 일인지는 의문이다. 나는 공기의 일부니까 말이다. 이는 전적으로 화학적 현상이다. 초자연적인 게 전혀 아니다. 원자들, 분자들, 내가 모르는 어떤 것. 한마디로 나는 공기 속에 있고, 그 속에 머문다.

"잠시라도 좀 눕지 않으시렵니까?" 하고 구트가 묻는다.

구트는 젊다. 스물여덟 살이다. 큰 키에, 금발에, 건장하며, 올림픽경기에서 멋진 인상을 남길 그런 체격이다. 물론 그도 이 세상 모든 이들과 마찬가지로 들은 얘기는 있다. 하지만 그 무엇도 개인적 추억에 비할 바는 아니다. 그는 신세대 독일인이다. 그런 그에게는 아무 할 말이 없다. 그들에게 난 존재하지 않는다. 그들은 이렇게 말할 것이다. 이제 독일에는 유대인이 없다고. 그들은 정말 그렇게 생각한다. 게다가 유대인을 별로 배척하지도 않는데, 아직도 그런 게 남아 있다면 단지 부모를 공경하는 마음에서 그럴 뿐이다.

"눕고 싶지 않아" 하고 샤츠가 흐릿한 목소리로 말한다. "절대로! 누우면 더 고약해져! 이 자식이 가슴 위에 걸터앉으니까……."

그랬다가 얼른 말을 고친다.

"그러니까 내 말은…… 몸을 눕히면 가슴이…… 묵직해진다는 거야……."

"소화불량인가 보군요" 하고 구트가 말한다. "소화되지 않은 뭔가가 위장에 남아 있나 봅니다……."

나는 참지 못하고서 웃음을 터뜨린다. 이보다 더 잘 말할 수는 없을 거다. 나는 친구가 내 모습을 보지 않을 수 있도록 그늘 속에 몸을 숨긴 채—게슈타포 식으로 말하면 이것이 바로 **심리적 휴식** 시간이라는 건데, 이럴 때 그들은 가끔 물 한 잔과 잼 바른 빵 조각을 주기도 했다—뒷짐을 지고서 귀만 기울인다. 어느 면에서 이는 나의 관객을 배려하는 것이라 할 수 있다. 샤츠는 나의 유일한, 최후의 관객 아닌가. 희극배우의 소명을 잠시도 잊지 않는 나 같은 사람에게 관객은 신성한 존재다. 나는 그를 피곤하게 하지 않으려고 몹시 조심한다. 직업 익살꾼이라면 누구라도 이렇게 말할 것이다. 휴식 시간은 꼭 필요한 거라고. 개그나 **위트**는 뜸 들이는 시간 없이 바로 이어지면 힘을 상실해버린다. 포화라는 것이 있다. 새로운 웃음보를 터뜨리려면 어느 정도 죽은 시간을 보내야 한다.

그래서 난 모습을 감춘 채 아주 조심스럽게 지켜보기만 한다. 곧 나의 처신이 옳았음을 깨닫는다. 샤츠가 속내 이야기를 털어놓을 기세다.

"구트, 내겐 **추레스**가 있다네" 하고 그가 말한다. 만족스럽다. 내 친구가 이디시어를 하는 건 기쁜 일이다. 이는 내가 특히 예민하게 반응하는 오마주다.

"뭐라구요?" 하고 구트가 반문한다.

샤츠의 얼굴이 시뻘겋게 변한다. 거기에 뭐 부끄러울 게 있는지 이해가 되지 않는다. 아무리 한밤중이라지만 외국어 수업을 한다고 해서 나쁠 건 없지 않은가.

"문제 말이야, 걱정거리가 있단 말이네. 이보게, 구트. 자넨 친구야. 자네에게 한 가지 털어놓을 얘기가 있네. 자넨 너무 젊어. 자네 세대는 그걸 경험하지 못했지…… 그는 유대인이야."

"유대인이라고요?"

"그래. 용서라는 걸 모르는, 아주 유별나게 지독한 유대인이지…… **멸절된** 족속들 말이야. 아주 끈질긴 놈들. 심장이 없는 놈들."

나는 어깨를 으쓱하고 만다. 나로선 어쩔 수 없는 일이다. 고의로 그런 건 아니다. 그리고 멸절되었다는 표현은 성급하다. 절대 죽지 않는 주검들이 있다. 죽이면 죽일수록 더욱더 되살아난다. 독일을 예로 들어보자. 지금의 독일은 완전히 유대인들에게 점거된 나라다. 물론 그들이 보이지는 않는다. 그들은 물리적으로 현존하지는 않는다. 하지만 뭐랄까…… 그들은 자신의 존재를 느끼게 한다. 아주 이상하지만 사실이 그렇다. 독일 도시들—또한 바르샤바나 로즈나 다른 곳들—을 걷다 보면 유대인 냄새를 맡게 된다. 거리마다 그 자리에 없는 유대인들이 가득하다. 그것은 강렬한 느낌이다. 더욱이 이디시어에는 로마법에서 유래하는 표현, **죽은 자가 산 자를 붙잡는**다라는 말도 있다. 정말 그렇다. 한 국민 전체를 괴롭히고 싶진 않으나 독일은 유대화한 나라다.

물론 구트에게는 그런 모든 게 아무런 의미도 없다. 그는 혈관에 유대인 피가 한 방울도 흐르지 않는 신세대 아리아인이다. 그는 내게 약간은 이스라엘의 **사브라**유대인 토박이들을 연상시킨다. 그들 역시 키가 크고, 금발에 체격이 건장하여 올림픽경기 선수 같다. 그들은 게토를 경험한 적이 없다. 솔직히 말해 나는 독일 젊은이들 앞에선 속수무책이다. 그들에게 어떤 적의도 못 느낀다.

끔찍하다.

"무슨 말씀을 하고 싶으신 거죠, 서장님? 무슨 유대인 말씀인 가요?"

"자네는 이해 못해" 하고 샤츠가 절망적으로 말한다. "내게 유대인이 한 놈 들러붙어 있어. 물론 환각이라는 건 나도 알지만 아주 불쾌하기 짝이 없어. 특히 지금처럼 과로에 시달릴 때 그래."

"의사들을 만나보셨나요?"

"벌써 22년째야. 아주 무더기로, 무더기로, 무더기로……."

그의 몸이 굳는다. 내가 그에게 가벼운 손짓을 했고, 그런 나를 본 거다.

"그러니까, **의사들을** 무더기로 만나보았다는 말이네. 하지만 그들은 아무것도 한 게 없어. 손가락 하나 까닥하려 들지 않아. 내게 유대인 기생충이 하나 빌붙어서, 특히 밤에 그러지만 때로는 한낮까지 잠시도 떨어지지 않고 들러붙어 산다고 말하면 다들 난감한 표정을 지어. 내 생각엔 괜히 건드렸다가 어찌 될까 봐 겁을 내는 것 같아. 그들은 독일 의사들이란 말이야. 그를 어떻게 해버렸다가 유대인 배척자라거나 학살자라는 비난을 듣게 될까 두려운 거지. 이스라엘로 가서 치료를 받아볼까 하는 마음도 있었지만—어떻든 우리에겐 문화적 일치점이 있으니까—나도 요령을 아는 사람 아닌가. 이스라엘 정신과 의사들을 찾아가, 유대인을 없애 독일 사람 좀 살려달라고 부탁할 순 없는 노릇이지. 그래서 괴로워."

구트가 흥미를 느끼는 눈치다.

"늘 같은 사람인가요?"

"그래."

"그를…… 서장님께서 그를…… 그러니까…… 개인적으로 알았나요?"

"아니…… 그래…… 어느 쪽이라고 말하기가 어렵군. 그를 개인적으로 알았던 건 아니지만, 그에게 주목을 하긴 했어. 왜냐하면…… 그러니까 내가 포이어! 하고 외쳤을 때 말이야. 자네도 알다시피 난 명령을 받았다네. 난 명령을 받았고, 제복의 명예가 걸려 있었지…… 그러니까 내가 사격 명령을 내렸을 때, 그는 다른 사람들처럼 굴지 않았어. 구덩이엔 남자와 여자, 아이들 모두 합해 마흔 명쯤 있었지. 우리가 그들에게 구덩이를 파게 했고, 그들은 거기서 기다렸어. 물론 방어는 꿈도 꾸지 못했고. 여자들이 비명을 지르며 아이들을 보호하려 했지만, 누구도 어떤 특별한 속임수를 쓰려 하진 않았어. 아무리 유대인들이어도 이번만큼은 어떤 수단도 부릴 수 없었지. 모두가 그랬는데 딱 한 명이 예외였어. 그놈은 다른 사람들처럼 얌전히 당하고만 있지 않았어. 방어를 했단 말이야."

"무엇으로 말인가요?"

"무엇으로, 무엇으로 방어했느냐고? 아주 추잡한 몸짓을 했다네."

"추잡한 몸짓을요?"

그렇다. 지금도 나는 대체 무엇 때문에 내가 헤렌폴크지배 민족 대표자들에게 그 순간 내 엉덩이를 까발려 보여줄 생각을 하게 되었는지 생각해보곤 한다. 어쩌면 후세 사람들이 유대인들을 아무런 저항 없이 학살당했다며 비난하리라 예감했는지도 모른다. 그래서 나의 유일한 무기를 이용한 것이다. 물론 전적으로 상징적인 무기요, 오랜 세월 우리가 별 탈 없이 잘 보존해왔으나 곧 내가 잃어버리게 될 무기를 말이다. 나로서는 그밖에 달리할 수 있는 게 없었다. 장렬한 전사를 각오하고 구덩이 밖으로 뛰쳐나가 SS대원들에게 대든다는 건 엄두도 못 낼 일이었다. 구덩이가 너무 깊었으니까. 그럼에도 불구하고 나는 의사 표명을 하고 싶었다. 총알을 심장에 받아들이기 전에, 독일에게, 나치들에게, 인류에게, 후세 사람들에게 메시지를 보내고 싶었다. 그래서 먼저 세상 사람 모두가 아는 오래된 몸짓 욕을 써먹었다. 그 몸짓이 그렇게 보편적으로 통용되는 이유는 사실 나도 궁금하다. 팔로 하는 욕이다. 왼손으로 오른팔 윗부분을 탁 치면서 팔뚝을 격렬하게 접는다. 대단히 의미심장한 몸짓이다.

"내 부하들이 총구를 겨누고 있는데도 놈은 앞으로 걸어 나와 다른 사람들 앞에 서서 그 추잡한 몸짓을 하더군. 존엄이라곤 눈곱만큼도 없는 짓이었지. 죽음 앞에서 그런 불명예스러운 개 같은 태도를 보이는 데 너무나 격분한 나머지 내가 일이 초쯤 **포이에!**라는 외침을 깜박 잊자, 그 개자식이 번개처럼 그 순간을 이용하더군. 욕을 하는 데 아주 익숙하다는 증거지…… 곧 죽을 녀석이 그런다는 건 참 믿기 어려운 일이야……."

"그래서요?"

"놈이 내게 등을 돌리더니 바지를 내리고는 우리에게 벌거벗은 엉덩이를 보여주는 거야. 쓰러지기 전에 **키슈 미르 인 토케스!** 내 엉덩이에 뽀뽀나 해!라고 외치기까지 했지. 그야말로 진짜 **후츠페**, 똥배짱이었어……."

잠시 침묵이 흘렀다.

"이디시어를 하시는 줄은 몰랐습니다" 하고 구트가 말한다.

"내가 이디시어를 했단 말인가?"

"그런 것 같습니다."

"고트 인 힘러! 힘러님께 하느님의 가호를!" 하고 샤츠가 말한다.

나는 화가 치민다. 그럼 뭐 어때서? 그렇게 오래 함께 지내는 사이인데 내가 한두 마디쯤 가르쳐주는 건 당연한 거 아닌가.

"그놈 짓이로군" 하고 샤츠가 중얼거린다. "또 그놈이야. 자네 말이 옳아. 나도 이미 눈치를 챘지. 가끔씩 내게 이디시어를 하게 해. 종종 한밤중에 말이야……."

그렇다. 그에게 강습을 해주는 건 사실이다. 그러면 안 되나? 나는 잠을 자지 않잖은가. 심심하지 않은가. 한데 샤츠헨은 코를 곤다. 그건 정말 참을 수가 없다. 내 생각은 않고 멋진 꿈을 꾸는 듯한 느낌이 들어서다. 그래서 그를 깨워 이디시어를 가르친다. 그의 생각은 다른가 보지만 이는 결코 시간 낭비가 아니다. 우리에겐 아주 아름다운 문학이 있다. 예를 들면 숄렘 알레이헴 같은 작가도 있다. 샤츠는 곧 숄렘 알레이헴의 책을 원전으로 읽을 수 있을 것이다. 뭐가 문제란 말인가?

구트는 상관을 주의 깊게 관찰한다. 서장이 편집증에 걸렸다고 확신하는 눈치다. 샤츠헨이 자리에서 일어나 눈으로 나를 찾는다…… 나는 완전히 모습을 감춘다. 너무 심하게 하면 그가 미쳐버릴지도 모른다. 그건 끔찍한 일이다. 나는 그를 잃고 싶지 않다.

"진정제를 좀 드시는 게 좋을 것 같습니다" 하고 구트가 말한다.

"그가 싫어해……."

그건 거짓말이다. 나는 그가 어떤 진정제든 마음껏 먹게 내버려둔다. 개의치 않는다. 진정제들은 내게 전혀 약효가 없다. 그따위 것들에 당할 내가 아니다. 증류주나 바르비투르산제 따위는 물론이요 네오나치들과 〈졸다텐 자이퉁〉전우신문의 어떤 노력에도 나는 끄떡없이 견딘다. 그들은 나를 자신들의 잠재의식 속에 처박았고, 나는 거기에 머무른다. 뽑아낼 수가 없다. 나는 독일 정부가 핵폭탄을 구하려 하는 것도 아무 소용없는 짓이라고 생각한다. 그런 도덕적 재무장 노력은 웃기는 짓 같다. 그들은 날 떨쳐내지 못할 거다. 엎지른 물이다. 수세대 동안 그들은 우리를 '내부의 적'이라고 불렀다. 이제 그들은 우리를 정말로 내재화했다. 수소 폭탄도 소용없다. 그들이 원하는 게 뭐란 말인가? 죽는 것? 물론 그것이 우리를 근절하는 하나의 방법임은 인정한다.

"내 의지와 무관하게 그런 수치스러운 은어로 말을 내뱉고 깜짝 놀라곤 한다네…… 그러다 결국 그게 무슨 뜻인지 이해해보려고 사전을 구입했지…… **아라크모네스**…… 이건 **불쌍하다**라는 뜻이야…… 이 말을 적어도 만 번은 들었을 거야. **후츠페**는 배짱이란 뜻이고…… **그발트**는 **살려줘! 마즐토브**는 축복…… 어느 날 밤엔 노래를 부르면서 깨어난 적도 있네."

구트가 미소 띤 얼굴로 말한다.

"그나마 좀 반가운 얘기군요."

"그렇게 생각해? 그건 그 자식을 몰라서 하는 소리야! 내게 무슨 노래를 부르게 했는지 알아? 〈엘 몰로라크민〉이야…… 한밤중에 날 깨워―그날은 바르샤바 게토 봉기 기념일이었네―자기들 장송곡을 부르게 한 거야…… 그는 내 침대 위에 앉아 박자를 맞추며 흡족한 표정으로 노래를 듣고 있었네. 그다음엔 〈이디시 맘마〉를 부르게 했지…… 다른 사람도 아닌 나에게 말이야, 알겠는가? 도대체 말이 되어야지! 물론 히틀러의 희생자들 중에 어머니와 아이들이 있기야 했지만…… 하여간 심장이 없는 녀석이야. 이틀 밤 전에는…… 이 얘긴 다른 데 가서 하지 말게…… 녀석이 오더니 내 발을 끌어당겨 무릎 꿇게 하고는—바로 내 집, 나의 사택에서—**카디시**유대교에서 예배 각 부의 끝에 부르는 노래, 그러니까 죽은 자들을 위한 기도문을 암송하게 했다네……."

그게 내 탓인가. 유대인 무덤이 최근에 또 파헤쳐졌다는 소식을 신문에서 봤으니 그런 것이지. 할 일은 해야 할 것 아닌가.

이번에는 구트 형사도 놀란 표정이다.

"무릎을요? 그가 그…… **카디시**인가 뭔가를 암송시키려고 서장님 무릎을 꿇렸단 말입니까? 이상하군요. 유대인은 무릎 꿇고 기도하지 않는데."

샤츠가 잠시 머뭇거린다.

"**우리가 그들을 무릎 꿇렸네**" 하고 그가 비밀을 털어놓듯 중얼거린다.

"아 그랬군요!" 하고 구트가 약간 거북한 표정으로 말한다.

역사의 한 순간을 분명히 해두자

역사의 한 순간을 분명히 해두고 싶다. 내가 속한 그룹에서는 아무도 무릎 꿇지 않았다. 총알이 빗나가 다리 하나만 잃고 살아남은 생존자가 한 명 있는 것으로 안다. 크라쿠프 구시가지, 브라카 3번지의 알베르트 카츠, 그가 증언을 할 수 있을 것이다. 사람들이 내 말은 믿지 않을 테니 말이다. 사후 증언은 언제나 의심을 사지 않는가. 내 오른편엔 카체넬렌보겐 일가족이 있었고, 게당케독일어로 '사상'이라는 뜻 기술자 야코프 텐넨바움과 열네 살 아주 예쁜 소녀 차차 사르디넨피슈가 있었다.

여기서 또 하나 지적하고 싶은 게 있다. 여러분은 분명 이 이름들이 우습다고 생각할 것이다. 그래서 어쩌면 사람들이 그들을 죽여 우스운 걸 좀 줄인 거라는 느낌을 가질지도 모른다. 뭐랄까, 고질적인 뭔가를 좀 제거한 거라는 느낌을 말이다. 이를 좀 해명해보자. 사실 그런 이름들을 선택한 건 우리가 아니다. 유대 민족이 이리저리 흩어졌을 때 상당수가 독일로 들어왔다. 우리는 '아론의 아들들'이니 '이삭의 아들들' 등으로 불렸다. 독일인은 우리에게 좀 덜 모호한 성이 필요하다고 생각했다. 그래서 그들은 고맙게도 성심을 다해 그런 성들을 지어 우리에게 배분해주었다. 덕택에 우리 성은 하루아침에 바뀌었고, 웃음을 자아내는 그런 그로테스크한 이름들을 갖게 된 것이다. 웃음은 인간의 속성이다.

"그들은 그게 우리 잘못이 아니라는 걸 이해조차 하지 못하지" 하고 샤츠가 말한다. "그건 아무것도 하지 않은 교황 잘못이야. 교황 비오 12세가 한마디만 했더라도 유대인을 죽이지 않을 구실이 우리에게 하나는 있었을 것 아닌가. 알리바이 말이야…… 정말이지 우린 그들을 죽이지 않을 알리바이를 간절히 원했어. 그런 게 있었다면 내 손으로 그들을 죽이는 일은 없었을 거야! 천만에, 교황은 우리를 도와주지 않았어. 구실이 없었으니 그들을 죽일 수밖에. 그래서 지금 우리가 점거당한 거라네, 구트, 그들이 독일을 점거해버렸어, 그 500만 명의……"

"600만입니다" 하고 구트가 말한다.

"550만…… 어쨌거나, 아무렴 어때. 한데 말이지, 또 어느 날 밤엔가는 녀석이 찾아와 내게 죽는 날까지 **코셔**를 먹겠다는 약속을 해달라는 거야. 난 이미 햄에 손도 대지 않는데…… 그런 절식 요법으로 날 말려 죽일 심산이었던 거지. 가끔은 녀석이 날 유대교도로 개종시키고 싶어 하는 것 같다는 느낌도 들어."

틀린 말이다. 난 언제나 다른 사람들의 신앙을 존중했다. 내 친구 샤츠가 햄 먹는 걸 말릴 의사도 전혀 없다. 하지만 누군가와 삶을 내밀하게 공유하다 보면 그의 습관에 길들게 마련이다. 그게 바로 모방이라는 자연의 위대한 법칙 아닌가. 예컨대 50년을 중국에서 보낸 선교사들이 눈이 찢어져 귀향한다는 걸 모르는 사람은 없다. 그러므로 샤츠헨이 내게서 일부 습관이나 성격상의 특징을 차용한 것도 아주 자연스러운 일인 거다. 더욱이 그는 금요일 저녁마다 우리 유대인 요리를 몇 가지 해 먹기도 한다. **촐런트, 치메스, 게필테 피시** 등. 만회를 시도하는 거다. 뭐랄까, 엎질러진 물을 다시 담으려는 거다. 화친을 꾀하는 거다.

"너무 그 생각만 하시는 것 같습니다" 하고 구트가 말한다. "얼마간 어디 아랍 나라라도 가서 심신을 좀 맑게 하시는 게 좋을 것 같습니다."

"자넨 내가 이런 연쇄살인을 두 팔 가득 안고 휴가를 떠날 수 있을 것 같은가 보군…… 구트, 우리끼리 하는 얘기네만 사실 난 이번 사건에 불만이 없다네. 어쨌거나 생각을 전환하는 계기가 되어주니까."

"범인을 찾아내기만 하면 신문마다 서장님 사진이 실릴 거예요……."

돌연 샤츠가 몹시 불안한 표정을 짓는다. 하지만 그건 잘못된 생각이다. 그때 이후 그는 너무도 변해 아무도 그를 알아보지 못할 것이다.

"저분들에겐 뭐라고 할까요?" 하고 구트가 묻는다. "폰 프리트비츠 남작이 고집을 부리고 있어요. 그는 서장님이 자신을 접견하라는 명을 받았을 거라고 하더군요."

"말도 안 돼. 장관이 그런 전화를 하긴 했지만 난 자리에 없었어."

"기자들에겐 뭐라고 하죠?"

"그들에게는……."

내가 모습을 나타낸다. 회반죽으로 덮인 긴 망토를 걸치고, 모든 머리카락이 굳은 번개처럼 곤두선 더부룩한 머리의 내 모습은 정말 볼만하다. 나는 샤츠의 책상 위에 앉는다. 두 손을 무릎 위에 교차시키고 발 하나를 태평스레 흔든다.

"그들에겐 내가…… **면담 중**이라고 해" 하고 샤츠가 버럭 언성을 높인다.

구트가 나간다. 나는 책상 위에서 몸을 흔들고 있다. 휩슈는 서류 더미에 코를 박은 채 일에 열심이다. 샤츠가 책상 위의 잔을 들어 물을 채운다. 그러곤 잠시 경계하는 눈빛으로 휩슈 쪽을 흘끔 바라보다 조심스럽게 내게 잔을 내민다. 나는 '아니'라는 뜻으로 고갯짓을 한다. 그는 고집부리지 않고 물을 마신다. 괜히 손가락 끝으로 책상을 톡톡 치면서 머뭇거리다가, 몸을 숙여 슬그머니 서랍을 열더니 맛초 유월절에 유대인이 먹는 무교병 한 상자를 꺼낸다. 그러곤 상자에서 맛초 하나를 집어 내게 내민다. 나는 꾐에 넘어가지 않는다. 친구는 한숨을 내쉬며 상자를 제자리에 놓는다. 곧이어 다시 몸을 일으키다가, 휩슈가 자리에서 일어나 망연자실 그의 거동을 지켜보고 있음을 알아챈다. 서장의 얼굴이 새빨개진다. 소중한 존재와 이런 내밀한 관계를 나누는 모습을 부하에게 들키는 것보다 불쾌한 일도 없다.

"휩슈, 뭘 훔쳐보고 있는 거야? 뭐 특별한 거라도 보여?"

서기는 다시 자리에 앉아 혀로 입술을 핥으며 머리를 흔든다. 겁에 질린 눈치다. 그는 대장이 미쳤다고 확신한다. 애원하는 미소를 머금고서, 이곳에 있지도 않은 유대인에게 맛초 전병을 내미는 샤츠의 모습은 고지식한 공무원에겐 매우 무서운 광경임이 분명하다.

"구트는 너무 어려" 하고 서장이 중얼거린다. "녀석은 이해 못해. 경험해보지 않았으니까. 녀석은 **우리의** 불행을 겪어보지 못했지…… 그렇지 않나?"

나는 반응하지 않는다. 샤츠가 아양 부리도록 가만 내버려둔다. 그저 책상 위에 앉아 무릎 위에 두 손을 교차시킨 채 무심히 발만 계속 흔들어댈 뿐이다. 서장이 점점 더 취해가는 것 같다. 휩슈는 서류 더미 뒤에 숨어 떨고 있다.

"**우리는** 큰 고통을 받았어…… 그렇지 않나?"

나는 '그렇다'고 맞장구친다. 그의 말이 맞다. 우리 유대인이 독일인의 양심에 가한 그 모든 고통을 생각하면 가슴이 아프다. 내 심장이 피를 흘린다.

"**우린** 그저 복종했을 뿐이야" 하고 샤츠가 말한다. "**우린** 그저 받은 명령을 수행했을 뿐이라고……."

그가 내게 또다시 증류주 잔을 내밀지만 나는 고고하게 머리를 돌려버린다.

"나쁜 놈" 하고 샤츠가 중얼거린다.

그렇다, 사실 난 유대-독일 화친에 전혀 반대하지 않지만, 그런 일은 다음 세대에게 넘기고 싶다. 아직은 나의 존재가 잊히길 바라지 않는다. 여러분도 진짜 희극배우 기질이라는 게 어떤 건지 알 거다. 나는 남을 웃길 필요가 있는 사람이다. 한데 이 독일 땅에는 유대인 희극배우들에게 아주 이상적인 대중이 아직 존재하고 있다. 내 말이 믿기지 않거든 1966년 10월 16일 자 〈선데이 타임스〉 별책 부록을 뒤져보라. 지금 베를린에는 데이비드 바이츠라는 랍비—그는 런던에서 왔다—가 한 명 있는데, 그는 이 영국 잡지에 이런 얘기를 털어놓았다. 그를 놀라게 하고 약간 슬프게 하는 것, 그것은 바로—그의 말을 그대로 인용하면—**"유대교 회당을 나서 집으로 돌아올 때, 오는 도중 내내 베를린 사람들이 그를 손가락질하며 낄낄거리는 것"**이라고 말이다. 그러므로 이제 여러분도 알 거다. 내가 얘기를 꾸며낸 게 아니요, 웃음보다 더 강력한 무기를 갖게 될 때까지 이렇게 독일인들을 낄낄거리게 하는 것이 우리 같은 유대인 희극배우들—600만 유대인 모두—의 의무임을 말이다.

샤츠가 침울한 표정으로 술을 마신다. 가끔은 그가 날 증오하는 것 같은 느낌도 든다. 주지하듯이 우린 늘 박해 강박증에 시달렸다.

"복수심에 똘똘 뭉친 놈이야" 하고 서장이 중얼거린다.

휩슈가 코를 쳐들고는 두려운 표정으로 대장을 훔쳐본다. 증류주 병이 어느새 거의 비었다. 휩슈는 불안하다. 경찰서장의 모든 지력과 도덕적 역량이 요구되는 아주 중요한 사건이 자신들에게 맡겨져 있음을 그는 안다.

전화벨이 울리자 샤츠가 수화기를 든다.

"안녕하십니까, 국장님…… 아닙니다, 불행하게도 아직은 어떤 단서, 어떤 흔적도 없습니다…… 가이스트 숲 주변 모든 도로에 바리케이드를 치고, 300명 이상의 사람들을 심문했습니다…… 산보객과 강렬한 관심거리를 좇는 호사가들의 숲 출입을 금지했고요…… 그들이 어떤 인간들인지 국장님도 아시죠…… 호기심 덩어리들! 제가 보기에 그들은 한둘이 아닙니다. 조직된 패거리, 어쩌면 사이비 종교 집단도 있겠죠…… 국장님, 전 세계 언론이 우리에게 욕을 해대는 걸 제가 막을 순 없습니다. 언제나 그들은 뒤셀도르프 흡혈귀1929년 독일 뒤셀도르프에서 악명을 떨친 연쇄살인범 페터 퀴르텐의 별명 얘기를 다시 꺼내죠. 어쨌든 40년이나 지났는데도, 우릴 헐뜯을 일만 있으면 그저 뒤셀도르프 흡혈귀 애길 들먹인다는 게 좀 웃기긴 합니다. 뭔가 다른 얘길 꾸며낼 수도 있을 텐데……."

나는 아주 빠른 속도로 사무실을 가로지른다. 떼쓰지 않고 시치미 뚝 뗀 채 휘파람을 분다. 서장이 나를 무섭게 쏘아본다.

"알겠습니다, 국장님. 즉시 그분을 맞이하겠습니다. 국장님께서 보내신 분인 줄 몰랐습니다. 기자들도 진정시켜보도록 하죠. 그들과 얘기를 좀 해보겠습니다. 밖에 스무 명쯤 있습니다. 그럼 이만."

그가 수화기를 내려놓는다. 그는 지쳤고 누군가에게 화풀이를 해야 한다. 잉크병을 집어 내 머리에 던질지도 모른다. 더구나 그는 루터 교도다. 그들은 마귀를 몹시 싫어한다. 수많은 마귀들을 불태워버리기도 했다.

"휩슈."

"야볼독일어로 '예'라는 뜻."

서기가 후다닥 일어나 그의 분부를 기다린다.

"펜을 머리카락에 닦는 짓 좀 그만하라고 전에도 당부하지 않았나. 더러워. 아무래도 자넨 정신과 의사를 좀 만나봐야 할 것 같아."

"야볼."

그가 밖으로 나간다. 휩슈는 잠시 그 자리에 가만히 선 채 그의 권고에 대해 곰곰이 생각해본다. 펜을 바라보다가, 또 생각에 잠겼다가, 슬픈 표정으로 그것을 머리카락에 닦고는 다시 자리에 앉는다. 여자 경험이 전혀 없는 녀석일 거라는 나의 확신이 더욱 굳어진다.

나는 버림받은 느낌이다. 돌연 암흑 속에 처박힌 느낌, 어떤 숨 막히는 위험투성이 장소에 갇힌 느낌이다.

잠재의식이라는 곳, 나는 내 친한 친구들이 그런 곳에 있길 바라지 않는다.

웃음은 인간의 속성이다

나는 어떻게든 시간을 보내보려 한다. 몽상에 잠겨본다. 에라스무스, 실러, 레싱 같은 우리의 위대한 휴머니스트들을 생각해본다. 귀화했다고 끝나는 게 아니라, 자신을 의탁한 데가 어떤 곳인지 알아야 한다. 미국에서는 시민이 되려면 시험을 쳐서 입양국의 역사에 무지하지 않음을 증명해야 한다. 물론 난 그런 걱정을 할 필요가 없다. 나는 손을 높이 들고, 아니, 두 손을 높이 들고 역사 시험을 통과했다. 그래도 나를 놀라게 하는 것, 그것은 바로 모나리자의 아름다움이다. 걸작이란 참 묘하다고 생각되지 않는가? 걸작에는 뭔가 역겨운 것이 있는 것 같지 않은가? 이 얘기는 그냥 아무렇게나 해보는 말이다. 시키는 대로 온 가족이 함께 구덩이를 파고 그 속에 들어가 경기관총을 바라보며 모나리자를 생각해보라. 그 미소가 어떤지 알게 될 것이다…… 퉤. 더럽다.

이렇게 내가 생각을 고양시키며 우리의 고전적인 작가들 틈바구니를 돌아다니고 있을 때, 고급 의상을 차려입은 두 인물이 사무실 안으로 들어선다. 그들 중 한 명—모직, 사슴 가죽 조끼, 잿빛 중산모, 장갑, 각반, 지팡이, 괴테, 샤미소, 모차르트—은 신경이 극도로 날카로워져 있는 것 같다. 그의 푸른 눈동자에 모욕과 고뇌와 절망의 빛이 어른거린다. 일종의 소리 없는 질문이랄까, 분노, 몰이해 같은 것이 있다. 엘리트 부류에 속하는 이 인물에게 어떤 **추레스**가 있는 게 분명하다. 장신의 마른 체격에 트위드 재킷을 걸친 다른 인물은 아주 멋진 코를 가졌다. 사람들이 어떤 때는 귀족 코, 또 어떤 때는 유대인 코라고 부르는 이 코는 부르봉 왕가에서는 대단한 호감을 샀지만 우리에겐 그저 골칫거리였을 뿐이다. 그는 풍채가 멋지고 가르마가 머리 한가운데에 있어—나는 중도파를 좋아한다—알프레드 크루프'대포 왕'으로 불린 유럽 최대 병기 공장 경영사를 연상시키는 것 같다. 내가 그런 생각도 할 수 있는지는 모르겠지만 말이다.

두 사람은 내게 좋은 인상을 풍긴다. 풍모에 고상함이 있다. 나는 그들에게 다가가 코를 킁킁거린다. 오 데 코롱 향수, 영국 담배, 양질의 가죽 등 좋은 냄새가 난다. 유대인 냄새는 전혀 나지 않는다. 괜찮다. 이젠 전범들도 없지 않은가. 다들 재취업해버렸으니 말이다. 나는 그들이 입고 있는 옷의 천을 만져본다. 미터 당 최소한 15마르크는 하는 좋은 천인데, 그런 값으로도 구하기 어려울 것이다. 나는 직물을 잘 아는 사람이다. 아버지 마이어 콘은 로즈에서 재단사로 일했다. 조상 대대로 재단사였다. 아버지는 잘 재단된 옷과 고급 직물을 사랑했고 당신 자신도 늘 잘 차려입었으나 처형 때만 예외였다. 처형 전에, 남녀노소 가리지 않고 모두 발가벗겨졌기 때문이다. 잔인해서 그런 게 아니었다. 종전 무렵 독일군은 모든 것이 부족했고, 구멍 뚫리지 않은 말짱한 옷은 재활용하려 했다.

이따금 나는 모나리자란 반달리즘 같은 거라는 느낌이 든다.

힙슈가 자리에서 일어나 두 남자에게 공손하게 인사를 한다. 분명 그는 평생을 이렇듯 공손하게 살아왔을 것이다. 그에게는 어딘지 역사 냄새를 풍기는 영원하고 을씨년스러운 뭔가가 있다. 잘 정리된 장부와 꼼꼼하게 기록된 명부를 소지한 사람. 이 괴상하고 불길하고 빈틈없고 정직한 인물은 최초의 학살 이후, 언제 어느 곳에서 얼마나 많은 가죽과 얼마나 많은 어린아이 구두와 얼마나 많은 머리 타래가 부족과 국가와 종족의 재산을 불렸는지를 기록하는 거위 깃털 펜 혹은 서기 서판을 들고 역사를 가로지른다. 이디시 말에 그런 것을 지칭하는 표현이 하나 있다. **관리자가 지켜본다**라는 말이다.

사람들은 말한다. 히틀러가 떠돌이 집시들을 멸절하라고 명했을 때, 많은 **치고이너**집시들이 저들 스스로 아내와 아이들을 죽여 SS대원들이 열등 종족과의 접촉에서 얻던 유일한 만족감을 도둑질해버렸다고 말이다. 집시들이 뭐든 훔친다는 건 널리 알려진 바다.

"서장님은 곧 돌아오실 겁니다" 하고 힙슈가 말한다.

그가 다시 서류 더미 속에 파묻힌다. 이제 그에게서 보이는 건 종이를 긁고 또 긁는 펜뿐이다……. 문득 이 음험하고 세심한 인물이 열심히 최후의 심판을 위한 서류를 꾸미고 있는 게 아닐까 하는 이상한 생각이 뇌리를 스친다. 사실 내가 지금 살짝 환상에 빠져 있는 게 아닐까 하는 생각도 든다. 그렇다면 그건 분명 독일 문학의 영향 탓이다. 내 기억이 정확한지는 모르겠지만, 「자신의 그림자를 잃어버리지 못한 남자」아델베르트 폰 샤미소의 「그림자를 판 사나

이」를 두고 헷갈려 하는 것인가 하는 샤미소의 콩트를 여러분도 아는가? 이야말로 완전 나와 샤츠헨 이야기다. 그리고 최후의 심판 얘기도 했지만, 늘 나는 그것이 이미 일어났다는 것, 심판이 이미 이루어졌고 그래서 인간이 창조되었다는 것을 까먹는다.

우리 유대인들이 엄격하고 인정사정없는 신을 믿는다고 말하는 건 잘못이다. 그건 사실이 아니다. 우리는 하느님이 연민에 무감각하지 않다는 것을 안다. 이 세상 모든 사람들이 그렇듯 하느님께서도 방심하는 때가 있다. 그분도 간혹 어떤 사람을 잊어버리기도 하며 그것이 행복한 삶 하나를 만든다.

모나리자를 찢어버리고자 했던 학생이 생각난다. 순수한 녀석이었다. 그는 냉소주의를 증오했다.

이제야 나는 사무실로 들어선 두 사람이 어떤 사람들인지 알아본다. 〈자이퉁〉지 사교社交란에서 수차례 그들 사진을 본 적이 있다. 그들은 독일의 기적 이후 막대한 부를 축적해 후하게 돈을 쓰고 있다. 박물관을 건립하고, 예술을 보호하고, 교향악단에 재정 지원을 하고, 훌륭한 미술 작품들을 시에 기증한다. 더욱이 지금은 전 세계적으로 미의 외적 징표들이 크게 장려되는 상황이다. 미국에서는 예술의 보물들과 거대 문화 단지들이 넘쳐나, 그 속에서 여러분이 여러분 할머니를 강간한다 해도 누구 하나 거들떠보지 않을 것이다. 그것은 우리를 현혹시킨다. 솔직히 난 그런 노력들 앞에서 속이 영 불편하다. 하나의 가정일 뿐이지만, 그리스도가 문득 잿더미에서 부활하여 우리의 화려한 성화들, 르네상스기의 그 모든 예수 수난도의 매혹적인 아름다움과 대면한다고 상상해보라. 아마도 그는 마지막 핏방울까지 모욕당한 느낌에 화를 낼 것이다. 그의 처절한 고통에서 그런 아름다움을 끌어낸다는 것, 그의 죽음을 쾌락 제공에 이용한다는 것, 이를 아주 기독교적인 것이라 할 수는 없을 것이다. 고통을 자본으로 이윤을 남기는 방식임은 물론, 거기엔 사드적인 측면도 있으며, 이에 대해 교황은 자신의 잘못을 깨달아야 한다. 기독교도들이 성화 제작을 하지 못하게 해야 한다. 고리대금업처럼 그런 일은 유대인들이 하게 내버려두어야 한다.

둘 중 키 작은 남자, 미터 당 15마르크짜리 직물로 만든 옷을 입은 자는 유난히 신경이 날카로워져 있는 것 같다. 그의 포동포동한 장밋빛 얼굴에 극도로 동요한 기색이 역력하고, 슬픔에 젖은 푸른 두 눈동자 역시 눈구멍 속에서 끊임없이 움직인다.

"이보게, 사실 난 몹시 망설였네. 다른 무엇보다 스캔들이 날까봐 걱정되었지만 선택의 여지가 없었어. 경찰에 알리는 수밖에. 만약 그녀에게 무슨 일이라도 생긴다면 나 자신을 용서치 못할 거야. 게다가 요즘 신문들엔 온통 그 끔찍한 범죄 얘기뿐이잖은가…… 정말 그런 최악의 사태가 벌어졌을까 봐 두려워."

"이보게 남작, 아내를 사냥터지기에게 빼앗긴 남편이 자네가 처음은 아니라네."

"이보게 백작, 난 지금 귀빈석을 요구하는 게 아냐. 이젠 내 자존심 문제가 아니라네. 문제는 사랑이야. 아주 위대한 사랑 말일세."

"내 말이 그 말이야."

"**나의** 사랑 문제라니까."

내 느낌엔 바로 여기에 소위 상황이라는 게 있는 것 같다.

"일반적인 사랑 문제지" 하고 백작이 말한다.

"대화가 어긋나가는군. 난 너무도 불행한 것 같네."

"우리 **모두**가 그래……."

암시 가득한 대화다. 두 남자는 서로 상대를 흘겨보다 다시 서성거리기 시작한다. 이 자리에서 바로 얘기해두자. 나는 특히 아내가 바람난 남편들에게 오금을 못 쓴다. 왕년에 그런 얘기들 갖고 최고의 희극 효과를 몇 차례 낸 적이 있다. '오쟁이 진 남편'이란 말만 꺼내도 관중은 폭소를 터뜨린다. 그러곤 곧 안도감을 느끼며 자신들의 미래를 낙관한다.

"경찰이 아직도 체포하지 못한 그 변태에게 그녀가 희생되었을까 봐 두려워. 놈이 그녀를 보았다면 놓치지 않았을 거야. 너무나 아름다운 여자니까!"

"사냥터지기가 그녀를 지켜주겠지."

"이젠 그를 전혀 믿지 않네."

"그에게 5년 동안이나 자네 사냥감을 맡겨두지 않았나……."

남작은 말을 하려다 말고 그를 뚫어지게 쳐다본다. 곧 두 사람은 다시 사무실 안을 맴돌기 시작한다. 얘기가 진짜로 재밌어지는 것 같다. 상처 입은 명예, 그거야말로 우리의 가장 오랜, 가장 확실한 희극성의 원천 아닌가. 로렐과 하디스탠 로렐과 올리버 하디. 20세기 초 무성영화 시대의 코미디언 콤비의 얼굴이 크림 파이에 처박혔다가 쳐들린 때를 떠올려보라. 샤를로가 바지를 까먹고 대중 앞에 나났을 때 객석에서 터지던 폭소는? 아마 여러분 모두가 삽화 많은 어느 잡지에서 아마추어 사진사의 사진, 즉 독일군이 폴란드에 진입했을 때 어느 천진스러운 병사가 찍은 사진을 본 적이 있을 거다. 그 사진에서 우리는 컬 페이퍼로 돌돌 말린 머리카락이 양쪽 뺨까지 흘러내리고, 모피로 안을 댄 검은 롱코트를 걸친 아주 우스꽝스러운 사람들, 카시드 유대인을 한 명 보게 된다. 사진에는 동료를 위해 포즈를 취한 다른 병사 한 명이 등장한다. 그는 낄낄거리며 카시드 유대인의 수염을 당기고 있었다. 그 병사가 수염을 당기고 있을 때, 카시드 유대인은 낄낄거리며 웃는 천진스러운 독일 병사들 틈에서 혼자 무엇을 하고 있었는가? **그도, 웃고 있었다.**

이미 말하지 않았는가. 웃음은 인간의 속성이라고.

"그녀는 사람을 너무 쉽게 믿어" 하고 남작이 중얼거린다. "너무 잘 믿어…… 악을 보는 눈이 없지. 제발 살아만 있으면 좋겠어! 그럼 뭐든 용서해줄 거야. 불장난의 여지도 고려하겠단 말이네."

"그러시겠지."

남작이 그를 무섭게 쏘아본다. 그는 모든 말에서 암시를 보는 것 같다. 오쟁이 진 남편의 의연하고 고상한 태도에는 언제나 견딜 수 없는, 포복절도할 뭔가가 있는가 보다. 당통이 교수대 위에서 한 유명한 문장, "**나의 머리를 국민에게 보여주시오. 그만한 가치가 있는 것이니**"를 사람들이 거대한 폭소로 맞이한 일이 생각난다. 영감을 받은 이마 위의 뿔을 보면 어째서 그런 웃음이 터지는지 모르겠다. 형제애일까? 외로움을 덜 느끼는 데서 오는 안도감?

가이스트 숲의 범죄

이렇게 명예에 대해 곰곰이 생각하고 있을 때, 문이 열리더니 내 친구 샤츠가 사무실로 돌아온다. 내가 그의 안락의자에 앉아 있었기에 내 생각엔 그가 좀 타격을 받을 것 같았으나, 천만에, 전혀 그렇지 않았다. 그는 나의 존재조차 알아채지 못할 만큼 온통 일에 정신이 팔려 말 그대로 내 위에 앉아버린다. 기자들의 질문 공세에 잔뜩 시달린 게 분명하다. 그렇게 정신이 없을 때 나란 존재는 그의 안중에 없다. 일이 최고의 치유책이다.

며칠 전부터 언론에서는 진짜 분노의 비명이 터져 나오고 있다. 무능하다느니 수동적이라느니 대응 방법도 모르고 기본적인 예방 조치조차 취하지 않는다느니 하며 경찰을 비난해댄다. 물론 여드레 만에 스물두 명이나 살해되었다는 건 문명 세계의 분노를 야기할 만하다. 이 모든 것이 샤츠의 두 어깨를 짓누른다. 범죄가 자행된 가이스트 숲과 주변 지역은 그의 관할 구역이다. 그래서 그는 지금 내 위에 앉아 얼빠진 표정으로 방문객들 쪽으로 몸을 돌린다.

"안녕들 하시오⋯⋯ 날씨가 무척 덥군요! 독일에서 날씨가 이렇게 무더웠던 적은 없었어요. 어딘가에서 계속 불이 타고 있는 것 같아요……."

정말 아무런 뒷생각 없이 내뱉은 이 말에 남작은 즉각 공격적인 태도로 몸을 일으키더니 성난 표정을 짓는다. 하지만 샤츠는 그의 불행한 부부관계를 두고 외설적인 암시를 할 생각은 추호도 없다.

"제가 무엇을 도와드릴 수 있을까요?"

우선 자기소개부터 해야 한다. 예의를 차려야 한다.

"프리트비츠 남작이오."

"잔 백작이오."

"샤츠 서장입니다."

"징기스 콘입니다."

서장의 표정이 일순 굳어졌으나, 짐짓 못 들은 체한다. 물론 다른 이들은 나의 존재를 꿈에도 생각하지 못한다. 그들은 엘리트의 품성을 갖춘 사람들이라 자신들 발 아래쪽은 쳐다보지 않는다. 그들은 자책할 게 전혀 없는 사람들이다. 그들도, 언제나 모나리자 편이었다.

"자리에들 앉으시지요…… 기다리게 해서 죄송합니다. 기자들이 얼마나 난리를 치는지! 선정적인 언론이 기자들을 무더기로 파견했답니다. 이 지역에 진짜 범죄의 물결이 밀려들고 있어요…… 하지만 제가 여러분께 알려드릴 건 아무것도 없습니다. 유감스럽게도 이미 온 세상이 다 알고 있죠."

남작이 놀라울 만큼 잘 관리된 새하얀 손으로 두 눈을 비빈다. 나는 아주 아름다운 그의 루비 반지에 주목한다. 가문의 보석인 듯한데, 대략 1만 5000달러쯤은 나갈 것이다. 이건 그냥 별 뜻 없이, 타인들의 견해를 존중해서 습속대로 하는 말이다. 나는 여러 분들의 습관을 방해할 의사는 추호도 없다.

"그래서 말인데요, 서장, 내 아내 때문에 불안하기 짝이 없답니다……"

서장은 귀를 기울이지 않는다.

"여드레 만에 스물두 구의 시체라니, 아무리 독일처럼 큰 나라라고 해도 이건 너무하지요."

"시신들의 신원은 밝혀졌나요?"

"거의 모두 밝혀졌습니다. 하지만 실종 신고도 몇 건 들어왔는데, 아직은 시신을 못 찾고 있습니다."

"맙소사!"

남작이 눈을 감는다. 더는 말을 이을 수가 없다. 백작이 대신 나선다.

"혹시 그들 중에 젊은 부인이 없었나요? 자, 여기 사진이 있습니다만……"

남작이 떨리는 손으로 주머니에서 사진 한 장을 꺼내 책상 위에 놓는다. 서장이 그 사진을 집어 들고 한참 바라본다.

"아주 아름다우시군요."

남작이 한숨을 내쉰다.

"내 아내요."

"축하드립니다."

"지금 실종 상태요."

"아…… 어쨌든 희생자들 중엔 없다는 말씀은 드릴 수 있습니다."

"확실하오?"

"확실합니다. 저의 두 눈으로 모두 보았으니까요. 이런 더러운 일을 하다가 한 번이라도 이렇게 아름다운 몸을 보게 된다면 너무나 멋지겠지요…… 하지만 죽은 자들은 예외 없이 모두 남자들입니다. 살인자는 여자들은 건드리지 않는 것 같아요. 이번 연쇄살인의 또 다른 공통점이 하나 있습니다. 불행한 희생자들이 모두 얼굴에 행복한 표정을 짓고 있다는 거죠……."

애기를 듣고 있던 휩슈의 거동이 매우 괴상하다. 더는 제자리에 가만히 있질 못한다. 좀 더 괴상한 것도 있지만 그것에 대해선 입도 벙긋하지 않겠다. 검열 때문에 곤욕을 치른 적이 한두 번이 아니니까. 또다시 그들이 '퇴폐적인 유대 표현주의니, 타락한 유대 예술이니' 하고 떠들어대는 걸 원치 않는다. 정말이지 나는 여러분의 사회를 뒤흔들 생각이 추호도 없다. 오히려 여러분의 사회가 무사하길 바란다. **마즐토브.**

어쨌든 휩슈에겐 '행복'이라는 말이 어떤 명확한 의미를 갖는 것 같다. 마치 그는 그것이 어디에 있는지 알고 있는 것 같다. 그는 펜을 손에 쥔 채 몸을 반쯤 일으키곤 어딘가를 바라본다. 아니, 그것을 두 눈으로 직접 보는 것 같다. 그가 보는 것, 나는 그것을 알지도 못하거니와 알고 싶지도 않다. **퉤, 퉤, 퉤.**

그래, 이제부턴 나도 라파엘 편, 티치아노 편, 모나리자 편이다. 히틀러가 나를 납득시켰다.

"……매혹된 표정, 황홀한 표정이랄까요. 그들 모두가 마치 황홀경 상태에서 살해당한 것 같단 말입니다……."

분명 이 휩슈라는 자는 아무래도 수상하다. 그는 내게 두려움마저 안겨준다. '황홀'이라는 말에 그의 온몸이 뻣뻣이 굳고, 얼굴 주름마저 굳고, 코안경 알에서 나오는 것인지 두 눈이 발하는 것인지는 모르겠으나 어떤 광신적 광채까지 번쩍거린다. 절절한 향수랄까, 영혼의 진짜 **카첸야머**독일어로 '비애'라는 뜻랄까, 어떤 탐욕스러운 갈망 같은 것이 느껴져, 괜히 나는 나의 노란별이 제자리에 잘 붙어 있는지, 내게 하자는 없는지 확인해본다.

하지만 독일에서 나치즘이 부활하리란 생각은 전혀 들지 않는다. 그들은 다른 걸 찾아낼 것이다.

"분명 그 사람들 모두가 임종의 순간에…… 뭐랄까요? 저도 잘 모르겠습니다. 그들은 스스로를 완전히 **실현**한 것 같았습니다. 자아실현을 **이룬** 거죠. 하나같이 목표에 도달했다는, 그것을 거머쥐었다는 느낌을 주더군요. 그들이 내민 손이 마침내 최고의 결실을…… 절대를 수확하기라도 한 것처럼 말이지요. 제가 아는 한, 어느 누구도 인간의 얼굴에서 그렇게 행복한 표정은 보진 못했을 겁니다. 어쨌거나 저의 얼굴에선 말입니다. 참 궁금한 노릇입니다. 그들이 대체 뭘 본 건지. 그 빌어먹을…… 죄송합니다."

어떤 향수와 기대 어린 무거운 침묵이 괴테스트라세 12호 경찰서 사무실 위를 떠돈다.

걸작 냄새가 난다

신경이 예민해진 탓인지 아니면 시각 효과 때문인지는 모르겠으나, 어느 순간부터 모든 것이 장엄한 광채 속으로 잠겨드는 것 같다. 그 효과가 얼마나 강력한지, 헨케 순경이 법의학자의 최근 보고서를 제출하기 위해 들어왔을 때 내 눈엔 그가 마치 어떤 완벽한 광채를 후광으로 두른 것 같다. 뒤러가 우리의 미래에 대해 날 안심시키려고 그를 보낸 게 아닐까 하는 생각까지 든다. 격렬한 감동이 내 목을 엄습하여, 혹시 홀바인이나 알트도르퍼의 손이 이렇게 내 목을 조르고 있는 건 아닌지, 이제 곧 내가 붓과 브러시를 목에 꽂은 채, 넘치도록 완벽한 고상한 색깔들 아래로 사라지게 되는 건 아닌지 하는 생각이 스친다. 나는 땀을 흘리고, 악을 쓰며 발버둥을 치고, 공기를 마시려 애를 쓴다. 천식이 발작한 게 분명한데, 나는 평생 이런 질식에 시달렸다. 한데 더 뭐가 두렵다는 말인가? 최악의 사태는 이미 일어나지 않았는가? 이제는 그저 덧칠만 할 수 있을 뿐이다. 이디시어로 말하자면, 고통에 모욕을 덧붙이거나, 수틴의 작품들을 그렇게 했듯 나를 걸작 예술품으로 만들어 뒤셀도르프 박물관에 걸어두거나 말이다. 약간의 예술이 누군가를 해친 적은 없으며, 내가 여러분들의 문화적 보물 더미에 보탬이 되러 가지 못할 이유도 없는 것 같다.

숨 쉬기가 한결 낫다. 우리의 **상상 박물관**에 내가 보탬이 되리라는 생각에 기분이 좋아진다. 천재적인 화가나 위대한 작가의 손이라면, 아마도 나는 나 자신을 위해서나 적어도 문화를 위해서 어떤 좋은 계기가 될 수 있을 것이다. 나는 내가 뭔가에 보탬이 된다는 생각이 좋다.

나는 마음을 가라앉히고 광채 속으로 잠겨든다. 하느님만이 아실 어떤 부활이 준비되고 있다. 하지만 나는 프레스코 벽화 속의 마돈나와 전설의 공주가 이제 더는 구경만 하고 있지 않으리라는 것, 더는 모나리자의 아름다움이 그저 그림 속의 아름다움이 아니라 구체적인 육체를 취해 구현되리라는 것을 확신한다. 과거에 저질러진 일이 이제 곧 바로잡힐 것이요, 나도 곧 그리스도처럼 어떤 걸작 두상을 얻게 될 것 같은 느낌이 든다.

샤츠 서장이 마치 속내 이야기를 털어놓는 듯한 어조를 취한다. 여러분이 짐작하듯 그는 함부로 내심을 털어놓는 사람이 아니다. 하지만 나는 그가 간밤 내내 잠시도 눈을 붙이지 못하고서, 이미 며칠 전부터 신문들이 참 **후츠페**하게도 **독일에서의 전례 없는 연쇄살인**으로 규정하고 있는 그 범죄의 모든 희생자들 얼굴에서 지금껏 한 번도 본 적 없는 행복한 표정이 나타난 미스터리를 이해하려고 애쓰는 모습을 보았다.

"이에 대해 저라고 아무 생각이 없는 건 아닙니다. 사실 저는 그들을 그런 황홀경에 빠뜨린 것이 바로 죽음일 거라고 생각합니다. 어떤 다른 죽음, 주변에서 흔히 보는 것과는 전혀 다른, 기원이 다른 죽음 말입니다. 제가 하고자 하는 말을 두 분이 이해하실런지는 모르겠습니다만……."

남작은 흥미를 못 느끼는 듯하나 그의 일행은 이해가 가는지 고개를 끄덕이며 말한다.

"그렇군요. 마침내 우리 학자들이 새로운 죽음을…… 우리의 재능에 어울리는 죽음을 발명해낸 모양입니다. 어떤 문화적 죽음이랄까…… 아니, 그것보단 교양 있는 죽음이라고 하는 편이 낫겠군요. 진짜 예술 같은…… 경이로운 예술적 표현 같은 죽음…… 죽음의 부활…… 미켈란젤로, 마사초, 티치아노, 라파엘 등과 더불어 말입니다. 절대의 맛이랄까…… 어떻든 여러분은 성적 오르가슴이 가재들에게선 스물네 시간이나 지속된다는 걸 아시오?"

휩슈가 벌떡 일어선다. 서장 역시 호기심이 크게 동하는 눈치다.

"여러분, 그쯤 하시지요" 하고 남작이 항의한다. "내 아내가 지금 죽을 위험에 처해 있는지도 모르는데 여러분은 철학이나 떠들어댄단 말입니까!"

샤츠 서장이 잠시 절대 쪽으로 한눈을 판 뒤 다시 지상으로 내려온다.

"부인께서 실종되었다고 하셨나요?"

"말하자면 누군가와…… 떠난 거지요."

"사냥터지기와 말입니다" 하고 백작이 못 박듯 덧붙인다.

샤츠가 이맛살을 찌푸린다.

"운전 기사가 없어서 그랬단 말씀인가요?"

"그런 건 아닙니다만……."

"상류층에선 대개 운전기사라서 말이지요."

"서장, 그런 농담은 좀……."

샤츠가 자리에서 일어선다. 술을 너무 많이 마셔 가까스로 몸을 지탱하고 있다. 그의 목소리가 둔탁하고 질질 끌린다.

"이건 경찰과는 상관없는 일입니다."

"아니, 뭐라고요?"

"부인을 붙잡아 매면 될 일이지요."

그가 사진을 강렬하게, 거의 절망적일 만큼 열정에 찬 눈빛으로 바라보다가 말한다.

"부인이 이토록 아름답다면 기본적인 예방 조치는 취하셨어야죠. 죄송합니다만 사설탐정에게 부탁해보세요. 저에겐 매질해야 할 고양이가 이미 한둘이 아닙니다."

남작이 버럭 화를 낸다.

"이보시오, 말조심하시오. 프리트비츠 남작 부인이란 말이오."

백작이 거만한 태도를 취하며 거든다.

"그는 취했네."

의혹이 짙어지다

사실 샤츠는 지금 술이 너무 취해, 내가 갑자기 그 앞에 모습을 드러낸다면 나를 알아보지 못할 수도 있을 것이다. 나는 천성이 불안하고 감정 기복이 심한 편이라 종종 비관주의적인 성향을 나타낸다. 우리가 이렇게 문화에 도취하다가 우리의 중대 범죄들이 완전히 흐려져버릴까 봐 나는 두렵다. 그러면 모든 것이 아름다움으로 포장되어, 대학살이며 기근 같은 것도 그저 톨스토이의 펜이나 피카소의 붓이 만들어내는 문학적, 회화적 효과에 지나지 않게 될 것이다. 강제수용소 시체 안치소도 어느 날 잠시 방문해서 보면 놀라운 예술적 표현 대상이 될 수 있는 만큼, 그것 역시 역사적 기념물로 분류되어 그저 영감의 원천, 이를 테면 〈게르니카〉를 위한 소재 같은 것이 되어버릴 수도 있을 것이다. 전쟁과 평화가 우리의 행복을 위해 『전쟁과 평화』가 되어버렸듯이 말이다. 이것도 사실 온 세상이 다 아는 우리의 탐욕이요 돈벌이 정신이다. 나는 작가든 화가든 행여 누가 내 등골을 빼먹을까 봐 두렵다. 나의 불행에서 이득을 취할까 봐 두렵다. 주지하듯이 유대인들은 모든 것을 우리만의 것으로 간직하고 싶어 한다.

"여러분, 여러분은 신문도 읽지 않습니까? 무슨 일이 벌어지고 있는지 모르시나요? 도처에 주검이 널려 있고, 사람들은 겁에 질려 집 안에만 틀어박혀 있고, 온 세상이 뒤집혀 언론은 매일같이 경찰의 무능을 비난해대고 있는데, 제가 오쟁이 진 사람이나 도와주고 있어야 한단 말입니까?"

"아 그래요!" 하고 남작이 언성을 높인다. "그럼 장관에게 가서 하소연하는 수밖에!"

"죽은 사람이 스물두 명이나 됩니다! 모두 **바지를 벗고**, 환희에 찬 표정으로 말입니다!"

백작이 자기 귀를 의심하는 듯한 얼굴로 반문한다.

"바지를 벗었다고요?"

"그렇습니다" 하고 서장이 대답한다. "바지를 벗고, 미소 띤 얼굴로 말입니다."

"미소라니? 정말 미소를 짓고 있었단 말이오?"

"이제 정숙한 여자들은 감히 집 밖으로 나올 생각을 못한답니다."

"하지만 살인범은 남자들만 공격한 걸로 아는데……."

"그런 광경 때문에 정숙한 여자들이 집 밖으로 코를 내밀 엄두를 못 낸단 말입니다. 바지를 벗은 채 미소 짓는 스물두 구의 시체, 이것이 제가 짊어진 짐입니다. 사흘째 잠을 못 자고 있어요…… 기뻐하는 그들의 웃는 낯짝이 어른거려서…… 대체 뭘 본 걸까요? 무엇이 그들을 그토록 기쁘게 한 걸까요? 누가? 무엇이? 어떻게? 등에 칼을 맞긴 했지만…… 아무래도 기뻐 죽은 사람들 같단 말입니다…… 자, 그러니, 어서 장관님께 하소연하러 가보세요. 가서 샤츠 서장이 무능한 밥통이라고, 여러분을 돕지는 않고 낙원에서 몽상이나 하며 시간을 보내더라고 말씀드리세요……."

그가 전화기를 든다.

"쿤? 한 가지 생각이 떠올랐소. 그 희생자들이 혹시 유대인들이 아닌지 확인해주었으면 합니다…… 뭐요, 무엇 때문이냐고? 그들이 모두 유대인이라면, 적어도 한 가지 동기는 알게 되는 셈이니까…… 그래요, 바꿔주세요. 안녕하시오, 의사 선생님. 아, 그건 저도 다 알고 있습니다. 그들이 가증스러운 폭력에 희생되었다는 건 잘 알고 있습니다…… 등에 칼을 맞았다는 것도 압니다. 뭐라고요? **뭐라고요?** 절대라니? 무슨 절대 말씀인가요? 작은 절대? 작다는 건 또 뭔 뜻이오? 엥? 언제 말인가요? 전이나 후에, 아니면 도중에? 절정에서라니, 그건 또 뭔 소리요? 한창 승리에 도취했을 때? 최고조에 달했을 때? 아름다움의 절정에서? 영광의 절정에서? 갈망에 가장 잘 부합하는 최고의 아름다운 운명이라고? 이보시오, 의사 양반, 당신이 애국자라는 건 모두 다 아니제발 좀 진정하시오! 의사 양반! 의사 양반!"

그는 얼른 수화기를 내려놓고서 손수건을 꺼내 두 손을 닦는다.

"아, 이런 개자식! 전화로 무슨 개소리를! 더러워 죽겠어! 지상 낙원 이후 가장 중대한 연쇄 성범죄를 끌어안고 있는 사람에게 말이야!"

"이 경우는 '끌어안고' 있다고 하는 게 아니지요" 하고 백작이 지적하고 나선다. "'짊어지고' 있다고 하는 게 맞습니다."

서장은 사무실을 한 바퀴 돌고 나서 다시 자리에 앉는다.

"요약해봅시다. 싸우거나 저항한 흔적은 전혀 없다고 합니다. 모든 희생자들의 바지가 잘 정돈되어 있었다는데, 이는 분명 그들이 모두 동의했음을 가리키죠…… 제가 보기에 살인자는 여자를 미끼로 써서 희생자가 딴생각을 하는 동안 공격을 하는 것 같군요……."

"딴생각?"

휩슈가 폭발 직전 같다. 넥타이를 풀고 조끼 단추도 푼다. 시선은 환각에 사로잡혀 있고, 가쁜 호흡 때문에 수염이 요동친다. 난 정말이지 이곳에서 벌어지는 일이 싫다. 나중에는 또 나 때문이라고 할 것이다.

"그러니까 그들은 적어도 두 명인 거지요. 한데 동기가 뭘까요?"

"어쩌면 질투심에 사로잡힌 남편이나 애인일 수도 있겠군요" 하고 백작이 말한다. "아내가 정부情夫 품에 안겨 있는 것을 보고 놀라 그를 살해한 것일 수도……."

"여드레 동안 스물두 명의 정부를 말씀인가요?"

백작은 어떤 질문에도 답을 내놓는 사람이다.

"어쩌면 그녀는 어느 서커스단 소속인지도 모르지요" 하고 그가 말한다.

서장이 그를 잡아먹을 듯한 눈으로 쏘아본다.

"다른 제안은 없으신가요?"

"모르겠소. 하지만 시체가 떼로 발견되는 데는 분명 그럴 만한 이유가 있을 거라는 게 내 생각이오. 그것이 평범한 것일 수는 없어요. 그 밑바탕엔 분명 어떤 깊은 신앙, **신조** 같은 것, 이해관계를 떠난 동기…… 어떤 환상이 있을 겁니다. 하여간 고상한 것 말입니다! 당신도 희생자들이 환희에 찬 표정이었다고 말하지 않았소. 아마 그들은 동의했을 겁니다. 아마 그들은 자유의지로 자신들을 상대의 처분에 맡겼을 겁니다. 위대한 명분의 제단에 바치는, 자유롭게 동의한 제물로 말입니다."

"모두 바지를 벗고 있었습니다" 하고 서장이 차분하게 말한다.

"바로 그래서 하는 말이오. 내가 당신이라면 이념적인 측면을 탐색해볼 겁니다. 참여라는 게 있잖습니까. 부다페스트 혁명 같은…… 당신 입으로 그 선의의 사람들이 모두 바지 벗는 데 동의했다고 말하지 않았나요…… 그들에겐 소명이 있었던 게 확실하오!"

"썩은 놈들" 하고 샤츠가 중얼거린다. "모두 완전히 썩은 놈들이야. 우리를 오도 가도 못하게 만들고 있어. 증오에 찬 인정사정 없는 유대인의 존재가 느껴지는군…… 복수심에 똘똘 뭉친 자들!"

남작이 대화에 끼어들려 한다.

"서장, 여러 가지로 바쁘신 줄은 잘 압니다만 그렇더라도 아내를 찾을 수 있도록 도와주시오. 벌써 여드레째 감감무소식이라……"

"여드레째요? 흠. 그 사냥터지기는 어떤 사람이지요?"

"플로리앙 말이오? 자기 일에 아주 유능하고 성실한 사람입니다……"

"아하."

서장이 사진을 보다가 초인종을 누른다. 경관이 한 명 들어오고, 서장이 그에게 귀엣말로 뭐라 속삭이자 그가 다시 나간다. 서장은 **폴크스도이체** 한 개비에 불을 붙이고는 잠시 생각에 잠긴다.

"특징 같은 건 없나요?"

"무슨 말이지요?"

"그 플로리앙이라는 자 말인데…… 남작님이 주목하신 어떤 특별한 점은 없나요?"

"눈에 띄는 게 전혀 없었소이다."

"하지만…… 그 사냥터지기에게…… 제가 모르는 뭔가가 있겠죠, 그러지 않고서야 그렇게 지체 높으신 부인이……."

그는 다시 사진을 들고서 잠시 응시한다.

"그렇게 지체 높고 아름다우신 부인이 함께 떠날 정도면 뭔가 범상치 않은 게 있는 게 분명한데……."

"거듭 말하지만 난 전혀 모르오. 하인들 처지까지…… 일일이 다 신경을 쓸 수야 없죠!"

그러나 백작의 생각은 다르다.

"하지만 난 말이오, 서장, 솔직히 말해 언제나 플로리앙이 아주 이상해 보였소. 우선 나이를 먹지 않는 것 같았소…… 얼굴에 주름 하나 없었소이다. 한데도 그는 모든 것을 본 사람처럼, 아득히 먼 옛날부터 이곳에 있었던 사람처럼 말을 했지요. 또 하나 주목한 점은 그에게서…… 뭐랄까, 어떤 서늘한 기운이 풍겼다는 겁니다. 그가 가까이 다가오기만 하면 서늘해지지요…… 그늘이 지듯이 말이오. 8월 한여름에 공원에서 그와 마주치면—그는 아주 공손하게 인사를 합니다—살을 파고드는 것 같은 서늘한 냉기가 당신을 감쌉니다. 불쾌하지 않지요, 특히 날씨가 아주 무더운 때는 마치 떡갈나무 그늘이라도 만난 듯 그의 곁에 앉아 쉬고 싶은 마음이 절로 듭니다…… 그렇습니다, 그에겐 사람을 끌어당기는 뭔가가 있어요. 피곤하거나, 과로했거나, 위대한 계획, 큰 희망― 예를 들면 동부 지역들제2차 세계대전 전의 구 독일 영토의 회복 같은― 에 불타오를 땐 그의 존재가 마음을 차분히 가라앉히는 진정제 효과를 냅니다. 난 젊은이들이 그와 함께하려고 한다는 점에도 주목했소. 그들에게 큰 영향력을 끼치는 것 같았지요. 하지만 난 그의 그런 지배력―이는 과장이 아니오―의 물리적 측면을 특히 강조하고 싶소. 당신의 과열된 신경과 감각을 진정시키는, 당신을 안심시키고 당신에게 이상한 만족감을 주는 그 신체적 서늘함 말이오. 이보게, 자네도 그런 점에 유의하지 않았나?"

"사실 대단히 차가운 녀석이긴 했지" 하고 남작이 말한다. "그뿐, 달리 주목한 건 전혀 없네."

"이보게. 종종 내게 녀석이 뼛속까지 얼어붙게 하더라고 말하지 않았는가."

"그거야 말이 그렇다는 거지."

"예, 좋습니다" 하고 서장이 말한다. "그러니까 그가 서늘한 기운을 풍긴다는 말씀이군요."

"약간…… 매력적인 냉기를 풍긴다는 거지요" 하고 백작이 좀더 명확하게 바로잡는다.

"좋습니다. 한데, 대개는 말이죠, 여자가 하인과 달아나는 이유가 하인의 서늘함 때문은 아니거든요. 뭐 달리 주목하신 건 전혀 없나요?"

"있소이다. 좀 전에 말했듯이 그는 행실이 아주 미스터리했소.

예를 들면…… 파리를 죽인다거나."

"그게 뭐가 미스터리하지요? 모든 사람이 파리와 기생충을 죽이지 않습니까……."

안 된다. 이건 그냥 넘어갈 수 없다. 나는 즉각 샤츠 앞에 모습을 나타내어 매서운 눈으로 그를 바라본다. 서장이 얼굴을 붉힌다.

"당신들은 모든 걸 삐딱하게 해석하는군" 하고 그가 투덜거린다. "당신네 유대인들은 그저 자기 생각뿐이라고……."

나는 그를 손가락으로 위협하고 나서 물러난다. 샤츠가 어깨를 으쓱하더니 물을 한 잔 따라 마신다.

"늘 담요를 자기 쪽으로 잡아당기려 한단 말이야……" 하고 그가 투덜댄다.

백작이 놀란 표정으로 묻는다.

"뭐라고요?"

"아닙니다. 아무 말도 하지 않았어요. 입을 벌리지 않았습니다. 그럼 계속하시지요. 그러니까 그 사냥터지기가…… 파리를 죽였단 말이죠. 그게 다예요?"

"한데 그는 파리를 자연스럽게 죽이지 않았습니다."

"그건 또 뭔 소린가요? 누군가를 **자연스럽게** 죽인다는 게?"

내가 다시 모습을 나타낸다. 그러자 그가 주먹으로 책상을 치더니 자신의 두 눈을 가려버린다. 여기서 한 가지 매우 중요한 고백을 해야 할 것 같다. 내가 그를 고의로 학대하는 게 아니라는 것 말이다. 실은 참 묘하다. 그 원인이 그에게 있다고 말할 수도 있을 것 같아서다. 이는 내밀한 우리 관계의 특별한 성격과 연관 있는데, 솔직히 나는 이를 너무 깊숙이 파헤치려고 들 엄두가 나지 않는다. 다만 이렇게 말해두자. 때로는 내가 그 안에 있는 건지 아니면 그가 내 안에 있는 건지 나도 모르겠다고 말이다. 이 거지 같은 샤츠 녀석이 **나의** 유대인이 되어버린 거라는, 이 독일 놈이 내 잠재의식 속에 떨어져 거기에 영원히 정착해버린 거라는 확신이 드는 순간들이 있다. 종종 나는 영원히 우리가 서로를 떨쳐버리지 못할 거라는 생각이 들어 공포에 질리곤 한다. 증오와 피와 두려움과 용서할 수 없는 원한으로 맺어진, 잔인하고 기분 나쁘고 참을 수 없는 형제애. 그래서 어떤 때는 히틀러가 이겼다는 생각, 그가 우리를 그냥 멸절하기만 한 게 아니라, 정말 더럽게 서로를 결합해버린 거라는, 우리들의 정신을 뒤섞어버린 거라는 생각이 들어 공포에 사로잡힌다. 그는 독일인을 유대인화 하는데 그치지 않고, 한 걸음 더 나아가 독일인이 유대인의 유대인이 될 지경까지 자신의 흔적을 영원히 우리 내면에 남긴 거라는 생각이 들어서 말이다. 정신적 기생충, 나는 내 친한 친구들이 그런 걸 갖길 바라지 않는다. 하지만 이는 늘 그렇듯이 내가 대단히 신경질적이고 우울한 심기증 환자여서 드는 생각인지도 모른다. 괜한 **추레스** 만들 것 없이, 엄청난 수의 독일인이 자기 속에 600만 유대인을 숨기고 있음을 감사하는 마음으로 받아들이고 그러한 형제애의 증거에 안도감을 느끼는 편이 나을 것 같다. 그냥 그들을 쳐다보아서는 짐작하지 못할 것이다. 그들은 우리를 너무나 잘 숨기고 있으니 말이다. 오십 대 독일인과 만났을 때, 그가 감성이 있고 양심이 있는 사람이라면 비밀 세입자가 한 명 그에게 더 부살이하고 있다고 생각하면 틀림없다. 신나치들이 괜히 자기들 동포가 유대인화 되었다고 비난하는 게 아니다. 자신들의 인종적 순수성을 영원히 되찾지 못할 거라는 생각에, 그들 중 많은 이들이 자기 파괴를 꿈꾸는 것도 이해가 간다. 예컨대 내 친구 샤츠만 해도 그렇다. 그가 너무도 나를 떨쳐버리고 싶어 자살 시도까지 했다는 사실을 나는 안다. 그는 내가 없어지길 바란다. 늘 나는 그가 유대인 배척주의 발작을 일으켜 목을 매거나 가스를 틀까 봐 두렵다.

공원에서의 시 강습

샤츠는 눈을 감지만, 그러나 그건 틀린 생각이다. 그러면 나를 더욱더 잘 보게 된다. 나는 수면으로 떠올라 물 흐르듯 흘러들어 편히 자리를 잡는다. 휴우! 그의 거시기란 게 알고 보면 잠재의식이 아니라 진창이요, 나는 빤질빤질 윤이 난다. 그 속에 나는 최소한만 머문다. 그저 불씨를 유지할 수 있을 정도만.

그는 한숨을 내쉬고 눈을 뜨지만, 그러나 두 방문객에게 시선을 고정시킨 채 경계하는 황소처럼 이마를 숙이고 있다. 그는 간밤에 자신이 유난히 심한 발작을 일으켰음을 안다. 지난밤 그는 이성을 잃고 프라우 뮐러를 호출했으며, 즉시 그녀는 의사들에게 전화를 했다. 여러분이 짐작하듯 그녀는 너무도 기뻤을 것이다. 그녀가 만나는 사람마다 붙들고 그의 이성이 흔들리고 있다고 떠벌리고 다닌다는 사실을 그도 안다. 지금 그 의사들이 바로 여기에 있다. 이 두 **영향력 있는** 인물이 바로 그들임이 분명하다. 그들은 지금 그를 염탐하는 중이다. 이건 음모다. 이미 오래전부터 그는 주변에서 이상한 시선들을 포착했다. 사람들은 그가 죽길 바랐다. 절대 나치 탈을 벗지 말았어야 했다. 사람들이 그를 비난하는 게 특히 그 점이다. 독일국가민주당N.P.D.을 앞세워 독일이 갱생을 향해 나아가고 있는 지금, 그것은 그의 서류상의 검은 얼룩과도 같았다. 만약 이 두 녀석이 일급 경찰서장 샤츠가 유대인화된 게 사실인지 검증하는 임무를 맡은 정치 경찰 소속이라면?

겁먹지 말자. 무엇보다 명철함을 유지해야 한다. 바위처럼 단단해야 한다. 중요한 건 적들에게 차분하고 자제력 있는 인상을 주는 거다. 조사를 계속하며 일에 충실해야 한다. 유대인 배척주의 선전에 상처받아 그들 모두를 똑바로 쳐다보며 이렇게 말해선 안 된다. **"그렇소, 나리들, 난 유대인 피를 가졌고 그것을 자랑스럽게 생각하오."** 모든 건 명철함을 유지하느냐에 달렸다. 콘 자식이 그의 생각을 조종해 혼란에 빠뜨리게 해서는 안 된다. **슈바르체 쉭세**에서 하던 수작을 그의 머릿속에서 부리지 못하게 해야 한다. 지금 여기엔 극히 중요한 두 인물, **독일의 기적**을 빚은 유명한 두 장인이 있다. 그들에게 상황 통제 능력과 충분한 역량의 소유자임을 보여주어야 한다. 그러면 나중에 그들에게 증언을 부탁할 수도 있을 것이다. 샤츠 서장? 아주 정상적이지. 철저하게 논리적이고. 마침 그는 그들에게 그런 말을 하던 중이었다…… 무슨 말? 그가 무슨 말을 하고 있었다고? 아 그렇지.

"누군가를 **자연스럽게** 죽인다는 게 무슨 뜻이지요?"

휴우! 그가 무사히 빠져나와 다행이다. 그들이 또 그에게 전기충격을 가할 수도 있는데, 지난번엔…… 그 일은 생각만 해도 몸이 떨린다. 그 개자식들이 하마터면 나를 해치울 뻔했다.

백작이 설명한다.

"그러니까, 그가 죽인 파리들 말인데, 플로리앙은 그것들을 건드리지도 않았소. 파리들이 죽어서 그의 주위로 떨어진 거요. 절로 말이오."

"아 그렇습니까?"

"그렇소. 참 이상하지요. 파리가 그의 곁에만 가면 죽어서 떨어지는 거요. 모기도 마찬가지고. 나비도 그래요."

"아마도 귀하의 사냥터지기가 지독하게 악취를 풍기나 봅니다. 하지만 그토록 아름다우신 부인이 그와 함께 떠났다니…… 참 이상하군요."

"꽃도 그래요. 내가 꽃을 잊었군요. 성의 정원사로 일하는 요한은 그와 사이가 아주 나빴소. 자신의 꽃을 망친다고 늘 그를 비난했지요. 남작에게 여러 번 불평을 한 걸로 아는데……."

"그게 무슨 상관인지 난 전혀 모르겠소" 하고 남작이 말한다.

샤츠 서장이 손을 들고 말한다.

"판단은 제가 하게 해주십시오. 꽃이라고 하셨나요?"

"난 그를 관찰했소. 사실 내가 보기에 그는 꽃을 해칠 마음이 전혀 없었어요. 오히려 꽃을 아주 좋아했죠. 늘 장미 덩굴 속에 파묻혀 있곤 했소. 다만 문제는 그가 거기 그렇게 좀 머무르기만 하면 꽃이 시들기 시작했단 거요."

"어떻게 말이지요?"

"그러니까, 파리처럼 말이오."

"그렇다면 귀하의 그 사냥터지기는 정말 이상한 친구로군요."

"새도 마찬가지였소…… 그가 다가가기만 하면 새들이 막 지저 귀다가―그렇게 하도록 새들에게 특별히 부추기는 것 같았소― 죽어서 그의 발밑에 떨어졌지요. 그도 애석해하는 것 같았소. 내 생각엔 그가 신경이 예민한 사람 같소."

"그것 외에, 그의 동정적인 성품을 보여주는 다른 특징들이 또 있나요?"

"아니…… 특별히 눈에 띄는 건 없었소이다. 어쩌면 시선 속의 뭔가가……."

"악한 눈빛? 위협적인?"

"아니, 정반대요…… 언제나 그는 사람들을…… 뭐랄까? 자애로운 시선으로…… 그렇소, 어떤 기대 어린 시선으로 주시했소. 애정 어린 시선…… 마치 많은 걸 기대한다는 듯, 용기를 북돋우는 시선으로 말이오."

"흠……."

"솔직히 말해 개인적으로 그는 내게 전혀 반감을 갖게 하지 않았소. 난 늘 거기, 공원에서 그를 좀 더 알고 싶었지요…… 그에겐 사람의 마음을 가라앉히고 안심시켜주는…… 심지어 미래에 대한 기대까지도 갖게 하는 그런 특성이 있었소. 그가 아주 친절한 사람임을 금방 느끼게 되지요. 그는 자연을 사랑했소. 공원이 아주 아름다운데다 공원 오솔길엔 언제나 플로리앙이 있었소. 나도 가끔 그에게 말을 걸어보기도 했지만—그와 함께 철학 얘기를 나누면 기분 좋았소—지금 생각해보면 참 이상하게도 사람들은 그만 보면 철학 얘기를 나누고 싶어 안달이었지요. 그는 공손하게 대답했지만 언제나 거리를 두었소. 나도 한두 번 죽음 문제에 대해 그와 토론을 하고자 한 적이 있소. 그는 겸손을 부리며 슬쩍 피해버리더군요. 하여간 아주 공손한 친구였소."

"그래요, 아주 조심스럽게 음모를 꾸민 거죠." 서장이 말했다.

"떠날 때 뭐 가져간 건 없나요? 그러니까 남작 부인 외에 말입니다."

"전혀."

"그의 생김새는 어땠나요?"

"키가 크고 마른 체격에, 이미 말했듯 나이를 종잡을 수 없게 뼈만 앙상한 얼굴이었소. 영원한 청춘 같은 모습이랄까. 옷을 입는 방식도 좀 이상했는데……."

"그건 내가 녀석에게 누차 지적을 했소이다" 하고 남작이 끼어든다. "그는 이따금 길거리에서 마주치곤 하는 불량 청소년 행색이었소…… 누군가를 기다리는……."

"우린 그치들을 고등어'창녀의 기둥서방'을 의미하는 은어라고 부르지요."

"그는 전혀 그런 행색이 아니었소. 오히려 문화인처럼 보였소. 시를 무척 좋아했지요. 주머니에 늘 시집을 넣고 다녔소."

"그렇다고 그러지 말란 법은 없죠. 개자식도 얼마든지 시를 감상할 줄 압니다. 비일비재한 일이죠."

"사실 이 모든 게 바로 시 때문인 것 같소…… 그러니까 릴리와 떠난 것 말입니다."

"릴리?"

"남작 부인 말이오. 그녀는 위대한 서정시 애독자요. 두 사람이 서로 큰 소리로 시를 읽어주는 모습을 공원에서 종종 보았소……."

남작은 충격 받은 표정이다.

"이보게, 그럼 나한테 말을 했어야지. 그랬으면 내가 마침표를 찍어버렸을 텐데."

"전혀 나빠 보이지 않았네."

서장은 납득이 가지 않는 모양이다.

"그들이 함께한 게 그것뿐이었나요?"

"내가 아는 바로는 그렇소."

"그렇군요. 결국 그에겐 귀하께서 불만을 가질 만한 게 전혀 없었단 말씀이군요. 귀하께선 오히려 그를 호감 가는 사람으로……."

전화벨이 그의 말을 중단시킨다.

"여보세요? 그렇네. 진정하게, 진정해. 흥분하지 말게. 좋아. 적어두지. 바지를 벗었고, 얼굴에는 몹시 만족한 표정…… 알아, 나도 알아. 스물네 구의 시신 전부가 그래, 지극히 행복한 표정이지. 진정하게, 경사. 누가 알겠나, 자네에게도 그런 일이 닥칠지…… 절망하지 말게."

"히! 히! 히!"

나는 웃음을 터뜨린다. 이 **코크메**를 그에게 속삭여준 이가 바로 나다. 하지만 결국 그가 자기 자신의 농담에 웃음을 터뜨리는 격이라 화를 낸다 해도 나로선 도저히 참을 수가 없다. 약간 휘파람 소리가 나는 이 거슬리는 짧은 웃음소리가 샤츠의 입술 새로 흘러나오자, 두 방문객은 살짝 놀라는 눈치다.

샤츠가 어떻게 좀 속여보려고 자기 목소리로 다시 한 번 웃는다. 난감하다. 나는 그에게 새로운 골칫거리를 안겨주고 싶지 않다. 그에게 이미 안겨준 골칫거리들만으로도 내겐 충분하고도 남는다. 하지만 도저히 참을 수가 없다. 우리가 어떤 사람들인지 여러분도 잘 알지 않는가. 손가락 하나를 내주면 팔을 붙잡는 사람들이다. **메아 쿨파**내 탓이로소이다.

슈바르체 쉭세

끔찍한 무더위다. 열기가 점점 더 가까이 다가오는 것 같다. 샤츠가 굵은 땀방울을 흘린다. 그는 의심에 찬 푸른색의 작은 두 눈을 남작에게 고정시키고 있으나 사실은 나를 찾고 있으며 내가 또 뭘 꾸미는지 궁금해 한다. 하지만 난 아무것도 꾸미지 않는다. 난 릴리가 잘 지내고 있고 늘 플로리앙의 보살핌을 받는다는 사실을 알기에 마냥 행복할 따름이다. 그들은 아주 아름다운 커플이요, 인류가 지속하는 한 헤어지지 않을 것이다. 이건 정말 앙심 없이 하는 말이다. 믿기지 않을지는 모르겠으나, 나도 아름다운 전설들을 좋아한다.

"그…… 플로리앙 얘기를 좀 더 해주시죠. 이젠 저도 정말 관심이 가는군요."

"그를 보는 일은 아주 드물어요. 가끔씩 몇 달 동안 모습을 감추곤 했죠. 하지만 내가 사냥 행렬에 참여할 때마다 늘 그가 있었소. 게다가 그는 내가 한 번도 본 적 없는 명사수였다오."

"아, 마침내 본론에 이르는군요. 그럼 남작 부인도 사냥을 많이 했나요?"

"전혀. 그녀는 끔찍이도 싫어했소. 정신적인 일들에만 관심이 있었지요."

"저는 질문을 에둘러 했습니다만, 귀하께서 그렇게 명확히 하고 싶으시다면……."

"서장!"

"그녀는…… 요구가 많은 편이었나요?"

"전혀 그렇지 않았소. 그녀는 보석들을 싫어했고 화장도 싫어했소. 예술과 시와 음악과 자연을 사랑했지요…… 릴리는 취미가 아주 소박했소."

"때로는 그런 것을 만족시키기가 가장 어렵죠. 그럼 그 사냥터지기는…… 그는 질투심이 많았나요? 질투 때문에 살인도 할 수 있을 만큼?"

"뭐라고?…… 어찌 그런 생각을 다 하오! 정말 끔찍하군! 어찌 릴리가 이번 범죄에 연루되었을 거라는 생각을 할 수 있단 말이오! 그녀는 슐레스비히-홀스타인 가문 사람이오!"

"호헨촐레른 일가도 그에 뒤지지 않는 가문입니다만 14~18년에 수백만 명의 목숨을 앗았지요!"

남작이 진짜로 격분한다.

"참으로 저열하고, 흉측하고, 방탕한 상상력이군! 그런 훌륭한 가문 출신의 여자, 참으로 대단한 귀부인이 그런 끔찍한 범죄에 연루되었을 것으로 상상하다니…… 당신을 파면 조치하도록 요청하겠소. 릴리, 나의 릴리! 너무도 순수하고, 너무도 아름답고, 너무도 고귀한……."

"전에도 애인들이 있었나요?"

"전혀! 상스러운 사람 같으니라고! 그녀는 섬세한 감수성에 엘리트 천품을 타고난 사람이요. 우린 최고의 작가와 음악가를 집으로 맞이하곤 했소…… 문화 말이오! 그녀는 오직 문화만을 위해 산 사람이오. 이를 모르는 이가 누가 있소! 아무나 붙들고 물어보시오! 대단히 박식한 사람이었소. 바그너! 베토벤! 실러! 횔덜린! 릴케! 이들이 그녀의 유일한 애인이었소. 그녀는 우리의 가장 위대한 시인들에게 영감을 주었소! 오드서정 단시! 스탕스비극적 서정시! 엘레지! 소네트! 그 모든 것이 그녀의 아름다움과 그녀의 위대함과 그녀의 고결함과 불멸의 영혼을 노래했소! 사람들은 그녀를 학교 청소년들에게 모범으로 제시했소! 그녀가 위대한 사랑을 고취시키기도 했지만, 그건 어디까지나 정신의 차원에서였단 말이오! 분명히 말하지만, 릴리에겐 오직 하나의 꿈, 하나의 갈망, 하나의 욕구뿐이었소…… 문화 말이오……."

그의 말이 맞다. 전적으로 옳다. 문화. SS대원들이 경기관총을 겨누고 있는 상황에서 우리가 우리 자신의 무덤을 파고 있을 때, 나는 나의 무덤 이웃 시오마 카펠루츠닉에게 문화라는 것을 어떻게 생각하는지 물어보았었다. 그를 향해 몸을 돌리고서 문화에 대한 올바른 정의를 내려달라고 요청했었다. 그냥 개죽음 당할 게 아니라, 어쩌면 후세에게 뭔가 문화유산 같은 걸 남길 수 있지 않을까 싶어서였다. 그가 뭐라 대답을 했지만 그의 목소리는 어머니들 품에서 울부짖는 꼬맹이들—어린아이가 딸린 어머니는 자기 무덤 파는 일을 하지 않아도 되었다—소리에 덮여버렸다…… 그러자 그가 땅을 파면서 내게 다가와 한쪽 눈을 찡긋하며 말했다. **"문화란 말이지, 어린아이를 품에 안은 어머니는 총살 직전 자기**

무덤 파는 일에서 면제받는 거라네." 그것은 훌륭한 **코크메**였고 우리는 함께 웃음을 터뜨렸다. 분명히 말하지만 유대인들 우스개보다 나은 우스개는 없다.

"그녀는 평생 오직 하나의 꿈뿐이었소. 문화 말이오!"

한데 죽기 전에 그런 말을 한 사람이 내가 아니라 내 동료였다는 사실이 좀 찜찜했다. 나도 뭔가 찾아보려 했지만 이미 처형이 시작되고 있었다. 그래서 그저 시각적 효과, 도발적인 몸짓으로 만족해야 했던 것이다. 그 후 다행히도 나는 문화가 정확히 무엇을 의미하는지에 대해 차분히 생각해볼 여유를 가졌고, 그러다 결국 일이 년 전쯤, 신문들을 읽고서 제법 그럴싸한 정의를 찾아냈다. 당시 독일 신문에는 콩고의 야생 심바스와힐리어로 심바simba는 사자를 뜻한다. 1960년대 콩고 반군들이 자신들을 가리킨 이름이기도 하다들이 저지른 온갖 잔혹 행위 이야기가 많았다. 문명 세계는 분노했다. 그러니까 이런 얘기다. 독일인에겐 실러와 괴테와 횔덜린이 있지만 콩고의 심바에겐 그런 위인들이 없다는 거다. 엄청난 문화를 상속받은 독일인과 미개한 심바의 차이는 이렇다. 심바는 희생자들을 먹었으나 독일인은 그들을 비누로 만들었다는 것. **청결에 대한 욕구, 그것이 문화다.**

도이칠란트, 아인 빈터메르헨

나는 웃음소리를 듣지만, 그가 웃는 것인지 내가 웃는 것인지 모르겠다. 심지어 우리 둘 중 누가 생각을 하고, 누가 말을 하고, 누가 괴로워하고, 누가 잠을 자는지 모를 때도 있는데, 그럴 때 샤츠는 자신이 내 상상의 산물, 나치에 대한 내 양심의 산물이라고 생각한다. 게다가 나는 어쩌면 이 모든 것이 생판 일어나지 않은 일이 아닐까 하는, 그런 짧은 의혹의 순간들이 좋다. 우리 손자들을 겁주기 위한 그림 형제의 잔혹 동화 같은 것. 유대인 하이네의 책 제목이 생각난다. 『도이칠란트, 아인 빈터메르헨』. 그렇다, 바로 그거다. 『독일, 겨울 이야기』 그러니까 『프라하의 학생』 『마부제 박사』의 전통을, 호프만과 샤미소의 전통을 더없이 잘 계승하는 것. 독일의 케케묵은 환상, 그로츠와 쿠르트 바일과 프리츠 랑의 표현주의의 연장, 가공의 이야기 말이다. 그리고 예수의 죽음에 대한 이스라엘의 집단 책임이 그렇듯이, 독일의 집단 책임이라는 것도 하나의 콩트다. 불행하게도 훨씬 더 큰 책임이 있다. 나는 우리 중 어느 누구도 눈을 내리깔지 않고는 자신의 시선을 유지할 수 없으리라고 생각한다.

누명을 벗고자 해서가 아니라, 다만 내가 누구인지 정말 잘 모르겠다는 생각이 드는 순간들이 있다. 샤츠는 내가 제기하는 소송으로부터 자신을 좀 더 잘 지키기 위해 모든 걸 뒤죽박죽으로 만들고 내 속에 숨으려 한다. 그는 남들에게 자신은 그저 유대인의 잠재의식에 깃든 나치 유령일 뿐이라는 믿음을 주려 한다. 수단 방법을 가리지 않고 자신의 과거에서 벗어나려 한다. 자신이 더는 존재하지 않고 내 속에 있는 것처럼 믿게 하려는 샤츠헨의 간책에 여러분은 속아 넘어가지 않길 바란다. 그는 내가 지쳐 나가떨어지게 하려고 하지만 그것은 매우 어려운 예술이요, 아주 위대한 예술이라도 나를 억압하려면 진짜 재능이 필요할 것이다. 이따금 나는 루브르 박물관의 보물들을 모두 다 동원해도 그렇게 하지 못할 것 같은 느낌이 든다. 내가 그림을 뚫고 나올 것 같은 느낌, 나의 머리가 마치 바르샤바 게토의 어느 하수구에서 **"펙! 나 여기 있소"** 하고 튀어나오듯 렘브란트나 베르메르, 벨라스케스, 혹은 르누아르의 작품을 뚫고 나올 것 같은 느낌이 든다.

그것이 전적으로 간책이라 할 수는 없다. 샤츠가 자신이 더는 신체적으로 존재하지 않는다고, 내가 그를 완전히 동화시켰다고 진짜로 믿는, 그래서 자신이 완전히 유대인이 되었다고 느끼는 순간들이 있다는 걸 나도 안다. 그는 술만 취하면 이스라엘로 가서 정착하고 싶다고 말한다. 어느 날 아침엔가는 나치 출신에게 기대하기 힘든 아주 이상한 짓도 했다. 바지를 내리고 자신의 음경을 꺼내보곤 깜짝 놀라 한동안 그것을 주시했다. 아직 할례를 하지 않은 것을 확인하고 놀랐던 것이다. 나는 그 지경까지 가지는 않았으며, 그렇게 하려 해도 할 수도 없을 것이다. 난 다만 그에게 심리적인 영향만 끼칠 수 있을 뿐이요 도덕적으로 도와줄 수 있을 뿐이다. 더욱이 그러려고 애쓰는 중이다. 동화가 가능하다는 것, 재생 불가능한 **나쁜** 독일인은 없다는 것을 증명하고 싶어서다. 과거의 **유덴프레서** 샤츠가 완전히 재교육될 수 있다는 얘기는 아니다. 그러나 호언을 하거나 그를 칭찬하려는 뜻에서 하는 말이 아니라, 나는 그가 나아지리라고 장담한다. 어느 날 저녁 나는 그가 독일 주재 이스라엘 대사관 주변을 소심하게 맴돌 뿐 감히 안으로 들어가지는 못하는 것을 보았다. 아마 그는 내적인 공모, 인종주의적 공모를 필요로 할 것이다. 그는 언젠가는 귀화하여, 이를테면 흑인들을 자신들 부동산 게토 속에 유지시키려고 애쓰는 미국 유대인들의 선두에 서기를 희망한다. 그는 이스라엘에 정착할 수 있기를 바라는데, 그거야말로 진정한 명예 회복일 것이다. 사실 샤츠의 바람은 모든 사람이 되는 것, 우리 모두 속에 자신을 결정적으로 고정시키는 것, 그리하여 자신의 죄의식 콤플렉스에서 해방되는 것이다. 어쩌면 언젠가는 우리를 통솔하게 되길 바라는지도 모른다. 어쨌거나 그가 이제 더는 유대인 배척자가 아니라는 것만으로도 충분할 것이다. 그는 이제 그런 사람이 아니다. 그건 정말 쉽지 않은 일이었다. 전쟁이 끝난 후에도 오랫동안 샤츠는 **최종 해결책** 관련 저서들을 수집하여 탐독했다. 그에겐 회고 취미가 있었고, 그것은 그에게 옛 호시절을 상기해주었다. 『안네 프랑크의 일기』가 독일에서 베스트셀러였다는 사실을 여러분도 모르지 않을 것이다. 하지만 오늘날의 그는 포기할 준비가 되었다. 유대인 배척주의를 포기해야만 다시 자기 자신이 될 수 있는 거라면 독일은 능히 그렇게 할 것이다. 어떤 희생 앞에서도 뒤로 물러서지 않는, 아주 단호한 나라 아닌가.

　그러므로 우리 관계가 단순하다거나 우리의 친밀함에 구름 한 점 없다고 생각해서는 안 된다. 언젠가 샤츠헨은 내게 아주 더러운 짓을 한 적이 있다. 나를 다시 한 번 죽이려 들었다. 어느 정신병원에 입원하여 3주간을 보내며 일련의 전기 충격 요법을 받았다. 다른 목적에서가 아니라 오로지 나를 감전사시키기 위해서였다. 덕분에 나는 끔찍한 시간을 보냈다. 그것은 나치들이 우리를 제거할 때 시도하지 않은 유일한 방법이었으며, 사실 그보다 더 나은 방법도 없었다. 전기 충격 요법만 잘 받는다면 그들의 머릿속에서 유대인은 흔적도 남지 않게 될 것이다. 한 일주일쯤 지나자 나는 너무도 쇠약해져 더는 모습을 나타낼 기력조차 없었다. 물론 여전히 거기 있긴 했지만, 흐릿하고, 아득하고, 거의 보이지 않게 되어버렸으며, 바로 그래서 내가 살 수 있었던 것 같다. 샤츠가 더는 나를 보지 못하자 의사들은 그에게 완쾌되었다고 선언했다. 그는 휘파람을 불며 병원에서 나와 집으로 돌아왔다. 그 후 나는 보름이나 지나서야 다시 기운을 차려 한밤중에 그를 깨울 수 있었는데, 그때 그의 반응을 보고는 아주 기분 좋게 놀랐다. 그가 웃음을 터뜨렸던 것이다. 그는 침대에 앉아 온몸을 비틀며 웃음을 그치지 못했고, 잠이 깬 이웃들이 그의 입을 다물게 하려고 벽을 두드려댄 일이 기억난다. 그는 겨우 진정되었고, 다음 날 업무에 복귀했으며, 더 이상은 나를 쫓아낼 노력을 전혀 하지 않았다. 다만 어느 누구도 샤츠 서장이 유대화한 게 아닐까 하는 의심을 품지 못하도록, 본색이 드러나지 않게 조심만 했을 뿐이었다. 나는 그가 여기, 자기 집무실에서, 체계적이고 통찰력 있게 수사를 해나가는 모습을 볼 수 있게 되어 참 기쁘다. 뭔가가 내게 말한다. 이것이 샤츠 서장의 마지막 수사라고. 그는 아직 그런 줄 모르고 있으나, 사실 이번 일은 아주 오래전부터 그의 생애에서 가장 중대한 사건으로 결정되어 있었다. 나는 릴리를 알고 플로리앙을 안다. 그들이 어떤 일을 할 수 있는 이들인지 누구도 나보다 더 잘 알지는 못한다. 이것은 아주 오래된 사건으로, 이미 오래전부터 스스로 해결책을 도모해왔으며, 곧 그것을 찾아낼 것 같다. 또한 이것은 적어도 피만큼이나 많은 예술을 부단히 흐르게 한, 이론의 여지없는 하나의 아름다운 사랑 이야기기도 하다. 한마디로, 전실을 만드는 데 필요한 모든 것이 여기 있다. 나는 남작이 그토록 서정적이고 확신에 찬 어조로 릴리를 묘사하는 것을 보고 상당 부분 그의 얘기에 공감하지 않을 수 없었다. 그의 말이 맞다. 그녀는 아주 아름답다. 거부할 수 없는 여자기도 하다. 지금 여러분에게 이런 말을 하는 나 역시, 여전히 그녀를 사랑한다. 나는 그녀의 어떤 행동도 용서해줄 마음의 준비가 되어 있다. 상대가 릴리라면 나는 나의 모든 희극적 수단을 잃어버린다. 센티멘털리즘, 전율하는 서정성에 빠져든다. 부단히 나는 그녀의 변명거리들을 찾아낸다. 모든 것을 나치들, 공산주의자들, 개인들에게 덮어씌운다. 독일인을, 프랑스인을, 미국인을, 중국인을 비난한다. 그녀의 알리바이를 만들어낸다. 항상 나는 그녀가 범죄 현장이 아니라 어느 박물관, 어느 성당에 있었다고, 슈바이처와 함께 문둥이들을 보살피고 있었다고, 플레밍과 함께 페니실린을 발견하던 중이었다고 증언할 것이다. 그녀가 정신이 이상하다거나 색광이라고 비난하는 목소리가 터져 나온다면 누구보다도 먼저 길

길이 뛰며 나설 것이다. 언제나 내가 그녀를 몹시 사랑하며 언제나 그녀를 생각한다는 것, 그것이 진실이다. 이런 나의 사랑은 파괴가 불가능할 뿐 아니라 접촉하는 모든 것을 위대하게 만든다.

"좋아요, 좋아" 하고 샤츠가 조급하게 말한다. "그녀는 대단히 교양 있는 여자였어요. 한데 다른 건 어땠나요? 그녀에게도 다른…… 욕구가 있었겠죠?"

"그녀는 상스러운 걸 몹시 싫어했소…… 어떤…… 동물적 접촉 같은 것 말이오."

"남편들은 종종 그렇게 생각하죠. 그럼 그 사냥터지기는요?"

"프랑스에서 짐승 몰이에 나섰다가 사고를 당했소…… 운 나쁜 꿩이죠…… 무슨 말인지 아실 거요."

"프랑스에서 대체 뭘 하고 있었던 거지요?"

"아니…… 그는 독일 사람이잖소. 병역 의무를 수행하던 중이었소."

"남작 부인께선 왜 거세된 남자랑 떠난 거지요?"

"내 말이 그 말이오…… 내 생각엔 그가…… 공격을 하지 않는 자라 그런 것 같소."

"그런 경우라면, 남편 곁에 있어도 괜찮을 텐데요."

내가 웃음을 터뜨린다. **슈바르체 쉭세**의 전통을 기막히게 잘 계승하는 이 **코크메**를 끼워 넣길 잘한 것 같다. 샤츠는 자신이 방금 내뱉은 말에 깜짝 놀라 입을 멍하니 벌리고 있다. 두 귀족이 노성을 터뜨린다.

"서장!"

"서장!"

이 사람들은 자신들의 눈가리개를 중히 여긴다. 종종 이 엘리트 족속들에겐 너무도 우아하고 너무도 세심하게 단추를 채운, 너무도 잘 차려입은 뭔가가 있어서, 과연 이 세상에 자신을 포장하는 예술보다 더 위대한 예술이 있을까 하는 생각이 절로 들게 된다. 더군다나 샤츠가 내 주변을 알코올 증기로 감싸버려, 나로서는 남작과 백작에게서 너무도 훌륭하게 재단된 그들의 의상 외에 다른 것을 알아보기가 쉽지 않다. 사실 인간의 가장 고귀한 정복, 그건 바로 인간의 의상이다. 그것은 인간을 기막히게 포장한다. 갈수록 나는 점점 더 모나리자 편이 되어간다.

"좋아요, 좋아!" 하고 서장이 말한다. "알겠어요. 지금 그들은 둘이 함께 박물관을 방문 중이고, 바흐의 음악을 듣고 있고, 시를 낭송하고 있단 말이군…… 나리들, 그럼 전 일을 해야 하니 이만 가주셨으면 합니다. 사람들이 이 세상에서 불감증 여자와 고자라는 한 쌍의 완벽한 커플을 찾아냈는데, 제가 괜히 끼어들어 그들의 행복을 방해해서는 안 되는 거지요……."

남작이 언성을 높이기 시작했으나 그의 항의는 바깥에서 나는 와자지껄한 소리에 덮여버렸고, "**남작님, 남작님께 말씀드려야 해요, 아주 중요한 일이니 저를 들여보내주세요**" 하고 애원하는 숨찬 목소리가 들리는가 싶더니, 괴테스트라세 제12호 중앙 경찰서 사무실이 새롭고 감동적인 한 인물의 등장으로 환히 빛난다. 왜냐하면 그는 우리의 유서 깊은 역사 태피스트리에 뭔가 대체 불가능한 것, 즉 민중적인 터치를 가미하기 때문이다.

단순한 마음

그는 성의 정원사 요한이다. 나는 그를 잘 안다. 나는 아침 식사로 달걀 반숙을 먹는데, 아주 신선한 달걀을 원해서 샤츠가 바로 요한에게 가서 달걀을 사와 정확히 삼 분 삼십 초 동안 직접 삶는다. 내가 그렇게 삶는 걸 좋아하기 때문이다. 이 점에 있어 나는 병적인 데가 있다. 삼 분 삼십 초를 좀 넘기거나 모자라게 삶으면 샤츠가 소화불량에 걸린다.

요한은 건장한 젊은 농부로, 엄청나게 큰 자신의 두 발로 뭘 어떻게 해야 할지 도통 모르는 사람 같다. 밀짚모자를 쓰고, 일할 때 입는 가죽 덧옷을 걸치고, 화재 현장에서 갓 빠져나온 사람의 머리 모양을 하고 있다.

"남작님…… 아, 남작님!"

"릴리 말인가!" 하고 남작이 큰 소리로 외친다. "릴리에게 무슨 일이 있는가?"

"나…… 나…… 남작님……."

"언제까지 그렇게 징징거리기만 할 거요" 하고 서장이 끼어든다.

"나…… 남작님……."

"이런 바보, 말을 하라니까!"

"릴리! 릴리에게 무슨 일이 생겼는가? 사람들이 그녀를 찾아냈는가?"

"여…… 열일곱이나!" 하고 정원사가 소리친다.

"스물넷이요!" 하고 서장이 그의 말을 고친다.

"열일곱이요!" 하고 요한이 단언한다.

"스물넷이라니까! 여기 보고서가 있소. 모두 바지를 벗은 채 행복한 표정을 짓고 있지 않소!"

"열일곱이라니까요! 사방에 널렸어요! 플로리앙의 집에……온실에…… 공원에!"

잠시 끔찍한 침묵이 흐른다.

"맙소사!" 하고 샤츠가 외친다. "같은 사람들이 아닌가 보군! 그럼 마흔한 명이나 되는데!"

"플로리앙이 사라지고 나서…… 우린 그의 집으로 들어갔어요…… 그리고 시신들을…… 찾아냈지요! 뼈…… 뼈다귀들을! 사방에 널려 있었어요! 화덕 속에! 보일러 속에! 그 마부…… 남작님도 기억하시지요? 실종된 마부 잔더스 말입니다. 그가 거기 있었어요! 경주용 옷차림으로! 남작님의 암말을 타던 때 모습 그대로였어요! 옷도 남작님이 좋아하시던 색깔 그대로였고요! 그밖에 우편물을 가득 지닌 집배원도 있었고, 사이클 선수도 있었고……."

"사이클 선수라고?" 하고 서장이 외친다. "스프리츠로군! 여러분도 기억하실 겁니다. 그는 독일 투어에 참여했다가 감쪽같이 사라져버렸죠!"

"소방대원 셋…… 흑인 미군 병사 넷…… 트럭 운전사 둘……
깨끗한 수건 여섯 장…… 물뿌리개 하나…… 작은 스푼 여섯
개…… 소금통 하나와 포크 하나…….."

"잠깐, 잠깐만!" 하고 샤츠가 소리친다. "정신 나갔군…… 소금
통 하나와 포크 하나로 그녀가 뭘 했다는 거요!"

"그녀라니, 누구 말이오?" 하고 남작이 외친다. "설마 릴리를 두
고 하는 말은 아니겠지요?"

"가엾은 친구 같으니, 기운 내게!" 하고 백작이 말한다.

"시장 보좌관 한 명…… 배관공 한 명…… 깨끗한 셔츠 일곱
벌…… 그토록 온화하고 착했던 그분이!"

"그분이라니, 누구 말이야?" 하고 남작이 고함을 지른다.

"아직도 이해가 안 되십니까?" 하고 샤츠가 끼어든다. "지금 우
리 상대는 자신의 뜻을 이루지 못하는 색광色狂입니다. 귀하의 사
냥터지기인 플로리앙이란 자는 불쌍하게도 그 불가능한 일에 도
전했다가 실패하는 이들을 모조리 죽이고 있고요. 그들의 오만
을 벌하는 거지요. 이건 석간수처럼 분명한 사실입니다."

색광이라는 말은 성급하다. 내 생각엔 샤츠가 제 코끝 이상을
보지 못하는 것 같다. 우리는 이상을, 갈망을 가질 수 있고, 그것
을 실현하기 위해 많은 고생을 감수할 수 있다. 우리는 메시아를
기다릴 수 있고, 구원자를, 구세주를, 초인을 찾아 나설 수 있으
며, 그런다고 폭언을 들어야 하는 건 아니다. 그렇지 않다면 인류
자체가 실패를 선고받은, 불감증에 정신이상이라고 말해야 하지
않겠는가. 독일만이 꿈꾸고, 욕구하고, 기대하고, 시도하고, 실패
하고, 다시 시작하고, 늘 시도하나 절대 도달하지 못하는 게 아니

지 않는가. 우리는 절대에 대한, 완전한 소유에 대한 취미―원한다면 최종 해결책에 대한 취미까지도―를 가질 수 있다. 결코 거기에 도달하는 일 없이, 그렇다고 낙담하지도 않고 말이다. 중요한 건 희망이다. 끈기 있게, 거듭 시도해야 한다. 언젠가는 도달할 것이다. 그때 꿈, 향수, 유토피아는 종말을 맞이할 것이다. 나는 사람들이 릴리를 모욕하는 걸 바라지 않는다. 그녀를 이해해야 한다. 그녀를 사랑할 줄 알아야 한다. 아무도 그녀를 진정으로 사랑할 줄 모른다. 그래서 그녀는 찾는다. 그녀는 실망하기도 하고 바보짓도 한다. 그렇다, 그녀를 이해해야 한다. 이디시어에, 이해하는 건 용서하는 거라는 말이 있다.

죽음 같은 침묵이란 이럴 때 하는 말이다. 남작은 자명한 사실을 받아들이길 거부한다. 그는 저기에 앉아 눈을 깜빡이면서, 이해가 되지 않는다고, 무슨 소린지 알아듣지 못하겠다고 주장한다.

"그래요, 어쩌면 플로리앙이 살인자인지도 모르지요. 하지만 그건 곧 내 아내가 끔찍한 위험에 처했다는 뜻이지 다른 뜻이 아니오!"

"위험한 짓을 한다는 건 확실하지요."

선량한 요한의 입에선 이제 서사시가 흘러나온다.

"그리고 온실에 말입니다, 남작님…… 온실에! 그들은 그런 걸 숨길 새도 없었나 봐요! 좋은 냄새가 여전히 남아 있었죠…… 따스한 향기…… 남작 부인의 향기였어요! 금방 알 수 있었어요! 안으로 들어서자마자 그것이 저를 어루만져주더군요…… 그들은 넷이었고…… 부인께선 막 그들을 해치운 참이었죠…… 그 얼굴들이라니! 그 얼굴들 말이에요, 남작님! 남작님은 모르실 거예요! 그 눈동자들! 그들은 정말 뭔가를 본 것 같았어요…… 부인께서 그들에게 보여준 거죠…… 어떤 것…… 어떤 아름다운 것…… 정말 아름다운 것! 진짜 거시기 말이에요! 인간들이 유사 이래로 기다려온 것! 모든 거시기가 제자리에 있고, 모든 거시기마다 하나의 자리가 있는…… 낙원 말입니다! 그들은 보았습니다, 그들은 보고 만져볼 수 있었습니다. 그들은 그것에 손을 댄 겁니다. 그건 결코 인민의 아편이 아니었어요!"

이 대목에서 정원사 요한은 눈물을 흘리기 시작한다.

"그것이 존재함을 안다는 건 참 멋져요, 남작님, 괜히 사는 게 아니라는 것 말이에요! 진짜 거시기! 진짜 중의 진짜! 유일한 것! 경이로운 것! 아, 남작님, 맹세코 그들은 그 맛을 보았어요, 확실해요, 그때까지도 좋은 냄새를 풍기고 있었다고요! 그냥 거기서, 그들과 함께 잠들어버리고 싶은, 죽어버리고 싶은 마음이 들었죠, 오로지 그 맛이 보고 싶어서 말이에요!"

선 채로 몸을 앞으로 엉거주춤 숙이고 있는 휩슈의 얼굴에 경련이 인다.

"바지를 벗고?" 하고 서장이 짤막하게 묻는다.

"모두 벗었죠! 계속 웃고 있던 사람도 있었어요!"

"뭐라고?" 하고 백작이 반문한다. "그게 무슨 소리요?"

"말도 안 돼. 내가 꿈을 꾸고 있단 말인가!" 하고 남작이 외친다. "아냐, 내가 그런 꿈을 꿀 수야 없지! 지금 여기서 꿈꾸고 있는 건 내가 아냐! 불면증에 쇠약해진, 퇴폐적이고 천박한 짐승이 꿈꾸고 있는 거지! 우리 모두가 지금 알코올중독 착란에 빠져 있는 거야!"

요한이 두 손을 모은다. 그의 얼굴은 대단히 부드럽고 따뜻하다.

"모두 바지를 벗은 채였어요! 너무도 행복한 어린 새들처럼!"

"새라고?" 하고 서장이 말했다. "무슨 새? 새들이 어디 있지?"

"둥지 속에 웅크린, 너무도 만족해하는, 너무도 작고 귀여운 어린 새들!"

"이 더러운 유대인 놈이 지금 우리의 도덕적 힘줄을 망가뜨리고 있군그래!" 하고 샤츠가 외친다.

"무슨 유대인 말이오?" 하고 남작이 묻는다.

샤츠가 이번만큼은 자제를 하지 않는다. 틀린 생각이다. 아무리 그래도 자백을 해서는 안 되는 것 아닌가? 그들은 그를 가둘 것이고, 새로운 약으로 나를 죽일 것이다. 나는 그를 자제시키려고 해본다. 하지만 그는 너무나 격분하여 우리 속임수의 규칙들을 깡그리 잊고 있다. 우리에게 아주 성공적인 결과를 안겨준, 그 늘 속에 숨어 절묘하게 역사를 관통하여 빠져나가는 그 수법과 보존 본능을 말이다.

"무슨 유대인이냐고?" 하고 그가 언성을 높인다. "늘 같은 놈이오! 타락한 술법 냄새가 납니다. **디부크**, **골렘**, 프라하의 유령, 그들이 되돌아오고 있소! 여러분, 조심하시오. 지금 우린 모두 징기스 콘이라는 삼류 어릿광대의 발아래 떨어져 있소. 왕년에 이디시 카바레들을 전전하며 지저분한 공연을 하던 놈이오. 놈이 지금 우리의 얼굴 위에서 호라 발칸, 이스라엘 등지에서 결혼식이나 축제 때 둥글게 무리 지어 추는 전통 춤를 추고 있단 말이오."

이쯤 되면 나로서도 어쩔 수가 없다. 나는 춤을 추며 잽싸게 샤츠헨 앞을 지나간다. 서장은 시선을 허공에 고정시킨 채 멍하니 입을 벌리고 있다. 그는 이것이 꿈이 아니라 악몽, 즉 현실임을 잘 안다. 알코올이 이 사건에 뭔가 구부러지고 일그러진 비현실적 성격을 부여하긴 했지만, 그래도 온 세상의 신문 1면에 대서특필된 사건 아닌가. 꿈에서 깨려고 얼굴을 꼬집어볼 필요도 없다. 이것은 현실이다. 마흔한 명은 헤아릴 수 있고 머릿속에 그려볼 수 있는 수이기에 더욱더 뚜렷하고 충격적이다. 그것은 구체적이다. 5000만 명이었다면 이미 오래전에 아무도 더는 이 얘길 떠들어대지 않았을 것이다. 그것은 순수한 추상이니까.

서장이 다시 계산을 한다.

"숲과 도로에 스물네 명이 있고 공원에 또 열일곱 명이 있으니, 총 마흔한 명이로군……."

"게다가 소금통이 있고, 또……."

그제야 남작이 자명한 사실에 굴복한다.

"맙소사" 하고 그가 울먹이는 목소리로 말한다. "아내가 나를 속이다니!"

"아하" 하고 서장이 말한다. "이제야 좀 감이 잡히시나 보군!"

정원사 요한이 의자 위에 털썩 앉는다. 그러곤 밀짚모자를 두 손으로 잡고 돌린다. 시선이 온통 눈물에 젖어 있다. 그는 먼 곳을, 아주 먼 곳을 바라본다. 그는 마음이 단순한 사람이다. 인간이 행복해지는 데 필요한 게 뭔지 안다. 그는 그것을, 그 작은 절대를 본다. 노래하고, 그를 부르고, 그에게 미래를 약속하며 꿱꿱거리는, 보드라운 털 속의 너무도 아름답고 너무도 부드러운, 도달 가능한 유일한 것. 붙잡을 수 있는, 뭔가 확실하고 긍정적인 것. 그것이 저기 있다. 요한은 그것이 갖고 싶다, 몹시 갖고 싶다.

그는 손가락 하나를 들어 공간 속의 한 점을 가리킨다.

"진짜로 있네! 위에 걸터앉아 꿱꿱거리는 작은 새들이며 주변 잔디와 함께 금빛 찬란하게 빛나고 있어. 너무도 따뜻하고, 너무도 사랑스럽고, 재잘거리고, 마구 뽀뽀를 해대고······."

서기는 몸이 화석처럼 굳었다. 그의 뻣뻣함은 고대 이교 문명이 숭배한 선사시대 입상들을 연상시킨다. 그의 내면에는 이상을 향해 걸어가려는, 자신의 욕망을 채우고, 정복하고, 실현하고자 하는 무한한 남성다움이 있다······ 온몸이 일종의 놀라운 발기 상태로 변했다. 그는 진정한 유토피아 광이다. 그의 코 위에 걸린 안경이 반짝거리고, 칼라 단추가 뜯겨나가 그의 목구멍 속에 있다. 문득 나는 그가 힐러와 놀라운 남근적 유사성을 가졌다는 생각이 든다. 머리 모양이 완전 똑같다. 뉘른베르크의 깃발들 아래 도열한 1만 명의 진짜 강경파, 진격 태세를 갖추고 **"지크 하일!**나치 독일에서 하던 경례 방식. '만세!'를 의미**"**을 외치는 1만 명의 사나이들이 돌연 눈앞에 어른거린다. 나는 공포에 질린다.

아무래도 나는 모나리자 편이다.

원천으로 돌아가다

열기가 이젠 너무나 고조되어 등줄기를 따라 싸늘한 소름이 돋기 시작한다. 개짓거리 냄새, 숫염소 냄새, 초超수컷 냄새, 씨름 냄새가 난다. 역사의 새로운 발정기가 준비되고 있는 것 같다. 그 것이 어슬렁거리고 있고, 찾고 있고, 아마 곧 찾아낼 것 같다. 이 미 독일국가민주당의 파스벤더 의원은 언론에 이런 유망한 말을 날리고 있다. **"여러분도 우리를 비웃으려는 욕구를 느낄 것이다!"** 악질 반反나치주의자로 고발당한 바 있는 사민당의 빌리 브란트 역시 자신의 명예를 회복하기 위해 키징거 정부에 들어가야 했다. 릴리는 20년 넘게 이어진 무기력 상태를 극복하려는 이러한 결의, 이 수 컷다운 의지 앞에서 황홀해하지 않을 수 없다. 언제나 그녀는 약속을 믿는다, 언제나 자신이 금방이라도 거기 도달할 것처럼 느낀다…… 그녀가 인도 곳곳에서 마주치는 격문, **"독일은 다시 자기 자신이 되어야 한다"**가 이미 그것을 확인해주고 있지 않은가. 그래서 그녀는 다시 희망을 갖는다. 그녀는 기억력이 나쁘다. 지난번에도 초수컷들이 사력을 다했지만 거기에 이르지 못했다는 것을, 패하고 깨지고 졸아들어 물러났다는 것을 그녀는 잊어버린다. 괜찮다, 풀은 다시 자란다, 그것이 갱신이다. 그것이 패주의 끝, 낙담의 끝이요, 되돌아온 남성성은 억제할 수 없는 새로운 이상으로 부풀어 오른다. 그것은 새로운 신앙을 지키고자 빼든 칼, 전투 준비다. 고전주의가 곳곳에서 다시 고개를 쳐들고 있다. 이번에도 마찬가지다. 언제나 갱신은 먼저 원천으로 되돌아가는 것이었다. 벌써부터 열광적인 군중들이 오버라머가우^{독일 뮌헨의 서남쪽에 있는 마을로 10년마다 상연되는 그리스도 수난극으로 유명하다}에 있는 **수난**의 길 위에서, 되찾은 힘과 숨결이 진정한 기적, 진정한 부활을 성취하는 우리 유대인의 위대한 전통에 따른 고전적 연출에 요란하게 박수를 쳐 댄다. 물론 아직 그리스도의 부활은 아니지만, 독일의 잿더미 속에서 되살아나 시체 소각로에서 몸을 일으켜 우리 주 예수를 가스실로 인도하는 저주받은 유대인의 부활은 이미 시작되었다. 역사적 진실이랄까. 나는 감동에 젖는다. 우리의 확실한 가치에 대한, 안전 주식에 대한 이 같은 존중이 나는 좋다. 지금 그들은 재투자를 하고 있는 중이다. 언제나 나는 믿음의 기적에 예민했다. 다시 한 번 진실이 시체 더미에서 탈 없이 빠져나온다. 지난 20년 간 쏟아진 사람들의 비난에 화가 난 오버라머가우의 독일인들이 소매를 걷어붙이고서 반죽에 손을 디밀고는, 그들에게 멸절당했다는 그 유대인을 부활시키고 있다. 그들은 내게 천년 묵은 내 자리를 되돌려주고, 내 모습을 그대로 재생시킨다. 얼굴에 있던 반점 하나, 천박하고 욕된 그 무엇 하나 놓치지 않는다. 전문가의 손길, 진정한 고전적 영감이 느껴진다. 그들은 오버라머가우 마을 주민 중에서, 진짜 유대인 코와 진짜 두 귀, 음험한 눈동자, 성화의 전형이 된 색골의 두툼한 아랫입술을 가진 사실파 배우 한

명을 어렵사리 찾아냈다. 사실 이 세상에 아직도 유대인 배척주의가 좀 남아 있다면, 그건 오직 성뿔에 대한 사랑 덕분이다.

　이러다 훨씬 더 멀리까지 나아가는 건 아닐까 하는 생각도 든다. 최악의 사태가 빚어질까 봐 두렵다. 형제애가 생겨날까 봐 말이다. 그들은 무슨 짓도 할 수 있는 사람들이다. 얼마든지 나를 자기들 중 한 명이라고 선언할 수도 있는 사람들이다. 유대인이여, 우리와 함께 가세. 그대는 우리와 한통속이네. 지금껏 사람들은 우리를 학살했으나 적어도 우리가 강자 편에 서는 것만은 막았다. 그래서 우린 기사단에 드는 것을 면할 수 있었다. 우리는 검을 들 자격이 없는 사람들이기에 상업과 고리대금업만 하게 내버려두었고, 그래서 우리는 불명예스러운 짓을 하지 않을 수 있었다. 그들의 십자군들 중에서 아무리 생 루이, 시몽 드 몽포르, 나폴레옹, 히틀러, 스탈린 같은 유대인을 찾아봤자 헛일이다. 우리는 귀족계급에서 배제되었다. 금빛 찬란한 전설들, 탄성을 자아내는 역사 태피스트리들, 그런 것들은 우리를 위한 게 아니었다. 한데 지금 우리 머리 위로 절대적 위협이 솟구치고 있다. 기사단의 문과 승리의 길이 우리에게도 활짝 열리는 위협 말이다. 우리가 겪은 경험은 아직도 우리의 기억과 육신 속에 생생하므로 그런 유혹에 저항할 수 있게 해주지 않을까? 그런 생각은 하고 싶지 않다. 더욱이 그것은 내가 생각해야 하는 문제도 아니다. 다행히도 미래는 나를 위한 것이 아니다. 나는 과거에 속한다. 나는 다른 사람들보다 검열을 좀 더 많이 받은 케케묵은 이디시 촌극의 작자 겸 배우일 뿐이다. 당신이 지난날 게토 민속에 관심이 많았던 노인이라면, 아마 **슈바르체 쉭세**나 **모트케 가네프**나 **미토르니슈트**

조르겐에서 나를 보았을 것이다. **페이시**이디시어로 '경찰'이란 뜻, 어쩌면 당시 나는 두 귀와 코로 당신을 웃기는 명예를 누렸을지도 모르며, 어쩌면 지금 당신은 그때 나를 비웃은 일을 부끄러워할지도 모른다. 하지만 후회 마시라. 내가 말하지 않았는가. 웃음은 인간의 속성이라고.

그녀는 내가 살 수 있는 여자가 아니다

이제 여러분도 안다. 가벼운 신세지만 나는 나대로 걱정거리가, 나만의 **추레스**가 있다는 것을. 다행히도 나는 정원사 요한 덕분에 명상에서 구제되었다. 마음이 단순한 자는 절대를 좀 더 인간적인 규모로 축소시키는 재능이 있다. 그것을 더없이 적나라하고 겸허한 표현으로 축소시킨다고 할 수 있을 것이다. 그는 밀짚모자로 가슴을 누르고서, 진정한 견자見者다운 열의와 천진함을 내비치며 오직 그만이 볼 수 있는 뭔가를 손가락으로 가리키며 말한다.

"정말 얼마나 아름답고 보드라운지…… 오, 남작 부인이여! 오, 부드러운 솜털, 어여쁜 작은 둥지! 오, 보시오, 저 완벽한 금발, 저 황금빛!"

"우릴 아주 진창 속으로 끌고 가는군!" 하고 남작이 외친다. "우릴 아주 짓뭉개고 있어! 입에 담을 수조차 없는 포르노그래피, 천박한 외설에 중독된 악취가 나!"

코를 쿵쿵거려본다. 진짜 가스 냄새가 좀 나는 것 같다. 별건 아니다. 애무, 미풍, 전설의 공주가 지나간 약간의 흔적, 그녀가 나

눈 사랑의 대수롭잖은 자취일 뿐이다.

"얼마나 관대하신 분인지! 얼마나 부드럽고, 얼마나 후하고, 얼마나 자비로운 분인지! 얼마나 사람들을 행복하게 해주려고 하시는 분인지! 모두가 너무나 만족한 표정이었답니다, 남작님! 문제는…… 다른 사람들은 다 그랬는데 왜 나만 그러지 못한 거지요? 물뿌리개 하나, 소금통 하나, 양말 여섯 켤레, 따끈따끈한 우편물을 가득 지닌 집배원까지 다 그랬는데 왜 나만 그러지 못했냐고요?"

"머리가 좀 이상해져버렸군요" 하고 서장이 지적한다. "트라우마 쇼크를 받았나 봅니다."

"릴리, 나의 릴리가 이중생활을 하다니!" 하고 남작이 흐느낀다.

"이중?" 하고 서장이 반문한다.

"소중한 친구여, 정신 차리게!" 하고 백작이 애원하듯 말한다. "그녀에 대한 신뢰와 사랑을 계속 간직해야 하네. 난 그녀가 고결한 동기에서 그랬을 것으로 확신해. 누가 알겠나, 어쩌면 국가의 존망이 걸린 일인지도 몰라. 우리도 전쟁 때 어쩔 수 없이 비난받을 짓을 했다는 걸 잊지 말게! 우린 이념에 따라 움직였지!"

"움직였지! 움직였지! 움직였지이!" 하고 서장이 외친다.

"그래" 하고 남작이 말한다. "그런 말을 해주니 좀 안심이 되네. 릴리는 언제나 크고 아름다운 것에 대한 취미가 있었지……."

"히, 히, 히!"

"그만, 콘, 제발 그만! 당신은 어떻게든 우리 품위를 손상시키려 드는군! 이건 도발이오!"

서기는 지금 두 주먹을 깨물고 있으나 우리는 그에게 보다 야

심찬 계획이 있음을 느낀다. 서기의 내면에는 광신도가 숨어 있다. 언제라도 그가 본색을 드러낼 게 뻔하다. 퓌러지도자만 있으면 그 남성성이 목표를 향해 나아갈 것이다. 물렁물렁한 민주 정치 따윈 집어치우고, 권력을 독일국가민주당에 주고, 수백만 당원들을 진격시키고, 그들에게 핵탄두를 주도록 워싱턴을 설득하고, 동부 지방들을 다시 정복하고 주저 없이 곧장 폴란드로 침입할 것이다. 헤센 주나 바이에른 주에서의 어정쩡한 발기만으로는 충분치 않다. 지금 휩슈는 차렷 자세로 얼어붙은 채 온통 절대에 대한 갈망에 홀려, 공기에서조차 최종 정복과 총체적 만족에 대한 수컷의 도취가 느껴진다. 일시적 열중, 과시적인 구애 행위, 달콤한 속삭임, 노스탤지어 따윈 모두 끝장이다. Könnst du das Land wo die Citronen blühn, in dunkeln Laub die Gold orangen glühn⋯⋯괴테 소설에 나오는 노래의 한 구절. '그대는 아는가 레몬꽃 피는 나라를, 짙푸른 잎사귀에 황금 오렌지 빛나는 나라를⋯⋯' 이탈리아의 마르초보토에서, 여자와 어린아이 2000명이 초수컷들의 남성성의 마지막 요동질에 멸절된 바 있다.

정원사 요한은 자꾸만 불에 기름을 부어댄다.

"오, 어여쁜 작은 솜털이여, 완전 장밋빛이 된 귀여운 얼굴이여, 어쩜 이토록 부드럽고 이토록 따뜻하고 이토록 방탕하단 말인가⋯⋯ 좋소이다! 그렇소, 나도 죽겠소!"

감동적이다. 비천한 민중이어서 그렇다. 그는 프롤레타리아도 부르주아지도 아니요, 둘 사이 족속이다. 그런 자도 그러길 바라니 안심이 된다. 전설의 공주는 안심해도 된다. 그녀에게 필수품이 떨어지는 일은 없을 것이다. 그들은 심장을 손바닥 위에 높이

받쳐 들고 밀집 대형으로 행진할 것이요, 그녀를 만족시키려 애쓰며 서로 죽일 것이다.

서기는 혀를 내밀고 있다. 그의 모든 호르몬이 부글부글 끓는다. 서장이 주먹으로 치며 말한다.

"휩슈! 그만! 가서 잠이나 자! 그 여자는 독이 있는 여자야! 우리를 썩히려 하고 있어! 이건 중국 놈들이 꾸민 짓이야! 내 분명히 말하지만 이건 중국 놈들 소행이라고! 그들에겐 비밀 무기가 있지! 가스 말이야! 그건 사람을 마비시켜. 온몸이 뻣뻣해져 꼼짝도 못하게 되지! 그사이에 놈들이 낙하산 부대를 투하하는 거라고! 뭔가 가톨릭과 전혀 무관한 일이 지금 이곳에서 벌어지고 있어."

이건 내가 그에게 시킨 말이 아니다.

백작이 외알박이 안경을 눈동자에 붙이며 말한다.

"플로리앙에겐 틀림없이 분명한 이유가 있을 거요."

"그만하시라니까요!" 하고 서장이 외친다. "포르노그래피는 이제 그만!"

"그가 살인을 한다면 말입니다. 이 학살의 장본인이 정말 그라면 틀림없이 명분이 있을 거요. 그것도 어떤 고귀한 명분 말입니다. 제가 보기에 그 친구는 늘 이상주의자였소. 난 그가 고귀한 동기 아닌 다른 이유로도 살인을 할 수 있는 사람이라고 생각하지 않소!"

내가 모습을 나타낸다. 나는 사람들이 학살 동기를 들먹이면 즉각 모습을 나타낸다. 나는 어떤 동기나 핑곗거리 없이 살해당했기를 바란다. 그러면 화가 덜 난다. 그러지 않고 어떤 교설이나 이데올로기, 어떤 명분을 들먹인다면, 즉시 나는 나의 노란별과 아직도 석고에 완전히 뒤덮여 있는 얼굴로 모습을 나타낸다. 내 친구 샤츠가 뭔가 절망에 빠진 표정으로 나를 바라본다. 그는 틀렸다. 절대 절망해선 안 된다. 다만 기왕 할 거면 더욱더 철저하게 해야 한다는 거다. 어떤 인종, 어떤 계급, 어떤 나라 하나만으론 충분치 않다. 모조리 보따리에 싸야 한다. 릴리는 심약한 여자가 아니다.

"당신은 여기서 꺼져주시오" 하고 샤츠가 말한다. "당신이 여기서 얼쩡거리는 게 지긋지긋하오, 콘. 난 그런 걸 전시주의라고 합니다. 당신은 지금 그릇된 의식으로 우리를 성가시게 하고 있소! 범죄자가 범죄 현장으로 되돌아와 얼쩡대는 건 범죄소설에나 나오는 일이요."

이 샤츠라는 녀석은 정말 **후츠페**가 있다. 놀랍다.

"당신들은 4반세기 전부터 선전을 통해 이미 우리를 충분히 괴롭혔소. 우릴 더 이상 성가시게만 하지 않는다면 지난 일은 얼마든지 용서해줄 수 있소! 알겠소? 유령과 더불어 산다는 건 정말 지긋지긋하단 말이오! 내 솔직히 얘길 할까요, 콘? 당신들은 이제 한물갔소. 유행 지난 게임을 하고 있단 거요. 인류는 당신들을 보는 데 신물이 났소. 그들은 새로운 걸 원합니다. 노란별이니, 가마솥이니, 가스실이니 하는 얘긴 이제 듣고 싶어 하지 않아요. 이젠 다른 것, 새로운 것을 원해요. 앞으로 나아가고 싶어 하지요! 아우슈비츠, 트레블링카, 벨젠, 이제 그런 것을 떠들어대는 건 다 구닥다리 짓이요! 꼰대의 유대인 짓거리라고! 젊은이들에겐 그런 게 아무런 의미가 없소. 젊은 친구들은 원자폭탄과 함께 이 세상에 태어나 눈에 태양이 이글거리오! 촌뜨기들이나 그들에게 당신들의 그 멸절 수용소 얘길 하지! 그들은 그런 공작에 신물이 났소! 그 하찮은 유대인 얘기, 그 시시껄렁한 오줌 얘기 따위에 진절머리를 낸단 말이오! 그러니 이제 당신들의 숨겨놓은 돈, 그 별것 아닌 고통 자본에 그만 좀 매달리고, 당신들을 다른 사람보다 더 흥미로운 존재로 만들려 애쓰지 마시오. 조만간 특권자들, 선택된 국민은 훨씬 더 많아질 거요. 그들의 수는 20억이오. 한데 고작 600만 갖고 누굴 감동시키겠다는 거요?"

맞다. 이번만은 그가 겨냥을 제대로 했다. 내가 자본이 딸린다는 걸 인정하지 않을 수 없다. 릴리는 내가 엄두도 못 낼 존재다. 그녀는 너무나 위대한 귀부인이요 공주이기에 많은 요구를 할 권리가 있다. 나는 더는 합당치 않다. 나는 인플레이션의 희생자다. 문득 내가 쇠하여 빈털터리가 된 느낌이다. 수세기 동안 힘겹게 절약한 그 모든 자산으로도 충분치 않다. 오늘날의 그녀는 그저 단추 하나만 눌러도 1억, 1억 5000만을 해치울 수 있다. 무수한 건물과 도시를 통째 날려버릴 수 있다. 나는 가치가 완전히 실추되고 신용이 떨어져 더는 통용되지도 않는다. 나는 나의 존엄, 내 중요도의 남은 찌꺼기를 애처로이 주워 모아 뿌루퉁하니 한쪽 구석으로 물러난다. 그래, 그녀가 이제 더는 날 원치 않는단 말이지. 그래 좋았어, 이젠 중국인들을 원한다고. 그게 뭔지 나도 알아. 그게 바로 유대인 배척주의라는 거지.

색광녀?

샤츠는 기분이 좀 나아짐을 느끼며 원기를 되찾는다. 이제 더
는 나를 쳐다보지도 않는다. 두 손을 비비며 콧노래를 흥얼거린
다. 그동안의 강박적 환각 상태에서 빠져나와 다시 현실을 접촉
한다. 일체의 편집광적 일반화 없이, 명철한 눈동자로 현실을 정
시定示하고 사물을 있는 그대로 본다. 즉, 오쟁이 진 귀족 한 명에
색광 여자 한 명, 소금통 하나, 물뿌리개 하나, 작은 스푼 여섯 개,
모나리자, 별난 어떤 정치 강령도 내걸지 않고 마구잡이로 사람
을 죽이는 살인자 한 명, 우편물을 가득 지닌 아직 따끈따끈한
집배원 한 명, 가문의 친구 한 명, 그리고 속바지 벗겨진 전설의
공주를 보는, 절대에 대한 환각 때문에 에로틱 광란 상태에 빠진
소박한 정신의 불행한 정원사 한 명 등등. 이 모든 것에 바르샤바
게토의 어느 수챗구멍에서 얼빠진 표정으로 머리를 내민 미켈란
젤로까지 곁들여져 있다. 사실 샤츠가 현실을 경계하는 것도 놀
랍지 않다. 그는 이 현실이라는 게 사람들이 자신에게 꾸미는 하
나의 거대한 술책에 불과하다고 느낀다. 어쨌든 이것 하나만은
확실하다. 전설의 공주가 미끼 구실을 하고, 물뿌리개 주둥이가

비틀어져 있고, 소금통은 의혹을 분산시키려고 거기 있을 뿐이나, 이 모든 증거가 결국 더럽히고 부패시키고자 하는 해롭고 가증스러운 기법, 퇴폐적인 표현주의 불꽃의 진정한 소생을 증언한다는 것 말이다. 바리케이드를 강화하고, 역사 교과서를 재검토하고, 건전한 모든 나라들에 동맹을 요청해야 할 것이요, 교황 요한 23세를 철저한 망각에 처하고 이번 기회에 그의 코가 유대인 코임을 상기시켜야 할 것이다.

한편 나는 이번 사건에 무관심해진다. 내가 신경 쓰지 않아도 혼자 잘만 굴러간다. 하지만 요한에게만큼은 마음이 움직인다. 나는 환영 보는 사람들을 좋아한다. 우린 둘 다 아름다움에 민감하며 쉽게 그것에 동요된다. 더욱이 이번 경우는 그것 자체보다 그 규모가 나를 놀라게 한다.

"어이! 정원사! 정원사!" 하고 서장이 외친다. "저기엔 아무것도 없어, 어쨌든 자네가 보는 건 없다고, 자넨 헛된 상상을 하고 있단 말일세!"

"하지만 그 물뿌리개 말이에요, 남작님? 그게 어떤 상태였는지 보셨어야 했어요! 완전히 비틀어졌단 말이에요!"

"뭐라고?" 하고 백작이 말한다. "어떻든 참 놀라운 일이로군!"

"요한, 이제 그만!" 하고 남작이 외친다. "자넨 지금 나의 모나리자 얘길 하고 있어…… 나의 모나리자가 어쨌다고? 대체 누가 내게 그런 소리를 하라고 하던가?"

나는 두 손을 비빈다. 대단하진 않아도 내겐 복화술사의 재능이 조금 있다. 천재적인 건 아니지만, 사실 천재도 그리 대단한 건 아니다. 반 고흐를 보라. 나는 내 친한 친구들이 그렇게 되는 걸 바라지 않는다.

"그리고 속에 아무도 없는 아주 깨끗한 양말 여섯 켤레! 증발해버린 거지요! 모두 행복 속으로 사라져버린 거지요! 저만 빼고 모두 말입니다. 어째서 마님이 저는 건드리지 않은 거죠, 남작님? 어째서 물뿌리개는 건드리고 나는 건드리지 않은 거요! 왜 민중의 아들은 홀대하는 건가요? 물뿌리개 관이 뽑히고, 고무가 녹고, 라루스 백과사전은 건드려도 왜 전 건드리지 않는 건지…… 이건 옳은 처사가 아니에요, 남작님! 전 다만 봉사를 하고자 할 뿐이에요. 누구도 노동자를 이런 식으로 대할 권리는 없어요!"

샤츠가 행동에 돌입한다. 이제 범인들을 알게 되었으니 그들을 놓쳐서는 안 된다. 이건 일생일대의 사건이므로 실패하지 않아야 겠다는 결의를 다진다. 그는 릴리의 사진을 들고서 구트를 불러 명령을 내린다.

"이 여자의 인상착의를 곳곳에 배포하고, 무기를…… 들 수 있는 남성은 누구든 단독으로 그녀에게 접근하지 못하게 하게. 군 당국의 명령이나 출동 명령 없이는 어떤 구실로도 접근해선 안 된다고……."

"아니, 출동이라고요?" 하고 백작이 놀라 묻는다.

"그렇습니다. 동원령이나 자원병 호출 명령 없이는 누구도 그녀를 건드려선 안 됩니다. 그녀는 접근 금지 대상이오, 아시겠소? 그녀는 광견병에 걸린 거요."

"뭐라고?" 하고 남작이 외친다. "광견병? 릴리가 광견병에 걸렸다고? 대단히 불쾌하오, 서장!"

"그녀도 분명 그런 것 같소이다. 구트, 몹시 조심해야 하네. 상대는 위험한 색광이란 말일세.”

“서장, 대단히 고귀하신 부인께 어찌 그런 말을!……”

“저도 압니다, 알아요. 대단히 오래된 귀족 가문이죠. 곳곳에 성당, 교향악단, 도서관이 있죠. 한데 그런 것만으로는 충분치 않나 봅니다.”

“그녀의 가문은……”

“슐레스비히-홀스타인 가문이죠.”

“그녀의 가문은 전 세계적으로 널리 존경받고 있소. 그 가문의 저명인사들을 열거하자면……”

서장이 주먹으로 책상을 친다.

“맙소사!” 그저 그렇게 말하고 만다.

“구텐베르크, 에라스무스, 루터, 스물두 명의 교황, 저명한 학자들, 소금통 하나, 자전거펌프 하나…… 수천 명의 인류 후원자들!”

“그래요, 한데 그 후원자들이 거긴 오지 못했나 봅니다……”

“……그녀는 알베르트 슈바이처의 사촌이요! 그가 그녀를 몹시도 사랑했단 말이요! 노벨상 수상자, 천재적인 작가들이…… 릴리! 나의 릴리가 색광이라니! 난 믿지 못하겠소! 릴리는 날 속일 수 없는 사람이요! 게다가, 어쩌면 아무 일도 일어나지 않은 건지도 모르잖소. 증거도 전혀 없고……”

나는 의자 위에 흐트러져 있는 신문을 집어 책상 위에 올려놓는다. 신문 1면에, 불타는 어느 마을의 베트남인들 시신과 부상당한 어린아이들이 있다. 사실은 내가 신문을 집은 게 아니다. 신문은 이미 책상 위에 있었다. 난 그저 대단히 조심스럽게 서장에게

다가가 그를 돕기 위해 손가락으로 그 사진을 가리켰을 뿐이다. 이 엘리트 족속들은 증거를 원하니까. 하지만 왠지 샤츠는 내 행동에 짜증만 낸다.

"이런! 베트남은 여기 없소, 아메리카에 있지! 이게 무슨 뜻이요, 콘? 당신이 왜 나서는 거요? 베트남엔 유대인이 없소! 당신과 무관하다고!"

남작이 놀랍다는 듯이 말한다.

"서장! 베트남이 이 일과 무슨 상관이 있다는 거요? 설마 릴리를 그 일과도 연관 지으려는 건 아니겠지요! 그녀는 거기에 발을 들여놓은 적이 없소! 차라리 그녀가 예수를 십자가형에 처했다고 비난하지 그러시오, 당신이 거기 있을 때 말이오?"

샤츠 서장은 그에게는 전혀 주의를 기울이지 않는다. 더는 견딜 수가 없다. 그 모든 책, 그 모든 서류, 생존자들의 그 모든 추억담, 그리고 다른 무엇보다 특히 정신과 치료와 알코올에도 불구하고 그에게서 단 한 치도 떨어지지 않는 그의 유대인, 그는 이 모든 일이 너무 오래 지속되었다고 생각한다. 물론 20년 전에 그가 **포이어!** 하고 외치지 말았어야 했다. 하지만 당시 그는 젊었고, 이상이 있었고, 자신이 해야 할 일을 한다고 믿었다. 오늘날이라면 그렇게 하지 않을 것이다. 혹시 독일국가민주당이 정권을 잡아 그에게 두 번째 기회가 주어진다면, 헤르 틸렌독일 극우 정당인 독일국가민주당의 초대 당수이 샤츠 그에게 **포이어!** 하고 외치도록 명령한다면, 아마 샤츠는…… 그래, 과연 그는 어떻게 할까? 그가 눈으로 내 의견을 구하지만, 나는 조언을 삼간다. 그랬다간 또 사람들이 독일국민의 규율 감각과 도덕 감정을 우리 유대인이 무너뜨렸다고 할 것이다.

샤츠가 고개를 들더니 상처 입은 황소 눈으로 주위를 둘러본다. 이제 더는 나를 감추려 애쓰지도 않는다. 그래봤자 무슨 소용이겠는가? 어쨌거나 그는 자신이 직위를 박탈당하고, 어쩌면 정신병원에 갇히는 신세가 될 수도 있음을 안다. 아마도 사람들은 샤츠 서장이 유대인들의 박해를 견디다 못해 끝내 미쳐버렸다고 말하며 혀를 찰 것이다. 하지만 샤츠는 자신이 미치지 않았음을 안다. 그는 자신 같은 케이스의 진실을 알며, 그것이 끔찍한 진실이라는 것도 안다.

디부크

　내가 내 친구 샤츠에게 우리 역사와 신앙에 대해 알려주지 않은 것이 거의 없으므로, 우리 전통문화를 연구한 사람이라면 누구나 마주치게 되는 디부크라는 현상을 그가 모를 리는 없다. 일급 서장 샤츠는 자신에게 디부크가 씌었음을 안다. 디부크는 당신을 사로잡고 당신 내부에 정착하여 주인 행세를 하려드는 귀신, 사악한 악령이다. 그를 내쫓으려면 기도를 해야 한다. 귀신을 달아나게 할 수 있을 만큼 비중 있는, 고매한 성덕으로 존경받는 독실한 유대인이 열 명 정도는 있어야 한다. 그래서 그는 어느 유대교 회당 주변을 몇 시간 동안이나 배회해보기도 했지만, 한 번도 감히 안으로 들어가보지는 못했다. 순혈 아리아족이자 전 SS대원에게 유대인 디부크가 씐 경우는 사상과 종교의 역사에 처음 있는 일이다. 그러므로 어쩌면 내가 목소리를 내야 하는 건지도 모른다. 내가 어느 랍비를 찾아가, 독일인의 의식에 들러붙어야만 하는 이 끔찍한 운명에서 나를 해방해 달라고 간청해야 하는 건지도 모른다. 샤츠가 평소에 나를 세심하게 배려해주는 이유가 바로 그거다. 그는 나의 환심을 사려 한다. 그는 내가 나 자신을 해방한다는 구실로 그를 해방해주길 바란다. 그런 그가 이번만큼은 알코올과 격분으로 인해 평소의 신중함을 완전히 잃어버렸다. 더는 스스로를 통제하지 못하고 있다. 이 자리에 없는 누군가에게 말을 하는 모습을 여러 증인에게 보이는 짓조차 겁내지 않는다.

"콘, 당신은 말이오, 지금 당신 상황에 대해 착각하고 있소. 우선, 난 이미 나치 탈을 벗은 사람이요. 그것을 입증하는 서류도 있소. 뿐만 아니라, 내가 술을 마시는 게 기억하기 위해서가 아니라 잊어버리기 위해서라는 것도 당신에게 꼭 말해드리고 싶소! 콘, 사람들은 말이오, 잊어버리려고 마시는 겁니다. 그러니 여기서 썩 꺼지시오. 자꾸 이러는 건 협박이나 다름없소. 당신은 지금 도발을 하고 있소. 그러다간 조만간 내가 화를 참다못해 당신이 건드릴 수 없는 존재가 아니라는 걸 행동으로 보여주는 일이 발생할 수도 있단 말이오! 당신을 마구 두들겨 패게 될지도…… 그때 당신은 내가 조금도 양심의 가책이란 걸 모르는 사람임을 알게 될 거요. 돌덩어리처럼 단단한!"

이 같은 말에 백작이 자신의 불운한 친구에게 동정적인 눈길을 날린다.

"목매 죽은 사람 집에 가서는 밧줄 얘기를 하지 않아야 하는 건데" 하고 그가 중얼거린다.

"잠깐, 잠깐만!" 하고 남작이 항변한다. "그건 전혀 걸맞지 않은 암시요! 나와 아내의 관계는 아주 돈독하오!"

"헤, 헤, 헤!"

도저히 참을 수가 없었다. 그런 관계, 나는 내 친한 친구들이 그런 관계이길 바라지 않는다.

"무슨 짓이오!" 하고 남작이 외친다. "나를 욕되게 하면 가만있지 않겠소!"

"그만 가보시오, 콘" 하고 서장이 문을 향해 아주 예쁜 팔 동작을 하며 자신에게 말한다. "여기저기 만卍자 낙서가 생기고 무덤 몇 개 훼손된다고 해서 독일 사람들이 다시 당신을 필요로 한다고 생각하는 거요? 당신이 뭐 쓸모가 있다고?…… 자, 얼른 나가시오!"

"헛것이 보이나 보군" 하고 백작이 말한다.

"아나나비야!" 하고 요한이 눈앞에 너무도 선명한 어여쁜 작은 절대를 손가락으로 위협하며 말한다.

샤츠가 자신의 머리를 두 손으로 감싼다.

"이제 더는 조용히 술을 마실 도리가 없구만" 하고 그가 중얼거린다.

"술을 끊으셔야 할 거요" 하고 백작이 말한다. "**알코올중독성 섬망증 같소이다.**"

"재수 좋은 사람은 알코올중독성 섬망증 때 거미나 뱀, 들쥐 따위를 본다지만 전……."

그가 내게 만卍자 가득한 흉측한 눈길을 던진 후 말을 잇는다.

"전 진짜 더러운 것들을 보지요……."

그는 나를 억누른 뒤 깊은 한숨을 내쉬고 나서 초인종을 누른다. 경관 한 명이 들어와 즉시 차렷 자세를 한다.

"서장님?"

"아무것도 아니네. 그저 뭔가 좀 건전하고, 단순하고, 깨끗한 게 보고 싶었을 뿐……."

"감사합니다, 서장님."

경관은 인사를 한 뒤 곧 뒤돌아 나간다. 두 의사―이제 샤츠는 이들이 프라우 뮐러가 음험하게 파견한 정신과 의사들이라고 확신한다―는 아연실색한 표정이다. 이런 경우는 한 번도 본 적이 없다. 지금껏 의사로 살면서 전 SS대원에게 유대인 디부크가 씐 경우는 한 번도 진료한 적이 없다. 그들은 이것이 디부크 문제인지조차 모른다. 물론 그들이 보기에 서장은 확실한 역사적 경험이 바탕이 된 환각적 망상 발작을 일으키고 있다. 한데 이 환자 경우는 매우 까다로운 윤리적 케이스다. 샤츠는 이 두 정신과 의사가 멘델 박사와 집단 학살 의사들의 선례를 의식하고서, 과연 자신들에게 한 독일 시민의 양심의 가책을 치료할 권리가 있는 것인지, 혹은 죄책감 콤플렉스를 없애버리는 게 자칫 나치즘 부활로 해석될 소지가 있는 것은 아닌지 하는 생각을 하고 있음을 안다. 독일 의사가 유대인 디부크를 없앨 권리가 있는가? 엄격하게 국가적 관점에서만 보면 독일인의 의식에 기생하는 600만 기식자들의 존재 문제를 최종적으로 해결하는 것은 분명 바람직하다. 그것은 공중위생의 문제다. 여러 신약이 있으나, 이 분야에는 특히 프라마진을 다량 투여하는 것이 대단히 효과적이다. 하지만 결정은 상부에서 하며, 그것은 결국 정부 차원의 결정일 수밖에 없다. 대연정이 책임져야 한다. 이미 국가주의 정당들은 나라를 무기력증 상태에 빠트리는 이 정신적 기식자들을 근본적으로 제거해야 한다고 집요하게 요구하며 대외 선전을 멈추지 않고 있다. 게다가 유대인들이 살해당한 게 아니라는 사실을 모르는 사람은 없다. 그들은 **자발적으로** 죽었다. 짐작들 하시겠지만, 나는 시사에 밝다. 달리 할 일도 없잖은가. 얼마 전 나는 장 프랑수아 슈타이너의 책『트레블링카』에서, 이에 대해 전적으로 안심할 수 있는 내용을 찾아냈다. 요컨대 우리가 가스실 앞에 줄을 섰다는 거다. 특히 바르샤바 게토에서, **마지막 순간**, 여기저기서 겨우 몇 사람이 반항을 하긴 했지만 전반적으로 소멸 열의와 복종 의지가 있었다는 것이다. 죽고자 하는 의지가 있었다는 것이다. 그러므로 집단 자살이었다는 얘기다. 조만간 누군가가 우리 케이스에 관한 완전한 진실을 말할 것이다. 새로운 **베스트셀러**가 나와서, 나치들이 사실은 죽음을 원한 **동시에 그것으로 사업을 한** 유대인들의 도구에 불과했다는 사실을 입증할 것이다. 사실 그들은 자기 손으로 자살할 수는 없었다. 그러면 보험사들이 돈을 지불하지 않을 것이고, 생존자들이 위자료를 받지 못하게 되니까. 이젠 정말 누군가가 이 문제에 대한 결정적인 책을 써서, 우리가 자기 파괴의 꿈을 이룸과 동시에 그에 따른 손실을 보상받으려고 독일인들을 어떻게 조종했는지 밝힐 때가 되었다. 나치를 수중의 맹목적 도구로 만든 우리의 악마적인 술책을 폭로할 저자가 곧 등장할 것이다.

"발이 느껴지는군" 하고 서장이 중얼거린다.

"뭐라고요?"

"할례 받은 털투성이 거대한 발들이 얼굴을 짓밟는 것 같소이다……."

"헛것이 보이나 보군요. 최종 단계인 것 같소."

"가슴에, 심장 위에 발들이 느껴지오…… 발들, 냉혹하고 무자비한 발들…… 대체 내게 뭘 바라는 거지? 난 그저 상관 말을 잘 따르는 열성 공무원이었을 뿐인데. 내가 **포이어!** 하고 외친 건 명령을 받았기 때문이라고! 난 명령을 받았어! **명령** 말이오, 콘! 난 내 의무를 했을 뿐이라고. 난 정말 그 모든 비난들을 말끔히 씻어내고 싶소. 내가 바라는 건 나 자신을 깨끗한 사람으로 느끼고 싶다는 거요."

깨끗해지고 싶다고? 알았소, 하수인 나리. 즉시 나는 손에 비누를 들고 샤츠 앞에 모습을 나타낸다. 봉사하고 싶어서다. 착한 디부크니까. 서장은 비누를 보더니 비명을 지르고는 후다닥 자리에서 일어나며 의자를 넘어뜨린다.

"비누 아냐? 비누는 왜? 안 돼! 비누에 손을 안 댄 게 벌써 **20년째야. 그 속에 누가 있을지 어찌 알아!**"

나는 애교 있는 몸짓으로 그에게 비누를 내민다. 서장이 떨리는 손가락으로 비누를 가리키며 말한다.

"**그게 누구야, 응?**" 하고 그가 외친다. "**그 비누, 그게 누구냐니까?**"

나는 어깨를 으쓱한다. 난들 어찌 알겠는가? 이건 대량 생산품이다. 비누는 대량 제작되었기에, 거기에 **야스자 게준트하이트**니 **타차 사르디넨피슈**니 하는 표식을 하지 않았다. 뒤죽박죽 마구 섞어서 만들었다. 당시는 어려운 시기였다. 독일은 생필품이 부족했다.

"싫어!" 하고 서장이 외친다. "당신 비누는 아주 흉악하게 생겼어! 전혀 가톨릭 같지 않아!"

오, 이런 제길. 이젠 가톨릭 비누가 필요한가 보군. 그건 해결이 안 될 텐데. 대단한 수단이 요구되는 일이라고. 이 세상에 가톨릭 신자는 6억이나 되니 말이야. 중국인들에게 부탁해보는 수밖에. 한데 그는 잘못 생각하고 있다. 이건 고급 비누다. 아우슈비츠에서 SS대원이 한바탕 웃음을 터뜨리며 이렇게 말하는 소리를 들었다. "이건 고급 비누야, 선민選民으로 만든 비누니까." 코크메를 독일어로는 비츠위트라고 한다. 나는 비누를 주머니에 도로 넣고 모습을 감춘다.

징기스 콘의 춤

"무슨 비누 말이오, 샤츠 서장? 대체 무슨 얘길 하는 거요?"

서장은 자신이 스파이들에 에워싸여 있음을 상기한다. 그들은 그가 마각을 드러내어 실토하도록 강요하고 있다. 그들은 그의 파멸을 바란다. 그는 출구 없는 상황에 처했다. 한쪽엔 이스라엘 암살 특공대가 있고, 다른 한쪽엔 독일 부흥이 있다. 만약 그가 마각을 드러내어 자신이 유대화했음을 실토한다면 그의 경력은 끝장날 것이고, 독일의 기적은 그의 곁을 스쳐 지나가버릴 것이다. 부활은 결코 그를 원치 않을 것이다. 독일국가민주당은 콤플렉스가 있는 독일인들에게 냉혹하다. 부흥한 당은 그런 무거운 짐을 자기들 진영에 받아들이지 않는다.

그는 주머니에서 손수건을 꺼내 이마의 땀을 닦는다. 정면 대응이 필요하다. 무엇보다 자신감과 기백 있는 인상을 주는 것이 좋다. 기독 민주주의는 아직 존속하며 그들은 유대인을 배척하지 않는다. 그들은 인종적 순수성을 요구하지 않는다. 그쪽 편으로는 그에게도 아직 기회가 있다. 그는 한숨 돌린다. 그의 내부에 유대인이 있더라도 기독 민주주의자들은 그를 거부하지 않을 것이다. 어쩌면 정반대일 것이다. 그들은 자비를 알며 그의 순교를 이해한다. 기분이 좀 나아진다. 사실 그가 품은 의심도 터무니없다. 신경과민 탓이다. 가이스트 숲의 범죄에 대한 수사를 돕는 이 두 인물은 널리 알려진 명망가들이요 독일에서 문화 사회적으로 대단히 훌륭한 역할을 담당하는 만큼, 그런 음험한 도발 임무를 맡거나 그의 적들을 도와 음모를 꾸미거나 할 리 없는 사람들이다. 샤츠는 이제 완전히 안심한다. 그들에게 자신의 상황 통제 능력을 보여주어야 한다. 냉정하게, 자신 있게, 명철하게 상황을 통제하고 있음을.

"물론 두 분 같은 귀족은 절대 연루되지 않죠. 철저히 고립된 성에서, 신중하게, 멀찌감치 떨어져 지내며 사태가 지나가기만 기다리죠. 엘리트들이니까. 찬성이든 반대든 의사 표현을 위해 손가락 하나 까딱하지 않았어요. 그녀가 하는 대로 내버려두었죠. 하지만 전 서민입니다. 그녀는 늘 우리 같은 서민에게 더러운 일을 시키고는 그런 짓을 했다며 또 우릴 비난해요."

"그녀란 누구를 말하는 거요?"

"샤츠 부인 얘기요?"

"아무래도 당신은 수면 요법을 좀 받아야 할 것 같소이다……."

"천만의 말씀. 그들이 바라는 게 바로 그거요. 제가 휴식을 취하기를, 제가 다른 곳을 바라보기를 바라죠. 그러는 사이 그들은 독일을 양분 상태로 유지하면서, 만족할 줄 모르는 색광녀를 가이스트 숲에 숨기고 있다며 우릴 비난할 겁니다. 이미 우리 청춘의 꽃을 살해해놓고 또다시 같은 짓을 저지를 생각만 하는 색광녀를 말입니다!"

"다시 한 번 말하지만 당신에겐 어떤 증거도 없소!"

"마흔한 명의 희생자……."

전화벨이 울린다. 서장이 전화를 받고 나서 수화기를 내려놓는다.

"이제 마흔두 명이군요. 축구팀 주장, 우리나라 최고의 센터 포워드까지! 참으로 전광석화 같은 슛이군요!"

내가 웃음을 터뜨린다. 하지만 웃는 이는 샤츠다.

"헤, 헤, 헤!"

남작은 약이 오를 대로 오른다.

"서장, 난 당신의 그런 야비한 암시에 극력 항의하는 바요" 하고 그가 외친다. "당신은 내게 끔찍한 살인 행각 얘길 하지만, 난 당신에게 내 명예 얘기를 하고 있소! 남편을 배신하지 않고도 얼마든지 살인을 저지를 수 있는 거요! 당신에겐 그런 고약한 상상을 할 권리가 없소이다. 원칙이나 정치적 견해를 갖는다고 해서 정숙한 부인이 되지 말란 법은 없잖소!"

"정치적 견해라고요?"

"명백한 동기 없이 집단 사망자가 발생할 땐 배후에 어떤 교설이나 이데올로기, 어쩌면 국가적 동기 같은 것이 있는 법이오. 플로리앙은 틀림없이 원칙이나 이념을 옹호하고 싶었을 거요. 아무런 체계 없이 체계적으로 살인하는 법은 없어요. 어쩌면 그는 생트 뱀¹⁸세기 베스트팔렌에 결성된 비밀 결사 같은 정치 조직의 우두머리인지도 모르지요. 제1차 세계대전 이후, 내부의 적을 털어내고 자기 운명의 지배자가 되는 엄격한 나라를 원하는 조직 말입니다."

백작이 외알박이 안경을 눈에 맞추며 말한다.

"어떻든 릴리가 그를 신뢰한 건 잘못이네."

"물론" 하고 남작이 한숨을 내쉰다. "하지만 어쩌겠나, 그녀는 늘 위대한 것, 강력한 것을 꿈꾸었으니……."

"헤, 헤, 헤!"

"서장!" 하고 남작이 화가 나 소리친다.

샤츠가 나를 자제시키려고 한다. 이를 악물고, 두 주먹을 불끈 쥐고, 더는 내게 정신을 빼앗기지 않으려고 용을 쓴다. 하지만 그는 내가 속삭이는 말을 되풀이하지 않기가 어렵다. 내 목소리로 웃지 않기가 어렵다. 이는 신들림의 문제가 아니라 오랜 동지애 문제임을 그는 안다. 그로서는 이따금 내게 영토를 양보하여 의사 표현을 하게 해주는 수밖에 없다. 그의 담당의사는 나를 억압하는 것, 나를 그의 독일인 잠재의식 속 깊은 곳에 억압해두는 것보다 더 위험한 건 없다고 했다. 아주 악질적인 디부크가 최대한의 피해를 유발할 수 있는 곳이 바로 거기다. 그러니 오히려 그가 바깥으로 향하도록, 밖으로 나오도록 도와주어야 한다. 그것이 그를 약화시킬 수 있는 가장 확실한 방법이다. 억압을 당하면 대번에 당신 머리까지 튀어 올라 당신을 미쳐버리게 할 수도 있다. 그래서 그를 대할 때는 요령이 필요하다. 가끔씩 **슈바르체 쉬세**에서 하던 그의 장기를 발휘하게 해주어야만 잠을 좀 더 편히 잘 수 있다. 하지만 이번만큼은 샤츠도 반발하지 않을 수 없다. 두 명의 지체 높은 인사 앞에서 다른 사람 목소리로 바보처럼 키득거리는 웃음소리를 내거나 외설적이고 퇴폐적인 유대 예술의 전형적 농담을 늘어놓을 수밖에 없다는 건 치욕이다. 게다가 그 예술은 공격적이고 침략적이어서 독일 국민의 소생하는 도덕에 해를 끼친다. 샤츠는 자신이 진짜 어느 공포물 미술관 속에 갇힌 것만 같다. 마치 어떤 흉측한 샤갈에게 점거당해버린 듯, 현실이 반종교적인 손들에 의해 일그러져 있다. 징기스 콘처럼 생긴 비테브스크 게토의 어느 카시드가 서류 더미 위에 앉아 바이올린을 연주하고, 그러는 사이 암소 한 마리가 뤼브케 대통령의 공식 초상화 위로 날아간다. 흉측한 수틴의 도살당한 동물들이 벼락 위에서 몸을 비틀고 있고, 유대인 모딜리아니의 나인들은 머리 땋은 우리 순진한 처녀들의 눈 속에 외설을 뱉는다. 프로이트는 살그머니 지하실로 들어와 우리의 예술적 보물들을 쓰레기로 만들어버리려 한다. 그를 뒤쫓아 오만상을 찌푸린 흑인 마스크들이 어느 소금통, 어느 자전거와 함께 들이닥쳐서는 어느새 타락한 입체파 그림으로 구성되고 있다. **그들**이 되돌아오고 있다.

이러한 적개심이 사방에서 자신을 에워싸는 듯하자 샤츠는 더욱더 끔찍한 의혹에 사로잡힌다. 혹시 SS대원이었던 이 샤츠가 어느 유대인 작가의 잠재의식 속에 떨어진 건 아닐까? 그 끔찍한 곳에 영원히 머무르는 형벌을 선고받은 건 아닐까? 샤츠라는 인간이 사실은 이 무자비한 작가의 영혼 같은 유대인 영혼 속에 영원히 갇혀버린 한낱 나치 디부크인 건 아닐까? 무자비하다는 말은 결코 심한 말이 아니다. 왜냐하면 이 작가의 머릿속에는 오직 한 가지 생각, 즉 자신의 저주받은 문학으로 미래 세대의 정신세계를 망치겠다는 생각뿐인 것 같으니까. 그거야말로 진짜 반인종적 범죄요, 신체적인 것에 그친 아우슈비츠의 잔혹보다 더욱더 범죄적인 정신적 잔혹 아닌가. 콘은 그저 하수인이요 공모자일 뿐, 진짜 죄인은 샤츠라는 독일인 디부크를 자신의 잠재의식 속에서 짓밟고 있는 이 작가다. 이 작가의 목표는 무엇인가? 그냥 이 춤, 이 성난 호라로 샤츠를 내쫓아버리고자 하는가, 아니면 오히려 그를 자기 내부에 더욱더 깊이 처박아버리고자 하는가? 앞으로는 그 무엇으로도 독일이 유대인의 잠재의식이라는 이 신종 게토에서 절대 해방되지 못하도록, 자신의 문학으로 그를 이 영혼에서 저 영혼으로 영원히 떠돌아다니는 존재로 만들어버리려고 말이다. 그렇다. 그들은 이 세상에서 유대인 전용이었던 자리를 향후 2000년간 독일인들이 차지하길 바란다. 국제 유대인 사회는 바로 그런 목적으로 재정을 투자하여 독일에 독일국가민주당을 창설했다.

내가 웃음을 터뜨린다.

"서장, 어째서 비웃는 거요?"

"제가 웃는 게 아닙니다" 하고 서장이 중얼거린다. "그는……."

그가 입을 다물어버린다. 말해봤자 그들은 그를 잡지 못할 거다. 그를 잡으려면 일찍 일어나야 한다. 바위처럼 단단해야 한다.

내가 그에게 조금 양보를 해준다. 그의 생각 통제권을 20퍼센트 정도 되돌려주고, 목소리 통제권은 전부, 아니…… 거의 전부 되돌려준다. 25퍼센트 정도만 내가 갖는다. 먹고살려면 어쩔 수 없는 거다.

"그게 무슨 말이오?"

"목소리가 들리는 거요, 서장?"

"보익스-슈모익스" 하고 샤츠가 경멸적 어투로 말하자, 백작이 그의 전형적인 이디시 어투에 놀라 자신의 외알박이 안경을 고쳐 쓴다. 하지만 남작은 전혀 알아차리지 못한다. 그는 이 기이한 샤츠 서장의 상황에 대해 전혀 감을 잡지 못하고 있다. 그저 아주 높은 곳을 활공하면서 여전히 릴리를 더없이 고귀한 태피스트리에 걸맞는 모범적 초상화로만 그리고 있다.

"물론 릴리가 틀렸을 수도 있소. 하지만 그녀는 언제나 인민의 행복을 바랐소. 새로운 공장이 수평선 위로 자랑스럽게 일어서는 걸 볼 때마다 그녀의 두 눈은 반짝거렸고, 안색이 창백해지도록 감동에 젖었소! 그녀는 천년 동안 지속될 단단한 라이히를 바랐소이다."

"그러니까 그녀가 천년 뒤엔 거기 도달하리라고 생각한다는 거지요?"

"히, 히, 히!"

"서장" 하고 백작이 거만한 어투로 말한다. "당신 입에서 나오는 그런 말들, 그런 비웃음은 당신을 욕되게 하는 거요……."

샤츠가 주먹으로 책상을 내리친다. 언제나 폭력은 나약한 자가 좋아한 몸짓이었다.

"제가 아니라니까요!" 하고 그가 외친다.

"당신이 아니라니, 그게 무슨 소리요? 내가 똑똑히 보았는데……."

그는 아무것도 보지 못했다. 샤츠는 입술을 달싹이지 않았다. 나는 내 할 일을 아는 사람이다. 디부크는 무엇보다 복화술의 거장이다. 한편 남작은 생각이 온통 불행한 부부 생활에 빠져 있다.

"풍요로운 미래를 약속하는 거만한 굴뚝들이 숲을 이룬 루르 지방은 그녀에게 히스테리를 일으켰소. 난 그녀를 진정시키려고 밤새도록 바흐를 연주해주어야 했다오."

"가엾은 남작 부인" 하고 샤츠가 중얼거린다.

"왜지요? 난 그녀를 만족시켜주어야 했소. 어쨌든 난 그녀의 남편이었으니까."

내가 웃음을 터뜨린다.

"히, 히, 히!" 하고 샤츠가 히죽거린다.

"아나, 아나, 아나나비야!" 하고 정원사 요한이 두 눈을 하늘로 치켜뜬 채 자신의 작은 절대를 주시하며 부드럽게 말한다.

"이곳은 정말 보기 드문 천박함과 반항적 냉소주의가 지배하는 곳이로군" 하고 백작이 말한다.

"**그들**이 되돌아오고 있습니다" 하고 샤츠가 중얼거린다. "그들의 부패한 예술과 함께…… 보시오, 그들은 이미 우리 미술관들을 채워나가고 있는 중이에요…… 모든 것이 조소되고, 타락하고, 희화화되어 있어요…… 여러분은 저 암소, 저게 정상이라고 생각하세요? 암소가 하늘을 나는 걸 본 적이 있습니까? 신혼부부가 허공을 떠다니고, 유대인 바이올리니스트가 지붕 위에 있는 것을? 그들은 우릴 돌아버리게 하려는 거예요."

남작이 백작을 쳐다보고 백작이 남작을 쳐다본다.

"무슨 뜻이지요?"

"그러니까 제 말은," 하고 샤츠가 언성을 높인다. "귀하의 정원사를 정신과 의사에게 데려가야 한다는 겁니다. 귀가 먹은 건 아니시죠?"

"아 그래요!" 하고 남작이 말한다. "한마디로 릴리는 경이로운 비상을 꿈꾸었다오……."

"히, 히, 히!"

"정원사!"

"이 징기스 콘이라는 자는," 하고 샤츠가 중얼거린다. "저속한 문학 카바레에서 쇼를 하던 자입니다. 그 무엇도 존중하지 않는 곳에서 말입니다……."

"어떤 자가 말인가요?"

"이리 오렴, 예쁘고 귀여운 아나나비야!" 하고 정원사 요한이 말한다. 누구도 하늘을 그만큼 사실적으로 보지는 못했을 것이다.

"그에겐 신경 쓰지 마세요" 하고 샤츠가 말한다. "**그들이** 그를 망가뜨렸어요. 계속하시지요."

"그러니까 릴리가 어떤 정치 조직에 이끌려 이…… 이 처벌 원정에 동참하게 되었고, 난투가 벌어져 마흔 명의 희생자가 났을 가능성이 있다는 겁니다. 마흔 명이 죽었다는 건 나도 얼마든지 인정할 수 있소만 그렇다고 설마…… 남편을 배신하기야 했겠소!"

"그러니까 명예를 더럽힌 건 아니라는 거군요" 하고 샤츠가 투덜거린다.

"아마 그녀는 어쩔 수 없이, 강제로, 맥없이, 공포에 질려, 침묵을 강요당한 채 거기 동참했을 겁니다. 자, 스탈린의 경우를 봅시다. 그의 범죄들, 그러니까 아우슈비츠, 트레블링카, 부헨발트, 오라두르오라두르쉬르글란. 1944년 6월 독일 SS대원들이 주민을 대량 학살한 프랑스 마을에서 벌어진 일의 책임을 러시아 국민에게 지울 수 있나요? 릴리는 납치당해 재갈이 물린 채, 무슨 일인지 모르는 채 그 모든 끔찍한 일들에 동참해야 했던 겁니다. 그녀는 강압으로 자신을 따르게 한 그 불한당의 첫 번째 희생자로 간주되어야 합니다."

전화벨이 울린다. 샤츠는 망설인다. 전화를 건 사람이 나라면? 하지만 결국 받기로 한다.

"여보세요? 여보세요? 예, 샤츠 서장입니다. 확실해요? 정말 그녀인가요? 그녀가 아주 유서 깊은 가문 출신임을 잊지 마시오…… 대단한 귀족 가문 말이오…… 에라스무스, 실러…… 니체…… 바그너…… 알베르트 슈바이처도 사촌이었소. 오인했을 가능성은 없나요? 좋소. 그럼 그녀 사진을 언론에 주시오. 이번에는 정말 주민들을 경계시켜야 합니다. 또다시 그런 일이 되풀이되지 않도록…… 고맙소."

샤츠헨이 수화기를 내려놓는다. 그의 표정이 자못 엄숙하다. 그가 남편을 바라본다.

"여러분, 방금 저는 몇 가지 확인 절차를 밟으라는 명을 내렸소. 남작님 부인의 지문이 채취된 모양입니다."

"어디에서?" 하고 남작이 더듬거리며 말한다. "어디에 묻은 지문을 채취했다는 거지요?"

"이런, 귀하 생각엔 어디일 것 같소…… 시신들에서지. 그녀가 직접 일에 가담한 겁니다. 의문의 여지가 없소. 그 불행한 사람들 얼굴이 왜 그리 행복한 표정인지 이제 설명이 되는 거지요."

착한 요한의 얼굴에 노기가 어린다.

"불행한 사람들이라고요? 누가 불행하다는 거지요? 그거야 말로 누구나 바라는 아름다운 운명인데! 전…… 전 그녀의 지문을 원해요! 온몸에 말이에요!"

서기는 의자 위에 파김치처럼 늘어져 있다. 눈동자가 흐릿하다. 거의 가동 불능 상태다. 나는 그에게 다가가 머리카락을 어루만져 준다. 불쌍한 녀석. 자자, 이제 곧 너도 지도자를 얻게 될 거야.

남작은 그래도 고집을 꺾지 않고 맞선다.

"그건 전혀 증거가 될 수 없소" 하고 그가 중얼거린다. "자신을 지키려다 지문을 남겼을 수도 있는 겁니다. 아마 그 짐승 같은 녀석들이 그녀를 공격했을 거요. 몸싸움이 벌어졌겠죠. 그럴 때 사냥터지기가 와서 그들을 죽인 겁니다. 그는 자신이 해야 할 일을 한 거요."

"농담하시는 건가요? 사망자가 마흔두 명이란 말입니다!"

"그리고 말이오, 서장, 그 사람들은 아마…… 그 전에 살해되었을 거요. 아마 행위는 이루어지지 않았을 겁니다. 나의 명예가 훼손되었다는 증거는 전혀 없소."

"그들은 충만한 행복을 맛보며 살해당했어요. 이에 대한 의사의 견해는 확고합니다."

"이건 중상이오. 서장, 이 사건은 증오와 원한, 음모, 악의, 예비 모의 냄새를 풍기오. 나도…… 우리 적들을 비난할 생각은 없소만, 그들이…… 떠나고 나서, 그들이 하는 짓을 가만 보면 그저 우리를 중상하는 것뿐이오. 그들은 그럴 목적으로 하나의 국가까지 창설했소이다."

이번만큼은 샤츠도 동의한다.

"맞습니다. 그들은 우릴 짓밟고 있지요. 우리 이름 위에서 야만적이고 징벌적인 아시아 머리 가죽 춤을 추고 있어요. 자기들 게슈타포의 우두머리 징기스 콘의 명에 따라 말입니다."

내가 몸을 날린다. 유피-트랄랄라! 몸을 날려 서장 앞에서 야만적이고 징벌적인 아시아 머리 가죽 춤을 춘다. 나는 무대 위에서도 언제나 춤을 잘 추었지만 무게가 없어지면서부터 훨씬 더 잘 춘다. 몸을 비틀고, 폴짝 뛰었다가 다시 떨어지고, 뒤꿈치를 마주 치며 하나-둘-셋, 얍! 하나-둘-셋, 얍! 쪼그리고 앉은 자세로, 엉덩이를 뒤꿈치에 붙인 채, 두 발을 앞으로 날리고, 발로 장화를 친다. 이것은 우크라이나 기병대가 우리 마을들에서 한바탕 포그롬유대인 박해을 마무리한 후 추는 것을 보고 배운 러시아 **카자초크**와 우리의 옛 유대 호라를 뒤섞은 춤이다. 참 이상하다. 오직 서장만 나를 볼 수 있는 모양이다. 내가 영감에 이끌려 춤을 추는 동안 그는 겁에 질린 표정으로 일어나 그런 나를 두 눈으로 좇는다. 그가 나를 손가락으로 가리킨다. 하지만 이미 나는 모습을 감추고 내면의 내 자리로 돌아간 뒤다.

"여러분도 보셨소? 보셨소? 저자가 절 괴롭힌 게 벌써 20년째요! 온갖 짓을 다 해보았지만 아직도 떨쳐내지 못하고 있지요."

"누구를 말이오?"

서장이 즉각 입을 다문다. 보존 본능이다. 아직도 그는 내가 존재하지 않는 양 세상을 속일 수 있다. 그는 심각한 표정을 짓고는 진행 중인 현 사건에 정신을 집중하는 체한다…… 한데 무슨 사건이더라? 아 그렇지, 모나리자. 모나리자가 광견병이 들어 살인을 일삼고 있지. 바로 그때 정원사 요한이 머리를 친다. 뭔가가 막 생각난 모양이다.

"까먹었군요…… 연못 주위에도 있었어요…… 주 산책로에도…… 젊은이들, 학생들, 수풀 아래, 여기저기…… 자전거펌프를 손에 쥔 녀석도 있었죠…… 한데 전 아무것도 없죠! 대체 어째서 그녀는 이토록 저를 욕되게 하는 거죠? 어째서 저만 이렇게 무시하나요?"

"저런, 이보게," 하고 서장이 아주 서민적인 어투로 말한다. "너무 상심하지 말게."

"어째서 자전거펌프는 되고 전 안 되는 거죠?"

"히, 히, 히!"

도저히 웃음을 참을 수가 없다. 샤츠가 주먹을 입에 갖다 댄다.

"그만, 콘. 당신은 죽은 사람이오. 단 일 분만이라도 좀 조용하시오!"

"너무하시는군!" 하고 남작이 소리친다. "거듭 말하지만 지금 당신은 실러를 비롯하여 우리의 가장 저명한 저자들이 비길 데 없는 순수성을 예찬한 사람 얘기를 하고 있단 말이오! 그런 사실을 증명하는 시들이 있소이다!"

"그것들을 서류에 첨부해주십시오. 변호인 측에서 인용할 겁니다."

"전 세계 휴머니스트들이 그녀의 발아래 몸을 조아렸소!"

"그렇지, 끔찍한 고통 속에서."

"콘!"

알았어, 알았다고. 하여간 늘 검열이라니까. 나는 토라진다. 두 귀족은 정말 화가 많이 난 것 같다. 인내가 한계에 달해 이젠 곧장 집으로 돌아가 아름다운 시를 읽을 것 같은 느낌이다.

"이 스캔들이 너무 오래가는군요" 하고 백작이 외친다. "도덕적 재무장, 정신적 무기가 필요한 것 같소······."

샤츠가 작고 파란 두 눈동자로 그들을 무겁게 주시한다.

"정원사."

"예, 서장님, 예."

"모두 다 바지를 벗었다고?"

"모두 다 그랬지요. 저만 아무 일도 없고요. 멸시당한 거지요. 정말 제가 그렇게 혐오스럽나요? 왜 민중의 아들을 모욕하지요? 그녀를 찾아가 제 능력을 보여주어야겠어요."

그가 떠나가자 나는 약간 쓸쓸한 느낌이 든다. 정직한 요한, 그는 순수한 자다. 더욱이 그는 아직 신선하다. 그는 피할 길이 없을 것이다. 순수함, 단순함, 영혼의 신선함, 믿음 등, 그녀가 찾는 게 무엇보다 바로 그런 것들이니까. 보아하니 그녀가 정말 큰 사고를 칠 것 같다.

"그녀가 그에게 콤플렉스를 심어주었군요" 하고 서장이 말한다.

나는 신문 한 장을 집어 들고 한쪽 구석으로 가서 앉는다. 더는 그녀 생각을 하고 싶지 않다. 거기에서 벗어나 다른 것들로 옮겨간다. 한데 내 눈에 가장 먼저 띄는 것이 1면에 난 이런 어마어마한 제목이다. '**험프리 부통령에게 최고권을 위임하다**……' '**중화기로 무장한 새로운 지원군을 파견하다**……' '**존슨 대통령은 붉은 단추를 누를 것인가?**' 나는 웃음을 터뜨린다. 히, 히, 히! 내 장담하지만 그들은 거기에 도달하지 못할 거다. 미국인들도 말이다.

사람들은 우리에게 그것을 숨겼다

그들은 한 시간째 토론 중이다. 늘 이런 식이다. 토론하다 놀고 놀다가 또 토론한다. 엘리트 족속은 자명한 것에 아주 어렵사리 도달한다. 자명한 건 복잡 미묘할 게 없는데 말이다. 남작은 매우 설득력 있는 논거를 찾아내기까지 한다.

"미안합니다만 서장, 논리적으로 얘기해봅시다. 릴리라면…… 자기 집에서, 그러니까 성의 정원에서 접객을 하지 왜 그녀가 바깥으로 뛰쳐나간단 말이오?"

"정복 취미라는 게 있죠."

"릴리가? 하지만 그녀의 꿈은 오직 평화뿐이오."

"그거야말로 다른 무엇보다도 참혹한 꿈이라는 걸 아셔야 합니다. 이번엔 남작님께서 제 질문에 대답해주시죠. 시신들에 둘러싸여 있으면서—정원사 말에 의하면 정원 곳곳에 시신이 널려 있었소—남작님이 아무것도 알아채지 못하셨다는 게 어떻게 가능하지요?"

"난 그렇게 낮은 곳은 쳐다보지 않소, 서장. 내 두 눈은 오직 릴리를 위한 거요. 그녀의 아름다움은 너무도 대단해서 모든 걸 감취버리죠. 사람들은 오직 그녀만 바라봅니다. 그렇소, 그건 눈을 멀게 하는 아름다움이오. 난 그녀를 사랑했고, 그녀를 존중했소. 그녀의 흠을 찾으려 들지 않았소. 난 그녀를 무한히 신뢰했소."

"아무리 그래도 뭔가 이상한 게 있다는 건 알아차렸을 것 아닌 가요? 그녀에게…… 어두운 구석이 있다는 것을!"

"별말씀을 다 하시는군!"

"뭔가 이상한 일이 벌어지는 어둡고 불쾌한 구석 말입니다."

"서장, 신사라면 쳐다보지 말아야 할 어두운 구석이 있는 거요."

"그러니까 눈을 감으신 거로군요."

"난 그녀를 사랑했소. 비판적이고, 회의적이고, 냉소적이고, 경계하는 눈으로 그녀를 감시하지 않았소."

"구석구석에 시신이 있는데 아무것도 보지 못하셨소이다."

"우리에게 숨긴 거요. 우리를 무지 속에 가둬 둔거요. 우리를 속인 거지요. 물론 우리도 어떤 잔혹 행위가 있었다는 건 알았지만 자세히는 몰랐어요. 게다가 난 아직도 납득이 되지 않소. 대대적인 선전이 한몫한 것도 있고."

"아니, 이건 남작님 코앞에서, 남작님 정원에서 벌어진 일입니다. 이에 관해선 정원사 요한의 말이 결정적이지요. 남작님은 시신을 밟지 않고는 잔디밭을 산책하거나 달빛을 받으며 몽상에 잠길 수 없었단 말입니다!"

"이 친구가 정치를 한 적이 없단 얘길 서장에게 이미 하지 않았소이까" 하고 백작이 끼어든다. "시신에 걸려 비틀거리게 되면, 끼어들지 말아야 할 일이 있다는 걸 바로 알게 되죠."

"난 그 시신들 얘기가 공산주의자들이 퍼뜨린 소문이라고 생각했소" 하고 남작이 중얼거린다.

"남작님께선 그것들을 밟고 걸어가셨어요!"

"그런 적 없소! 난 예절 바른 사람이오. 아주 조심한단 말입니다."

"그러니까, 그것들을 보신 거지요."

"내가 그 얘길 믿지 않았대도 자꾸 그러시네! 난 아주 지독하게 기만당하고 최면당한 거요. 사람들이 나의 신망과 애국심과 사랑을 이용해 속인 거란 말이오!"

전화벨이 끼어든다. 서장이 귀를 기울인다.

"그래요, 알았소, 기록해두겠소. 그가 행복한 표정이었다고? 당신 생각에는 내 기분이 어떨 것 같소! 그 사람 가족에게 그 얘길 해주시오!"

그는 수화기를 내려놓고 펜을 다시 쥔다.

"이제부터 이 사건은 사상 최대의 반인륜 범죄입니다!"

남작이 완전히 허물어진다. 늙수그레하면서도 포동포동한 작은 얼굴에 끝없는 혼란만 가득하다.

"얼음처럼 투명하고 순수한 여자가!" 하고 그가 신음하듯 말한다.

"뭘 아신다고 그러세요?" 하고 샤츠가 투덜거린다.

"그래도 명색이 남편 아니오……."

"바로 그래서 사태를 한 각도로만 보시는 거란 말입니다."

"히, 히, 히!"

"이런 고약한!"

"웃는 게 아녜요" 하고 샤츠가 말한다. "딸꾹질입니다."

백작의 수염이 슬프게 늘어진다.

"이보게, 가엾은 친구" 하고 그가 말한다. "이따금 난 천박하고 편향적인 현대 문학이라는 것이 우리를 점거하여 시커멓게 더럽히고 있는 것 같다는 느낌이 드네. 너무나 아름다운 명상 거리와 글감이 널려 있는데."

"아, 빛의 세기는 어디로 가버렸단 말인가! 루소! 볼테르! 디드로! 물론 그들도 가끔 경솔하게 쓰긴 했지만, 적어도 그들에겐 문체라는 게 있었어! 말을 참 기가 막히게 했지!"

"물론이지, 그들은 자신들 매력을 팔아먹고 살았지."

"콘!"

남작이 손수건을 꺼내 이마의 땀을 닦는다.

"이보게 백작, 사람들이 우리를 뭐라 형언할 수 없는 추함 속에 빠뜨리려고 하는 것 같네. 마음의 준비를 해야겠어. 수단 방법을 가리지 않고 우리 명예를 더럽히려 한단 말이네. 그들은 어떤 외설도 불사할 거야. 부헨발트에 겹겹이 쌓여 있던 알몸 시신들 사진 자네도 보았지? 세상에 그런 포르노그래피가 어디 있나! 그건 파렴치한 짓이야…… 파렴치한 짓이라고! 누구도 그런 걸 촬영할 권리는 없네, 그런 걸 출판할 권리는 더더욱 없고. 한데도 사람들은 그걸 영화관에서까지 보여주었다네. 교회도 그런 스펙터클에 항의하지 않았어. 난 영화관에서 사제들도 보았다네!"

"전적으로 동감이야. 그 모든 벌거벗은 시신들, 그런 걸 전시할 권리는 없어. **잇 워즈 언 인베이전 오브 프라이버시, 마이 디어!** 그건 사생활 침해였단 말일세! 젖가슴이 이제 막 조그맣게 생기기 시작한 열네 살짜리 소녀들도 그 더미 속에 있었으니……."

"난 보지도 못 할 그 젖가슴들을 숨겨주시오!"

"콘!"

"남작, 내 얘기 좀 들어보겠나? 그 외설 사진들은 결국 사건 자체보다 더 많은 해악을 끼쳤네…… 유대인을 처형한 건 물론 범죄였지만 그래도 그건 유대인들에 대한 범죄였지. 한데 그런 사진을 출판한 건 인류를 모독하는 범죄란 말이야. 인류의 이득이 좀 더 우월하니 그 모든 걸 침묵시켜야 했단 말이네. 사람들은 우리의 오랜 인문주의의 꿈, 그 날개를 고의로 잘라버린 거라고. 교육적인 측면에서도 그래. 그렇게 뒤죽박죽이 된 나체를 본다는 건 우리 젊은이들에게 매우 유감스러운 결과를 초래할 수 있네. 위험한 부추김이라고. 벌건 대낮에 그런 포르노그래피를 펼쳐 보이면 결국 엉뚱한 생각을 품지 않겠나……."

샤츠가 책상 위에 엎어져 미친 듯이 낄낄거린다. 이번만큼은 나도 정말 기쁨을 만끽한다. 그는 신들린 사람처럼 웃는다. 그와 함께 이런 폭소를 터뜨린 건 예전에 딱 한 번뿐이었다. 1966년 6월, 유대인과 독일인의 대화 가능성을 주제로 브뤼셀에서 세계 유대인대회 특별 회의가 열렸을 때 말이다.

그러니까 샤츠헨은 지금 엄청 낄낄대고 있다. 두 엘리트 족속은 혐오와 경악에 사로잡혀 그를 주시한다. 첫 가정교사 때부터 모나리자의 축복 속에서 성장한 사람들만이 그들을 이해할 수 있을 것이다. 이제 그들에겐 의혹의 여지가 없다. 릴리는 천민에게 걸려들었고 십중팔구 경찰도 공모했다. 경찰은 언제나 서민 출신 아닌가. 대단히 고귀한 부인을 타락시켰다는 것이 문제의 핵심이다. 천민 민주주의가 수세기 전부터 범세계적인 존경과 사랑을 받아온 가문의 귀족 민주주의를 진흙탕 속으로 끌고 가고 있다. 정신의 종말이 준비되고 있다.

남작은 얼마나 화가 났던지 본래의 위엄을 되찾아 정색을 하고 말한다.

"서장, 당신의 태도는 언어도단이오. 나는 죽을 위험에 처한 아내 얘기를 하고 있는데 그렇게 미친 듯이 낄낄거리다니. 분명히 경고하지만 난 이 사실을 당신 상관들께 알리겠소. 어쨌든 지금 당장은 즉각적인 도움을 요구하는 바요."

샤츠가 즉각 정신을 차린다. 무슨 얘길 하고 있었지? 아 그래, 가이스트 숲에서의 연쇄살인. 증인들을 신문하고 있었어. 그 증인들, 그들이 어디 있지? 아 그래, 그들은 여기 있어. 모두 다 여기 있어. 실러, 하이네, 레싱, 스피노…… 아니, 아니, 그들 말고 다른 증인들. 검사 측 증인들. 한데 묘하다. 그 수백만이나 되는 증인들, 그들이 여기 있는 건 단지 그들이 이제 더는 여기 있지 않기 때문이다. 게다가 점점 더 이상해진다. 샤츠 서장은 자신이 이따금 자기 생각의 완전한 주인이 아닌, 그런 부재의 순간들이 있음을 안다. 그것은 과로로 인한 폐해요, 그 저주받은…… **점거** 때문이기도 하다. 어쨌든 지금, 나는 그를 억눌러버렸다, 그가 나를 억눌러버렸다, **미안하지만 콘, 내가 자네를 그런 거야**…… **천만에, 샤츠헨. 글쎄 그렇다니까**…… **지금 여기선 내가 주인이야, 콘. 그럴 리가 있나, 샤츠헨, 그럴 리가**…… 이런 제길…… 그가 있는 힘을 다해 책상을 친다, 책상이야 라이히 소유니 어찌 되든 나 알바 아니다…… 마침내 우리 둘은 입을 다문다, 러시아어로 말하자면 **비 테스노티 노 니 비 오비**^{비탄에 잠겼으되 미치지는 않고서다}…… 물론 난 러시아어를 할 줄 안다. 여러분은 숄렘 알레이헴이나 이삭 바벨의 책을 읽어보았는가? 나의 출신지가 거기다. 이제 엉뚱한 데로 새지 말고 심문을 계속하자. 나의 경력이 걸린 일…… 그래, 그래, 괜찮아. 나는 어깨를 으쓱하고 만다. **그의** 경력이 걸린 일이다. 이번 일은 아주 중대한 사건이요, 이 사건만 잘 해결한다면 전쟁 때 걸린 해묵은 감염, 유난히 지독한 악성으로 밝혀진 그 감염으로 인한 정신적 혼란을 이젠 완벽하게 통제할 줄 안다는 사실을 증명하게 될 것이다. 일급 서장 샤츠가 얼마 전부터 이상하게 행동하더라고 등 뒤에서 수군대는 모든 사람들에게 말이다.

그녀에겐 구세주 같은 존재가 필요하다

게다가 샤츠에겐 얼마 전에 떠오른 아이디어가 하나 있다. 어째서 진작 그 생각을 하지 못했을까? 어찌 될지 두고 봐야지. 그가 미소를 짓는다. 나는 그가 내 제안을 이렇게 흔쾌히 받아들이는 게 만족스럽다. 그는 주저 없이 내 견해를 참조하는데, 사실 유대인은 좋은 조언자가 될 수 있다. 그들은 꾀가 많고 경험이 많다. 이번만큼은 그들과 사이좋게 지내도록 노력할 생각이다. 하지만 난 끼어들고 싶진 않다, 그냥 제안을 하나 했을 뿐이다. 콘과의 관계에서 나를 미치게 하는 것, 그것은 그가 자꾸만 자신을 숨겨 마치 자신은 여기 없고 여기 존재하지 않는 양하는 태도, 나, 샤츠가 엉뚱한 상상을 하는 양하는 그 태도다. 나는 분명히 알고 있는데 말이다…… 이런, 또다시 말다툼 시작이다. 이젠 지긋지긋하다. 나는 그를 내팽개치고 새로운 영감을 얻기 위해 가이스트 숲을 한 바퀴 둘러보기로 한다. 바로 그때, 매일 아침 10시 우리에게 커피를 가져다주는 헨케 하사가 질겁한 얼굴로 사무실에 뛰어든다.

"서장님…… 서……."

"무슨 일인가? 그들을 체포하기라도 했는가?"

"클렙케 중사…… 브지크 특무 상사가…… 서장님께서 그들을 숲으로 순찰 보내셨지요……."

"그런데?"

"방금 그들이 시신으로 발견되었답니다! 소름끼쳐요…… 요렇게 미소들을 지은 채……."

그렇게 말하며 그가 **그런** 미소를 지어 보인다. 대단히 암시적인 미소다. 가라앉아 있던 서기의 몸이 부풀어 오르는 수플레처럼 의자 위에서 다시 요동친다.

"꼴좋게 되었군" 하고 샤츠가 투덜거린다.

그는 불만스러운 표정이 아니다.

"자신들에게 그만한 역량이 있다고 생각했나 보지? 하나같이 형편없는 녀석들이…… 그녀에겐 말이야, 그녀를 꼼짝 못하게 하고, 그녀를 넘어뜨리고, 완전히 통제하여 그녀를 행복하게 해줄 수 있는 구세주 같은 존재가 필요해. 그녀는 난폭한 걸 싫어하지 않아. 남자는 남자답기를 바라. 작은 벌레, 각다귀 같은 녀석들, 꼬맹이들에게 질린 거야…… 조그마한 돌풍에도 척추가 우산처럼 접혀버리는 물러빠진 민주주의자들은 지긋지긋해 한다고……."

그가 몸을 일으킨다. 나는 그에게서 약간 떨어져 바깥에서 그를 유심히 바라본다. 그가 발차기를 하자 머리 타래 한 묶음이 이마 위로 흘러내린다. 그래 바로 그거다, 그러나 내가 독일에 그런 걸 바란다고 생각하지는 마시라, 전혀 그렇지는 않다, 허나 나는 여러분이 다음에 대해 답해주었으면 한다. 여러분은 신나치가 선거에서 획득한 유망한 득표 결과를 신문에서 보게 될 때 조금은 만족감을 느끼지 않는가? 솔직히 말해 여러분은 독일을 다르게 생각하는 일에 어쩔 수 없이 익숙해져야 한다는 게 좀 지겨워지지 않는가? 어쨌든 독일을 **교화 불가능한, 언제나 동일한 그 자신인** 작은 칸, 여러분이 독일을 영원히 분류하여 정돈해둔 그 칸 속에 다시 집어넣을 수 있다는 건 불쾌한 일이 아니다. 여러분이 수세기에 걸쳐 유대인에게 할당해준 이미지, 유대인이 그 이미지에 부합하기를 바라듯이 말이다. 이스라엘이니, 민주주의 독일이니 하는 건 여러분 습관에 좀 걸리적거리지 않는가?

그럼에도 불구하고 나는 나도 모르는 사이 그에게 신중히 처신하라는 조언을 속삭이고 있음을 깨닫고 놀란다. 더는 그를 충동하지 않는다. 오히려 그를 말린다. 그녀가 다른 사람들을 뒤쫓도록 내버려두라고 말이다. 독일인은 그녀를 위해 자신들이 할 수 있는 모든 것을 다했다. 그러나 그녀를 만족시켜주지 못했고, 지금 그녀는 어느 때보다 더 많이 원한다. 나는 그에게 속삭여준다, 이제 그녀는 독일인에겐 신물이 났다고, 그들은 아무것도 주지 못했고, 그녀는 여전히 대리석처럼 냉담하다고. 나는 그를 만류하고, 반대하고, 마음을 돌리려 하고, 논거를 댄다. 독일인이 바라는 게 뭐란 말인가? 증오와 욕설을 2000년 동안 짊어지는 것? **새로운 유대인**이 되어 우리 자리를 차지하는 것? 그러겠다는 건가? 요컨대 나는 샤츠헨에게 가이스트 숲으로 가서 판을 다시 벌리지 말라고 조언한다. 짐작하시듯 그들을 동정해서가 아니다. 독일인이 또다시 그녀를 만족시키려 든다면, 이번엔 정말 모나리자에게 아무것도 남아나는 게 없을 것 같아서다. 체서 고양이의 미소 같은, 허공에 떠도는 미소조차 남지 않을 것이다. 아무것도 말이다. 지금 이 공주는 점점 더 욕구 불만이 되고, 점점 더 몽상이 많아지고, 점점 더 요구가 많아지고 있기 때문이다. 자기 자신을 정말 허공에 띄우려면 적어도 500메가톤은 필요할 것이다. 그 이하는 받지 않을 것이다. 이제 그녀는 자기 자신을 알아가고 있다.

그는 약간 망설인다. 어쨌든 그도 자신이 독일인임을 안다. 그건 아주 멀리서도 알 수 있다. 모든 사람들이 그를 엄중 감시하고 있다. 온 세상의 눈동자가 당신의 격렬한 남성성에 고정되어 있는데, 어떻게 거길 간단 말인가? 떠들썩해지지 않겠는가. 나는 최선을 다해 그를 단념시키려 한다. 그에게 말해준다. 그녀는 색광녀라고, 어느 누구도 절대 거기에 이르지 못할 거라고.

우리는 내밀한 논쟁에 빠져 헨케 하사를 잊고 있었다.

"대장님."

"무슨 일인가?"

차렷 자세로, 눈은 전방 20미터를 주시하고 있다.

"가이스트 숲 순찰을 허락해주시길 부탁드립니다."

그는 겸손하게 두 눈을 아래로 내리깐다.

"잘난 체하고 싶진 않습니다만, 저는 거기에 도달할 수 있다고 자신합니다, 대장님. 저는 필요한 걸 갖고 있습니다. 아주 위대한 부인이라 할지라도 말입니다. 원하신다면 구체적인 수치를 말씀드릴 수도 있습니다. 타고나기를 그렇게 타고나서 제가 통과하는 곳은 어디든 난리가 나지요."

"환장하겠군!" 하고 샤츠가 소리친다. "썩 물러가!"

"**고트 인 힘러!**" 하고 남작이 소리친다. "인간이 가진 고상한 것을 이보다 더 저속하게 모욕할 수는 없소……."

"이보게, 친구. 말이 좀 과하네" 하고 백작이 말한다. 아무리 그래도 충격을 받은 모양이다.

구트 형사가 문을 살그머니 연다. 그는 낄낄거리고 있다.

"뭐가 그리 우스워?"

"서장님. 보이스카우트 대표단이 와서 서장님 명령을 받겠다고 하는군요! 이 젊은 친구들, 몹시 흥분된 표정입니다. 모두 숲 수색을 자원하고 있어요!"

"모두 집으로 돌려보내게. 각자 알아서 해결하라고 해!"

"히, 히, 히!"

"그럼 신문 기자들은 어쩌지요?"

샤츠는 약간 망설인다. 기자들에게는 그가 자리를 굳건히 지키고 앉아 자신이 가진 모든 능력을 발휘하여 수사를 능숙하게 지휘하는 모습을 보여주는 것이 좋다. 그러면 그의 적들이 퍼뜨린 모든 악의적인 소문들에 마침표를 찍게 될 것이다.

"들여보내게."

기자들이 몰려든다. 전 세계 구석구석에서 온 사람들, 그 중에서도 영국 특파원이 특히 흥분된 상태다. 짐작하시듯 그들 머릿속에는 오직 한 가지 생각, 독일인의 잔혹뿐이다. 그들은 런던을 공습한 우리를 절대 용서하지 않는다. 20년이 지난 후에도 〈선데이타임스〉는 **독일에서의 유대인 배척주의**에 관한 별책 부록을 간행하는 **후츠페**를 부렸다. 무슨 유대인 배척주의 말인가? 독일에는 생존 유대인이 3만뿐이다. 여러분 생각엔 고작 그 정도 인명을 상대로 다시 어떤 이념을 내세울 수 있을 것 같은가?

카메라 플래시가 터지기 시작하자 샤츠가 잠시 겁에 질렸다가 이내 평정을 되찾는다. 그것이 보이지 않는다, 지금 그가 있는 곳에서는, 그가 보이지 않는다.

나는 뿌루퉁해진다. 사실 나도 정말 플래시 세례를 받고 싶다. 나는 한 번도 진짜로 유명세를 탄 적이 없다. 그저 삼류 익살꾼이었을 뿐. 미국으로 이민을 갔더라면 좋았을 거다. 할리우드에 갔다면 제2의 대니 케이^{희극 스타로 인기를 모았던 미국의 영화배우}가 되었을 게 분명하다.

"남편이 누구요! 남편과 인터뷰하고 싶습니다!"

"끔찍하군!" 하고 남작이 말한다. "내 이름이 란드루^{프랑스 연쇄살인범}처럼 후세에 길이 남겠어!"

백작이 그의 손을 잡아준다.

"사랑하는 친구여, 용기를 내게!"

"다들 어째서 날 그런 눈으로 쳐다보는 거요? 난 아무 짓도 하지 않았소!"

"아무 짓도?"

"전혀 아무 짓도!"

"여자가 불쌍하군!"

"그럼 그렇지, 이제 모든 게 설명이 되네!"

"이보게, 변호사 입회하에서만 말을 하도록 하게!"

전화벨이 쉴 새 없이 울린다. 샤츠가 부산을 떤다.

"여보세요, 여보세요, 그런데요? 바바르 서커스단이 도움을 주겠다고요? 무엇 때문에? 어떻게? 독을 푼 고기 조각들을 길에 던져두면 된다고? 지금 날 놀리는 거요? 그녀는 야생 짐승이 아니오, 대단히 위대한 부인이란 말이오!"

"실러, 레싱, 스피노……."

"아, 됐소, 콘, 됐다고!"

"몽테뉴, 데카르트, 파스칼, 모두 바지를 벗……."

그가 나의 말을 자른다. 말을 뚝 그치더니 이를 악물고 턱뼈를 죄어 나를 억압하고 진압한다, 그러니 더는 장난칠 재간이 없지 않겠는가? 신문 기자들이 남작을 에워싸고 격론을 벌인다. 그는 그럭저럭 버티며 계속 싸운다, 아직도 그녀를 믿는다, 릴리는 오직 정신적인 것에만 관심이 있을 뿐이란다. 하지만 만장일치의 평결이 사방에서 터져 나온다.

"색광녀요!"

남작은 백작을 지지한다—

"릴리! 상처 입은 송충이를 보고도 눈물을 흘리는 우리 릴리!"

백작은 남작을 지지한다—

"정원사에게 꽃을 자르지 못하게 하던 릴리!"

이번에는 둘이 함께, 하나, 둘, 셋—

"그녀는 너무도 부드럽고 너무도 다정했지!"

남작—

"남자들과 그녀의 관계는 페트라르카와 로르의 관계였어!"

백작—

"사람들이 모나리자를 살해하고 있어!"

나—

"마즐토브!"

샤츠—

"아라크모네스!"

나, 그의 이마에 입맞추며—

"**바이 미르 비스트 두 샤인!**나와 함께 그대 반짝이네!"

샤츠—

"**그발트! 그발트!**"

드골—

"프레스코 벽화 속의 마돈나…… 전설의 공주…….'

프로이트—

"색광녀!"

괴테—

"**메어 리히트!**더 많은 빛을!"

나폴레옹—"**피시식**— 이야!"

히틀러—"**피시식**— 이야!"

로드 러셀—"**피시식**— 이야!"

존슨—"**피시식**— 이야!"

예수—

"안 돼" 하고 샤츠가 외친다. "우리 독일인들은 말이지, 사람들
이 유대인을 건드리도록 내버려두지 않을 거야!"

나는 등줄기가 싸늘해진다. 문득 끔찍한 위험이 우리 종족 위
로 떠도는 듯한 느낌이 든다. **유대인 배척자가 아닌 나치들.** 여러분은
유대인을 전혀 반대하지 않는, 오히려 흑인들만 반대하는 히틀러
가 우리에게 어떤 해악이 될지 좀 상상이 되는가? 독일인들이 하
마터면 우리를 잡을 뻔했다. 그들이 인종주의자들인 게 정말 다
행이다.

그래서 나는 함부로 설치지 않는다. 나는 몸을 아주 작게, 작게 움츠린다. 남의 눈에 띌까 봐 두렵다. **나는 사람들이 내게 이런저런 제안을 할까 봐 두렵다**…… 그런 제안, 나는 내 친한 친구들이 그런 걸 받게 되길 바라지 않는다. 주의해보시라. 이해가 될 것이다…… 미국에서는 이미 흑인이 유대인 박해에 뛰어들어 유대인 가게들을 망가뜨렸다…… 그 과격주의자들은 지독하게 유대인 배척적인 언사들을 내뱉고 있다…… 응수해야 하는 것 아닌가…… 하지만 천만에, 나는 그런 제안을 듣고 싶지 않다. **퉤, 퉤, 퉤!** 나는 몸을 웅크리고 가만있을 뿐, 흑인들, 나는 그들을 존중한다, 그들은 우리와 다르다, 그들을 존중하지 않을 수 없다. 어떻든 인종주의자가 되지 않고도 누군가를 존중할 수 있다. 얼마 전부터, 사방에서 동시에 분출하는 목소리들, 육체를 빼앗긴, 박탈당한, 휘파람 소리 나는 온갖 목소리들을 듣고 있던 샤츠가 마침내 한숨 돌린다. 이제 위기는 지나갔다. 그 저주받은 바이올린 연주자도 지붕에서 모습을 감추었고, 샤갈의 손에 들린 7등 샹들리에와 랍비 대신 이제 헨케 하사의 친숙한 얼굴이 보인다. 그가 통지한다.

"보좌 주교님께서 오셨습니다!"

"그분은 또 뭘 바라신단 말인가?" 하고 샤츠가 중얼거린다. "벌써 열 번째 출두로군."

"그야, 어찌 됐나 알아보러 오신 거지요. 당연히."

"뭐가 당연하지?"

"그야, 그분을 직접 겨냥하는 일이니까요."

"직접 겨냥한다고?"

"뭔가 제안을 하실 것 같습니다…… 한 가지 해결책. 교회 말입니다."

"교회라…… 아 그렇지, 그렇군…… 한데 자네 대체 그게 교회와 무슨 상관이 있다는 건지 말해줄 수 있나? 이 여자는 말이지, 그 무엇으로도 충족시킬 수 없는 무시무시한 욕망에 사로잡혀 있어. 그녀를 절망으로 몰아가는 욕망 말이야. 한데 보좌 주교가 뭘 어쩐단 말인가?"

"그야, 그분들껜 하느님이 계시니까요."

"그래, 그분들껜…… 가만, 그런데 그게 무슨 상관이지?"

"그야, 그분은 전능하시니까요……."

"그분은……."

"그렇습니다. **그분은 가능합니다. 그분은 거기에 이를 수 있습니다.**"

"그분은 거기에…… 이런 바보 같은 녀석, 썩 꺼져버려! 가서 보좌 주교님께 아무것도 부탁하지 않는다고 말씀드려! 그분이 그녀를 위로하러 오실 필요는 없다고 말이야. 하느님은 필요 없어. 이 지상엔 아직 인간들이 있어. 자신들이 가진 수단을 알고 사태를 장악할 수 있는, 의지에 찬 단호한 진짜 인간들 말이야!"

내가 웃음을 터뜨린다.

"여보세요, 예 그렇습니다…… 인권 동맹 말인가요? 그들은 사방에 코를 디밀죠! 나는 샤츠 주임 서장입니다. 인권 동맹이 화가 났다고요? 그야, 그쪽 하는 일이 늘 그거뿐이잖소. 한데, 당신들이 이번 일과 무슨 상관이지요? 희생자들은 모두 동의를 했단 말이오. 이보시오, 어쨌거나 그녀가…… 뭘까, 그렇게 까다로운 게 경찰 잘못은 아니지 않소! 아무것도 그녀를 충족시키지 못하오, 그 무엇도 충분히 아름답지 않단 말이오…… 사회주의? 그건 이미 시도해본 거 아니오…… **피시식!** 하고 말았지! 사실 뭐 안 해본 게 없소이다. 뭐라고요? 좋은 아이디어가 있어요? 어디 말씀해보시지요. 네…… 네…… 뭐라고? 이런 징글맞게시리! 선생, 이제 보니 당신 참 취향이 별나시군!"

그가 수화기를 내려놓는다. 신문 기자들이 관심을 보인다.

"그가 무슨 말을 했나요?"

"도저히 배겨내지 못할 거시기를 안다고 합디다."

"어떤 거시기?"

"거시기."

"서장님, 전 세계 여론은 그게 뭔지 알 권리가 있습니다……."

"아니, 무지무지 더러운 거라고 설명했잖소!"

"그럼, 잘 하면 성공할 수 있겠군요."

"천만에!" 하고 남작이 소리친다. "릴리에겐 어림없소이다!"

"서장님, 국민들의 자기결정권을 생각해서 우리에게 그것에 대해 말해주시오. 그 거시기가 뭔지 우리에게 말해주시오! 당신에겐 아이디어를 묵살할 권리가 없어요. 우리에겐 알 권리가 있습니다. 모든 게 달라질 수도 있어요."

"아니, 아주 더러운 거라니까요!"

"어쩌면 그게 좋은 걸 수도 있단 말이오!"

남작이 몸을 일으킨다. 꼭 망신당한 피에로 꼴이다. 뭔가 거창한 선언을 할 작정이다. 좌중이 침묵에 휩싸인다. 그는 유명 인사에 부흥 주역의 한 명으로, 이 나라 중공업 전체가 그의 손안에 있다.

"여러분, 내 말 좀 들어보시오. 여러분은 릴리를 잘못 알고 있소! 어쨌든 난 그녀의 남편이니 모른다고 할 수 없지 않겠소! 여러분들께 모두 말씀드리겠소. 사실 그녀는 불감증이오!"

한 신문 기자—물론 프랑스인이다—가 그를 경멸하는 눈으로 째려보며 말한다.

"불감증 여자는 없소, 성불구 남자들이 있을 뿐이지!"

"이보시오!"

난 해낼 수 있을 거야. 나, 주임서장 샤츠는 해낼 수 있을 거야. 난 시스템도, 마르크스주의도, 사회주의도, 이념도, 거시기도 필요 없어. 난 오직 나의 남성만 갖고 혼자 거기로 가 그녀를 행복하게 해줄 거야. 알렉산더보다 위대하고, 스탈린보다 강하고, 히틀러보다 단호하게, 난 그녀가 주체치 못하는 그 자유, 그 개방성으로부터 그녀를 구해낼 거야…….

"여보세요, 여보세요? 그런데요? 누구? 퓌르스트? 도덕수호동맹 의장이시라고? 갈수록 태산이군. 들여보내시오."

나는 그를 안으로 들여보낸다. 퓌르스트 의장은 키가 크고 몸이 아이(i) 자처럼 꼿꼿하다. 손에 지팡이를 들었지만 몸을 의지하는 용도가 아니라 방어용이다. 그는 영혼의 고매함, 도덕적 타락에 대한 항의, 품위와 청렴과 덕성에 대한 거듭된 호소 등으로 전 세계에 널리 알려진 유명 인사다. 영향력이 대단하다. 최근에는 어느 프랑스 국회의원의 협력을 얻기까지 하지 않았는가? 미래 세대를 타락시킬 수 있는 〈마라-사드〉라는 저주받은 극작품의 파리 상연 때, 인류를 타락한 1600만 어린아이와 괴물 곁에 방치하는 결과를 초래할 기만적인 퇴폐 문학에 위협받는 우리 유전자들을 구하기 위해 달려와 경고의 외침을 날린 진정한 드골주의자 의원의 조력을 말이다.

"서장, 나는 청년 세대와 가족이라는 도덕의 두 원천과 종교를 옹호하는 사람으로서 항의하는 바요! 온 힘을 다해 항의하는 바요! 즉각적인 조치가 취해질 것을 요구하오! 가차 없는 검열의 보호막을 치고 우리의 모든 진입로에 감시 위원회를 설치해야 합니다! 나는 한평생 도덕의 건강을 위해 싸웠고 죽어도 굴하지 않을 거요! 신변 보호를 요청하오! 본인의 덕성 주위에 경찰 장벽을 설치해줄 것을 요구하오! 그녀는 나를 찾고 있소이다. 이미 나는 내부로 파고드는, 나를 뚫고 들어오는 그녀의 스파이를 느끼오. 그녀는 지식인, 프리메이슨, 유대인의 도움을 받아 나를 포위하려 하고 있소. 매일 밤 난 내 집에서 방책을 쳐야만 하는 신세요, 손에 무기를 들고서 불명예를 기다리고 있단 말이오…… 어제는 허공에 탄약을 한 통이나 발사했소. 여러분, 만족을 모르는 이 색광녀가 내 주변을 배회하고 있소이다. 이미 나는 술 냄새 나는 그녀의 뜨거운 숨결을 온몸에 느끼오. 그녀의 두 손은 나의 모든 것이 제자리에 있는지 확인하고, 내 귀엔 문화부 보조를 받는 그녀의 외설적인 달뜬 속삭임, 그녀의 미친 약속들이 들리오. 그녀의 손가락이 나의 화기를 빼앗으려 하고 있소. 나는 전후방에 각각 둘씩, 네 명의 경호원을 요구하는 바이며 모든 서점에 경찰 요원을 배치하고, 도덕과 양식의 이름으로 여성 성기와 남성 성기를 없애버릴 것을 요구하오. 음란하고 망측한 예술이 만들어낸 그 발명품을 말이오! **안 되오!** 지난 50년간의 음란과 방종이 우리를 이 지경까지 끌고 왔소. 끔찍한 추함과 방탕이 우리를 타격했소. 여러분이 피카소를 방치하기에 아랫도리에 흉측한 남근을 달고 깨어나는 거요! 여러분이 브레히트를, 장 주네를, 저주받은 화가들을, 볼스를, 막스 에른스트를 관용하기에 우리의 어린 소녀들 몸에 돌연 털로 덮인 흉측한 균열이 생기는 것인데, 사람들은 그런 음탕한 창조를 했다며 감히 신을 비난하고 나서지요! 나는 **안 된다!**고 말하오. 나의 모든 출구에 병사들을 상시 배치해줄 것을 요구하는 바요! 포르노그래피보다는 차라리 핵전쟁이 낫소! 총체적 순수를 위해 총체적 검열을 요구하는 바요! 속박이 아니면 차라리 죽음을 원하오!"

그가 의자에 털썩 주저앉는다. 눈동자 초점이 풀려 있다.

"당황하지 맙시다! 당황하지 맙시다!" 하고 샤츠가 외친다. "이분 땀 좀 닦아주시오! 가서 의사나 하여간 누군가를 좀 찾아보시오."

남작이 얼굴을 가리며 말한다.

"『젊은 베르테르의 슬픔』을 읽으며 눈물을 흘리던 여자, 고전적 아름다움을 이 세상 무엇보다도 사랑하던 여자가!"

"이보게……"

하지만 가엾은 남작은 위로할 길이 없다.

"스피노자, 파스칼, 몽테뉴, 성 토마스를 훤히 꿰뚫고 있던 여자, 탁월한 교양으로 모든 전문가들의 찬사를 받은 여자가!"

이 자리에는 우리를 조소하는 눈으로 관찰하는 신문 기자가 한 명 있다. 나는 이자가 어디 출신인지 모른다. 원칙적으로 이 자리엔 서구 언론을 대표하는 기자들뿐이지만 그거야 확인해보아야 알 수 있는 일이다. 그는 증오에 찬 고약한 눈동자에 어딘지 군복 티가 나는 작업복 차림이다. 그가 중국 공산당원이라 해도 나는 놀라지 않을 것이다.

"여러분," 하고 그가 말을 날린다. "우리는 절대 단독으로는 거기에 도달할 수 없습니다. 모두 함께, 집단으로 거기에 가야 합니다! 개인주의 시대는 끝났습니다. 여러분은 아직도 수공업적인 섹스 방식을 이용하지요. 그녀에겐 집단이 필요합니다. 모두가 팔꿈치를 맞대고 거길 가야 합니다!"

"팔꿈치를 맞대고?"

"풍악을 울리면서!"

"풍악을 울린다고?" 하고 남작이 부르짖는다. "가엾은 나의 릴리!"

"자자, 침착합시다! 여보세요, 여보세요, 그렇습니다…… 샤츠 서장입니다만. 뭐라고요? 중국인 100만 명이 바지를 벗은 채? 얼굴에는 아직도 행복한 미소가 어려 있고?"

서기가 끝내 폭발하고 만다. 예상했던 일이다. 그는 두 팔을 쭉 편 채 몸을 떨면서 일어나더니, 어떤 이념이 모든 자리를 차지해버려 빈 곳 하나 없는 공중변소 앞의 볼일 급한 남자처럼 지그춤을 춘다.

"이리 와! 날 잡아! 날 가져! 날 강간해! 난 반항하지 않을 거야…… 난 머리에서 발끝까지 네 거야! 뭐든 네 맘대로 해! 난 깡그리, 속속들이 소유당하고 싶어! 난 민중의 자식이야! 나랑 해줘! 난 네 거야! 날 깔아뭉개고, 날 산산조각 내줘, 가루로 만들고, 곤죽으로 만들어줘, 완전히 새로운 방식으로 즐기고 싶어! 널 행복하게 해줄 수 있다면 뭐든 할 거야! 너에게 뭐든 해줄 거야! 너에게 오라두르를 해줄 거야! 너에게 아우슈비츠를 해줄 거야! 너에게 히로시마를 해줄 거야! 어디든, 뭐든! 그럼 넌 지금보다 훨씬 더 아름다워질 거야! 난 뭐든 예스라고 말할 거야! **예스!** 난…… 난…… **하일 히틀러!** 히틀러 만세! **지크 하일!**"

"맙소사, 또 시작이군!"

"자자 당황하지 맙시다…… 조용! 조용! 알약! 진정제! 의사나 하여간 누굴 좀 불러주시오!"

"나랑 해 - 줘!"

"꿈 많은 인류여!"

"지크 하일! 지크 하일!"

샤츠 서장은 엄청난 폭발음을 듣는다, 온 세상이 튀어 오르고 뒤집혀 증오의 물결 속으로 침몰하고, 그 물결은 미를 향해 기어올라 제롬 보슈 엉덩이의 동그란 외눈 아래에서 모나리자를 **슈바르체 쉭세**로 변형시키고, 제임스 앙소르의 마스크들과 행복한 유령들은 비누 빼고도 600만이나 드나든 더러운 절대의 입구로 몰려들고, 만卍자 흔적 없는 아리아족의 순수성 속에서 알몸의 폰 카라얀 혼자 아직도 용감하게 싸우며 뉴욕의 타락한 유대인들이 즐겨 듣는 베토벤과 살시피의 자신감 넘치는 댐으로 바르샤바 게토의 노한 시궁창과 대적하고, 아직은 쇠약한 상태이나 벌써부터 꿈에 부푼 5만 독일국가민주당 당원들은 아우슈비츠와 벨젠의 음란 사진들에 의지하여 손으로 다급히 남성성과 단단함을 소생시키려 하고, 총살당한 마흔 명의 하포 막스는 총살 집행반 앞에서 바지를 내리고는 독일의 명예를 정조준하고, 샤츠는 **도이칠란트 에어바케** 독일이 깨어난다를 부르짖는다, nach Frankreich zogen zwei Grenadieren 하이네 시 「두 척탄병」의 일부. '프랑스로 향한 척탄병 두 명'을 소생시켜야 한다 그녀에겐 오래 지속하는 진짜 단단한 놈 구세주가 필요하다, 그는 천년 건설을 위해 친히 거기 갈 것이요 오데르나이세제2차 세계대전 이후 새로 확정된 독일과 폴란드의 국경선를 회수하여 행복하게 해줄 것이다 샤츠 1세가 친히 그녀를 가득 채워줄 것이요 새로운 폭발로 그녀를 완전히 채워줄 것이다 그는 몸을 일으켜 의자 위에 뛰어올라 발을 구르고 춤을 추며 외친다 **붐 트라 라 라!** 그것이 뜨거워지고 그것이 사나워지고 그녀의 정신이 몽롱해지고 알맞게 익고 **붐 트라 라 라!** 그렇게 좋은 거기에 또다시 150메가톤 그 한가운데에 또다시 붐 트라 라 라! 그들이 붉은 단추를 누르고 이번만은 그녀가 누릴 것이다 붐 트라 라 라! 됐다 옳거니 그녀가 허공으로 떠오른다 자폭을 한다 저 불길 저 엄청난 불꽃…….

"색광녀다!"

"이게 웬 폭발이지?"

"그녀야! 릴리!"

"그들이 절대 무기를 들고 가는군!"

"100메가톤!"

"그녀가 마침내 도달하겠어!"

"마즐토브!"

"아니, 그녀는 불감증이라니까 자꾸들 그러시네!"

2

가이스트 숲에서

타자 속의 존재

그들은 그를 데려갔다. 구트 형사가 앰뷸런스를 불렀고, 그들은 우리에게 주사를 한 대 놓고는 그를 들것에 싣고 갔다. 주사액은 에녹탈이라는 새로운 화학약품이다. 그것을 정맥에 주입하면 곧바로 감미로운 환희에 사로잡힌다. 웃음이 절로 터지고 행복감에 젖는다. 정신의학이 너무도 발전하여 아마 **독일국가민주당**의 신나치들은 적잖은 어려움을 겪을 것이다.

마침내 내 집에 있게 된다는 건 대단히 기분 좋은 일이다. 이제 점거는 끝났다. 등에 더는 샤츠 SS대원의 무게가 느껴지지 않는다. 내가 그에게 하는 어떤 악행도 용서치 않는 앙심 가득한 분노의 눈동자, 그 어쩔 줄 몰라 하는 머리가 이제 더는 보이지 않는다. 옛 SS대원의 정신세계 속에 들러붙어 지내야 하는 운명, 그의 잠재의식 속에 갇혀 끊임없이 억압당하며 질식당하지 않기 위해 투쟁해야 하는 삶, 여러분은 그것도 삶이라고 생각하는가…… 그런 삶, 내 친한 친구들에겐 그런 삶을 바라지 않는다.

게다가 그것은 잠재의식도 아니요 일종의 빈민굴이다. 빛도 공기도 없고, 천장은 낮고, 사방을 막은 벽엔 아직도 판독 가능한 옛 나치 슬로건과 만卍자와 유대인 배척주의 낙서가 덕지덕지 붙어 있다. 더럽고 구역질 나는 곳, 구석구석에 오물이 있다. 그것을 환대라고 할 수 있는가? 유대인을 숨겨주는 게 다가 아니다. 그를 어디에 숨겨주는지도 알아야 한다. 정말 구역질 나는 위생 상태다. 썩은 내가 진동을 한다. 아무도 그 안으로 청소하러 오지 않는다. 청소는커녕 오히려 덧붙인다. 매일같이 누군가가 와서 새로운 쓰레기를 쏟아붓는다. 신나치들과 그들 언론이거나, 아니면 온갖 종류의 역사적 잔해들, 핏자국이며 뭔지 모를 더러운 얼룩이 진, 그래도 아직은 살아 움직이며 그저 사용해주기만을 청하는 지난 세기의 악취 나는 고물들, 정말 역겨운 이념적 거시기들, 사람을 현혹하려 드는 끔찍한 보철구들, 좀 전엔 소금통 하나, 물뿌리개 하나, 마흔두 구의 바지 벗겨진 시체, 여섯 켤레의 양말, 라루스 대백과 한 권이 내 위로 떨어지기도 했다. 이것저것 가리지도 않는다. 분명히 말하지만 진짜 쓰레기통이다. 샤츠의 잠재의식에 비하면 바르샤바 게토의 수챗구멍은 전설의 공주를 위한 궁전이라 할 만하다. 절대 깨끗이 씻어낼 수 없을 거라는 생각을 하지 않을 수가 없다.

마침내 나는 다시 나 자신이 된다. 드디어 때가 왔다. 이따금 나는 내가 누구인지, 내가 어디에 있는지 더는 알 수 없게 되곤 한다. 그와 그토록 내밀한 관계 속에서 살다 보니, 나 샤츠가 영원히 유대인의 정신세계 속에 갇혀 살아야 하는 나치 디부크가 된 듯한 느낌이 들 때가 있다. **퉤, 퉤, 퉤.**
나는 사람들이 앞으로는 절대 우리 둘을 분간해내지 못할 거라고 생각했다.

그러므로 사람들이 그의 정맥에 주사를 놓았을 때 내가 만족했으리라고 생각하는 것은 당연하다. 그는 잠시 놀라는 듯하더니, 곧 히죽거리기 시작했다. 이어 커다란 웃음보를 터뜨렸고, 나역시 미친 듯이 웃어젖혔다. 먼 옛날처럼 그의 존재를 털어버리기 위해 그에게 주사를 놓았는데, 조심성이 대단한 요 꾀바른 유대인 콘이 전혀 경계를 하지 않고는 단지 자신의 소명, 자신의 희극적인 유전적 성격이 다시 나타난 줄로만 여겼을 거라는 생각에웃음을 참을 수가 없었던 것이다. 그는 히, 히, 히! 나는 호, 호,호! 했고, 이 우스꽝스러운 상황이 웃음을 유발하는 에녹탈 효과와 결합하여 눈덩이처럼 불어나는 결과가 되어 더는 웃음을멈출 수가 없었다. 이 개자식은 금방이라도 숨이 넘어갈 것처럼웃어댔는데, 아닌 게 아니라 실제로 그는 막 숨이 넘어가던 중이었다. 의사가 초를 치지만 않았어도 만사 아주 순조롭게 이루어졌을 테고 나는 기쁨을 만끽했을 것이다. 의사는 간호사에게 직업적 만족감이 실린 목소리로 이렇게 말했다.

"쇼크 환자 경우엔 특히 더 효과적이군. 웃음 가스 효과보다 비교도 할 수 없을 만큼 강하고 오래 지속된단 말이야……."

그것이 나의 목숨을 구했다. 유대인에게 두 번 말해선 안 되는말들이 있는데, '가스'라는 말이 그 중 하나다. 그사이 나는 주사의 즉효로 나도 모르게 대단히 약해져 있었다. 나는 웃음을 터뜨렸고, 더는 웃음을 멈출 수 없었다. 내가 지금 지워지고 있는 중임을 어렴풋이 의식은 했으나, 마침내 내가 샤츠를 떨쳐버리고,

나를 온갖 역사적 오물 속에 깊이 파묻고 있는 이 독일인의 정신 세계에서 곧 해방되겠구나 하는 생각에 진심으로 기뻤다. 그가 없으면 내가 사라진다는 것, 통계상 익명의 다수—600만이라는 총 수치 속에 콘이 한 명 더 있고 없고가 무슨 의미이겠는가?— 에 묻혀 더는 내가 개인적으로 지각되지 않게 된다는 것을 까맣게 잊고 있었다. 나는 다시 하나의 추상이 되어버리기 직전이었다. 그러다 '가스'라는 말에 나의 생존 본능이 즉각 발동했다. 나는 키득거리면서도—화학적 작용이었기에 웃음을 멈출 수는 없었다—남은 힘을 다 모아 악착같이 매달렸다. 몸을 다시 움직여 저항하기 시작했고, 저항이 얼마나 강했던지 샤츠가 들것에서 벌떡 일어나—그때 우리는 이미 앰뷸런스 앞, 거리에 있었다—의사를 바라보며 고래고래 소리를 지르기 시작했다.

"안 돼! 이러다간 당신들이 그를 살해해버릴 거라고! 난 이 일에 끼어들고 싶지 않아! 한 번으로 족해. 온갖 잔혹 행위 얘기로 지겹도록 내게 험담들을 해댔잖아. 다시는 걸려들지 않을 거야……."

나는 더욱더 힘차게 움직였다. 버티고, 매달리고, 더욱더 높이 기어올라 원상회복을 했으며, 그러곤 에녹탈 효과를 극복하기 위해, 잠들어버리지 않기 위해, 이 독일인의 의식 속에서 미친 사람처럼 추억의 호라, 우리의 전통 호라를 추기 시작했다.

그런 춤, 나는 친한 친구들이 그런 춤을 추길 바라지 않는다.

그것이 나의 목숨을 구했다. 얼빠진 의사와 구급차 간호사들이 지켜보는 가운데, 샤츠는 토끼처럼 들것에서 뛰어내려 거리를 내달리기 시작했다. 나는 그를 뒤쫓았지만, 맹세컨대 그 순간만큼은 그를 여유 있게 따라잡지 못했다, 그의 늘어진 옷자락에 가까스로 매달린 정도였다. 그렇게 에녹탈을 다량 주입받고도 그런 달음박질을 칠 힘이 남아 있었다는 건 사실 놀랍다. 분명 이 샤츠라는 자식에게는 어떤 시련도 견뎌내는 내적 능력이 있는 것 같다. 자랑은 아니지만, 나는 미친 듯이 발버둥을 쳤음을 여러분께 맹세한다. 속에서 내가 하도 야단법석을 치자 그가 불안과 공포에 사로잡혀, 여자, 남자, 어린아이 할 것 없이 모든 사람이 그를 뒤쫓기라도 하는 양 내달았던 것이다. 짐작들 하시겠지만 나는 가만히 당하고만 있지 않았다. 전에도 이미 사람들은 방어할 생각은 않고 살해하도록 가만 내버려두었다며 지겹도록 우리를 비난하지 않았는가. 하지만 그러기 위해선 나의 생존 본능을 총동원해야 했다. 더욱이 우린 둘 다 두려움을 느끼면서도 미친 듯이 웃고 있지 않았는가. 그 주사의 웃음 효과는 실로 가공할 정도였다. 하마터면 그들에게 진짜로 잡힐 뻔했다. 그들이 생화학 분야에서 이룩한 진보 덕에 머잖아 영혼과 도덕의식 문제가 완전히 해결되어버릴 게 분명한데, 그것은 곧 우리 정신적 기생충들의 종말을 뜻한다. 유대인의 잠재의식은 독일인 **디부크**에게서 해방될 것이요, 독일인의 잠재의식도 결국 탈유대화할 것이다. 사람들이 전처럼 계속 그러지 않을 거라고는 말 못하겠지만, 적어도 더는 고통 받지 않을 것이다.

어쩌면 내가 괜히 겁을 냈는지도 모른다. 주사 효과가 가라앉으면, 나의 유대인은 아마 예전처럼 생생하게 내 속에 있을 것이다. 나는 위험을 감수하고 싶지 않았을 뿐이다. 그 의사는 아주 정확한 사람처럼 보였지만, 그를 이스라엘 사람들이 내게 보냈다고 생각해보라. 내가 다시 한 번 콘을 없애도록, 그래서 독일이 되살아나고 나 샤츠가 민족 말살을 했다고 비난받도록 그들이 파견한 요원들이 꾸민 악마적 간책이라고 말이다. 하! 하! 나는 그들의 수작에 걸려들지 않았다. 나는 즉각 사태를 파악했고, 그래서 들것에서 뛰어내려 달리기 시작했다. 먼저 거리로 내달았고, 이어 가이스트 숲을 향해 들판을 달렸다. 나는 완전히 탈진한 상태로 숲에 도착했고, 덤불 속에 뛰어들어 몸을 꼭꼭 숨기고 나서야 안심하고 실신했다. 어쨌든 나는 그를 구했다. 이스라엘 비밀 경찰들이 나를 납치해가 거기서 재판을 받게 된다면, 나는 의사와 간호사들의 증언을 요구할 것이고, 결국 무죄 판결을 받을 것이다.

휴우. 이제 좀 낫다. 지금 그는 덤불 속에 몸을 웅크린 채 자고 있다. 마지막 순간 그에게 이스라엘의 함정이라는 생각을 불어넣어주길 잘한 것 같다. 그는 겁을 먹었고, 덕택에 나는 궁지에서 벗어났다. 나는 한숨 돌린다. 나는 샤츠를 떨쳐버렸다. 나치의 탈을 벗었다.

유대인 구덩이

지금 우리는 슬프도록 유명한 가이스트 숲에 있다. 어쩌면 여러분도 이 유명한 숲을 기억할 것이다. 48시간 전부터 이 숲은 산책이 금지되었으며 숲 주변은 경찰이 지키고 있다. 하지만 나는 호기심 많은 사람들, 천성이 로맨틱한 사람들, 몽상가들이 경계망을 뚫고 숨어들어와 이곳을 돌아다니고 있을 거라고 확신한다.

나는 가이스트 숲을 잘 안다. 지난날, 어느 폐가—지금은 호화주택과 어린아이들 놀이터가 들어서 있다—로 이어지던 이 떡갈나무 숲 샛길, 이 길을 나는 본의 아니게 끊임없이 오가곤 한다. 내 가족의 흔적을 아직도 이곳에서 되찾을 수 있을 것처럼 말이다. 그들은 연기처럼 사라져버렸지만, SS대원들이 우리를 총살하기 전에 파게 했던 그 무덤들은 아직도 볼 수 있다. 내 무덤은 여기, 이 전나무 아래에 있다. 안내원은 없지만, 리히트의 꼬마가 언제라도 나타나 이곳 사람들이 '유대인 구덩이'라고 부르는 것을 여러분에게 보여줄 것이다.

그러므로 가이스트 숲은 내가 즐겨 찾는 산책 장소 중 하나이며, 종종 나는 샤츠헨을 데리고 이곳 순례에 나선다. 우리 둘은 이곳에 머무르며, 이디시어를 하는 어느 시인이 적었듯, **가을날—** 정확히 말하면 1943년 가을이다—**바이올린의 긴 흐느낌 소리**를 듣는 다. 귀만 있다면 이 독일 땅에서도 들을 수 있는 소리다. 예전에 친구가 내게 파도록 시킨 구덩이, 나는 그 구덩이 앞에서 친구가 몇 시간 동안이나 잡초가 무성하게 자란 바닥을 바라보는 모습 을 지켜보았다. 한 번은 그가 이상한 짓을 했다. 우리가 깊은 명 상에 잠겨 있을 때, 갑자기 그가 구덩이 속으로 뛰어들더니…… 그가 어떻게 했는지 알아맞혀보라. **바닥의 잡초 위에 드러누웠다.** 이상 하지 않은가? 나는 그의 그런 행동을 전혀 이해하지 못했고 아직 도 이해가 되지 않는다. 그는 등을 깔고 누워 두 눈을 감았다. 그 렇게 해서 누구에게, 무엇에게 가까이 다가가고자 했을까? 나는 이 위인이 몹시 형제애에 목말랐던 게 아닐까 하는 생각이 든다. 대체 그는 그 바닥, 내 자리에 드러누워 무엇을 기다린 걸까? 나 는 꽤나 난처했었다. 어쨌든 걸레와 수건을 뒤섞어서는 안 되는 일 아닌가! 하기야 그래서 안 될 이유는 있나? 모든 걸레와 모든 수건이 뒤섞여 결국 멋진 내의가, 심지어는 전설의 공주를 위한 아주 아름다운 드레스가 만들어지는데 말이다.

언젠가 비알리스토크 랍비 주르는 내게 이런 설명을 들려주었 다. 프랑스인에게 인류란 곧 여성이며, 말과 사물이 그들 눈엔 지 극히 여성적으로 보인다고 말이다. 게다가 그들은 여색을 몹시 밝히는 것 같기도 하다. 아낌없이 돈을 썼지만 그들은 결코 뜻하 는 바를 이루지 못했다고 랍비 주르는 말했다.

샤츠는 유대 잡초의 흙덩이를 두 손으로 움켜쥔 채 구덩이 속 에서 꼼짝도 하지 않고 머무르곤 했다. 나는 그런 속죄 의례, 그런 갑작스러운 역할 전도에 꽤나 난처했다. 그를 위해 해줄 수 있는 게 내겐 아무것도 없었다. **포이어!** 하고 외칠 사람도 없었고 경기관총도 없었다. 어째도 나는 총을 쏘지 않았을 것이다. 간혹 나는 내가 좀 심술궂은 사람이 아닐까 하는 생각이 든다.

그가 나를 다시 이 가이스트 숲으로 끌고 온 이유를 나는 아주 잘 안다. 그를 이곳으로 유인한 사람은 릴리가 분명하다. 그는 아내를 무척 사랑했는데, 그녀의 이름도 릴리—장담하건대 그녀는 대단히 아름다웠다—였다. 하지만 그녀는 결혼 3년 후 그를 떠났다. 세 사람이 하는 부부 생활이 싫다는 게 이유였다. 그녀는 경증 신경 쇠약 환자가 되었다. 남편이 늘 유대인을 한 명 끌고 다녀 견딜 수가 없었다고 사방에 떠들어댔다. 그녀는 결코 유대인을 반대하진 않았으나, 그들이 기어들어 와선 안 되는 장소도 있는 거다. 그건 역겨운 짓이다. 당시에는 모든 사람이 그녀를 정신 이상자로 판단했고 그래서 이혼이 이루어졌다. 그때 나는 법정이 유대인 감시 경호원을 부인에게 붙일 게 아니라 그에게 붙이길 바란다는 뜻을 표명했다가 내 친구 샤츠를 대로케 한 것으로 기억한다. 도대체 이젠 우스갯소리도 못한다. 이 친구는 모든 것을 비극으로 받아들인다.

전설의 공주

나는 얼마간 발길 닿는 대로 돌아다녀본다. 플로리앙이 아주
오래전부터 가이스트 숲에서 시간을 보낸다는 사실을 나는 안
다. 이곳은 그가 즐겨 찾는 소요 장소다. 그는 꿈꾸고, 명상하고,
채취하기 위해 이곳에 온다. 그는 명상에 빠지는 경향이 아주 강
하다. 사람들이 그에 관해 너무도 많이 명상했으니 그도 그들에
게 응분의 예를 표하는 게 정상이다. 뭐랄까, 그들은 서로에 대해
명상을 너무 많이 해서 약간 병적인 관계가 되어버렸다고 할 수
있을 거다.

물론 이곳에는 자갈 위를 졸졸거리며 흐르는 실개천이 있다.
고사리들. 작은 새들. 키-키, 리-키-키 하고 나뭇가지마다 새들
의 지저귐 소리가 들린다. 나비들이 도처에서 여리고 가냘프게
파닥거린다. 독수리들은 없다. 그들에겐 너무 낮은 곳이다. 늑대
도, 빨간모자 소녀도, 할머니도 없다. 숲이 사실주의에 물들어 유
년과 천진함의 향기를 잃어버렸다. 처녀성을 빼앗겨버렸다. 일요
일이면 많은 커플이 구덩이 때문에 이곳을 찾는다. 섹스를 즐기
기에 딱 좋다.

나의 발길이 어느 공터에서 멈춘다. 별건 아니지만 몇 가지 잔해, 오래전의 화재에 까맣게 탄 돌들이 있는 곳이다. 일상적인 것들뿐, 특별히 영감을 준다거나 아주 시적인 건 아무것도 없다. 큰 바위도 몇 개 있고, 성채와 어우러진 아주 예쁜 파노라마도 있다. 역시, 바위 위에 놓인 책 몇 권이 눈에 띈다. 미소가 절로 지어진다. 릴리와 플로리앙은 지나가는 길에 언제나 많은 문학을 남긴다.

내 생각은 틀리지 않았다. 책이 보이자마자 통로에서 빠져나오는 플로리앙의 모습이 눈에 들어온다. 지금 그는 칼을 손에 들고 정성껏 닦고 있다. 그가 등을 오싹하게 하는 노래 한 소절을 휘파람으로 분다. 물론 등이 있는 사람들에게 해당되는 얘기다.

곧 나는 천형과도 같은 그의 가벼운 장애를 간파한다. 너무도 귀엽게 파닥거리던 예쁜 노랑나비들이 그가 지나가는 곳마다 떨어져 죽는 것이다. 그것은 너무나 자연스러운 현상일 뿐, 그가 뭘 어떻게 한 게 전혀 아니다. 내 생각엔 그가 그런 줄 알아채지도 못하는 것 같다. 그가 어느 돌 위에 앉더니, 주머니 속의 말린 고깃덩이를 꺼내 아주 얇은 조각으로 아주 깔끔하게 자르기 시작한다. 그러곤 먹는다. 이유는 모르겠지만 문득 〈서 푼짜리 오페라〉의 맥 데어 매서맥 더 나이프가 연상된다. 옷차림 때문인 것 같다. 정말 그렇다! 눈에 잘 띄는 바둑판무늬 양복, 검은 셔츠, 흰 넥타이. 옷차림치곤 기이하다 싶은 보석 하나가 그의 넥타이에 달려 있다. 그것은 황금 십자가로, 위엔 작은 예수상이 단단히 고정되어 있다. 일종의 트로피다. 난생처음 상으로 받은 것인데, 첫 상은 언제나 최고의 상이다. 우리 모두는 초등학교 때 받은 상에 대해 각별한 애틋함을 간직하고 있지 않은가.

이 플로리앙이란 자의 생김새는 참 이상하다. 판판한 얼굴엔 뼈가 드러나 있고, 피부는 그저 관습 때문에 어쩔 수 없이 붙어 있는 것 같다. 광채 없는 두 눈, 속눈썹 없는 눈꺼풀. 주름 하나 없다. 약간은 거북이 같은, 약간은 선사시대 느낌을 주는 얼굴이다. 하지만 그렇다고 혐오감을 주는 건 아니다. 표정 부족이랄까, 굳어버린, 삭막한 얼굴임은 분명하다. 삶이 그를 가득 충족시켜버린 것 같은, 그에게 줄 수 있는 모든 것을 이미 다 주어버린 것 같은 얼굴 같다.

문득 나는 심장의 세찬 박동을 느낀다. 어쩔 수 없다. 언제나 나는 대단히 센티멘털한 사람이었으니까. 한데 여기서 다시 나의 상황은 대단히 미묘하고 혼란스럽다. '나'라고 말하지만, 말을 하는 사람이 정말 나인지 여러분에게 장담할 수 없기 때문이다. 도덕의식, 잠재의식, 게다가 뭔가 흥미로운 역사적 상황 등이 결부되면 이렇게 되는 게 문제다. 그것은 나일 수도 있고 샤츠헨일 수도 있고 여러분일 수도 있다. 여기서 여러분이란 지고하신 빛의 서구 각하를 가리키는 말이다. 우리들 하수구의 진짜 쓰레기인 디부크의 가장 묘한 특성, 그것은 바로 우리의 모든 산당유대인이 제사 지내던 곳 속으로 틈입하는 전염병적 성향을 가졌다는 점 아닌가. 각하께서 부디 용서해주시길 바란다만, 나의 천성, 내재적이고 비물질적이고 편재하는 천성이 **그녀** 내부에서 내 존재를 인식하도록 자꾸만 충동질하니 어쩌겠는가, 나의 단순한 흔적, 그저 조그만 오점 같은 것, 파리똥 같은 것을 말이다, 융이라는 사람과 집단 무의식 얘기도 있다만 그 얘긴 더 하지 말자. 그래서 가슴은 또다시 늘 하던 어리석은 짓을 시작하고, 경탄의 미소가 내 두 입술에 떠오른다. 폐허에서 모습을 나타내는 릴리를 보는 것이다. 즉시, 폭포 하나가 그녀 발아래로 흘러들고, 공작들이 나뭇가지 위에 앉아 페르시아 미니어처 효과를 내고, 라파엘의 게루빔들이 그녀 주위에서 사각거리는 소리를 내기 시작하고, 일각수들이 깡충깡충 뛰고, 뒤러가 허둥지둥 달려와 모자를 벗고 무릎 꿇은 채 명령을 기다리고, 도니체티가 미친 듯이 날뛰고, 와토가 그녀 몸치장에 신경을 쓰고, 한스 홀바인 르 죈이 그녀에게 약간 성모 마리아 같은 분위기를 주려고 자신이 그린 살해당한 그리스도를 그녀 발아래에 펼치고 곧이어 수백 점의 그리스도상이 눈의 행복을 위해 탁월한 구성 감각을 선보이며 곳곳에 배치된다. 나는 노란색 파란색 우주를 예수 머리 주변 배경으로 한 예르크 라트게프의 그림을 알아본다. 그 왼쪽, 가시투성이가 되어 채찍질당하고 있는, 그뤼네발트의 또 다른 예수상도 알아본다. 이처럼 내가 미학적 즐거움에 빠져 미소 지으려는 바로 그 순간—나를 특히 매료시킨 것은 니클라우스 마누엘 도이치가 그린 〈세례자 요한의 참수〉다—모든 것이 일시에 변하고 지워진다. 어느새 이탈리아 미술이 얼른 배턴을 넘겨받아 우리의 **될시네**애인에게 한층 더 눈부신 틀을 부여한다. 요컨대 수억의 멸절자들이 있으되 모든 시대의 예술이 주저 없이 저울 속으로 뛰어들어 예산의 균형을 맞추는 것이다. 더는 채무자도 결손도 없다. 피와 오물이 그녀의 종들에 의해 일시에 덮여버리고, 그녀는 자신의 처녀성을 되찾는다. 더없이 끔찍한 범죄들이 귀금속 광산이 되고, 주제가 되고, 정신이 솟는 샘이 되고, 재능의 활력소가 된다. 또다시 시작이다. 티에폴로가 그녀에게 경쾌한 하늘 하나를 닦아주고, 양떼와 목동들과 폐허가 위베르 로베르의 행복한 효과를 만들고, 루트 하나가 그녀의 손이 미치는 곳으로 이동하고, 프라고나르가 그녀의 피부색에 정성을 쏟고, 르누아르가 그녀의 예쁜 귀를 다듬고, 보나르는 귀여운 발을, 벨라스케스는 당당한 걸음걸이를 다듬는다. 그녀가 가는 곳마다 분장사들과 역사 태피스트리가 그녀를 수행한다.

나는 내가 한 가지 과오를 범하고 있음을 깨닫는다. 나의 친애하는 스승, 비알리스토크 랍비 주르가 종종 내게 조심하라고 당부하던 것이 있다. **내가 그녀를 정시定示한다는 것이다. 바르미츠바**유대교의 **성인식** 철야 때, 랍비 주르는 당시 겨우 열두 살이던 나를 자기 가치를 확신하는 당당한 장부로 만들고자 평생토록 간직해야 할 인생 수칙 하나를 내게 가르쳐주려 했다. 그 어떤 구실, 그 어떤 상황에서도 절대 인류를 너무 가까이에서, 너무 주의 깊게 바라보아서는 안 된다는 것이다. 나는 왜 그래선 안 되는지 알고 싶었다. 그러자 성자는 당황해하다가, 결국 내게 이렇게 설명해주었다. 눈이 부셔서 그렇단다. 얘야, 모셀레, 인류는 너무 아름다워서 절대 주의 깊은 시선으로 살펴보려 해선 안 돼. 그저 인류를 사랑하고 인류를 위해 봉사하는 것으로 만족해야 해. 그러지 않으면 눈이 멀거나 이성을 잃을 위험이 있어. 예를 들어보자. 유대인이 그 모든 일을 겪고도 살아남은 것, 그러고도 미쳐버리지 않은 건 이 수칙을 충실하게 준수한 덕분이야. 그들은 주변의 인류가 지나치게 노골적으로 자기 존재를 드러낼 때마다 눈을 돌려버렸지. 그건 비겁해서가 아니란다. 사려 깊고 현명해서지.

비알리스토크 랍비 주르는 더욱더 중대한 비밀 하나도 들려주었다. 예수가 처형 직전 바로 이 히브리 수칙을 준수했을 것으로 보는 구술 전승이 하나 있다. **그가 두 눈을 가려달라고 요구했을 거라는 것이다.** 인류를 위해 죽은 그가 인류에게 이보다 더 큰 연민과 사랑의 증표를 보이기는 어려웠다. 그것은 인류 역사상 가장 아름다운 수줍음의 몸짓이었다.

랍비 주르는 이에 관해 많은 명상을 한 뒤 결국, 앞으로 올 메시아는 장님일 거라는 결론에 이르렀다.

이번 모험에 뛰어든 이후 내가 아주 신중치 못하고 무모하기까지 했음을 고백하자. 릴리에 관해 내가 알아야 할 중대한 뭔가가 더는 없는 것 같다.

그래서 이젠 그녀를 마음껏 바라본다. 순수하고 우아한 용모…… 사랑스러운 귀여운 코, 그 모든 접촉에도 전혀 더럽혀지지 않은 감동적이고 부드러운 입. 저 놀라운 천진함, 저 수줍고 가냘픈 표정이라니! 그녀가 지금 막 마지막 시도에서 실패하고 나온 사람임을 감안할 때, 그새 다시 그녀의 몸치장을 해준 충실한 종들의 재능에 우리는 머리를 조아리지 않을 수 없다. 심지어 숲속에 티치아노와 일단의 **콰트로첸토** 15세기 이탈리아 예술가 화장품 상자를 구비하고 있는 모습까지 보인다만, 그래도 내 집에선 저들도 갈팡질팡 정신을 못 차릴 거다.

그녀가 플로리앙 곁에 앉는다. 플로리앙은 아직도 말린 고깃덩이를 먹고 있다. 그 모습이 이상한 느낌을 준다. 나는 그가 오래전에 포식했을 거라고 생각했다. 그의 현전은 뭔가 환각적인 분위기를 풍기며, 그의 실재 자체가 그에게 환상적 성격을 부여한다. 어쩌면 나의 유대인적 양심이, 사람들이 거창하게 '죽음의 비극적 위대함'이라고 부르는 것에 일상적 통속성의 아이히만적 성격을 부여하는 건지도 모른다. 하지만 천만의 말씀이다. 그것은 말린 고깃덩이와 기름종이와 칼 때문이다. 그는 그런 것이 전혀 필요치 않다. 이는 분명 그의 애교다. 서민적인 느낌을 준다. 플로리앙은 남의 눈에 띄는 것을 좋아하지 않는다. 죽음이라는 것이 그처럼 뼈와 살을 가진 존재로 마주칠 수 있는 거라면, 사람들이 그의 호의를 사려 달려들 거라는 걸 그도 안다. 정말이지 그들은 진정한 권력에 끌리는 성향이 아주 강하다. 플로리앙은 유명세에 수반되는 성가신 일들에 물렸다. 그는 익명을 좋아하며 자기 존재를 기막히게 잘 숨긴다. 자신의 실재를 통계 속에 숨기는 법을 터득한 것이다.

마치 피크닉을 나온 사람처럼 그는 칼을 닦아 허리띠 아래 숨기고 기름종이는 바위 뒤로 던져버린다. 그러고는 주머니에서 루주와 분통을 꺼내 릴리에게 내민다. 그녀가 다시 화장을 한다. 갑자기 다시 이 세상의 어떤 위대한 예술 활동을 보는 것만 같다. 박물관마다 보물이 가득 차기 시작하고, 사람들이 피카소와 베르메르의 그림 800여 점 회고전을 열고, 루브르 박물관을 밤새도록 개방하고, 독일 도시들이 체면 때문에 거금을 들여 걸작들을 구입하고, 심지어 뒤셀도르프시는 멸절당한 시인 막스 자코브의 초상화까지 구입하여 벽에 내건다. 독일이 죄를 씻는 거다.

"이분은 누구였지, 플로리앙?"

아, 이 목소리! 이건 정말 목소리가 아니다, 모차르트 음악이다. 모든 것이 스쳐갈 뿐인 그의 얼굴에 미소 같은 것이 지난다.

"목수."

플로리앙의 목소리도 멋지다. 그윽하고, 약간 음산하지만 사람의 마음을 잡아끄는 매력이 있다.

"또 목수란 말이지. 당신이 괜한 수고를 했네."

지금 내겐 뭔가 아주 야릇한 일이 벌어지고 있다. 그녀 목소리 때문인지, 아니면 그녀에게서 나오는 이 감동적인 열기 때문인지는 모르겠으나, 느낌에 지금 나는 추상에서 빠져나오기 시작하는 것 같다. 릴리가 알레고리적인 존재가 아니라는 건 두말하면 잔소리다. 그녀는 우리의 피와 살을 가진 피조물이다. 흔히 하는 이디시 말로 그녀는 아주 음탕하기까지 하다. 늘 그렇듯 그 효과는 실로 놀랍다. 여러분은 능력 발휘를 하고 싶은 격렬한 욕구에 사로잡힌다. 뭔가 웅대한 기분을 느끼고, 오만한 떡갈나무들을 대등한 입장에서 바라보기 시작한다. 인간은 이처럼 절대적 확신에 사로잡히는 순간 진짜 자신의 크기를 파악하고 위대함에 대한 의심을 멈춘다. 이제 여러분은 이번만큼은 정말 그녀를 행복하게 해줄 것이다. 여러분의 재능, 여러분의 체계를 확신한다. 더는 허풍이 아니다. 마침내 여러분은 단단한 뭔가를 가졌다. 우뚝 일어나, 자세를 잡고, 이념의 기치를 펼쳐들고 사회주의 건설 작업에 뛰어든다. 하지만 릴리는 여러분이나 그녀의 역량으로는 이룰 수 없는 완벽을 꿈꾼다. 그녀는 계속 뿌루퉁하기만 하다. 그녀는 여전히 여러분 머리를 쓰다듬지만 그러나 그녀의 향수 어린 시선은 이미 다른 체계를 찾고 있다. 여러분은 눈알이 튀어나오고, 혀가 나오고, 피와 땀이 흐르고, 조만간 실족할 것 같은 느낌이 절로 들지만, 오로지 경련 덕분에 간신히 버틴다. 온갖 이데올로기적 수단에 도움을 청하고, 역사 속으로 들어가고자 애를 쓰고, 이제껏 본 적 없는 속임수를 써보지만, 상상조차 하지 못했던 장소들에 틀어박힌다. 포지션을 이리저리 바꿔 돌연 베트남까지 가보지만, 그런들 무슨 소용, 여러분은 이미 그녀가 여러분의 어깨 너머를 바라보며 다음 사람에게 미소 짓고 있다는 느낌을 받는다. 여러분이 이를 악물고, 도움을 요청하고, "만국의 프롤레타리아들이여, 단결하라!"고 외쳐보나 입에 뭐가 가득 들었는지 반쯤 숨이 막힌 채, 그녀의 요구에 완전 격분하여 되도록 표현을 극도로 줄이고서 바람 앞의 등불처럼 가까스로 버티는 바로 그 순간, 문득 당신 귀에 빈정거리듯 속삭이는 그녀 목소리가 들려온다.

"한데 당신의 이 두 귀, 이것들은 아무짝에도 쓸모가 없나요?"

전락이다. 당신은 무시무시한 고함을 내지르고 가학적이 되어 그녀에게 악착같이 매달려보지만, 이미 그녀는 모든 것을 맛본 터, 이제 그런 건 눈여겨보지도 않는다. 당신에겐 절대 무기, 핵탄두를 장착한 공격력이 필요하다. 당신도 알다시피 의치를 끼고 그녀를 만족시킬 수야 없지 않겠는가. 이 세상에서 가장 오래된 이념 논쟁, 말하자면 그녀가 불감증인가 당신이 성불구인가 하는 논쟁이, 서로에 대한 비난과 주먹다짐과 욕설 속에서 다시 불붙는다.

사실 그녀가 필요로 하는 건 바로 신의 숭고한 발기지만, 당신에게 한 가지 중요한 비밀을 털어놓자면, 유감스럽게도 신은 인간이 아니다.

쉿—.

완벽한 커플

나는 행여나 하고 하늘 쪽을 슬쩍 훔쳐본다. 천만에, 아무것도 없다. 어떤 조짐도 없다. 그저 광막할 뿐, 그것은 형태를 취하지 않는다. 릴리의 몽롱한 시선이 아무리 무한 속을 떠돌아봐야 헛일이다. 탈무드도 분명 이렇게 말하지 않는가. **힘은 위로 올라가지 아래로 내려오지 않는다, 그것은 위로 일어서지 결코 아래로 떨어지지 않는다**고. 카발히브리 신비 철학을 봐도, 그것은 **위를 향한 것**이지 **아래를 향한 것**이 아니요, 테이야르 드 샤르댕의 관점도 이와 같으며, 우리가 지상에서 천구天球들만 보는 이유도 여기에 있다. 어디 그뿐인가, 『마하바라타』에 따르면 인류는 네팔 사원의 저부조에서 볼 수 있는 자세, 크리슈나가 일러준 자세를 취하고서 신보다 더 높은 곳에 올라야 한다. 하지만 그것은 그저 **정신**의 한 관점에 불과할 것이다. 어떻든 지상에 있는 릴리로서는 그저 꿈만 꿀 수 있을 뿐이다. 제2 잠언에서 엘라자르 벤 조아이가 말하는 **천상의 황소에 의해 수태된 지상의 암소** 얘기도 다 헛소리다. 그저 신심에서 우러난 희망일 뿐.

그녀는 바위에 등을 기댄 채 하늘을 바라보며 기다린다. 나는 이 귀부인에 대한 존경심을 거두고 싶지 않지만 그녀에겐 어딘지 손님 끄는 여자 같은 데가 있다고 하지 않을 수 없다. 저 기막힌 눈동자에 뭔가를 호소하는 암시 같은 것이 어려 있다. 그녀는 두 손으로 엉덩이를, 가슴을 쓸어내리며 기다린다. 이제 영원이 있어야만 그녀가 쾌락을 누릴 수 있는 거라면, 우리는 곤경에서 벗어날 수 없다.

이 순간 나는 풀밭 여기저기에 잘 정돈되어 있는 바지 열두어 벌과 신발 몇 짝을 알아본다. 월요일치곤 제법이다. 하늘의 광막함 앞에서 너무도 분명하게 적시된 이 인간적 한계들 속엔 겸허하고 비장한 데가 있다. 나는 전능하신 분께서 우리의 치수를 그토록 만족해하며 강조해선 안 되는 거라고 생각한다. 심지어는 그런 강조가 그분 자신의 내밀한 불안을 증언하는 게 아닐까 하는 생각까지 든다. 릴리의 욕구가 너무도 대단해서 하늘조차 자기 수단을 다소 불안한 마음으로 재보아야 하는 게 아닐까 싶다.

그녀가 한숨을 내쉰다. 칼을 들고 나뭇조각을 깎던 플로리앙이 고개를 끄덕인다.

"그러지 마. 낙담해선 안 돼. 4시에 함부르크행 기차가 있어. 스피츠 박사가 우릴 기다리고 있단 말이야. 그가 프로이트 이후 가장 위대한 정신과 의사라는 데는 모든 이들이 동의하지. 그는 진짜 기적이라 할 성과들을 올렸고, 그것들에 대해 『매혹된 영혼』이라는 자신의 저술에서 인용하고 있어. 금고 경보음을 들어야만 시동이 걸렸다는 은행가 부인 얘기 기억날 거야. 그래서 성공할수가 없었지. 늘 그 소리에 남편이 깨버렸으니까. 한데 스피츠 박사가 이 문제를 해결했단 말이야. 그리고 파리 리츠 호텔 창가에서 방돔 광장의 원주 기둥을 바라보아야만 하늘에 오를 수 있었던 여자도 알지? 스피츠 박사가 그녀에게 자기 동료들의 보살핌을 받게 했지. 그러자 더는 그런 기념물이 필요 없어졌어. 그저 자기 손에 들린 걸로 만족한다고. 그리고 교통 체증 속이라야만 완벽에 도달했던 여자도 기억나지? 몸무게가 정확히 50킬로 300그램인 기수 품에 안겨야만 거기에 도달했던 여자도? 이제 그 여자들은 모두 단순하고 정숙한 여성들이 되었어. 스피츠 박사가 그녀들의 영혼을 살펴보고 모두 해독을 했단 말이야. 당신은 조금만 수정해도 될 거야."

"그렇게 생각해?"

"틀림없어. 정신분석은 어떤 문제에 대해서도 해답이 있어. 상상을 초월하는 깊은 심층을 뒤져 그 심연에서 영혼을 해방해주지. 그 왜, 기존 가구들을 갈아치운 뒤 아주 희귀한 아프가니스탄 우표 한 장과 빵, 소금을 앞세워야만 남편이 얼굴을 디밀도록 허락한 여자도 있지 않았어? 대포를 스물한 방이나 쏘아 부추겨 주어야 했던 베른의 못된 여자 약사, 남편에게 제트 비행기 소리를 흉내 내도록 요구한 여자도 생각나지? 아, 꿈 많은 인류, 그 종잡을 수 없는 미스터리한 영혼 속에 대체 어떤 보물, 어떤 진실이 숨어 있는 걸까! 그런 그녀들도 모두 다 오늘날엔 정숙하고 사랑스러운 여자가 되었어. 정말이지 스피츠 박사는 마르크스 박사 이후 세상에서 가장 위대한 행복 전문가임이 분명해. 당신 문제도 해결해줄 거라고 확신해."

릴리는 안심하는 눈치다. 그녀는 밀짚모자를 벗어 풀밭에 던져버린다. 금빛 머리 타래가 환히 모습을 드러낸다. 그녀는 노란 꽃무늬가 있는, 매력적인 가벼운 여름 드레스 차림에 샌들을 신고 있다. 그녀가 두 눈을 감고 얼굴을 태양에 맡긴다.

이제 그녀 주변에는 나의 상상력이 잠시 그녀에게 둘러씌운 전설 장식 세트가 흔적조차 없다. 기둥서방과 함께 다음 손님을 기다리는 가엾은 여자가 있을 뿐이다. 가이스트 숲은 벼락치기 데이트를 즐기는 커플들이 선호하는 만남 장소다. 하지만 그녀의 변화가 너무도 갑작스럽고 난폭해서 나는 두려움 섞인 불길한 예감을 느낀다. 지금 당장은 뭐라 분명하게 설명할 수 없다. 내가 할 수 있는 말은 좀 전부터 내가 왠지 **내 집에 있지 않은 것** 같다는 거다. 그거야 아주 인간적인 거라고 하실지 모르겠으나, **누군가 다른 사람 집**에 있다는 느낌은 생각보다 훨씬 더 심각해질 수 있는 문제다. 마치 내가 지독한 증오에 둘러싸인 것 같은 느낌이 그렇다. 그럼 또 여러분은 그거야 당연한 거라고, 유대인 배척주의라는 게 그런 거 아니냐고 말할지도 모르지만, 내가 느끼는 것은 자연스러운 어떤 것이 전혀 아니요, 반자연적인 어떤 행위다. 무슨 말이냐면 그 증오가 나 개인을 겨냥한 것 같지 않다는 말이다. 개인적으로는 오히려 공감의 산들바람 같은 것을 맞는다. 그런 개인적인 게 아니라 아무래도 이 원한은 자연 자체를, 자연 전체의 모태 깊은 곳까지 겨냥하는 것 같다. 무슨 일이 벌어지고 있는지는 잘 모르겠다. 어떤 **의식**이 나를 둘러싸고 있는 것 같고, 릴리, 플로리앙, 사랑, 가이스트 숲 모두에게 오랜 원한을 청산하려는 누군가 여기 있는 것 같다. 그가 신일 수는 없을 것이다. 어쨌든 나 몰라라 하는 태도를 보이지 않는 자인 건 분명하니 말이다. 의식이란 인간을 전제한다. 인간이라고 생각하니 유난히 경계심이 든다. 신이라면 별로 걱정되지 않는다. 우리는 그의 한계를 안다, 그리 대단치 않는다는 것을. 하지만 인간에겐 한계가 없다. 그들은 무슨 짓도 할 수 있다.

이번엔 또 내가 어디에 떨어진 걸까?

더욱이 이렇게 하늘과 땅을 뒤흔들며 오만 애를 다 쓰는 걸 보면 필시 성불구자일 것 같다. 여러분은 이렇게 말할 거다. 감사하게도 우리 모두가 성불구자요 그래서 그토록 열심히 성교를 해대며 회복하려 애쓰는 거라고. 한데 이자가 그토록 독한 앙심을 품고 릴리가 불감증이라고 비난하는 걸 보면 그녀에게 깊은 애정을 품고 있는 게 분명하다. 진짜 위험이 모습을 드러내는 지점이 바로 여기다. 이자는 자신이 너무 무력하다고 느낌과 동시에 그녀를 너무도 사랑한다고 느끼므로 조만간 릴리는 죽음을 맞이하게 될 것 같다. 욕구불만도 그때 종말을 맞이할 것이다.

플로리앙은 펠트 모자를 머리 뒤로 젖힌다. 그러곤 책을 집어 들고서, 몸을 앞으로 기울인 채 무릎 위에 팔꿈치를 괴고 뒤적거린다. 빛이 이 커플 주위로 아주 부드럽고 아름답게 비친다. 마치 자연이 자신의 가장 오랜 두 동반자를 기쁘게 해주려 애쓰는 듯, 어떤 내재적 쾌활함이 그들을 감싼다. 어쩌면 자연도 사랑을 받으려고, 자연 역시 누군가의 마음에 들려고 하는 건지도 모른다. 아마 자연도 꿈을 꿀 것이다. 그의 가슴속에도 욕구불만이 있다.

"한데 말이지" 하고 플로리앙이 말한다. "아주 재미있는 게 있어. 마투그로수의 인디언들이 당신을 부르는 걸 당신이 어떻게 알아?"

나는 플로리앙이 범한 문법적 오류에 좀 놀란다. "그들이 당신을 부르는 걸 당신이 어떻게……"라니. 돌아가신 소크라테스, 생 루이, 예수께서 그의 언어를 감시하사 그가 품위를 훼손하는 일이 없도록 해야 할 것 같다. 다행히도 그가 금방 오류를 바로잡는다.

"그들이 당신을 뭐라 부르는지 알아?"

"뭐라 부르지?"

"난데루부부라고 해. 친구들끼리는 **부부**라고 부르겠지."

릴리는 어깨를 으쓱하고 만다. 뭐라 부르든 상관없다. 그녀에 겐 익숙한 일이다. 예전부터 사람들은 그녀에게 온갖 이름을 붙여댔다.

"저런" 하고 플로리앙이 힐난조로 말한다. "만사에 그렇게 무감각해선 안 되지. 삶에는 행복 말고 다른 것도 있어. 이 책 좀 뒤적거려봐. 이데아 총서로 간행된 『신화의 양상들』이란 책인데, 총서 제목이 말해주듯 포켓북이야. 마투그로수의 과라니 인디언들이 당신이 어떤 기도를 하는 줄로 아는지 알아? 들어봐. '저는 너무도 **많은 시체를 삼켜 이제 지치고 신물이 납니다. 아버지, 부디 쾌락을 느끼게 해주소서!**'"

그녀가 한숨을 쉰다. 나도 한숨을 쉰다. 자연 전체가 우리와 더불어 한숨을 쉰다. 지상의 모든 풀잎, 모든 각다귀의 마음이 내지르는 비명 같다.

"여보, 그들은 당신을 꽤나 잘 알고 있어. 무슨 소릴 지껄이든 지들 마음이지만, 당신이 사방으로 찾아다닌 건 사실이지. 할렘의 어느 설교사가 다음 메시아는 흑인일 거라고 말하는 소리를 들은 적이 있어. 흑인들은 재능이 특별한 것 같아."

하지만 그녀는 눈으로 계속 하늘만 애무하고 있다. 나는 그녀가 환상을 품을까 봐 두렵다. 하늘이 애무에 무감각하다는 말이 아니라 하늘의 나이를 고려해야 한다는 말이다. 수백만 광년 아닌가. 그녀가 시도해본들 그리 쉽게 마음이 동하지는 않을 것이다.

"이런," 하고 플로리앙이 말한다. "내가 인용을 잘못했군. 책의 저자 미르체아 엘리아데—그의 이름을 기억해둬야지, 우리에게 관심이 많은 사람 같으니까—가 인용하는 그 기도의 마지막 말들…… 좀 전에 당신이 올리는 기도의 마지막 말들을 그들은 '**아버지, 부디 쾌락을 느끼게 해주소서**'로 알고 있다고 했는데, 그게 아니라 '**아버지, 부디 끝을 내게 해주소서**'야. 사실은 다 똑같은 말이지만."

플로리앙은 아주 만족한 표정이다.

"과라니 인디언들이 날 그렇게 잘 이해하고 있는 줄은 몰랐어. 가끔은 내 노력이 좀 저평가된 것 같다는 생각이 들어."

곤충과 나비는 지금도 계속 그의 발아래 떨어지고 있다. 릴리가 무릎까지 올라오는 울긋불긋한 곤충 무더기를 바라보다가 눈살을 찌푸린다.

"오, 그만해, 플로리앙. 역겨워."

그의 기분이 상했다. 두 뺨이 창백해진다. 내 생각엔 그녀가 그의 예민한 부분을 건드린 것 같다.

"내가 일부러 그러는 게 아니라는 걸 당신도 잘 알잖아" 하고 플로리앙이 말한다. "나로선 어쩔 수가 없어. 당신 생각엔 죽음이라는 것, 카이사르의 죽음, 나폴레옹의 죽음이 내게 기분 좋은 일일 것 같아? 누구에게나 약간의 장애는 있어. 나도 그게 짜증이나."

릴리가 고개를 숙인다. 그녀의 시선이 지상으로 돌아온다. 그녀가 잘 정돈된 바지들과 단화들을 주시하며 말한다.

"플로리앙."

"응."

"바보처럼 생긴 그 어린 병사 말이야, 그가 누구였지?"

"내가 어찌 알겠어? 바보처럼 생긴 어린 병사라니."

"아니, 누굴 죽이면 자기가 죽인 사람 얼굴을 한 번쯤 쳐다보기는 하잖아. 다 그런단 말이야."

플로리앙이 다시 미소를 지으며 빈정거리는 투로 말한다.

"나처럼 오래된 전문가는 그런 호기심 같은 게 없어. 내가 고객 얼굴에 관심을 갖지 않은 지는 이미 오래야. 그들은 당신을 기쁘게 해주려 하고, 난 그들을 당신에게 데려다줘. 그들은 올라타고, 난 그들을 끌어내려 처리하지. 그들의 말도 안 되는 오만을 처벌해야 하니까. 위대한 뭔가를, 강력한 뭔가를 하겠다고 덤비다 도중에 고장 나는 그 각다귀들을 내가 일일이 다 따뜻하게 보살필 수는 없어. 그들은 당신을 짜증나게 할 뿐이야."

하지만 릴리는 동의하지 않는다. 그녀는 법도를, 양식을 걱정한다. 그녀는 충격 받은 표정이다.

"어쨌든 이름은 적어둬야지. 가족에게 알려줘야 하는 거잖아, 잘 모르겠지만 나라면……."

"여보, 무명용사야말로 최고의 경의를 누리는 자야. 물론 이렇다 할 뭔가를 보여주는 고객이 있다면 후세를 위해 그의 이름을 기록할 거야. 열렬히 환대하겠어. 그의 얼굴을…… 에헴! 그러니까, 우표에도 넣고, 청소년 교화용으로 에피날 판화서민 풍속 판화로도 제작할 거야. 지푸라기 같은 자들까지 다 그렇게 연구할 수는 없어. 그들은 당신을 실망시키고, 난 그들을 죽이는 거지. 그게 법칙이야. 그게 역사라고."

나는 그의 저속한 언사에 마음이 아프도록 놀랐다. 오직 마늘 냄새 나는 말린 고깃덩이만이 다소 인간적인 뭔가를 느끼게 할 뿐, 마치 바닥 모를 깊은 냉소주의를 대면하고 있는 느낌이다. 내가 보기에 이런 저속함은 변명의 여지가 없다. 특히나 이토록 고귀한 부인을 앞에 두고 말이다. 무無를 자주 대한다고 해서 반드시 추잡한 언사에 빠져드는 건 아닐 것이다. 어쨌거나 그건 이 세상에서 가장 오래된 직업 아닌가. 거기에서 우리는 모든 위대함과 존엄을 끌어내며, 또한 우리에게 비극적 특성을 부여하는 것도 그것 아닌가.

그녀가 피렌체의 모든 금을 후광으로 두른 경이로운 머리카락을 흔든다.

"그들은 정말 끔찍할 만큼 빈약해! 어쩜 그리 형편없는지! 그들의 사랑 무대는 세관 수색 작업 같아서, 마치 가택 수색을 받고 난 사람처럼 그들 품에서 벗어나게 된단 말이야. 게다가 그들이 그토록 자랑하는 그 수완, 그 요령이라는 것도 사실 소매치기 수법 같아. 언제 뭘 어쨌는지 도통 알아챌 수조차 없단 말이야."

"여보, 그게 현실이라는 거야. 무슨 수를 쓰든 그것만은 피해야 해. 장담컨대 이 세상에 그것보다 더 무거운 건 없어. 그 현실이라는 놈을 피해야 해. 그건 마치 목에 매달린 돌 같아, 날아오르지 못하게 하지. 꿈, 진짜는 그뿐이야. 여보, 이 세상에 불감증 여자는 없어. 단지 꿈꿀 줄 아는 여성과 작은 가위를 들고 그녀 날개를 자르러 오는 하찮은 사내들이 있을 뿐이지."

그녀가 미소를 짓는다. 아니, 미소라는 말은 이 놀라운 현상에 적합지 않다. 지금 내 눈앞에서, 가이스트 숲은 온통 환한 빛을 발하며 계시받은 시체들로 뒤덮인 전쟁터로 탈바꿈하고 있다.

"난 꿈꿀 줄 알아, 플로리앙."

"그래. 그야 누구도 의심치 않지. 당신은 그걸 증명해 보였잖아. 그래서 이 사육장의 나폴레옹들이 모두 당신 주변으로 파리 떼처럼 떨어지는 거야. 그들의 상대는 경이로운 행복에 대한 꿈이야. 그것은 용서를 몰라."

형제 대양

나는 숨을 죽인다. 나는 덤불 뒤에 숨어 있고, 그녀는 날 볼 수 없다. 하기야 지금의 내게 무슨 위험이 있겠는가? 그녀는 이미 날 해치웠는데 말이다.

다만 나는 나를 안다. 실은 나 자신의 시선이 두렵다. 사랑하는 사람의 시선인 것이다. 나는 구제불능이다. 나는 아직도 봉사할 수 있을 거라고 믿는다. 다시 태어나는 느낌이다. 퉤, 퉤, 퉤. 부활이라, 나는 내 친한 친구들이 그렇게 되길 바라지 않는다.

누군가가 나의 팔을 잡아당긴다. 나는 비명을 지르며 한쪽 옆으로 펄쩍 뛴다. 어쩌면 메시아일지도 몰라, 아직 시간이 있을 때 얼른 달아나자. 천만에, 그는 샤츠다. 그가 우울한 얼굴로 간신히 버티고 서서 말한다.

"당신은 아무 느낌도 없소?"

사실은 나도 뭔가를 느낀다. 딱히 박해라고 할 수는 없지만, 누군가 나를 추방하고 청산하려 한다는 건 분명히 느낀다. 나만도 아니다. 독일, 유대인, 릴리는 물론, 플로리앙과 가이스트 숲 전체를 모조리 청산해버리려는 것 같다. 총체적 단절 의지랄까, 현실을 포함하여 우리의 상상 박물관 전체를 폐기해버리고자 하는 것 같다. 나로선 아직 그 수단을 짐작할 수 없지만 하여간 설사 똥 냄새가 나는 더러운 수단으로 마치 푸닥거리를 하듯 우리 모두를, 우리의 요란한 나팔과 박수 부대, 우리 광년, 우리 역사 등과 함께 깡그리 추방해버리고자 하는 누군가 있는 것 같다. 내가 신자라면 그는 바로 이 세상을 창조하려는 신이라고 말할지도 모른다. 하지만 **그분**은 그런 생각은 꿈에도 해본 적이 없다. 지금 이 세상을 창조로 간주하지 않는다면 또 모르겠으나, 그것은 무신론자의 머릿속에도 떠오르지 않을 모욕이다.

나는 너무도 화가 나고 겁이 더럭 나 이젠 누군가 나를 제거하려 하는 거라는 확신도 들지 않는다. 아무래도 그것보다 훨씬 더 야비한 일인 것 같다. 어쩌면 나를 부활시키고, 나를 다시 나의 피부 속에 집어넣고, 아예 나를 불멸의 존재로 만들려고 하는 건지도 모른다. 그거야말로 사람들이 이제껏 유대인에게 꾸민 온갖 악질적인 계책 중 가장 끔찍한 계책임이 분명하다. 부활, 정말이지 나는 친한 친구들이 그렇게 되길 바라지 않는다.

나는 닭살이 돋는다. 그것 자체가 이미 나를 대단히 불안케 하는 신체적 징후다. 만약 누군가 나를 부활시키고자 한다면 바로 그런 식이 아니겠는가. 분명 뭔가 아주 더러운 짓거리가 준비되고 있는데, 그게 뭘까? 유대와 독일의 화해? 하지만 잔혹에도 한계는 있는 법, 설마 그럴 리는 없을 것이다.

"그럼 대체 뭐지?"

문득 나는 무수한 개자식들이 예수의 죽음에서 대단히 아름다운 작품들을 끌어낸 사실을 떠올려본다. 그것으로 그들은 아주 포식을 했다. 좀 더 후대로 내려와서는, 피카소가 게르니카의 시체들에서 작품 〈게르니카〉를 끌어낸 것, 톨스토이가 전쟁과 평화 덕에 『전쟁과 평화』를 쓴 사실도 떠올려본다. 늘 나는 사람들이 아직도 아우슈비츠 얘기를 하는 것은 단지 그것이 아직 멋진 문학작품에 의해 지워져버리지 않았기 때문이라고 생각했다.

어쩌면 지금 여기에 나를 먹거리로 삼고 내 주머니를 터는 쓰레기가 있는 게 아닐까? 날 좀 더 잘 청산해버리기 위해서?

게다가, 우연찮게도, 난 지금 죄책감이 들기 시작한다. 난 자책할 게 아무것도 없으니 이는 분명 **그**일 수밖에 없다. 그래서 그가 날 제거하려 하는 것이다.

한데 지금은 탈무드나 하고 있을 때가 아니다. 확실한 건 똑같은 위협이 나와 샤츠에게 가해지고 있다는 사실이다. 얼굴만 봐도 안다. 그는 공포에 질려 있다. 나는 침착하게 성찰해본다. 릴리에게 어떤 책임이 있는 것 같지는 않다. 그녀는 이미 나를 해치우지 않았는가. 어쨌든 내가 그녀에게 해줄 수 있는 건 정신적 위로뿐이다. 그럼 플로리앙? 천만에, 그럴 리는 없다. 그가 개의치 않는 유일한 것이 바로 영혼이니까.

샤츠가 내 팔에 매달린다.

"이런 바보, 이것 놔요. 우린 겁쟁이완 상종을 하지 않소."

"콘, 지금은 다툴 때가 아니오. 우릴 청산해버리려는 자가 여기 있소."

"어떤 자? 어디?"

"우린 그를 볼 수가 없어요. **속에 있으니까.**"

난 허세를 좀 부려본다.

"무슨 소릴 하는 거요? 또 발작이 났나요?"

"콘, 난 벌써 20년째 정신분석을 받고 있소. 내가 무슨 말을 하는지는 안단 말입니다."

"당신은 내가 모를 거라고 생각하는 거요? 어떻게든 날 떨쳐버리려는 당신의 추잡한 노력을 내가 모를 거라고 생각……."

나는 말을 멈춘다. 맙소사, 그러고 보니 그의 말이 맞다.

샤츠가 나를 쳐다본다.

"이제 이해가 되시오?"

나는 주변을 한 바퀴 살펴본다. 가이스트 숲은 여전히 빛 속에 잠겨 있지만, 그것은 반어적인 의미일 수도 있다. 릴리는 바위 위에 반쯤 몸을 눕힌 채 바위를, 돌들의 부드러움을 부드럽게 애무하고 있다. 플로리앙은 그녀 곁에 앉아 대참사 시리즈물을 읽고 있는 중이다. 하늘은 그저 말짱히 텅 비어 있는 것 같다. 플로리앙은 책을 덮더니 〈플레이보이〉지를 집어 들고 뒤적거리기 시작한다. 진짜 프로들이 다 그렇듯 그는 끊임없이 해부학을 연구한다. 아주 멀리서 뿔피리 소리가 들린다. 현 상황에선 눈에 보이지 않는 저 뿔피리가 수상쩍은 유일한 요소다. 남근의 상징일까? 한데 이런 생각은 대체 어디에서 불쑥 떠오르는 거지?

"이자는 악에 쩐 놈이요" 하고 샤츠가 애처로이 말한다. "무슨 짓을 저지를지 몰라요."

나는 침묵한다.

"콘, 우린 색광의 잠재의식 속에 떨어진 거요."

그래도 나는 아무 말 없이 그저 평정만 유지하고자 한다. 창조되길 기다리고 있는 이 세상에선 무슨 일도 가능하다. 약장수질 같은 온갖 자질구레한 저질 창조가 그늘 속에서 진행될 수 있다. 그러나 어쩌면 내가 한낱 정신분석학적 요소가 되어버린 거라는 생각은 용납할 수 없다. 그렇지만 숨을 쉬면 쉴수록 나는 그것이 역한 냄새를 풍긴다는 사실을 확인하며, 그것이 역한 냄새를 풍길수록 우리가 어떤 잠재의식을 상대하고 있음이 더욱더 사실 같아진다. 죄의식, 유대인, 나치, 무無, 성불구, 불감증, 천상의 황소 등과 같은 것들은 아주 멀리 떨어져 있어도 당신 영혼에 악취를 풍긴다.

"그는 우리를 토해내려 하고 있소" 하고 샤츠가 중얼거린다.

그의 코가 애처로운 휘파람 소리를 낸다. 전형적이다. 그저 존재할 수만 있다면, 어디, 어떻게, 무엇 속에, 누구 집에 존재하건 상관없다.

"그가 당신 같은 나치를 토해내려 하는 거야 이해가 갑니다만, 나는 왜지요?" 하고 내가 말한다.

"그의 정신 속에서 우린 하나로 결합되어 있소" 하고 샤츠가 말한다. "당연한 일 아니오."

그 말이 너무도 망측하여 나는 미친 듯이 웃는다. '유대인'이라는 말과 '독일인'이라는 말이 어떤 **당연한** 연상에 의해 영원히 짝을 이룬다는 생각이야말로 진정한 인간성의 극치 아닌가.

나는 심호흡을 하고는 얼빠진 샤츠의 눈앞에서 춤을 추기 시작한다. 하나-둘-셋! 하나-둘-셋! 우리의 옛 춤 호라로 그 자식에게 한 방 먹일 생각이다. 정말이지 나는 단화를 세차게 구른다, 전력을 다한다, 그를 아프게 하길 바란다. 운이 좀 따른다면 그 자식에게 다시 한 번 트라우마 쇼크를 안겨줄 수 있을 것이다.

잠재의식은 그런 데 쓰라고 있는 거다.

"당신 미친 거 아니오?" 하고 샤츠가 소리친다. "지금이 춤이나 추고 있을 때냔 말이오!"

"춤을 추는 게 아니오" 하고 내가 그에게 말한다. "**발을 구르는 거지.**"

그러고는 하나-둘-셋! 다시 계속한다. 그렇게 얼마가 지나자 나는 기분이 한결 좋아졌다만, 그 자식은 느낌이 어떨지 참 궁금하다. 아주 좋지만은 않을 것이다. 내가 이제 더는 그 무엇도 두렵지 않다는 게 그 증거다. 나는 자신감을 되찾는다. 나는 거기에 있고, 거기에 머문다. 그 자식의 이 빌어먹을 잠재의식 속이 마음에 드는 건 아니지만, 내가 다른 어디로 갈 수 있겠는가? 여기든 다른 곳이든 나쁘기는 매한가지다. 나야 타히티로, 대양 기슭으로 가고 싶지만, 어디를 가든 늘 똑같은 잠재의식이다. 그것은 집단적이다.

내가 예상하지 못한 것이 하나 있다. 샤츠도 기분이 한결 좋아 보인다는 거다. 나를 추방에서 지켜내려다 본의 아니게 그도 지켜낸 모양이다. 그는 마음이 아주 편해 보인다. 주머니에서 **폴크스도이체**를 한 개비 꺼내더니, 풀밭에 누워 담배를 피운다. 그가 비꼬듯이 나를 바라보며 말한다.

"고맙소, 콘. 당신 덕분에 살았소."

나는 잠시 아무 말도 하지 않는다. 내가 처한 상황의 끔찍함이 분명하게 드러난다. 인간들이 존재하는 한 학살자와 희생자는 어쩔 수 없이 서로 결합되어 있어야 한단 말인가?

아무래도 나는 추방당해야 할 것 같다. 소멸을 받아들이고 **대**

양 속에 완전히 녹아들어버려야 할 것 같다. 형제든 형제 아닌 대양이든 적어도 당신을 침수시켜주기는 하지 않는가. 다만 이자식도 나만큼 고생을 해야 한다. 그도 피를 흘려야 하고, 나를 너덜너덜한 제 살점과 함께 밖으로 뽑아내야 한다. 그에게 그만한 재능이 있길 바란다. 그런 재능이 있다면 참 좋겠지만 그런 건 존재하지 않는다. 있다면 이 세상이 오래전에 창조되었을 것이다.

그야 어쨌든 나는 릴리 쪽으로 되돌아간다. 언제나 우린 그녀에게 되돌아간다. 여러분은 산 채로 그녀에게서 벗어난 사람의 이름을 하나만이라도 내게 말해줄 수 있는가?

모두가 다 성불구자

그녀는 어느 돌 위에 몸을 숙이고 있다. 땋아 내린 빛나는 머릿결 사이 그녀 얼굴이 슬퍼 보인다. 눈물 자국까지 있는 것 같다. 하지만 그건 분명 나의 눈물일 것이다.

"플로리앙, 난 가끔 죽어버리고 싶은 마음이 들어."

"고맙군. 매우 감동했어. 지금 당신은 내게 대단한 찬사를 표한 거야."

"영원히 사라져버리고 싶어. 더는 찾지 않고, 더는 기다리지 않고, 더는 고통 받고 싶지 않아. 더는 존재하고 싶지 않단 말이야, 플로리앙."

"그렇게 될 거야. 언젠가는 존재하지 않게 될 거야. 그렇게 해주려고 사람들이 작업을 하고 있잖아. 조금만 참아. 로마는 하루아침에 세워지지 않았어."

내 느낌에 그녀는 이제 진짜로 낙담하고 진저리를 내기 시작하는 것 같다. 그런 그녀를 이해한다. 아무리 멋진 예수상 150점과 마돈나상 300점을 그녀 발아래에 던져주고 그녀에게 드뷔시를 연주해준들 무슨 소용인가. 그래봤자 위대한 그 모든 예술도 결국 회피의 기법일 뿐이잖은가.

"어째서 그들은 그토록 조급하고 하루살이 같지? 그렇게 허둥대는 상황 속에서 어떻게 내가 나 자신을 실현하길 바라는 거야? 그들의 호흡, 그들의 삶은 어찌 그리도 짧아!"

"짧은 단막극이지."

"한데도 고집은 얼마나 부리는지!"

"여보, 예의 바른 아가씨들은 이럴 때 늘 두 눈을 감아."

"내가 그들에게 나를 열어주면 모든 바다가 범람하고, 모든 배가 뒤집히고, 모든 화산이 활동을 개시할 것 같은데, 막상 결과를 보면 그저 몇 번 으르렁거리는 소리뿐이야."

"오직 자신들의 짧은 트랙 일주만 생각하는 서정적 어릿광대들이지."

"게다가 약속은 또 얼마나 거창한데! 심연이 어떻고, 하늘이 어떻고, 미친 태양들이 어떻고, 술 취한 별무리가 어떻고 떠들어대지만, 결국은 겨우 담배 한 대 피울 뿐이라고."

"담배는 많이도 피워."

"정말 끔찍한 건 그들 손이야. 내 몸 위에 너무도 무겁게, 너무도 처량하게 늘어지는 그 손들은 마치 누가 걸터앉는 것만 같아……"

"짓밟는 손들 같지."

"그리고 그들의 애무 말이야, 플로리앙! 전쟁이 절대 없어지지 않으리란 걸 여자들은 알아. 그들이 도시를 쑥대밭으로 만들고 주민을 말살한다고 해도 여자들은 절대 놀라지 않아. 남자들의 애무라는 게 그러니까."

"여보, 모두 다 성불구야. 진정으로 사랑할 줄 아는 사람은 당신과 나뿐이야."

그가 그녀의 손에 다정하게 입을 맞춘다. 릴리의 시선에 어리는 저 약간의 비정함과 빈정거림은 나의 착시일까?

"그래, 당신은 둘도 없는 애인이야, 플로리앙. 당신은 절대 날 건드리지 않지."

"고마워."

"당신은 날 절대 실망시키지 않아."

"바로 그게 비결이야. 절대라는 건 말이지, 손가락으로 먹을 수 있는 게 아냐. 진짜 제대로 된 남자들—말하자면 나 같은 남자들, 그러니까…… 어험! 그 무엇도 빠지는 게 거의 없는 남자 말이야—은 생리적인 것, 신체적인 것, 손에 꽉 움켜진 물건 같은 걸 끔찍해 해. 그들은 꿈을 꾸고 또 당신이 꿈꾸도록 돕는 것으로 만족하지. 그런 식으로 초라함에서 벗어난다고."

그녀는 손가락 끝으로 바위를 가볍게 건드리며 그 영원한 단단함을 어루만진다.

"플로리앙, 당신은 내가 아주 까다롭고 어려운 여자라고 생각해?"

"천만에, 그게 무슨 소리야, 여보. 그저 포부가 원대할 뿐이지. 당신은 원래 그런 사람이야. 약간 변덕스럽고, 약간 공상적이고, 약간 불가능한 취미가 있는……."

그가 말을 중단한다. 헛것을 본 건가, 아니면 플로리앙, 그가 진짜 충격을 준 건가? 릴리가 시선을 들어 하늘을 바라보고 있다. 감동적인, 열띤, 어떤—뭐랄까!—막연한 희망마저 어린 미소를 머금고서, 그녀의 시선이 다시 하늘 속을 떠돈다.

나의 불안감이 되돌아온다. 나를 유숙시켜주는 이자가 늘 신 쪽을 훔쳐보는 게 퍽 수상쩍다. 그의 잠재의식이 아무래도 어딘지 수상하다. 이자가 진짜 기독교도가 아닐까 하는 생각까지 든다. 그렇다면 이 모든 게 나랑 무슨 상관이지?

플로리앙이 뭔가 거북한 듯 헛기침을 하며 말한다.

"저기 말이지, 당신의 야망을 조금만 축소해보면 어떨까 싶어…… 아주 조금만" 그녀가 입을 뿌루퉁하게 내밀고는 플로리앙의 어깨에 머리를 우아하게 기댄다. 그러곤 머릿결을 어루만지며 콧노래를 흥얼거린다. 그 자태의 아름다움이 너무나 완벽해 어떤 치정 범죄를 청하는 것만 같다. 나는 문득 어떤 예감에 사로잡힌다. 아마 그녀는 어느 날, 이 가이스트 숲 어느 구석진 곳에서 갈가리 찢기게 될 것이다.

"어쩜 이리 조용하지!" 하고 그녀가 중얼거린다. "마치 자연이 숨을 멈춘 것 같아."

"자연은 당신을 바라보고 있어."

"플로리앙, 어째서 아무 일도 일어나지 않는 거야?"

"그렇지 않아, 뭔가가 일어나고 있는데, 당신이 지금 좀 부주의해서 알아채지 못할 뿐이야. 예컨대 말이지, 많은 모작을 낳은 아주 아름다운 〈예수 수난도〉가 하나 있었어. 사람들은 지금도 그작품 얘기를 해. 당신이 듣기에 아주 기분 좋은 말로 말이야. 멋진 십자군, 화형대, 종교재판, 모범적인 혁명들…… 이 모든 게 다 당신의 아름다운 두 눈을 위해서야. 오, 물론 내 말은 그들이 뜻을 이루었다는 건 아냐, 시도를 한다는 거지…… 시도를 한다고."

"그런 오락 따윈 필요 없어. 난 진지한 게 좋아."

"어흠. 나도 알아. 하지만 그들에겐 나름 역사적인 거야. 그들은 늘 실력 발휘를 해야 한다고……."

그녀가 살짝 노기를 띠고 말한다.

"진지한 여자가 그들 십자군이나 그들 혁명 갖고 뭘 하길 바라는 거야? 그딴 것들은 모두 자신들 궁지에서 벗어나려는 하나의 수법일 뿐이야."

"자신들…… 궁지에서?"

"그들은 늘 다른 일로 바쁜 척해. 하나같이 자신을 거장으로, 파가니니로 소개들을 하는데, 정작 무대에 올라오면 늘 자기 스트라디바리우스를 잊어버린단 말이야."

나는 웃음을 터뜨린다. 참을 수가 없었다. 하지만 그녀는 나의 웃음소리를 듣지 못했다.

"그래놓고 내가 불감증이니, 나한테 뭔가 부족한 게 있다고 떠들지! 나한테, 나한테 말이야!"

"전장에서 명예롭게 물러나려는 그들의 방식이 그래. 울지 마, 여보."

"왜 내가 계속 찾아야 하나 싶어. 이제 그만 이 세상에서 물러나야겠어."

"그들로선 그것보다 더 기쁜 일도 없을 거야. 남자는 뭔가…… 곤란해지는 것 같으면, 늘 애인을 떠나게 해서 해결하거든. 상놈들의 우아함이랄까. 내가 눈물을 닦아줄게."

그가 놀라울 만큼 다정하게 그녀의 눈물을 닦아준다. 플로리앙, 그는 정말 눈물 닦는 도사다. 그의 손이 지나면 더는 눈물이 보이지 않는다.

"자! 당신은 정말 아름다워! 뭘 보는 거지?"

"저기 아주 큰 흰색 저택이 있어. 가봐야 할 것 같아."

"도미니크회 수도사들의 수도원이야, 여보."

"그런데?"

"종교는 이미 시도해보았잖아. 당신도 알다시피 아무 성과도 없었어."

염소

위와 관련하여 나는 지금이 벌써 1967년이며, 그런데도 아직 릴리가 쾌락을 누리지 못했다는 사실을 상기한다. 그녀를 실망시킨 그 모든 사람들이 그녀에게 깊은 앙심과 원통함을 품고 있다는 점, 그들이 자신들의 역부족에 대한 이 위험한 증인을 제거할 준비를 공공연히 하고 있다는 점을 고려할 때, 그녀에겐 사실 시간이 거의 없다. 나는 그녀가 뜻을 이루도록 도와줄 결심을 하고서, 예전에 내가 **코크메**와 카발과 현자들의 처방에 관해 비알리스토크 랍비 주르에게서 배운 모든 것들을 기억해내고자 한다. 어쩌면 그것들은 그녀가 쾌락을 성취하는 데 도움이 될 수 있을 것이다. 내게 한 가지 생각이 있다. 이 조언은 책에는 나오지 않는다. 랍비 주르가 직접 상상해낸 아이디어다. 어느 날, 가난한 모틀레라는 나무꾼이 그를 찾아와 이렇게 말했다. "레베, 더는 못 견디겠어요. 제겐 잔소리 심한 여편네와 아이 열한 명, 숙모 셋, 거기에 열 명에 맞먹는 장모님이 한 분 계신데, 하도 가난해서 모두 한방에서 살고 있지요. 이런 생활을 더는 견딜 수가 없어요. 해결책을 마련해주지 않으면 자살해버리겠어요."

랍비 주르는 오랫동안 생각에 잠겼다.

"그렇다면 한 가지 처방을 알려주겠네" 하고 그가 말했다. "염소 한 마리를 들여 그 단칸방에서 자네 가족과 함께 살게 하게."

"아라크모네스!" 하고 불행한 나무꾼이 외쳤다. "랍비 주르께서 미치셨나 보군요! 이미 그 빌어먹을 방에서 잔소리 심한 여편네와 아이 열한 명, 숙모 셋, 게다가 스무 명에 맞먹는 장모랑 살고 있거늘, 어찌 거기 또 염소 한 마리를 들이라고 하시는 거예요? 그게 말이 된다고 생각하세요?"

"시키는 대로 하게."

비알리스토크 사람들은 언제나 랍비 주르의 말에 순종했다. 그는 살면서 온갖 어리석은 짓을 범했고 그 덕택에 지혜를 터득한 사람으로 유명했다. 모틀레도 그의 말에 복종했으나, 날마다 레베를 찾아와 하소연을 했다.

"그놈의 염소 때문에 미치겠어요!" 하고 그가 신세 한탄을 늘어놓았다. "곳곳에 오줌을 누고, 닥치는 대로 부수고 악취를 풍깁니다. 더는 못 참겠어요!"

그런 일이 보름 동안 계속되자, 결국 모틀레는 랍비 주르의 집에 뛰어들어 머리카락을 쥐어뜯으며 말했다.

"차라리 목을 매겠어요! 그 염소와는 하루도 더 살 수 없어요! 어떻게 좀 해주세요!"

랍비 주르는 오랫동안 생각에 잠겼다.

"그렇다면" 하고 그가 마침내 입을 열었다. "염소를 밖으로 내쫓아버리게."

모틀레는 염소를 내쫓았고, 죽는 날까지 랍비 주르에게 감사하며 행복하게 살았다.

그 염소 생각을 하면 그것이 릴리의 문제에 대한 해결책도 될 수 있을 거라는 생각이 자꾸 든다. 랍비 주르라면 분명 그녀에게 그 방법을 시도해보라고 조언했을 거라는 확신이 든다. 사실 그녀는 이미 그런 방법을 시도해보았다고 할 수도 있다. 다행히 이 시대에도 현자들이 있어, 스탈린에서 히틀러에 이르기까지 그런 염소들이 떠난 뒤 많은 이들이 행복해 한 게 사실이니 말이다.

그런 비책을 얼른 릴리에게 얘기해줄 생각을 하고 있는데, 나뭇가지 부러지는 소리가 들린다. 거친 숨소리를 내며 뭔가가 다가오고 있는 거다. 한순간 혹시 멧돼지가 아닐까 하는 생각이 들었다. 그럴 수도 있지 않겠는가? 릴리가 처한 상황에서는 그 무엇도 소홀히 해서는 안 된다. 하지만 아니다. 나뭇가지들이 벌어지더니, 리히트 경찰서 순찰대 소속 그뤼버 순경의 시뻘건 얼굴이 시야에 들어온다. 그의 손엔 늘 들고 다니는 흰 몽둥이 대신 큼지막한 권총이 들려 있다. 이 영웅 종자가 여기 온 이유는 온 세상이 놀랄 체포 작전을 수행하여 역사상 가장 위대한 살인자 커플에게 수갑을 채우고 머리에서 발끝까지 영광을 뒤집어쓰기 위해서다. 그가 덤불에서 빠져나와 릴리를 보고 그녀에게 권총을 겨눈다. 손가락을 방아쇠에 걸고 있으나 얼마나 겁이 났는지 온 사지를 떨고 있다. 그는 완벽한 격발 태세를 갖추었으며 더는 자제할 수 없는 상태다. 나는 몸을 일으키려 해보나 좀 전까지도 없던 냄새 고약한 물컹거리는 마그마 속으로 잠겨들기만 한다. 이 더러운 것에서 헤어나려 해보지만 더욱더 깊이 빠져들 뿐이다. 이제 더는 의심의 여지가 없다. 샤츠 말이 맞다. 우린 아주 악질적인 어떤 녀석의 잠재의식 속에 떨어진 거다. 녀석은 자신이 진짜 원하는 게 뭔지도 모르는 것 같다. 어떤 때는 날 바깥으로 내치려 하고, 또 어떤 때는 붙잡으니 말이다. 인텔리인 건 분명한 것 같다. 그와 함께 있으면 때로는 하늘이요, 때로는 경찰, 때로는 신, 때로는 인류, 때로는 무無, 때로는 소금통, 때로는 라루스 대백과, 때로는 꼭지 비틀어진 물뿌리개니까. 나는 고함을 질러 경고를 해주려 하지만, 명청한 그뤼버는 상대가 누구인지, 5만 광년이나 되는 유서 깊은 명문가라는 사실조차 모른다. 그런 여자를 이런 식으로 쓰러뜨릴 수는 없다. 만족조차 시켜주지 않은 채, 게다가 독일 땅 이 가이스트 숲에서 말이다. 아마 사람들은 독일인은 절대 변하지 않는다고, 언제라도 다시 시작할 수 있는 사람들이라고 떠들어댈 것이다. 곧바로 나는 릴리에게 어떤 위험도 없음을 깨닫는다. 물론 잔뜩 흥분된 그뤼버 녀석이 언제라도 방아쇠를 당길 수 있지만, 너무 심하게 몸을 떨어 총알이 발사되더라도 자연 속으로 사라질 것이다. 릴리가 무기를 보더니 동요하기는커녕 오히려 미소를 짓는다. 플로리앙은 팔짱을 낀 채 따분해하는 표정을 짓고 있다. 릴리는 권총에 몹시 관심을 갖는 눈치다. 권총이 그녀에게 다시 희망을 불어넣고, 다시 믿음을 안겨준 것 같다. 그녀가 한 손을 들어 교태 어린 몸짓으로 머리카락을 어루만지는데…… 그녀에게 결례를 범하고 싶진 않지만, 정말이지 그녀에겐 아주 창녀 같은 분위기가 있다. 그녀의 놀라운 아름다움, 그녀를 휘감고 있는 저 인상적인 빛—그 사람들은 정말 빛을 그릴 줄 안다—에도 말이다. 참 가슴이 아프다. 우리 걸작들이 일단 박물관 밖을 나서면, 우리가 그것들을 어디에서 어떤 상태로 회수하게 될지는 신만이 안다.

"안녕하세요!" 하고 그녀가 밝은 목소리로 인사를 건넨다.

"버…… 법의…… 이름으로……" 그뤼버 경관이 말을 더듬는다.

"오, 플로리앙, 이분 좀 봐…… 단단히 무장을 했어!"

플로리앙이 귀찮다는 듯 눈을 반쯤 감고서 말한다.

"경찰은 이미 시도해보았잖아. 아무런 성과도 없었지."

릴리가 입을 뽀로통히 내밀며 말한다.

"그거야 경험이 부족해서 그랬던 거지."

"게슈타포가 말이야? 당신 말은 온당치 않아."

"플로리앙, 난 경찰을 아주 좋아해……."

그녀가 뭔가 호소하는 듯한 시선으로 그뤼버 경관을 훑어보며 말을 잇는다.

"……준비가 잘 된 경찰이라면 말이야."

"버…… 법의…… 이름으로……" 약간 쉰 목소리로, 희생자가 또 말을 더듬는다.

"오 그래요!"

"경찰은 이미 수천 번도 더 맛보았잖아" 하고 플로리앙이 약간 조바심을 내며 말한다. "그들은 당신에게 온갖 짓을 다했어…… 정말이지 당신이 경찰에게 뭘 더 기대할 수 있는지 모르겠어. 그런다고 당신 문제가 해결되었던 게 아닌데. 기억해봐, 그 전보다 더 불행해지기만 했잖아."

"조용히 해, 플로리앙. 당신은 이제 아무것도 믿지 않는 것 같아. 경찰이 얼마나 단단하고, 얼마나 절대적인데…… 얼마나 효율적이고!"

"군대도 그리 나쁘진 않지."

"……군대는 너무 단순하고 너무 직접적이야!"

그녀가 허리띠를 풀며 말한다.

"플로리앙, 경찰은 모든 문제에 해답이 있어. 경찰은 고요와…… 평화가…… 지배하게 해…… 사람들을 안심시키고…… 각각의…… 사물이 저마다 제자리에 있게 하고, 각 사물에게…… 하나의 자리를 마련해주지……."

"나……나……나는……" 질서를 대표하는 자가 입을 다물지 못한다.

그는 자신의 무기를 더욱 꽉 움켜쥔다. 두 손으로 움켜쥐지만, 그러나 그는 매혹당하고 현혹당한 상태요 그녀의 은근한 수작에 더는 견딜 수가 없다. 생각해보라, 대단한 전설에 둘러싸인 참으로 고귀한 부인 아닌가, 초등학교 시절부터, 사람들이 온갖 방식으로 그녀에 대해 떠들어대는 얘기를 듣지 않았는가, 심지어 그는 그녀를 보러 뮌헨 미술관에 가기도 했다, 뒤러며, 바이마르의 괴테며, 세상에서 가장 아름다운 성들을 보러 말이다, 그 자식이, 이제 성관계를 하려 한다, 하기야 그건 그의 집안 내력이다, 14~18년에 할아버지가 그랬고, 스탈린그라드에서 아버지가 그랬다, 할아버지가 올라탔고, 아버지가 올라탔다, 하지만 그들은 편을 잘못 섰다, 바른쪽이 아니었다, 그들은 안내를 잘못 받아 성공하지 못했다, 이번에야말로 성공할 것이다, 독일국가민주당은 자신의 타격을 확신한다, 곧장 나아가기만 하면 된다…… 그뤼버 경관이 다시 한 걸음 앞으로 내딛는다.

이미 의무를 다 수행한 느낌이다. 강렬한 염소 냄새가 가이스트 숲을 파고든다. 그뤼버 순경은 다시 한 걸음 내딛는다. 표는 한 장뿐이나, 그것을 투표함에 던질 준비가 되어 있다, 위험하게 살 마음의 준비가 되어 있다. 그는 모험 정신을, 위험 취미를 되찾았다. 이것은 갱생이다. 릴리가 그에게 달콤한 미소를 보낸다, 나는 그녀의 아름다운 드레스가 거의 땅에 닿는 바로 거기에서, 그녀의 귀여운 발이 안달복달하는 양을 본다.

"플로리앙, 영감에 찬 저 표정 좀 봐, 주무를 준비를 마친 저 두 손, 손가락은 이미 방아쇠 위에 놓여 있잖아…… 참 조준도 잘하시네! 그는 빗맞히지 않을 거야!"

"나…… 나…… 나……."

샤츠가 그를 제지하려 하는데, 어찌 된 일인지 내가 그의 앞을 막아섰고, 그가 급히 뒤로 물러난다. 그는 당황한 표정으로 눈썹을 깜박이며 나를 바라본다. 이해가 안 되는 모양이다. 사실은 나도 이해가 되지 않는다. 그래서 나는, 아는 자는 아니지만 분명 내가 빙의하고 있는 자, 그자의 잠재의식 깊은 곳에 독일이 다시 나치가 되길 바라지 않는 마음이 있는 게 아닐까 하는 생각을 해본다. 그게 가능한가? 나는 히틀러가 바이에른에서, 헤센에서 거둔 성공 소식을 만족스러운 엷은 미소로 맞이하지 않았는가? 나는 나의 원한이 그토록 깊은 줄 몰랐다. 때때로 나는 히틀러가, 내가 생각했던 것보다 훨씬 더 우리를 아프게 했다는 느낌이 들곤 한다.

지금 이 독일 청년은 분명 은총 상태에 있다. 작은 절대가 바로 저기, 그의 손이 미치는 곳에서 그에게 미소 짓고 있다. 그뤼버 경관의 눈은 이미 목 잘린 암탉의 눈이다.

"나……나……."

"좋소" 하고 플로리앙이 말한다. "저쪽에 동굴이 하나 있소. 하지만 젊은이, 충고하건대 조상들 전철을 밟기 전에 깊이 숙고해보도록 하시오. 당신의 수단에 자신이 있기를 빕니다. 부인께선 실망하는 걸 몹시 싫어하니까. 부인에겐 만족시키기가 몹시 어려운 취미가 하나 있소. 완벽 취미인데, 자기 미모에 걸맞는 일종의 향수 같은 거요. 만약 당신이 그녀의 믿음을 저버린다면……."

"오, 플로리앙!"

"그냥 그를 격려하려고 하는 말이야. 미리 주의를 받은 사람은 두 사람 몫을 하거든."

"저 이마! 저 이마 좀 봐, 플로리앙!"

"그래, 널찍하군."

"어쩜 저리 의젓하시지! 플로리앙, 저분 이마에 운명의 징표 같은 것이 보여……."

"나도 그렇게 보여."

"대장의 운명이야. 그는 통솔하기 위해, 자신을 따르게 하고 인류를 찬란한 미래로 이끌기 위해 태어났어! 플로리앙…… 저 청년의 탄약 주머니엔 원수의 지휘봉이 있단 말이야!"

"어련하겠어, 여보!"

그는 연민 같은 묘한 눈빛으로 구혼자를 바라본다.

"말린 고깃덩이 좀 드시겠소?"

"그리고 시선 속의 저 광채 좀 봐!"

릴리가 몸을 일으킨다.

"안녕, 플로리앙. 이제 당신 봉사는 필요 없어."

"잠시 뒤에 보자고."

플로리앙, 그는 우리의 가능성에 대해 매우 첨예한 감각을 가졌다. 나는 그에게 애정 같은 것을 품고 있다. 그는 고통 주는 것을 좋아하지 않는다. 그와 나, 우리 둘은 상호 이해, 상호 존중을 바탕으로 언제나 좋은 관계로 지냈다. 플로리앙은 평등에 찬성한다. 침대에서 돌아가신 삼촌 아나톨 콘 드 로즈는 나를 몹시 놀라게 한 적이 있다. 임종 순간에 웃음을 터뜨렸기 때문이다. 나는 왜 그러시는지 물어보았었다. "애야, 교육도 받지 못한 가난뱅이 유대인인 내가 율리우스 카이사르의 운명을 맞이하는구나 하는 생각이 들어서 그래!" 플로리앙은 그렇다, 그는 우리 모두를 평등한 운명에 처하게 한다.

나는 마침내 이 진정한 민주주의자에게서 시선을 떼고는, 그새 릴리가 모습을 감추었음을 확인한다. 그뤼버 경관은 그녀를 따라갈지 말지 아직 좀 망설이고 있다. 지난 19년간의 냉소주의, 이상 결핍, 귄터 그라스 같은 유대화한 작가들의 우상 파괴주의 선전 등등에 어느 정도 영향을 받은 게 분명하다. 이 독일 청년은 아직 깊은 생각에 잠겨 있다.

"어서 가보지 않고 뭐 하시오!" 하고 플로리앙이 그를 부추긴다. "그녀가 당신에게 한눈에 반한 걸 보면 모르겠소? 이보시오, 어서 수훈을 세워 온 세상을 진동시키라니까! 그럼 여자들은 당신만 나타나면 까무러칠 테고 당신은 그녀들을 되살려 내야겠지. 그녀들은 당신을 기리는 승리의 가도를 건설하고 당신…… 기념비를 오랑캐꽃 화환으로 장식할 거요. 당신 초상화가 모든 아가씨의 꿈속에 등장하고, 당신 성기는 놀라운 개종이 이루어지는 순례 장소가 될 거요! 어서 가보시오…… 그녀를 좀 도와주시오!"

불쌍한 사내는 그래도 잠시 망설인다. 하지만 그는 젊고 혈기 왕성하며 자기 수단에 자신이 있다. 그가 잽싸게 달려간다.

플로리앙이 내게 눈짓을 한다.

"저 친구에게 삼 분 주겠소. 그의 건장한 체격, 특출한 기질, 강한 자신감을 고려해서. 다만…… 추위가 문제로군. 나폴레옹도 추위 때문에 패했지."

나는 그의 말에 귀 기울이지 않고 꽃을 몇 송이 꺾는다. 오랑캐꽃, 데이지, 은방울꽃. 그녀가 돌아오면 줄 생각이다.

드골이 내게 경례를 했다

나는 플로리앙이 나의 존재를 알아챘음을 의심치 않는다. 뿐인가, 이 가이스트 숲에서나 다른 몇몇 유명 장소에서는 내가 하나의 통계 수치로 그치지 않는다는 사실을 나는 기억한다. 나는 완벽하게 가시적이 된다. 아데나워 수상이 범죄 현장에 헌화를 하러 왔다가 나를 보고 까무러칠 뻔했던 일이 기억난다. 드골 장군은 수행단과 함께 순례지 탐방 차 이곳에 왔다가 나와 정면으로 마주치자 내게 거수경례를 했다. 참 이상하다. 독일이나 폴란드에는 그런 식으로 내가 진짜 신체적 존재를 획득하는 장소들이 있다. 누구보다 놀라는 사람은 바로 나다. 그럴 땐 나 자신이 나를 알아보지 못하기 때문에 그렇다. 나는 갑자기 거대한 존재가 된다. 사람들의 표정을 보면 알 수 있다. 마치 내가 그 자리를 온통 차지해버려, 사람들이 오직 나만 바라보는 것 같다. 나로선 그게 좀 부담스럽다. 생전의 나는 키가 작은 편이고, 거동, 표정, 아주 긴 코, 하포 막스 식의 곤두선 머리카락, 약간 튀어나온 두 귀 등에는 웃음을 참기 어렵게 하는 뭔가가 있었다. 나는 사람들을 웃겼다. 게다가 사람들은 비난까지 했다. 내게 인간의 존엄성이 부족하다고 말이다. 그런 내가 문득 사람들 눈에 기념비적인 크기로 보인다고 느껴지자 좀 당혹스럽다. 그런 새로운 상황에 걸맞은 인물이 되지 못할까 봐 걱정된다. 나는 뭔가 기품 있고, 진중하고, 고상한 척해보려고 노력한다. 영웅에 대해 내가 품고 있는 관념대로, 한 발을 앞으로 내밀고 머리를 뒤로 젖힌다. 하지만 아무래도 편치가 않다. 나는 아주 오랫동안 조롱당하고 엉덩이를 걷어차이는 습관이 밴 사람이다. 나는 실망시킬까 봐 두렵다. 막중한 책임감이 나를 짓누른다. 이스라엘 전체가 내게 시선을 고정하고 있는 것 같다. 그들은 존엄성을 가볍게 여기지 않는 사람들이다. 그래서 나는 드골 장군이 내 앞에서 차렷 자세로 경례했을 때 자칫 폭소를 터뜨릴 뻔했던 일을 기억한다. 그것은 순전히 자율 신경 반응이지만, 모세 다얀의 유대 청년들에게 가서 그런 설명을 해보라. 아마 그들은 나를 용서치 않을 것이다. 나는 터지는 웃음을 참았다. 수세기에 걸쳐 익살과 흉내로 다져진 나의 뿌리 깊은 천성을 극복했다. 나는 뭔가 슬픈 일을 생각하고자 노력했다. 하지만 나 같은 경험을 가진 사람에게 뭐가 또 슬플 일이 있겠는가? 전혀 없다. 더는 그 무엇도 슬프지 않다. 당신이 역사적 신기록 보유자라면 새로운 유리한 조건들이 필요할 것이다. 나는 차렷 자세를 취했다. 그리고 경례를 했다. 드골 장군이 내게 경례를 했고, 갑자기 사람들의 눈에 띈 유대인 **디부크**, 나도 그에게 경례를 했다. 참으로 견디기 힘든 상황이었다. 거기엔 사람들이 적어도 쉰 명은 있었고, 그들 모두가 나를 보고 있었다―그것을 나는 그들의 눈빛에서 읽었다―어쩌면 나의 마지막 대중이라 할 수 있을 최상급 대중, 나는 그들을 감히 웃길 수가 없었던 것이다.

억누른 속을 풀기 위해, 나는 샤츠헨에게 밤을 꼬박 새워 유대 이야기들을 들려주었다. 그는 밤새도록 배꼽이 빠져라 웃어댔다.

고장 난 죽음

나는 가까이 다가간다. 플로리앙의 얼굴에 동정의 흔적이 보인다. 그는 우리를 무척 사랑한다. 일을 잘 끝낸 모양이다.

그가 주머니에서 담배 한 개비를 꺼내 불을 붙인다. 불이 금방 꺼진다. 다시 붙여보지만 어떻게 해도 불이 붙지 않는다. 성냥불 자체가 그의 손가락 사이에서 금방 꺼져버린다.

"아! 이런 제길" 하고 그가 맥 빠진 목소리로 말한다.

우린 누구나 나름 문제가 있고 어려움이 있다. 개를 어루만질 수 없고, 고양이 귀를 긁어줄 수 없고, 새를, 살아 있는 식물을 가질 수 없다는 건 슬픈 일이다.

그의 두 어깨와 모자는 나비와 무당벌레와 풍뎅이에 덮여 있다. 풀잎은 주변에서 시들고 발 앞에는 개미 한 마리 지나가지 않는다. 이는 어쩔 수 없는 일이다. 그는 자제할 수가 없다. 자신이 하는 일에 어떤 통제도 가하지 않는다. 사실 죽음도 어쩔 수 없이 따르는 일이다. 그것도 일종의 불능이다.

"가끔은 진저리가 나지 않나요?"

그가 나를 경계하는 눈빛으로 바라본다.

"뭐가요?"

나는 약간 망설인다. 나는 그의 발 앞에 떨어진 제비 한 마리를 바라본다.

"섹스 말입니다."

그가 화를 낸다. 곳곳에서 암시를 보는 모양이다.

"그만하시오, 콘. 나도 유대 유머를 대단히 높게 평가합니다만, 난 아우슈비츠에 당신과 함께 있었고 그때 이미 당신은 날 충분히 웃겼소. 베토벤은 귀머거리였지만, 그렇다고 그가 세상에서 가장 위대한 음악가가 되지 못한 게 아니라는 점도 지적해드리고 싶소."

나는 시선을 내려 그의 발 앞에 있는 곤충 더미를 바라본다.

"당신은 까다롭지 않군요. 아무거나 취하니까."

그가 약간 침울한 표정을 짓는다.

"늘 최고의 상황에서 일할 수야 없지. 지금은 난국이요. 시장이 포화 상태요. 아무도 지불하려 하지 않아요. 주문도 드물고. 베트남조차 그저 찔끔찔끔 주고 있을 뿐. 역사 프레스코 벽화 하나가 얼마나 나가는지 아쇼? 수백만이오. 스탈린그라드에 대한 대가로 그들은 내게 30만을 지불했소. 유대인들은 600만을 토해냈고. 게다가 시간도 걸립니다. 당신들에게 〈게르니카〉를 공급하기 위해 3년 동안이나 작업해야 했소. 그것으로 내가 벌어들인 게 얼만가? 150만이오. 신통찮은 사업이었죠. 제대로 된 전염병 하나가 그것보다 소득이 더 많소. 그래도 스페인 내전은 내 주요 작품 가운데 하나라고 할 수 있소. 스페인, 잔혹, 고야, 빛, 열정, 희생 등, 거기엔 모든 것이 다 있으니까."

나는 배꼽을 잡고 웃는다. 사실 죽음이 존재하지 않는다면 삶은 희극적 성격을 잃어버릴 것이다. 플로리앙은 기분이 좋은 모양이다. 그는 허영심이 아주 강하다. 지금까지 그 무엇도 그보다 더 대중을 그토록 필요로 하진 않았다.

"히틀러와 스탈린 이후 인플레이션이 발생했소. 삶이 똥값이 되었지. 난 값을 올려야 했소. 나의 마지막 대작인 39~45년 전쟁 때 소득이 3000만이었는데, 가끔 보면 그들은 그게 그리 비싸지 않았다고 생각하는 것 같아요. 조만간 새 주문이 들어오리라 기대하고 있소."

우리는 둘 다 웃음을 터뜨렸다. 이 플로리앙이란 자는 솔직하다. **슈바르체 쉭세**에서 만났더라면 둘이 함께 멋진 공연을 할 수 있었을 거다.

"이스라엘은 좀 어떤 것 같소?" 하고 그가 부드러운 어조로 내게 묻는다.

"별일 없어요" 하고 내가 꽤 쌀쌀맞은 어투로 말한다.

"그들이 뭔가 멋진 것을 바란다면 할인을 해줄 생각이오. 그들이 얼마나 되죠?"

"250만."

"50만 명만 주면 온 세상의 찬사를 받을 역사 프레스코 벽화 하나를 그려드리지. 어떻소?"

"유대인들은 이미 많이 해먹었잖아요."

"그럼 30만으로 합시다. 당신이니까 그렇게 해주는 거요."

나는 더는 웃고 싶은 마음이 없었다. 이자에겐 정말 피에 잠긴 **역사**가 있다.

"당신은 좀 비싸졌어요. 2000년 전에는 당신이 최고 걸작을 위해 딱 한 명만 취했다는 사실을 지적해드리고 싶군요."

"그래요, 나도 알아요. 공짜나 다름없었지. 예술에 대한 사랑 때문에 그런 거요. 그 후, 그것이 내게 어떤 소득을 안겨주었는지 돌아보시오. 성전들만으로도 수백만을 얻었소. 자, 그럼 10만에 해드리겠소. 더 이상 얘기하지 맙시다. 아주 흥분되는, 뭔가 견본이 될 만한 걸 당신들에게 만들어드리겠소. 장담컨대 이스라엘다운 작품이 될 거요. 영감이 떠오른단 말입니다."

"자, 저기 똥파리가 한 마리 있군요" 하고 내가 말한다. "가보세요."

그가 어깨를 으쓱한다.

나는 간간이 나도 모르게 지평선 쪽을 흘끔거린다. 내겐 향수에 젖는 습관이 있다. 릴리가 바로 저기, 저 덤불 속에서 지금 최선을 다하고 있는 줄 몰라서가 아니다. 이는 오랜 습관이다. 언제나 우린 지평선 쪽에서 그녀를 찾는다. 나는 무심한 척해보지만, 방금 내가 날린 그 은밀한 찰나적 시선을 이미 그는 잽싸게 포착한 뒤다. 주름도 나이도 없는 그의 얼굴에서 나는 알아보기 힘든 미미한 조롱기를 다시 발견한다.

"그녀는 고객과 함께 올라갔소."

내가 질투한다고 생각한다면 그건 그의 착각이다.

"게다가 난 그녀가 당신에게 이미 모든 것을 다 주었다고 생각했소이다" 하고 그가 덧붙인다.

나는 아무 말 없이 오랑캐꽃을 하나 꺾는다. 늙어빠진 뚜쟁이와 나의 감정 얘길 이러쿵저러쿵하고 싶은 마음은 없다.

"그녀는 몸가짐이 아주 관대한 편이오" 하고 플로리앙이 말한다. "가끔은 상대가 누군지 살펴보지도 않고 자신을 내주지. 예를 들면 히틀러가 그렇소. 솔직히 말해 난 그녀가 그렇게까지 할 거라고는 생각하지 못했소. 조금만 살펴봐도 그가 성불구임을 알 수 있었을 텐데. 언제나 시도를 해봐야 직성이 풀리나 보오. 조만간 7억 중국인들을 해치우러 가지 않을까 하는 느낌마저 듭니다."

나는 배꼽을 잡는다. 이 플로리앙이라는 자는 언제나 말로 사람을 웃기는 재주가 있다.

"당신에게 우리의 유머 감각이 제법 있는 것 같아 기분이 좋군요" 하고 내가 말한다. "적어도 우리 죽음이 아주 헛되지는 않은 셈이죠."

우리는 함께 웃음을 터뜨린다. 이상적 파트너다.

"다른 얘기도 하나 알고 있소" 하고 플로리앙이 신이 나는 듯 말한다. "유대인 박해 때, 콘 부인이 남편 눈앞에서 러시아 기병들에게 강간당했소. 먼저 사병들이 그녀를 덮쳤고, 이어서 장교도 그녀와 잤지요. 그러자 콘이 말합니다. '장교면 장교답게, 먼저 허락을 구해야 하는 거 아니오?'"

나는 낄낄대고 웃는다.

"정말 재미있군요" 하고 내가 말한다. "난 우리 민속이 좋아요."

"또 하나 알고 있는데……."

나는 정중하게 그의 말을 중단시킨다. 우리 **역사** 얘길 들으며 시간 낭비를 하고 싶지는 않다. 그거야 내가 손톱의 때만큼이나 잘 아는 거니까.

"방금 콘이라고 했나요? 어떤 콘 말이지요?"

"글쎄, 늘 그 사람이 그 사람 아니오."

"혹시 스미글라 가의 콘 아니었나요?"

"아니, 나사렛의 콘이었소."

내가 웃으며 말한다.

"**마즐토브**. 축하드립니다. 기억력이 대단하시군요."

"**주 게순드**이디시어로 '너무나 말짱하지요'라는 뜻."

"아니, 이디시어를 할 줄 아세요?"

"유창하게."

"베를리츠 어학원에서?"

"아니오. 트레블링카에서."

우리는 둘 다 웃음을 터뜨린다.

"난 정확히 무엇을 유대 유머라고 하는지 늘 궁금했소" 하고 그가 말한다. "당신 생각은 어떠시오?"

"외침의 한 방식이지요."

"뭘 하려고?"

"**외침의 힘은 너무나 커서 인간에게 내린 가혹함을 부숴버릴 것이다……**."

"카프카" 하고 그가 말한다. "나도 알아요. 한데 당신은 그 말을 정말로 믿소?"

나는 그에게 눈을 찡긋한다. 둘이 함께 웃음을 터뜨린다.

"당신이 들려준 그 러시아 기병들 얘기 말인데…… 콘이라고 했지요? 혹시 키체네프의 라이바 콘 아닌가요? 나의 삼촌인데, 아마 그분이 틀림없을 거예요. 왜냐하면 그분이 내게 똑같은 얘길 들려주었으니까요. 러시아 기병들이 그분 눈앞에서 강간한 사람은 부인이었죠. 그 일이 있고 나서 그녀는 아이를 가졌는데, 삼촌도 얼마나 원한이 컸던지 그 러시아인들의 **집단 이기주의**를 잔인하게 보복했답니다. **아이를 친자식처럼 여기며 결국 유대인으로 만들어버렸죠.**"

플로리앙이 아주 넌더리를 치며 말한다.

"정말 더러운 자로군! 어찌 아이에게 그런 짓을 할 생각을 품는단 말이오."

"그래요, 우린 정말 인정사정없는 족속이죠. 이미 주 예수 그리스도를 십자가형에 처했었고요. 부디 고이 잠드시길."

"잠깐, 잠깐만, 당신들은 언제나 모든 걸 당신들 것으로 만들려하는군! 다른 사람들에겐 아무것도 주지 않고 말이요…… 정말 욕심도 많소! 교황 요한 23세는 당신들에게 죄가 없다고 선언했소."

"없다고요? 그럼 지난 2000년간의 일이 모두 허사였단 말인가요?"

"허사, 허사라…… 하여간 당신들은 언제나 비즈니스 생각뿐이라니까!"

우리는 배꼽을 잡고 웃는다. 이 플로리앙이라는 자는 재주꾼이다. **죽음**과 그의 유대인이라, 이보다 더 멋진 듀오가 어디 있으며 대중의 객석에 이보다 더 푸짐한 성찬이 어디 있겠는가! 대중은 우스꽝스러운 걸 좋아하고 웃고 싶어 한다. 얼마 전에 나는 프랑스인 16퍼센트가 유대인 배척자라는 글을 읽었다. 분명 대중은 있는 거다. 거기엔 의심의 여지가 전혀 없다. 플로리앙은 만족스러운 모양이다. 여차하면 탭댄스라도 출 기세다. 종교음악이라도 좀 있으면 좋을 텐데 유감이다. 하긴 모든 걸 다 가질 수는 없다.

이 가이스트 숲에서, 문득 나는 바르샤바 게토의 수챗구멍에서 빠져나오는 손 하나를 본다. 전 인류에 의해 무기 없이 버려진 맨손 하나. 그 손이 천천히 움켜쥐어지더니 마침내 유대 주먹이 되어 수챗구멍 위로 치켜 들린 채 머문다.

나는 또다시 어떤 소외감, 내 속에 거주하는 게 아니라 나를 에워싸는 격렬한 소외감을 느낀다, 나를 제외해주는 게 아니라 이 세상 모든 풀잎과 모나리자 전체는 물론 나 역시도 겨냥하는 어떤 원한, 어떤 분노를 느낀다. 거기엔 신을 상기할 법한 어떤 부끄러움, 어떤 무능함의 감정과 죄책감 같은 것이 있다. 신이 이 정도로 완벽성이 결여될 수 있는 존재라면 말이다. 인간에게서 벗어나고자 하는 저런 의지는 예의에 맞지도 않다. 기분이 상한다. 이 자식은 대체 자기가 뭐라고 생각하는 거지? 원하는 게 뭐야? 인간이 되는 것? 하지만 이런 식으로 목표를 이룰 수는 없다. 동정과 선의와 연민이 완전히 결여되어 있다. 동정 없이, 선의 없이, 연민 없이 인간을 창조한다면 이전과 똑같은 똥구덩이 속에 처박히게 될 거다. 나는 녀석에게 그런 창조는 예전에 이미 이루어졌다는 것, 그래서 세상도 인간도 없고, 단지 소금통, 자전거펌프, 여섯 켤레의 만능 양말, 아주 깨끗한 라루스 한 권 같은, 뭔지 모를 모호한 문명이 이리저리 굴러다니는 웬 놈의 혼란스러운모호한 꿈이 있을 뿐이라는 사실을 지적해주지 않을 수 없다. 어쨌든 한 가지는 분명하다. 내가 지금 내 집에 있는 게 아니라는 것 말이다. 하기야 그건 유대인들의 영원한, 자연스러운 강박관념이요, 어쩌면 그들의 자랑거리이기도 하지만, 그러나 나는 위협을 느낀다. 이젠 생각을 하는 자가 나인지 다른 누구인지, 고통 받는 자가 나인지 다른 누구인지, 내가 귀신인지 귀신이 내게 붙은 건지 더는 알 수가 없다. 말하자면 마치 내가 **귀신 씐** 것처럼 느껴지는 것이다. 디부크가 그런 느낌을 갖는다는 게 어떤 상황인지 이해되는가?

빛조차 내 주변에서 노골적이고 난폭한 양상을 취한다. 마치 모든 것을 쓸어버리려고 하는 것 같다. 이곳에 진짜 의식 같은 것이 있다는 주장까지는 하지 않겠다. 그런 일은 생각할 수 없다. 신의 느린 노후화랄까, 쉬 감동하거나, 이해심이 깊어지거나, 곧잘 연민에 사로잡히는 일 등 그것이 전제하는 그 모든 것과 더불어 그를 점령해버렸을 나약함이라면 몰라도 말이다.

유대 주먹은 아직 저기 있다. 한데 저 주먹이 나온 수챗구멍은 어쩌면 내가 생각한 구멍이 아닐지도 모른다. 나는 아무것도 암시하지 않는다, 나는 모든 문학을 존중하듯 영혼도 존중한다, 나는 나의 잠재의식이 다른 사람들과 다르다고 주장하지 않는다, 그것은 있는 그대로다, 잘 살펴보면 거기서 독일도 발견하게 될 거라고 나는 확신한다, 물론 좋을 리야 없겠지만 말이다. 내 말은 다만 이 녀석이 위장 위에 바르샤바 게토를 갖고 있다는 거다. 염소, 절대, 비틀어진 물뿌리개 주둥이, 아직도 편지를 잔뜩 가진 어린 집배원 등과 함께 말이다. 이 녀석, 영혼이 고매한 자다.

나는 플로리앙도 저 주먹을 보는지 궁금하다. 그렇지 않을 것이다. 자기 코앞에 디밀어진 성난 주먹들을 하도 많이 봐서 아마 그걸 제 코의 일부로 생각할 것이다. 그런 건 이제 눈에 띄지도 않는다.

"학살에 저항하지 않고 왜 가만히 있었느냐며 온 세상 사람들이 당신들을 비난해요" 하고 그가 말한다. "여론이 들끓고 있소. 그들이 당신들을 그토록 쉽게 없애버렸다는 사실이 유대인 배척주의를 되살아나게 하고 있단 말이오. 어째서 방어를 하지 않았소? 습관의 힘 때문에? 아니면 마지막 순간까지도 독일인들이 설마 그렇게 하리라고는 생각하지 못한 거요?"

"다음번엔 좀 더 잘 처신하겠다는 약속을 드립니다."

우리는 둘이 함께 웃는다. 이 플로리앙은 정말 꿈의 파트너다. 다른 한편으로 나는 오버라머가우의 주최자들이 바르샤바 게토의 종말에 관한 한 편의 음악 희극을 만들기 위해 뭘 기다리고 있을지도 생각해본다. 언제나 독일에는 아주 훌륭한 연출자들이 있었다.

정말이지 나는 이자에게 점점 더 호감이 간다. 이디시어로 이 정도면 사랑이 아니라 격정이다. 자꾸 호감이 가서 이제 더는 그가 기독교도의 잠재의식이라는 생각이 들지 않는다. 그 속에 체념이 없다.

이제 나는 방향을 잡고 이 작자를 좀 더 잘 알아가기 시작한다. 죽음을 다루는 그의 방식에 은밀한 매혹 같은 것이 엿보이지만, 물론 그는 그것에 저항하려고 노력한다. 릴리에 대해서도 그가 어떤 생각을 하는지 알 것 같다. 창녀요, 색광녀요, 불감증이요, 더러운 년이다. 분명 다정다감한 자가 분명하다.

그에게 살짝 도발을 해봐야겠다.

"사실 릴리는 죄가 없어요" 하고 내가 말한다. "진정한 사랑의 결핍은 어제오늘의 문제가 아닙니다. 결코 릴리 잘못이 아니죠. 과오는 다른 데 있어요. 과오, 원죄, 그런 건 인류의 책임이 아닙니다. 죄는 다른 데 있어요. 훨씬 더 먼 과거에서 찾아야 해요…… 릴리는 무죄예요."

그러자 놀라운 일이 벌어진다. 가이스트 숲 전체가 노래를 흥얼대기 시작한다. 기쁨과 미와 감사의 찬가다. 이 자식, 보아하니 생각보다 더 바보 같다. 이상주의자가 분명하다.

"저런," 하고 플로리앙이 놀란 듯 말한다. "당신도 들었소?"

"어쩌면 그녀가 쾌락을 얻었는지도 모르겠군요" 하고 내가 말한다.

그러자 즉각 사물들이 오그라든다. 가이스트 숲이 어두워진다. 자식, 아직 날 잘 모르나 본데 앞으로 놀랄 일이 한두 번이 아닐 거다.

"분명 내 귀에 천상의 합창이 들렸는데" 하고 플로리앙이 불안한 듯 말한다.

"그게 그러니까 당신이 생각하는 게 아닌가 봅니다" 하고 내가 말한다.

"나는 아무것도 생각하지 않소" 하고 플로리앙이 과장하여 말한다.

"나는 당신 생각을 짐작했다고 확신하오" 하고 내가 엄하게 쏘아붙인다.

"난 전혀 그런 생각을 하지 않았소" 하고 플로리앙이 언성을 높인다. "역겹소. 어찌 내가 감히 그런 생각을 한단 말이오. 신성 모독은 엄격히 금지된 일인데."

"불쾌해요" 하고 내가 말한다. "부끄러운 줄 아세요. 천상의 합창이 들린다고 해서 곧 저 위의 불구 상태가 끝났다고, 신이 마침 내 릴리의 고통에 응한다고 상상해야 하는 건 아니잖소……."

애기가 여기에 이르자 그가 완전히 겁에 질린다. 낯빛이 변한다. 겁에 질린 죽음이란 게 어떤 건지 궁금하면 그의 주인에게 버릇없이 굴어보기만 하면 된다. 이 플로리앙이란 자, 이제 보니 천박하다.

"그만하시오" 하고 그가 기어 들어가는 목소리로 외친다. "이곳에서 벌어지는 일에 신을 끌어들이는 건 금지요!"

"당신이 미신을 믿는 줄은 몰랐군요" 하고 내가 더없이 부드러운 어조로 말한다.

그가 완전 마비 상태가 된다. 이마에 굵은 땀방울이 맺힌다. 절대적 무정에서도 이슬이 조금은 솟아날 수 있구나 하는 생각에 내 가슴이 뜨거워진다. 그가 뭔가 말을 해보려 하지만, 입에서 새어나오는 건 마늘 소시송말린 고깃덩이 냄새뿐이다.

뭔가 좀 더 만족스러운 일이 벌어진 건 바로 그때였다. 예쁜 노랑나비들이 플로리앙에게 다가가 날개를 파닥거리며 머리 주변을 날아다니는데…… **아무 일도 일어나지 않는다.** 나비들이 그의 코밑에서 계속 팔랑거린다.

"맙소사!" 하고 플로리앙이 외친다. "내가 불구가 되어버렸군!"

나는 그를 안심시키려고 해본다.

"괜찮아요, 흥분해서 그래요. 당신은 이런 일에 익숙지 않죠. 집중을 해보세요."

그가 정신 집중을 한다. 나비들을 뚫어지게 바라본다. 하지만 그래도 아무 소용이 없다, 나비들은 여전히 팔랑거리며 날아다닌다.

"치욕적이군!" 하고 플로리앙이 날카롭게 외친다.

"천만에, 그렇지 않아요. 잠시 고장이 난 거죠. 최고들에게도 그런 일은 생긴답니다. 과로와 불면 탓이에요. 너무도 많은 밤을 환자들 곁에서 새웠으니……."

플로리앙은 금방이라도 실신해버릴 것 같다. 진짜 절망의 외침이 그의 배 속에서 올라온다.

"고장이라고! 내가 고장 났다고!"

나는 오랑캐꽃을 킁킁거린다.

"너무 힘 빼지 마세요. 긴장을 푸세요!"

그가 잡아먹을 듯이 나를 째려본다.

"이미 풀려 있소이다!"

"다른 것을 생각하세요…… 가르시아 로르카, 그하고는 어떻게 되었지요?"

"가르시아 로르카는 왜 묻소? 시인을 새벽에 총살시킬 권리가 없었다면 시는 이미 오래전에 없어졌을 거요! 아…… 정말 몸이 영 좋지 않군……."

"아무리 그래도 설마 당신이 죽지는 않겠지요?"

하지만 그는 유머 감각을 모두 상실해버렸다.

"정말 재미있군" 하고 그가 이를 악물고 말한다.

"다시 한번 해보세요…… 자, 저기 파리가 한 마리 있군요……."

그가 나를 째려보며 말한다.

"내가 파리 한 마리를 갖고 뭘 어쨌으면 좋겠소?"

"나야 모르죠" 하고 내가 재치 있게 응수한다.

한데 그는 지금 너무 겁에 질려 더는 그 무엇도 망설이지 않는다.

"파리 좋지. 놈이 어디 있소? 나 자신을 좀 안심을 시켜야겠소."

아주 가벼운 파란색 작은 파리 한 마리가 어느 개양귀비 주위를 귀엽게 앵앵거리며 날고 있다. 플로리앙이 소리 없이 파리에게 다가간다.

"제법 귀여운 녀석이군" 하고 그가 말한다.

파리가 앵앵거린다. 플로리앙이 뒤를 쫓아보지만 파리는 이미 다른 곳에 있다. 앵앵 애-앵, 정말 약 올리는 데 선수다. 파리가 마침내 풀잎 위에 앉자 플로리앙이 파리에게 몸을 숙인다. 잠시 꽤 감동적인 침묵이 흐른다. 시인들은 이를 진실의 순간이라 부른다.

"됐다" 하고 플로리앙이 말한다. "잡았어. 휴!"

하지만 그의 말이 끝나기 무섭게 파리가 날아간다.

"쯧쯧" 하고 내가 혀를 찬다. "이번에도 놓치셨군."

플로리앙이 바위 위에 털썩 주저앉는다. 충격이 심한 듯 낯빛이 붉으락푸르락한다.

"말도 안 돼" 하고 그가 쉰 목소리로 말한다. "내가 수단을 잃어버리다니! 이젠 안 먹혀! 더는 할 수가 없어…… 파리 한 마리 못 잡다니! 내가 누군가, 카이사르의 죽음, 로베스피에르의 죽음 아닌가!"

"사람들이 로열젤리를 많이 권합디다" 하고 내가 말한다.

그가 목이라도 맬 것 같은 생각이 든다.

"휴우, 별 재주를 다 부리는군! 못할 짓이 없다 이거지! 그저 잠시…… 기력이 빠진 것뿐인데! 아니, 베르됭을 만든 게 누구지? 스탈린그라드는 또 어떻고? 난 전쟁을 했단 말이야!"

"자신의 남성다움에 대해 자신감을 가지려는 흔한 수법이죠"
하고 내가 그에게 말한다.

난 지금 내가 있는 곳에서 점점 더 기분이 좋아진다. 디부크가
자신이 더부살이하는 자에게 호감을 느끼는 경우는 흔치 않은
데, 이 녀석은 정말 형제 같다. 처음으로 나는 기존 질서, 사물들
의 자연, 아니 자연 그 자체의 진정한 적에게 씐 것이다.

그는 엄청난 **후츠페**를 가졌다. 죽음을 이처럼 불구로 만드는 꿈
을 꿀 정도가 되려면 어마어마한 배짱이 필요하다. 그거야말로
진짜 자연에 반하는 행위다. 디부크의 일생 동안 처음으로 내가
진짜 시니컬한 자에게 씐 거다. 그는 저돌적이다.

하지만 플로리앙이 이 궁지에서 빠져나오도록 내가 좀 도와주
어야 하는 게 아닐까 하는 생각이 든다. 어쨌거나 죽음이 존재하
지 않는다면 사람들이 훨씬 더 더러운 뭔가를 만들어낼 테니 말
이다. 플로리앙은 그럴 가능성을 어느 정도 제한해주지 않는가.
릴리를 생각해서도 그렇다. **해결책** 없이, 어떤 희망도 없이, 그녀를
이대로 놓아둘 수는 없다. 영생은 아주 멋진 일이지만, 그것이 쾌
락을 얻는 하나의 방식이라는 믿음은 전혀 들지 않는다.

"실은 말이죠," 하고 내가 그에게 말한다. "우리 기를 죽이고, 당
신과 나와 릴리와 온 세상 사람들을 떨쳐버리고자 하는 웬 파괴
적인 자식이 있어요……."

그는 내 말을 듣지도 않는다. 공포에 질려 있다. 실제보다 더
바보처럼 두 눈을 동그랗게 뜨고서, 어째야 할지 갈피를 못 잡고
있다.

"이게 뭐지?" 하고 그가 중얼거린다. "이상한 고동이 느껴지는데…… 여기, 왼쪽 가슴에…… 뭔가가 팔딱거리고, 부딪치는데……."

"심장이군요" 하고 나도 적잖이 놀란 목소리로 말한다.

"뭐라고?"

"당신에게 심장이 생겨난 거지요……."

그런 일이 생기다니, 정말이지 내 친한 친구들에게는 그런 일이 없어야 할 것이다.

그는 아직도 이해를 못한다.

"안됐군요" 하고 내가 그에게 말한다. "누군가가 당신에게 아주 더러운 짓을 한 것 같아요. 당신에게 심장을 달아준 겁니다. 괜히 겁을 주려고 하는 말이 아니라, 이건 생각보다 훨씬 더 심각한 일 같아요. 당신은 산 자가 된 겁니다."

그가 비명을 지른다. 비명이라면 나도 일가견이 있지만, 그런 비명은 여태 한 번도 들어본 적이 없다.

"살려줘!" 하고 그가 벌써 다 죽어가는 목소리로 외친다.

진정한 탄생이다.

"의사를 불러드릴까요?"

"천만에, 나도 그들을 아오…… 날 치료한다는 게 말이나 됩니까! 난 산 자가 되고 싶지 않소! 난 생명을 너무나 좋아한단 말이요!"

그가 후다닥 몸을 일으킨다.

"산 자라니! 내가 산 자라니! 끔찍해, 난 그런 꼴을 보고 싶지 않아! 누가 내 눈 좀 가려주오!"

바로 그때였다. 이처럼 웬 자가 플로리앙을 골탕 먹이는 걸 보며 한창 즐거워하고 있을 때, 문득 나는 누가 무슨 목적으로 이런 일을 벌이고 있는지 깨달았다. 이제껏 나는 내가 거래를 한 건 성사시켰고, 사상 처음으로 디부크의 봉사를 매우 만족스러워하며 환대하는 고객을 한 명 찾았다고 함부로 믿고 있었다. 자신에게 귀신이 씌었다고 외치며 랍비의 도움을 구하러 달려가지 않고 말이다. 그래서 나는 마음이 편안해지기 시작했고 나 자신에 대한 불신을 중단하고 있었다. 한데 웬걸, 진즉에 의심했어야 마땅하지만, 알고 보니 이 녀석은 믿을 녀석이 못 되었다. 나는 녀석이 플로리앙만 노린다고 생각했다. 내가 깔깔거리며 웃는 동안, 그는 제 잠재의식 속에서 죽음을 불구로 만들고, 청소 작업에 몰두했다. 이 빨갱이 같은 자식은 진짜 사나운 놈이다. 만약 그가 그렇게 빨리 플로리앙에게서 내게로 넘어오지 않았다면, 아마 쥐도 새도 모르게 나마저 해치웠을 것이다. 그는 우리 모두를 한 자루에 담고 자루 통째로 서둘러 비워버리려 한다. 갑자기 나는 내가 없어지는 느낌이 든다. 공허, 어떤 무차별 상태, 반수 상태가 나를 사로잡는다. 누가 내게 "독일!" 하고 외쳐도, **퉤 퉤 퉤!** 하지 않는다. 모든 것이 지워진다. 망각이 나를 사로잡고 모든 것이 멀어져 간다. 과거는 미련 없이 잊고 다른 일로 넘어간다. 이제 더는 그런 일들을 생각해선 안 된다. 끝났다. 나는 닦이고 신속히 모습을 잃고 녹아든다. 씻기고 문질러지고 청소된다. 냄새도 좋고 깨끗하다. 마침내 사람들은 나를 잊을 수 있을 거다. 이제 내겐 모든 것이 완전히 똑같아진다. 숨을 거두는 이 고전적인 방식을 생각하면, 마치 내가 사람이 되어가던 중이었던 것 같다. 아직도 유대 주먹은 수챗구멍에서 나오고 있지만, 그것이 예술 작품이 아니라는 확신이 더는 들지 않는다.

이처럼 내가 막 흔적 없이 사라지려는 바로 그 순간, 멸절자의 생존 본능이 기운을 되찾는다. 나는 무슨 일이 벌어지고 있는지 불현듯 깨닫는다. 이는 시시각각 디부크들을 짓누르는 위험이다. 한 명이건 600만 명이건 말이다.

사람들이 나를 몰아내려 한다.

그들은 나를 동정하여 다정하게 대했으나, 하도 많이 봐서 이제 나의 호라 춤에 진저리를 낸다.

하지만 양심의 짐을 그리 쉽게 털어버릴 수는 없다.

내 여러분들에게 분명히 말하지만, 새로운 **디아스포라**는 없을 것이다.

당신들이 아무리 애를 써봐야, 나는 물론 600만 다른 디부크들도 두 번 다시 당신들의 유대화한 잠재의식에서 탈출하는 대이동의 전철을 밟지 않을 것이다.

나는 내 노란별에 손을 올려본다. 휴우! 아직 제자리에 있다. 모든 힘이 즉각 되살아난다.

"무슨 일이오?" 하고 플로리앙이 묻는다. "얼굴 표정이 이상하오."

그는 조용히 내 앞에 앉아 칼끝으로 손톱 정리를 하고 있다.

나는 아무 말도 하지 않는다. 숨을 가다듬는다. 아무리 전통을 준수하더라도, 아무리 신심 깊기로 유명한 유대인 열 명이 나를 에워싸고 우리 토라 성전의 온갖 규칙에 따라 기도를 하더라도, 나는 절대 사라지지 않을 것이다.

정말로 나를 몰아내고 싶다면, 그들이 아직 하지 않은 일만 하면 된다. **세상을 창조하는 것** 말이다. 어떤 새 세상을 창조하라는 얘기가 아니다. 세상을 창조하라고 했다. 그야말로 처음으로 말이다. 그 이하는 받아들이지 않을 테다.

게다가…… 여전히 내 마음속에는 구세주 도래의 옛 꿈이 살아 있다. 나는 릴리를 생각한다. 그녀가 자신을 실현하도록 도와주어야 한다. 어떤 인간도 이 사명을 거부할 권리는 없다.

"저기 말이죠……"

플로리앙이 고개를 든다.

"뭐요?"

"바르샤바 게토 말인데…… 그녀가 거기에 있지 않았나요?"

"물론이오. 그녀가 어떤 구석까지 돌아다니는지 당신은 상상도 못할 거요."

"그래도 그녀가 동요하긴 했겠지요?"

"물론이오. 릴리는 아주 쉽게 동요하오. 바로 그게 그녀의 비극이지."

"한데도…… 아무런?"

"아무것도. 그냥 동요했을 뿐이오. 자, 그럼 실례지만 나는 이만……"

그가 시계를 쳐다보더니 칼을 꺼낸다.

"삼 분이 지났군. 저기 저 녀석, 이 정도 시간이면 삶의 목표를 달성했을 것 같소이다."

그가 멀어져간다. 주먹은 아직도 저기 있다. 늘 나는 다른 이들과 함께 바르샤바 게토로 가지 않은 것을 후회했다. 나는 전쟁 전의 날레브키 가街를 잘 알았다. 그곳은 나처럼 캐리커처를 닮은 녀석들이 가득한 곳이었다. 유대인 배척자들은 캐리커처에 재능이 있었던 것이다. 이름들까지도 코믹했다. **지젤바움, 카체넬렌보겐, 슈반츠, 게단케, 게순트하이트, 구트게마흐트.** 이디시 은어가 괴테의 언어를 얼마나 절묘하게 희화화하는지를 이해하려면 독일어를 잘 알아야 한다. 나의 자리는 거기, 그들 곁이었다. 묘하다. 죽음에서 벗어났다고 느끼며 죽는 유대인들이 있다.

엘리트 족속들이 다시 등장하다

나는 지금 진지함의 유혹에 빠져들고 있다. 이는 익살꾼에게는 실로 끔찍한 위험이다. 이미 우리는 그것 때문에 찰리 채플린을 잃지 않았는가. 바로 그때, 지척에서 활기찬 대화가 들리는가 싶더니 두 명문 귀족, 폰 프리트비츠 남작과 폰 잔 백작이 숲속 공터에 모습을 나타낸다. 진창과 구덩이들과 요동치는 가이스트 숲 부지를 가로지르는 오랜 산보에도 불구하고, 이 두 사람이 여전히 본연의 우아함을 간직하고 있고 의복 역시 괴테 시대에 뒤지지 않게 흠잡을 데 없다는 사실을 인정하자. 이처럼 옷을 잘 입을 뿐 아니라, 온갖 풍상에도 불구하고 옷가지에 완벽하게 주름을 잡고 빳빳하게 존엄을 세울 줄 아는 좋은 가문 사람들이 있다. 남작의 프린스 드 갈^{영국 황태자} 정장은 사려 깊은 하인이 방금 내준 옷만 같다. 좋은 하인 구하기가 쉽지 않다고들 하지만 우리의 귀족은 늘 좋은 하인들을 찾아낼 게 분명하다. 칼라 깃을 세우고 구두약을 칠하는 예술, 그들이 수세기 전부터 유지 관리를 맡아온 의복을 단 한 톨의 먼지, 단 한 방울의 눈물도 더럽히지 못하게 감시하는 예술 분야의 거장으로 통하는 탐미주의자들과 사상가들을 말이다. 지금으로부터 30년 전 어느 흥미로운 프랑스 작가는 **우리는 깨끗한 시체들을 원한다**고 했으며, 그 자신도 나치 치하에서 그런 일에 탁월한 역량을 발휘하기도 했다. 그것은 이 시대 납품업자 대다수의 좌우명이 된 명구, 금세기 가장 위대한 문화적 주문이었다.

아무리 그래도 남작은 살짝 숨이 가쁘다. 이곳까지 오느라 기운이 다 빠졌다. 정말이지 녹초가 된 것 같다. 그의 얼굴엔 끝 모를 경악의 흔적이 남아 있고, 두 눈 역시 빈축을 산 상처 입은 눈빛이다. 폰 잔 백작 역시 상태가 그리 좋지는 않다. 발뒤꿈치에 수백만 주검을 매달고 또 그만한 수의 홍위병과 대치 중인 사람 같다. 지쳐빠진 그의 얼굴에서 오직 흰 수염만 본연의 존엄을 보존하고 있다. 산초 판사에게 졸지에 일격을 당한 돈키호테 꼴이다. 비지땀이 흐르자 그가 주머니에서 상앗빛 비단 손수건을 꺼내 이마로 가져간다.

"이보게, 남작, 이제 어떻게 할 건가? 그들은 그녀에게 린치를 가할 걸세. 그녀가 자신들을 심히 모욕했다고, 자신들의 가장 예민한 부분을 건드렸다고 느끼고 있으니까…… 곧 우리는 역사상 가장 큰 성불구 범죄와 마주치게 될 것 같네."

"아, 백작, 민주주의라는 건 정말 끔찍해! 릴리는 평민들 손에 떨어져버렸네. 그들은 정신의 눈으로 그녀를 볼 능력이 없는 사람들이지. 우리가 수세기 동안 그녀를 사랑한 방식, 말하자면 순수한 정신적 사랑으로 그녀를 사랑할 줄 모른다네. 군중들, 그들은 지극히 원초적인 본능—예를 들면 배고픔 같은 것 말일세. 배고픔보다 더 동물적이고 원초적인 본능이 있는가?—에 굴해, 오로지 자신들 배로만 생각하지. 이 얼마나 천박하고 짐승 같은 일인가! 어떻게 그녀가 그들에게서 벗어날 수 있겠는가! 참으로 유서 깊고 고귀한 가문인데! 경이로운 성들은 또 어떻고! 분명히 말하지만, 이제 귀족들에게 남은 일은 잘 죽는 일뿐이라네!"

그는 폐허 위에 나뒹굴고 있는 책들을 보고 손으로 집어 든다.

"이것들 좀 보게…… 책들! 그녈세. 그녀가 여기 있는 게 틀림없어…… 『달빛 아래의 대★묘지들』…… 몽테뉴…… 파스칼…… 『미스 블랜디시를 위한 난초는 없다』…… 『상상 박물관』…… 셰익스피어…… 『인간의 조건』…… 『사과 여왕』…… 바로 그녀라고! 『성불구자』…… 『불감증 여자』…… 어서 가세! 릴리가 근처에 있는 게 분명하네!"

그들은 지평선을 향해 나아가 곧 숲속으로 사라진다. 작은 새들의 지저귐 소리가 들린다. 나비들도 보인다. 아무도 없을 때는 늘 그렇듯, 꽃들이 문득 더 예뻐 보인다. 자연이 다시 희망을 갖고, 다시 고개를 쳐들고, 분명하게 숨을 쉬기 시작한다. 다시 희망을 품기 시작한다. 여러분도 아시는지 모르겠으나, 사실 자연은 희망으로 산다. 가슴속에 아주 큰 기대를 숨기고 있다. 그렇다, 알고 보면 자연도 상당한 몽상가다, 용기를 잃지 않는다. 언젠가는 거기에 도달하고자 한다. 아니, 거기로 되돌아가고자 한다. 초창기의 에덴동산으로, 낙원으로. 그래서 자연은 인간에게 큰 기대를 건다. 인간이 사라져주길 고대한다는 얘기다.

슈바르체 쉭세

나는 깜짝 놀란다. 나비가 죽고 꽃이 시들고 노래하던 새가 추락한다. 플로리앙의 귀환이다. 그가 릴리 손을 잡고 온다. 그녀의 옷가지와 머리카락이 약간 흐트러져 있다. 경찰이 최선을 다한 모양이다. 하지만 곧 나는 경찰이 이번에도 군대나 교회나 과학이나 철학과 마찬가지로 거기에 도달하지 못했음을 깨닫는다. 어떤 더러움도 빛내주지 못한 대리석처럼 순수한 그녀의 얼굴, 프레스코 벽화의 마돈나, 전설의 공주의 얼굴에 눈물이 고여 있다. 남자들이 그녀에게 해줄 수 있는 유일한 위안이 눈물인 모양이다.

플로리앙은 네덜란드산 작은 시가, 불 꺼진 시가를 물고 있다. 왜 내가 그 시가를 네덜란드산이라고 하는지는 잘 모르겠다. 어떤 일이 잘 해결되었을 때 으레 사람들이 질서랑 부르주아 계층과 연결시키는 그런 식의 만족을 표현하는 습관이 아마 플로리앙에게도 있어서일 거다.

"자, 이제 사람들은 우리 경찰의 일처리가 아주 신속하다고 하겠군!"

그가 말을 멈추더니 입에 문 시가를 치우고서 예리한 눈으로 릴리를 바라본다. 뒤로 넘긴 펠트 모자, 괴상한 체크무늬 녹황색 정장, 회중시계 줄이 장식된 조끼, 양옆에 단추 구멍이 난 반짝이는 구두 등, 그의 차림새에선 천박함과 악취미가 풍긴다. 그런 그가 우리에게 아이스킬로스, 셰익스피어, 고야를 제공한 자요, 언제나 우리 박물관들의 주 공급자였다는 사실은 적잖이 놀랍다.

그가 주머니에서 손수건을 꺼낸다.

"당신 눈썹 위에 뭐가 있군…… 약간 때가 탄 것 같아…… 내가 없애줄게……."

릴리는 눈을 감고 얼굴을 그에게 내민다. 얼굴 전체가 빛에 잠겨 있다. 레오나르도가 이 자리에 있었다면 자신의 모나리자를 발기발기 찢어버렸을 것이다. 이 얼굴의 완벽함이야말로 상상 세계의 절정이다. 그것은 인간의 손이 실현할 수 있는 최고도의 추구다. 나의 온몸이 따뜻한 열기에 휩싸인다. 내 뿌리 깊은 사랑이 자연 법칙을 억누르고 거둔 승리다. 그녀가 시체 더미에서 다시 한 번 말짱한 모습으로 몸을 일으킬 때보다 더 감동적으로 보이는 때는 없다. 나는 눈만 감으면 그녀의 아름다운 모습을 계속 그대로 바라볼 수 있다. 나의 스승, 비알리스토크 랍비 주르는 늘 내게 이렇게 말했다. "모셸레, 두 눈만 감는다고 제대로 볼 수 있는 건 아니란다. **상상**할 줄 알아야 해. 모셸레, 그건 최고들에게만 주어지는 보기 드문 재능이야. 다른 이들은 그저 눈만 감을 줄 알지." 랍비 주르의 말이 옳다. 아무도 인류를 꿈꾸지 않는다면 인류는 영원히 창조되지 않을 것이다. 나는 두 눈썹을 아래로 내린 채 온 마음으로 그녀를 바라본다. 한쪽 귀퉁이에 피에로 델라 프란체스카의 서명이 있을 것 같은 그녀의 긴긴 드레스는 인간의 손을 탄 흔적이 또렷한데도 그 화려함을 조금도 잃지 않았다. 수단을 충분히 갖춘 최고 경찰이 그녀를 털끝만큼도 어쩌지 못한다는 얘기다. 저런 드레스를 그녀에게 제공한 자들은 어떨까……저런 의상이라면 엄청나게 비싼 대가를 치렀을 게 분명하다.

그녀는 잠시 그렇게 얼굴을 내민 채 가만히 있다. 플로리앙의 손이 아주 부드럽게 그녀의 눈썹을 스친다.

"먼지로군…… 자, 이제 됐어. 그 무엇도 당신의 완벽함을 퇴색시켜선 안 되지."

"난 늘 몸을 더럽힐까 봐 겁이 나" 하고 그녀가 말한다. "얼룩은 정말 싫어."

플로리앙이 뒤로 조금 물러나더니 시가를 입에 물고 두 엄지손가락을 양쪽 겨드랑이 아래 끼운 채 감탄 어린 눈길로 그녀를 바라본다. 그의 얼굴 표정에 자부심이 역력하다. 감동한 듯 좀 전보다 더 갈라진 목소리로 그가 말한다.

"아, 맹세컨대 당신을 바라본다는 건 환희가 아닐 수 없어. 나야 그저 늙은 뚜쟁이일 뿐이지만, 당신은 정말 이 세상 누구보다도 아름다워."

그녀가 미소를 지어보이며 손을 그의 팔에 올린다.

"당신은 친절해. 게다가 당신은 적어도 사랑할 줄을 알아."

"고마워. 그야 난 필요한 걸 가졌으니 그렇지. 아니, 그들이 가진 걸 갖지 않았기 때문이라고 해야겠군. 그들에겐 정말…… 현실이 그득해. 넘치고 넘쳐. 그러니까 그들은…… 에헴! 자기들 육체 때문에 불구인 거야. 생리니, 신체 기관, 이런 게 진짜 불구란 말이야."

그녀가 잠시 망설이다가 입을 연다.

"플로리앙……."

"왜 그래. 뭐든 말만 해. 당신이 한마디만 하면 내가 녀석들을 모조리 해치워주지."

"플로리앙, 지금까지 내가 사랑한 이는 당신뿐이었다고 말해도 될까? 사실 언제나 난 마음속으로, 내가 찾는 것을 줄 수 있는 이는 오직 당신뿐이라고 생각했어. 한데 당신이 날 원치 않아. 당신은 내가 괴로워하는 게 좋은가 봐."

그러자 플로리앙의 미소가 선명하게 드러나더니 오랫동안 얼굴에 머문다. 덕택에 나는 마침내 이 작자의 깊은 본성을 알아본다. 시작도 끝도 없는, 절대적이고 총체적인 냉소주의, 인간 주위를 배회하는 영원의 미소 그 자체다.

"여보, 당신이 내 입장이 돼봐. 내가 당신을 통째 취해버리면 내게 남는 게 뭐가 있겠어? 어린 새들, 꽃들? 쳇! 아마 불만을 견디다 못해 나 자신마저 잡아먹어버릴 거야…… 그러니 너무 낙담하지 마."

그러고 나서 그는 사뭇 연극적인 몸짓으로 팔을 치켜 올린다. 알고 보니 이 자식 속에 엉터리 연극배우가 들어앉아 있다. 멜로드라마를 꽤나 많이 본 모양이다. 그가 선언하듯 말한다.

"인간의 어떤 모험도 절대 등지지 못할 희망을 수많은 매미들의 목소리로 노래하는 이 대지의 소리 좀 들어봐……."

생각보다는 제법이다. 세르반테스의 문장. 이런 표절자!

그녀가 화가 나 발을 구르며 말한다.

"날더러 그런 매미들을 데리고 뭘 어쩌라는 거야?"

플로리앙이 약간 당황해 하며 말한다.

"하지만 여보, 당신은 좀 전에도 한 사람을 행복하게 해줬잖아. 그것도 나름 의미가 있어."

좀 낫다. 그녀는 선행을 좋아한다.

"플로리앙, 날 이해해주는 이는 당신뿐이야. 난 말이지, 진짜 사랑, 아주 위대한 사랑이란 서로 만나지 않는 두 존재가 아닐까 하는 생각이 들어."

"그래, 그거야말로 아주 아름다운 일일 거야."

나도 은근한 감동에 젖는다. 살아생전에 내가 아주 위대한 사랑을 했음을 미처 깨닫지 못했다. 나는 죽는 날까지 내 생의 여인을 만난 적이 없다.

그렇게 내가 과거의 행복을 곱씹고 있을 때 릴리가 돌연 비명을 지른다. 나는 눈앞의 광경에 어안이 벙벙해진다. 플로리앙이 울고 있다. 그렇다, 처음으로 그가 다른 사람들의 눈물이 아닌 눈물을 흘린다.

"플로리앙! 지금 우는 거야? 당신이!"

"산다는 게 참 고달파!" 하고 플로리앙이 외친다. "가끔은 나도 지긋지긋해."

"아니, 대체 무슨 일이야?"

"무슨 일은 무슨 일…… 가끔은 나도 뭐랄까…… 나도 할 수 있었으면 하는 때가 있다고…… 하도 오랫동안 저들을 살펴보다 보니…… 결국 이런저런 생각이 드는 거지 뭐!"

"뭘 바라는데? 뭐가 하고 싶은데?"

"글쎄, 하여간 누구도 완벽하진 않아."

"오 플로리앙…… 그래선 안 돼!"

"인간이 되고 싶다는 얘기가 아냐. 그건 싫어. 한데 이젠 자꾸 그들에게 신경이 쓰여."

"그들을 부러워해서는 안 돼."

"내 말은 그저 그게 대단히 좋아 보인다는 거야. 그들이 고집부리는 거만 봐도 그렇잖아."

"하지만 그들은 금방 지나가버려! 플로리앙, 그건 누구보다도 당신이 더 잘 알잖아. 그들은 그저 지나갈 뿐이야. 거의 순식간에 물러가버린다고. 하루살이들이야! 입으로는 늘 천년 가는 걸 세우겠다고 떠들어대지만, 작업을 시작하자마자…… 천년! 웃기는 소리야."

"그래, 나도 알아, 늘 오래 지속되길 꿈꾸지…… 그 증상은 누구나 알아. 하여간 모두 다 성불구야."

이제 그는 완전히 평정을 되찾은 것 같다.

"엑스터시니, 낙원이니, 한 번도 맛본 적 없는 행복이니 하고 떠들어대지만, 결국은 골골거리다가 등을 깔고 나자빠져버려."

"그런 걸 삶이라고 한다니까! 어쨌거나 여보, 그나마 그것도 그들 나름으로는 소득인 거지 뭐."

나는 나도 모르게 릴리에게 가까이 다가간다. 사실 나 같은 자는 가만히 있어야 마땅하다. 나는 그런 존재니까. 한데 그게 뜻대로 되지 않는다. 나는 불가항력적으로 그녀에게 끌린다. 그건 우리 같은 게토 몽상가들에게는 유전 같은 거다. 우리는 추상적 관념을 사랑하기로 유명하지 않은가. 플로리앙이 내게 비웃는 듯한 시선을 던진다.

"내 이럴 줄 알았지. 그저 소득 얘기만 나오면……."

나는 웃으며 말한다.

"당연하지 않나요? 사실 그들은 아우슈비츠 잔해 위에 증시나 은행을 세웠어야 했소. 그랬으면 우릴 소생시켰을 겁니다."

슈바르체 쉭세(계속)

나는 좀 더 가까이 다가간다. 릴리는 내 쪽은 신경도 쓰지 않는다. 미소조차 지어주지 않았다. 좀 전의 내 얘긴 꽤 재미난 얘기였는데도 말이다. 그것은 우리 최초의 폭소 대작, 유대 레퍼토리 중에서 가장 유명하며 샤를로찰리 채플린의 애칭에게도 많은 영감을 준 작품 〈보편적 사랑〉으로 전 세계에 유명해진 카바레, 이론의 여지없는 이디시 최고의 카바레 **슈바르체 쉭세** 유머의 진수를 보여주는 것이었다.

플로리앙은 재미있어 하는 눈치다. 그는 손가락으로 장난하듯 나를 위협하며 말한다.

"콘 씨, 당신은 자신의 상처와 혹으로 우리를 성가시게 하려 드는군. 원하는 게 뭐요? 수억 중국인을 죽이기라도 해야겠소? 오로지 우리가 유대인 배척자가 아님을 증명하기 위해서?"

꽤나 재미난 얘기지만, 그래봤자 릴리는 우리 얘긴 듣지도 않는다. 그녀는 어느 프랑스 작가가 쓴 책, 『달빛 아래의 대묘지들』을 집어 들고 아무렇게나 뒤적거린다.

"그녀는 잡스러운 정사 따위엔 관심 없소" 하고 플로리앙이 내게 말한다. "머릿속에 대단히 큰 것들만 들어 있지."

나는 미소 짓고 말았지만, 그의 말이 좀 심하다고 생각한다. 사실 이렇게 지체 높은 사람 앞에서 그런 추잡한 말을 해선 안 되는 거다.

"시간을 보내려면 웃을 줄도 알아야 하는데 말이요" 하고 그가 덧붙인다. "영원을 살려면 오락도 필요하고, 사회적 유희, 짓궂은 장난도 필요하고, 속임수도 필요하고 그런 거지…… 게다가 인간은 바로 그렇게 창조된 것 아닌가."

나는 더는 그의 말을 듣지 않는다. 그녀에게 좀 더 가까이 다가간다. 머뭇거리며. 겸손하게. 나는 정말 그녀 눈에 들고 싶지만, 한편으로는 기분 좋은 두려움도 느낀다. 지팡이, 중산모, 짧은 콧수염과 커다란 구두 한 켤레만 있으면 그게 바로 나다.

플로리앙이 내 수작을 알아채고 조롱하는 표정으로, 아니, 아예 대놓고 비웃는 표정으로 말한다.

"자자, 콘, 그렇게 다정한 눈길만 보낼 게 아니라 적어도 인사말 정도는 건네야 하는 거 아니오!"

하지만 그게 무슨 소용? 그녀는 날 알아보지도 못할 거다. 그녀는 기억력이 나쁘다.

릴리는 뿌루퉁하다. 책을 내려놓고는 침울한 표정을 짓는다. 주변 가이스트 숲이 전에 없이 예뻐 보이려고 애쓰지만 그녀는 그런 줄 알아채지도 못한다. 뒤러의 대형 작품들이 그녀 앞에 펼쳐지고, 이탈리아 원초주의 화가들이 풍경을 다듬고, 〈오르가즈 백작의 매장〉이 그녀 눈앞을 지나가고 또 지나가고, 라파엘이 게루빔들을 동원하여 옷자락 바스락거리는 소리를 내며 그녀 주위를 돌게 하지만, 그런 게 다 무슨 소용, 그녀는 현실을 꿈꿀 뿐 양보하지 않는다. 절대의 잔돈 따위는 그녀 관심을 끌지 못한다.

"릴리, 이분 좀 봐. 누군지 알겠어? 징기스 콘 씨야. 당신의 옛 고객. 늘 당신에게 봉사하고 싶어 하는 충실하고 다정한 연인이시지. 뭐라고 인사말이라도 좀 건네."

"안녕하세요" 하고 그녀가 완벽하게 무심한 어조로 말한다.

나는 더욱더 죽을 것만 같다.

"저런, 릴리, 아무리 그래도 그렇지! 이 콘이란 분 기억 안 나? 그에게 그런 짓을 해놓고!"

"아주 좋았지요!" 하고 내가 친절하게 말한다.

그제야 그녀에게 약간 생기가 돈다. 하지만 그녀의 시선은 꿰뚫을 듯 고정된 시선이다. 불능에 상처 입은 일부 여성들이 곧잘 보이는, 마치 당신을 바라보되 보지 않고 통과해버리는 그런 시선이다.

"정말 미남이시네! 저 이마! 플로리앙, 저 이마 좀 봐……."

이번엔 플로리앙도 충격을 받은 것 같다.

"아냐, 당신은 이미 그를 해치웠어! 지금 저런 상태에 있는 그를 또 해치울 생각이야? 릴리, 아무리 그래도 그건 너무하잖아!"

"저 두 눈 좀 봐, 플로리앙……."

나는 나 말고 또 누구 사랑에 빠진 이가 있나 싶어 얼른 뒤돌아본다. 천만에, 그녀가 한 번 더 하고 싶어 하는 이는 바로 나다.
마즐토브.

"저 눈 좀 봐, 플로리앙…… 어쩜 저리 깊지! 저 눈 속에서 살면 얼마나 달콤할까, 플로리앙, 영원히 저 속으로 피신해버리면 말이야!"

"맙소사, 그만 좀 해! 부끄럽지도 않아? 당신은 그를 이미 해치 웠다고 했잖아!"

"아 그래?"

"그래!"

"유감이네. 그래서 결과는?"

"뭐? 결과가 어땠느냐고? 아무것도 없었지. 참, 미치겠군. 난 기 대조차 하지 않았어…… 어쨌거나 릴리, 적어도 기억은 해야 할 거 아냐! 아무리 그래도 말이야!"

"콘입니다" 하고 내가 머뭇거리며 말한다. "징기스 콘. 언제든 분부만 내리십쇼."

"모르겠어."

"릴리!"

그녀가 살짝 고집스러운 표정을 짓는다. 이제 보니 그녀에게 말 괄량이 기질이 다분하다!

"나더러 어찌 그 모든 사람을 다 기억하라는 거야?"

"이건 예의 문제야!"

"플로리앙, 정말…… 당신은 마치 내가 색광녀인 것처럼 말하 네…… 내가 기억하지 못하는 건 그들이 어떤 인상도 남기지 않 았기 때문이야…… 내게 해준 게 아무것도 없어, 내 새끼손가락 하나 까딱거리게 하지 못했어……."

"릴리! 제발!"

"언제나 그들은 이런저런 핑계를 대고 빠져나가."

"모두 그랬던 건 아냐. 당신에게 전부를 준 이가 있잖아! 가만…… 이름이 뭐였더라…… 당신을 무척 사랑했는데…… 기억날 거야, 당신이 한입에 삼켜버렸지…… 아주 위대한 테너였어…… 당신은 짝을 찾은 줄 알고 김칫국부터 마셨고……."

"카뮈였나? 그래, 또렷이 기억나. 그의 책을 읽었지. 하지만 그게 책 갖고 되는 일이 아니라……."

"그만 좀 해! 더구나 그 사람도 아냐…… 가만…… 다섯 글자로 된 이름인데…… J로 시작해서 말이야……."

그녀를 도와주고 싶어 내가 말한다.

"쥘?"

"천만에, 젠장, 쥘은 무슨…… 전혀 아니오. 맙소사, 나머지는 기억이 안 나네……."

"그럼 자프? 포그롬스카 거리에 사는?"

"전혀…… 아 그래, 예수, 나사렛 예수, 그래도 아무 생각 안 나?"

"생각나고말고. 어디선가 그의 책을 읽은 것 같아."

"그의 책, 그의 책을 말이야? 이런 젠장, 그와의 일은 당신 일생일대 최고 사업이었어!"

이번만큼은 나도 짜증이 난다.

"그만하시오! 언제까지 계속 그렇게 우릴 비난하실 거요? 우리 유대인들은 그저 사업밖에 모른다고 말이오. 그가 대체 무슨 사업을 했다는 건지 말씀해주실 수 있소? 그런 사업이라면 내 친한 친구들에게 절대 권하지 않을 거요."

그녀는 걸작 취미가 있다

바로 여기, 이 가이스트 숲에서 플로리앙을 알게 된 이후, 기분
이 몹시 상해 화를 내는 그의 모습은 이번이 처음이다. 그러는 그
가 이해된다. 그는 예수의 십자가형과 그 결실인 빼어난 예술에
큰 자부심을 품고 있었다. 사실 그는 르네상스기에 탄생한 모든
경이로운 예술의 책임자가 바로 자기라고 생각할 것이다. 한데 릴
리는 한사코 그저 무심한 표정만 짓고 있다. 세상에, 그걸 기억조
차 하지 못한다.

"릴리! 그 일로 당신은 하나의 거대한 **역사**를 이루었잖아! 그것
이 당신에게도 뭔가를 해준 것 같은데. 성당들, 하나의 문명, 더
없이 아름다운 노래들…… 회한, 오열…… 고행!"

나도 나서서 그녀에게 약간 불평을 쏟아낸다!

"양초만 해도 그 비용이 얼마나 될지 생각해보셨나요?"

그녀는 그런 얘기가 지겹다. 발을 구른다.

"정말 지겨워 죽겠어! 여자에게 생전에 사랑한 모든 남자를 기
억하라고 요구할 순 없는 거야!"

플로리앙이 분노로 하얗게 질린다. 그가 자기 본래 색깔을 되

찾는 모습이 놀랍다. 목소리가 탁해지고, 냉혹한 늙은 뚜쟁이의 깊고 은밀한 추잡함이 다시 한 번 완전히 본색을 드러낸다.

"제기랄, 정말 화를 내지 않을 수가 없군……."

"아무래도 전 이만 가보는 게 좋을 것 같아요" 하고 내가 기민하게 말한다.

"얼씨구, 또 달아나시려고. 당신들은 언제나 포성만 울리면 이렇게 달아날 궁리부터 하지."

"삼가는 거지요. 아시다시피 부부 싸움이란 게……."

"그래요. 휴머니스트들, 그들은 언제나 때맞춰 눈을 감아버리지. 그녀가 본색을 드러낼 때 말이오. 그러곤 이렇게 말합니다. 그녀 짓이 아냐, 나치들 짓이야! 그녀 짓이 아냐, 스탈린 짓이야! 그들에겐 그게 절대 그녀 짓이 아니고, 그녀는 한 번도 개입한 적이 없지. 콘, 촛대를 들고 여기 그대로 있으시오. 몰래 엿보려 하지 말고 사태를 정면으로 주시하란 말입니다."

"좋습니다. 그렇게 하지요. 어쨌든 전 자리 값은 이미 선불로 지불한 셈이니."

플로리앙이 얼마나 화가 나고 흥분했는지 그에게서 이는 찬바람에 오한이 날 지경이다. 나는 두 엉덩짝을 움켜쥔다. 물론 비유적으로 움켜쥔다는 말이다. 나야말로 정말 추상적 존재 아닌가.

"릴리, 사람이 좀 부주의할 수도 있고, 좀 변덕을 부릴 수도 있고, 좀 멍하게 있을 수는 있어. 하지만 누군가를 십자가형에 처해 그의 등 위에 사랑과 예술의 보물들로 2000년 가는 문화를 구축한 일을 어찌 잊을 수 있단 말이야. 당신은 늘 실망했다고 말하고, 모든 이들을 차갑고 작다며 비난하지만 ―그건 그래, 맞는 말이야!—그러나 정말로 무한한 가슴을 가진 사람, 당신에게 **열정**을, 진정한 열정을 주고, 모범적인 뭔가를 보여준 사람, 온 세상 사람들이 찬미하고 무수한 이들이 따랐던 사람이 있다면 그런 사람을 기억하지 못해선 안 되는 거야!"

그녀가 생각에 잠기더니 맑은 얼굴로 말한다.

"오, 맞아, 이제 생각이 나네. 내가 무척 좋아했었지. 아주 예뻤어. 게다가 미켈란젤로가 좀 다듬어놓으니 한결 더 멋있었지. 정말 귀여웠어."

"귀여웠다고?" 하고 플로리앙이 외친다.

"사랑스러웠다고 할까. 게다가 그 이마! 그 이마는 정말! 거기에는……."

"그만해! 닥쳐! 더 이상 지껄이지 마!"

"그의 두 눈은 정말 아름다웠어. 거기에 고통이 가해지면 한층 더 아름답게 변했지……."

어느 순간 나는 플로리앙이 저러다 숨이 넘어가지 않을까 하는 생각이 들었다. 그의 호흡이 거칠게 씩씩거린다. 요강 같은 그의 눈동자가 돌연 어떤 모욕당한 고결함을 표현한다. **하인**은 **주인**의 진노를 두려워한다는 걸 나는 안다.

"조용! 검열이야! 종교재판감이라고! 경찰과 금지……."

릴리의 두 눈이 달콤함에 잠겨 있다.

"나는 표정이 풍부한 얼굴이 좋아" 하고 그녀가 매우 육감적인, 약간 쉰 아가씨 목소리로 중얼거린다. "고통은 뭐라 형언할 수 없는 그런 표정을 줘…… 그는 십자가 위에서 아주 멋있었어. 그만한 가치가 있었어……."

"큰일 나고 싶어!" 하고 플로리앙이 큰 소리로 외친다.

"이미 났었죠" 하고 내가 말한다. "걸작을 만들려고 **그분**을 이틀 동안이나 그 위에 내버려둔 게 누구죠? 당신들이죠."

"말도 안 되는 소릴! 난 어쩔 수 없이 사태를 자연스러운 흐름에 맡겨두었을 뿐이오."

"그런 흐름이라면, 내 친한 친구들에겐 그런 것이 닥치지 않길 바라요."

릴리가 이제 약간 멸시하는 눈으로 그를 바라보며 말한다.

"당신은 좀 무식한 것 같아, 플로리앙. 만약 **그분**이 고통 받지 않았다면 인류에게 얼마나 큰 손실이었겠어! 당신은 미학을 전혀 이해하지 못해."

"릴리!"

나도 나서서 그녀를 거든다.

"사실 말이지, 예술적 성향을 갖는 건 죄가 되지 않아요. 그녀 말이 맞아요. 2000년 전에 당신들 두 분이 그런 불행을 만들지 않았다면 문화에는 어마어마한 손실이었을 겁니다. 아이콘 하나 없는 세상을 생각해보셨나요? 비잔틴 예술도 르네상스도 없는, 아무것도 없는 세상. 선의도 우애도 없고, 보편적 사랑도 없고 말입니다. 그녀가 날 십자가형에 처하지 않았다면 세상이 어찌 되었을지 생각만 해도 몸이 떨립니다. 야만 그 자체죠!"

플로리앙이 기가 막힌다는 듯이 말한다.

"콘, 지금 농담하는 거요? 이젠 당신이 누구라고 생각하는 거요?"

그녀가 사람의 화를 녹이는 진정 어린 놀란 표정을 지으며 빛의 머리카락—피렌체, 베네치아, 첼리니의 모든 예술이 그녀 머리 단장을 하는 것 같다—을 흔든다.

"내가 어찌 그걸 잊을 수 있겠어요? 난 거기서 걸음을 멈추고서, 여러 가지 주문을 내리려고 발길까지 돌렸는데……."

"고마운 일이었습니다" 하고 내가 말한다. "정말이지 그녀는 무엇 하나 소홀히 하지 않았어요. 못 하나하나가 정성스럽게도 살아 있는 디테일로 작품 속에 박혔고, 상처 하나하나가 이미 지오토와 치마부에를 예고했죠. 피도 살짝 흘렸습니다. 훗날 거대한 강이 될, 눈에 잘 띄지 않는 샘처럼 말입니다. 뼛조각들도 모두 해체되었는데, 이미 거기서 사람들은 고딕의 정수를 예감했죠. 다만 처형 규모가 좀 작은 듯해, 사람들은 언젠가 작품을 좀 확대해서 서사적 규모로 만들 필요가 있다고 느꼈습니다…… 그래서 20세기나 기다려야 했고, 이제 거기 도착했지요."

내 느낌에 플로리앙이 나를 경계하기 시작하는 것 같다. 그는 아주 주의 깊게 나를 관찰한다. 하지만 내가 그들이 보는 앞에서 면류관을 쓴 채 못이 모두 제자리에 박힌 모습으로 산책할 거라고 생각한다면 그건 미친 생각이다. 그런 나를 본다면 급히 나를 본래 자리로 되돌려 놓으려 하지 않겠는가.

플로리앙은 약간 망설인다. 혀로 두 입술을 핥는다. 그가 불안해하는 것도 당연하다. 우선 그는 주문을 받지 못했다. 게다가 그는 내가 아직도 릴리를 사랑한다는 걸 인정할 수 없다. 내가 진짜 나라면 말이다. 내 입장에선 그녀를 몹시 원망할 수밖에 없다는 것을 그는 안다. 그녀가 내게 2000년 전에 한 짓 때문이 아니라 그 이후에 그녀가 계속해온 그 모든 일들 때문에 말이다.

그가 릴리 쪽을 돌아본다. 그녀는 입가에 경이로운 미소를 짓고 있다. 분명 이번만큼은 그녀가 기억을 하는 것 같다. 다시 한번 그가 나를 바라본다. 나는 신비로운 표정을 짓는다.

얼마나 불안해하고 있었던지 릴리 목소리가 들리자 그가 화들짝 놀란다.

"플로리앙, 난 몹시 감동했었어. 정말 그래. 거의 그랬다고 해야겠군. 처음으로 뭔가를 느꼈지만 부족한 게 있었어……."

"뭐가?" 하고 플로리앙이 신경질적으로 말한다. "뭐가 또 부족했다는 거야?"

"모르겠어. 아무것도 아닌 뭔가가……."

그녀가 손가락을 퉁겨 딱 소리를 낸다. 드디어 기억이 나는 모양이다.

"아 그래, 알겠어. **그게 너무 빨랐어.** 충분히 오래가지 못했어. 그걸 너무 빨리, 너무 거칠게 해버린 거야."

플로리앙의 하얗고 뾰족한 두 코가 분노의 콧소리를 낸다. 얼마나 흥분했는지 그에게서 풍기던 약간 쌀쌀한 기운이 얼음장 같은 바람 줄기가 된다.

"릴리, 자꾸 그러면 나 진짜로 화낼 거야……."

내가 그를 진정시키려 든다.

"그래선 안 돼요. 그녀 말도 일리는 있어요. 내가 그 위에서 겨우 이틀밖에 머무르지 않았잖아요. 정말 아무것도 아니지."

"그는 정말 아름다웠는데!"

그녀가 잠시 생각에 잠긴다. 짓궂은 미소가 입술에 떠오른다.

"플로리앙."

"또 뭐야?"

변덕스러운, 그러나 사뭇 권위적인 어조로 그녀가 말한다.

"한 번 더 하고 싶어."

플로리앙의 시선에 공포의 그림자가 어른거리는 것 같다.

"그 십자가형은 정말 멋졌어. 플로리앙. 한 번 더 하고 싶어."

"뭐…… 뭐…… 뭐라고?"

"한 번 더 그렇게 하고 싶다고."

플로리앙이 놀라 입을 크게 벌린다. 벌어진 입이 얼마나 컸던지, 내 눈앞에 알렉산더 대제가 있는 것 같다.

"릴리, 그건 말도 안 돼! 뭐…… 뭔 소린지 잘 듣지도 못했어. 이젠 하도 늙어 귀머거리가 되었나 봐."

"당신 청각을 망가뜨린 건 바로 그 모든 어머니들이에요" 하고 내가 그를 안심시키려고 말한다. "소음은 정말 아주 고약하죠."

"릴리, 당신 부끄럽지도 않아?"

그녀의 두 입술이 떨린다. 금방이라도 그녀가 눈물을 흘릴 것 같다. 이제 나는 내가 해야 할 일이 무엇인지 안다.

아름답고 푸른 도나우

세상에서 가장 아름다운 태피스트리, 금빛 찬란한 전설, 공주가 숭고한 빛 속에서 울고 있는 모습을 상상해보라. 그럼 여러분도 알 것이다. 우스꽝스럽고 멸시받는 나, 시시하고 별 볼일 없는 위인, 날레브스키 거리 출신의 이 콘이 돌연 뜻밖의 기회를 얻게 되었을 때 어떤 느낌이 들지 말이다.

"한 번 더 그러고 싶어! 언덕 위, 올리브나무들 틈에서, 아주 멋진 뭔가를……."

나는 한 걸음 앞으로 나아가며 말한다.

"제가 당신 마음에만 들 수 있다면 정말 행복할 거예요."

플로리앙이 화를 낸다.

"마조히스트! 타락한 자! 여기서 썩 꺼지시오, 콘, 그녀는 당신에게 물렸단 말이오!"

릴리가 나를 주의 깊게 바라본다. 나는 달콤한 감동을 느낀다. 새로운 공헌으로 문명이 풍요를 누릴 것 같은 느낌이 든다.

"뭐든 분부만 내리십쇼."

플로리앙이 내게 몹시 역겨워하는 듯한 눈짓을 날린다.

"그저 신나게 즐길 생각뿐이군!"

"당신하곤 이미 했던 것 같은데" 하고 릴리가 말한다.

"말이라고!" 하고 플로리앙이 휘파람을 불며 중얼거린다. "비누는 계산에서 빼고도 600만이었어!"

그녀가 나를 향해 두 팔을 벌린다.

"그래도 당신과 춤을 추고 싶어요. 난 왈츠를 몹시 좋아해요."

플로리앙이 끼어들려고 한다.

"그하고는 이미 왈츠를 많이 췄다니까 그러네!"

그녀가 가까이 다가온다.

"그래. 하지만 새 스텝을 가르쳐주고 싶단 말이야……."

"늘 똑같은 스텝이야!" 하고 플로리앙이 외친다. "콘, 늦기 전에 얼른 달아나요! 요강 같은 마조히스트가 아니고서야 어찌 그녀를 만족시키려 들 수 있단 말이오!"

그녀는 완전히 내 쪽으로 기울어 있다. 무슨 말을 해도 좋다만 그녀가 고객을 알아볼 줄 아는 사람인 건 분명하다.

"이리 오세요, 가만…… 성함이 뭐랬더라?"

"콘, 검열당한 이디시 희극배우 징기스 콘입니다. 분부만 내리십쇼."

"콘 씨, 이리 오세요. 우리의 가장 아름다운 마지막 왈츠가 될 거예요!"

여러분이 믿거나 말거나 전설의 공주가 나를 품에 안는다. 그러자 곧바로 바이올린들이 구덩이, 아니 오케스트라 박스에서 소리를 내기 시작하고, 나는 발뒤꿈치를 들고 리듬에 몸을 싣는다……

"빌어먹을, 〈아름답고 푸른 도나우〉라니!" 하고 플로리앙이 외친다. "당신들 설마 또다시 이 닳고 닳은 옛 가락에 맞춰 사랑을 나눌 생각은 아니겠지!"

"좀 더 가까이, 좀 더 가까이" 하고 릴리가 속삭인다. "좀 더 꼭 껴안아주세요…… 그렇지, 그렇게……."

어떤 기이한 달콤함, 경이로운 도취가 나를 사로잡는다. 나는 비틀거린다. 머리가 핑 돈다.

"미…… 미안합니다만……."

나는 그녀를 놓아주고서 손으로 목을 움켜쥔다. 숨이 막히기 시작한다…….

"이런 바보!" 하고 플로리앙이 외친다. "얼간이! 등신 같은 휴머니스트!"

"괜찮아요!" 하고 릴리가 말한다. "〈아름답고 푸른 도나우〉가 당신 머리까지 차오르는 거예요……."

천만에. 이건 그녀에게서 오는 거다. 그녀의 향기. 내가 잘 아는 향기다.

"가스가……" 하고 내가 중얼거린다. "미안합니다만 당신에게서 가스 냄새가 나는군요!"

"등신!" 하고 플로리앙이 쏘아붙인다. "내가 분명히 말했잖소! 새 스텝은 무슨! 늘 똑같은 스텝이라니까!"

지금, 나는 혼자 춤춘다. 왈츠를 추는 게 아니다. 아주 오래된 우리 유대인들의 춤이다. 릴리가 박수를 치며 말한다.

"정말 멋지군요! 이건 무슨 춤이죠?"

"호라야…… 유대 호라" 하고 플로리앙이 말한다. "마치 뜨거운 숯불 위의 고양이들이 그러듯 그들이 아주 자연스럽게 배우게 된 춤이야. 민속춤이지. 러시아 기병들이 가르쳐준 거야."

릴리가 박자에 맞춰 손뼉을 친다.

"브라보, 브라보!"

영문을 모르겠지만 이제 나는 춤을 멈출 수가 없다. 두 눈이 튀어나올 것 같다, 바이올린 활들이 전속력으로 움직이고, 갈색 셔츠 차림의 나치 청중이 보인다, 모두 나를 에워싸고서 박자를 맞추고 있으나, 무리 중 한 명만은 웃으면서 카시드 유대인의 수염을 잡아당기기에 바쁘다, 그 유대인 역시 상냥한 표정으로 웃고 있다, 두 사람 다 후세 쪽을 바라보고 있다.

"사…… 사람 살려! 이젠 멈출 수가 없소!"

문득 날 구하려고 웬 강력한 손이 붙잡는 것이 느껴진다, 전 이스라엘의 마지막 **사브라** 한 명까지 모두 이곳에 모인 듯한 느낌, 나라 전체가 내 엉덩이에 세찬 발길질을 해대며 나를 과거 쪽으로 밀어붙이는 느낌이 든다.

"브라보, 잘했수다!" 하고 플로리앙이 말한다. "당신도 당신의 민속춤도 보기 싫으니 이제 그만 가주시오! 유대 민속춤은 지긋지긋하오!"

독일의 기적

나는 다시 덤불 속에 있다. 머리가 어질어질하고 땅이 꺼질 것 같다. 나는 뭔가에 매달려 버둥거리다가 마침내 시각을 되찾는다. 알고 보니 내가 두 손으로 샤츠 다리를 움켜쥐고 있다.

"이것 놔!" 하고 그가 외친다. "안 그래도 내게 골칫거리들이 잔뜩 있는 줄 모른단 말이오?"

아닌 게 아니라 그에게는 골칫거리들이 있다. 그는 한 무더기 골칫거리들 속에 빠져 있는데, 그게 정확히 어떤 성격의 것인지는 모르겠으나 거기에 염소 한 마리, 숙모 셋, 열 명에 버금하는 장모 한 명, 12권짜리 라루스 대백과가 있는 줄은 안다. 그래도 따끈따끈한 우편물을 아직도 한가득 지닌 어린 집배원만큼은 밀쳐내보려고 욕을 하며 용을 쓰고 있다. 그를 도와주고 싶지만 내게도 골칫거리들이 많다. 소금통 하나가 눈으로 날아들고 자전거펌프가 속을 썩이는 데다, 이제 보니 모나리자가 내 품에 안겨 있고 각종 제수 용품들이 나를 에워싸고 있다. 그것들 중 내가 알아보는 건 염소 한 마리, 열 명에 버금하는 장모 한 명, 부처 셋, 스탈린 둘, 아주 깨끗한 마오쩌둥 여섯 켤레, 후광이 위로 비죽 솟아나온 성자들 한 톤, 한 침대 이불 위의 마르크스와 프로이트 삽화가 들어간 카마수트라 하나, 이쑤시개 하나, 크메르 미술 10킬로그램, 드골 하나, 젠Zen 속바지 두 벌, 상태가 양호한 오이디푸스 콤플렉스 열여덟 개, 뤼드의 〈라 마르세예즈〉, 민주주의가 가득한 가축용 짐칸 열 개, 적화론 세 개와 최신 황화론 하나, 베르메르 한 점과 함께 팔린 고대 인피 전등갓 하나, 연민 가득한 제롬 보슈의 엉덩이 하나, 생 쉴피스의 그리스도 한 세트, 유대인의 고통이 가득 든 구두 스무 켤레, 동전을 넣을 때마다 피를 흘리는 심장 한 세트, 아직 사용 가능한 문명 열셋, 완전히 고장 난 〈자유냐 죽음이냐〉 하나, 나병 환자에게 하는 키스 하나—그래서 나병 환자가 병에 걸렸지만—휴머니스트 오페라 50편, 백조의 노래 한 곡, 악어 눈물 하나, 클리셰 100억 개, 어디에도 도착한 적 없는 사이클 선수, 아직도 세계교회운동이 가득 밴, 나의 친애하는 스승 비알리스토크 랍비 주르의 웃옷 등이다. 이 자식의 잠재의식은 정말 쓰레기 처리장이다.

우리는 빠져나와보려고 애를 쓴다. 그러나 발아래 땅이 푹 꺼진다. 물렁물렁하고, 약하고, 부드럽다. 그래도 이 위에 천년 가는 건축물을 세울 수 있다.

샤츠가 아주 역겨운 듯 소리친다.

"역겨워! 내가 분명히 말했잖소, 우리가 아주 더러운 색골 손아귀에 걸려들었다고!"

나는 주의 깊게 샤츠를 바라본다. 맞는 말이다. 나는 키득거린다.

"뭐요, 어째서 그런 눈으로 나를 바라보는 거요?"

"당신 머리가 이렇게 생긴 줄 한 번도 눈여겨본 적이 없었던 것 같아요!"

샤츠가 화를 낸다.

"나에 대한 모욕은 좀 그만두면 안 되겠소? 당신은 지금 이자가 우릴 엿 먹이려 하고 있는 줄 모르겠소?"

나는 더는 웃음을 멈출 수가 없다. **영주들** 족속의 잘난 남성성이 마침내 이 샤츠라는 인물에게서 완전하게 구현되었구나 하는 생각이 나를 희망으로 채운다. 나는 독일의 기적이 이 정도까지 될 줄은 미처 생각하지 못했다.

"당신 아무래도 다시 한 번 시도해보셔야 할 것 같아요" 하고 내가 그에게 말한다. "아마도 당신은 그녀를 만족시킬 수 있을 거예요. 당신은 꼭 필요한 머리를 가졌으니까요. 다시 해보세요, **마인 퓌러!**나의 지도자! 사실 첫 번은 너무 빨리 물러나버리신 거예요."

"콘, 당신은 아직도 깨닫지 못하는 것 같소이다! 이자가 우릴 파괴하려 한단 말이오!"

나는 생각에 잠긴다. 만약 랍비 주르가 아직도 성직자로 활동하고 있다면 내게 어떤 조언을 해주었을지 상상해본다. 언제나 사람들은 유대인들이 파괴적인 데가 있다고, 그들의 유머 자체가 일종의 비무장 공격이라고 주장했다. 가능한 얘기다. 우리는 몽상가 민족이요, 그래서 우리는 천지창조가 이루어지리라는 기대를 그만둔 적이 없으니까. 그래서 여러 가지 탈무드적인 생각이 머리에 떠오른다. 1. 어쩌면 이자는 인간들을 잠재의식에서 해방하여 광명으로 인도하기 위해 마침내 도래한 메시아인지도 모른다. 2. 어쩌면 지금 우리는 우리에게서 해방되어 평화를 얻고자 하는 신의 잠재의식 속에서 허우적거리고 있는지도 모른다. 3. 그게 아니라 진짜로 누군가가 세상을 창조하고 있는 중이요 그가 시작의 시작, 즉 우리를 성가시게 하는 온갖 잡동사니들을 쓸어내기 시작한 거다. 4. 이 자식은 그냥 개자식이다.

이처럼 내가 현 상황을 어떤 방향으로 이해해야 할지 고심하고 있을 때, 숲속 공터 쪽에서 고함치는 소리가 들린다. 나는 릴리에게 어떤 불행이 닥친 게 아닐까 하는 생각이 든다. 만약 지금 정말로 천지창조가 일어나고 있다면 인류로서는 모든 것을 두려워해야 하니 말이다. 나는 수풀을 헤치고 무슨 일인지 살펴본다. 플로리앙과 릴리가 한창 말다툼을 하고 있다. 아하! 어쩌면 정말 종말의 시작인지도 모른다. 저러다 자칫 플로리앙이 이성을 잃기라도 하면, 격분을 못 이기고 그녀를 살해해버릴 수도 있다. 나는 뭔가 고차원적이고 교묘한 신의 술수가 개입하고 있음을 꿰뚫어본다. 하지만 나를 볼오방 파이로 만들어버리지 않고서야 어림도 없다. 내가 이 자리에 있는 한 나는 그녀를 지켜줄 것이다. 그녀는 여전히 그녀일 뿐이지만, 나는 내가 그토록 사랑하는 마음으로 상상해낸 그녀와 호락호락 헤어지지 않을 것이다. 어림도 없다. 그들이 세상을 창조하는 데야 얼마든지 동의한다만, 그러나 그것은 그녀와 더불어 그녀를 위한 창조여야 한다. 그녀가 대단한 걸 요구하는 것도 아니잖은가! 그녀는 그저 행복해지고 싶을 뿐이 잖은가.

플로리앙이 그녀에게 큰 소리로 외친다.

"이제 그쪽은 그만! 좀 바꿔서 미국인을 시도해보라고! 그들은 아직 아주 신선하잖아! 유대인은 지긋지긋해! 당신은 도대체 습관을 못 버리는 것 같아!"

나는 그런 저속한 말에 깜짝 놀란다. 릴리도 고함을 지른다. 전설의 공주가 아니라 분노의 여신이다. 얼굴이 증오로 일그러져 있다. 금빛 머리카락이 희한하게도 새까맣게 변했다. 필시 심신 의학적 현상이겠지만, 어쨌든 나로선 마음이 편치 않다. 그녀의 용모가 아주 뚜렷하게 그리스형, 나아가 집시형이 된다. 아니, 더욱 고약하게도 지금 그녀는 내 사촌 사라를 닮아간다.

"질투를 하는군! 당신은 이제 날지도 못하는 목쉰 까마귀일 뿐이야!"

"그러는 당신은 욕망이 철벅거리는 더러운 물이고!"

"장의사! 영혼까지도 팁을 받는 천한 종!"

"전 역사가 밟고 지나간 차가운 담배꽁초!"

"둘 다 욕설이 아주 심하네" 하고 내 옆에서 샤츠가 중얼거린다. 대단한 통찰력이다.

릴리가 증오를 폭발시키며 플로리앙에게 달려드는데, 그 모습을 보자 우리의 문학 유산 중 최고로 아름다운 이미지들이 떠오른다. 펄쩍 뛰어오르려는 표범, 격분한 분노의 여신, 뤼드의 〈라 마르세예즈〉〈사비나 여인들의 납치〉〈샤를로트 코르데〉, 영원한 여성과 문학의 그 지고한 실현, 번개를 쏘는 눈들.

"자! 당신 얼굴에 침을 뱉어주겠어!"

"그녀가 불만이 많네" 하고 샤츠가 말한다.

"너의 입맞춤보단 차라리 그게 더 나아" 하고 플로리앙이 응수한다.

"그가 자꾸 싸우려 드네" 하고 샤츠가 지적한다.

하지만 그의 생각은 틀렸다. 그저 사랑싸움일 뿐, 이 세상 무엇보다도 결속이 단단한 이 완벽한 커플은 아직 헤어질 생각이 없다. 그들은 잠시 침묵을 지키다 불쑥 치솟는 애정과 격정과 감동을 못 이기고 서로에게 다가간다. 내가 두려워하던 대로다. 앞으로도 대규모 학살이 자행될 게 분명하다.

"오, 플로리앙, 우리가 지금 뭘 하고 있는 거지?"

"미안해 여보. 우리가 좀 피곤했나 봐. 잠시 쉬도록 해. 자, 여기 이 돌 위에 앉아 한숨 돌려."

"플로리앙, 내가 잘못 창조된 건 아닐까? 어쩌면 날 욕하는 사람들 말이 맞는지도 몰라…… 어쩌면 난 진짜 좀 불감증이 아닐까?"

그가 팔로 그녀의 어깨를 감싸며 적으나마 성의를 표한다.

"당신이 불감증이라고? 대체 어떤 녀석이 당신에게 그런 생각을 불러일으켰지?"

"어떤 책을 읽었어. 절대 도달하지 못하는 여자들이 있는가 보더라고."

"그거야 다른 여자들이 너무 쉽게 만족해버려서 그래. 물론 그녀들이야 늘 도달하겠지 뭐. 낙담하지 마, 여보. 계속 찾아봐. 당신의 영적 추구를 계속해야 해."

"사람들이 날 색광녀 취급할까 봐 너무 무서워!"

"어찌 그런 고약한 말을 해! 당신 입에서 그런 말 다시는 듣고 싶지 않아."

"당신은 그들이 일 착수 전에 어떤 일들을 요구하는지 몰라서 그래!"

"늘 진짜 영감이 없을 때 그래. 거시기들을 필요로 하지. 테크

닉. 시스템. 이데올로기. 기법. 그들에겐 사랑이 눈곱만큼도 없어. 불구들은 언제나 악습 쪽으로 이끌리는 거야, 여보……."

"정말 그래. 그래서 가끔은 그들이 내게 해달라고 요구하는 게 좀 더러운 짓이 아닌가 하는 생각까지 들어. 언젠가 베트남에서 말이지, 그들이……."

"잘 생각해봐, 그건 감정 문제야. 열정 없이, 사랑 없이 그걸 하면 말이야, 거기에 마음이 담기지 않으면 더러운 짓이 돼. 하지만 사람들이 이상에 따라 그걸 할 때, 사람들이 당신을 진정으로 사랑할 때, 그땐 전혀 역겹지 않아, 뭐든 할 수 있지."

"당신은 나한테 친절해, 플로리앙. 이해심이 참 많아."

"약간 심리학자가 된 것뿐이야. 그들이 당신한테 어떤…… 애무를 요구하더라도 너무 겁먹거나 놀라지 않아야 해. 그들의 남성성이 잘 발현되도록 도와주어야지."

"당신 말을 들으니 안심이 돼. 가끔은 그들이 내게 끔찍한 일을 시키는 것 같은 느낌이 들거든."

"그건 당신 머리에 걸작들이 가득 들어 있어서 그런 거야, 여보. 그래서 당신이 뭐랄까…… 좀 어려워지고, 좀 까다로워진 거지."

"오, 있잖아, 난 그들이 요구하는 건 뭐든 해. 뭐든. 물론 경험이 부족하지만……."

"히, 히, 히!"

그녀가 나의 웃음소리를 들었다. 도저히 참을 수가 없었다. 나로선 불가항력이었다.

"웃음소리가 들려, 플로리앙."

"별 거 아냐. 콘, 징기스 콘이라고, 당신이 예전에 이미 해치운 자야. 신경 쓸 거 없어. 도발에 능한 자지."

"물론, 난 경험이 부족해. 그래서 가끔 비난을 받아. 서투르다는 느낌이 들어. 언젠가 누군가 내게 무슨 말을 했는데 전혀 이해를 못했어. 아마 은어여서 그랬을 거야. 내가 충분히 암퇘지같이 굴지 않는다나……."

"아…… 흠! 너무 수줍어한다는 뜻이야."

"그는 경찰이었어. 난 경찰을 무척 좋아하는데 말이지."

"경찰도 당신을 무척 좋아해. 모두가 당신을 좋아해. 모두들 당신을 기쁘게 해주려 한다고. 당신이 다른 여자들보다 좀 더 어려운 건 말이지, 그녀들은 아주 작은 것으로도 만족해서 그래. 하지만 당신 영혼은 아주 커. 영혼이 크고 아름다울수록 쉽게 만족을 못해. 절대 취미는 어려운 거야, 여보, 아주 어려운 거야…… 진짜 절대는 그래. 그들이 하나같이 당신에게 던져주는 동전 나부랭이가 아니라……."

작은 절대

.

.

그새 나는 너무도 릴리에게 매혹되어, 이 커플 뒤쪽 저기, 이 공터의 저편 끝, 가이스트 숲이 다시 완전히 울창해지는 곳에서 무슨 일인가 벌어지고 있다는 사실을 알아채지 못했다. 샤츠가 내 팔을 잡아당기고, 플로리앙이 절대의 작은 동전에 관한 명상─나는 그것이 좀 무모하다고 생각하는데─을 하던 바로 그 순간, 리히트의 한 부르주아가 겨드랑이에 책을 낀 여드름투성이 학생을 데리고 등장하는 모습이 보인다. 젊은이는 망아 상태에 빠진 것 같다. 두 눈을 나무 꼭대기를 향해 치켜뜬 채 이상한 표정으로 걷는다.

"오, 아빠……."

"눈을 아래로 내려! 그런 건 바라보면 안 돼! 숲의 공기야 얼마든지 마음껏 마시렴. 의사 말이 그게 마음을 가라앉혀준다니 말이야. 하지만 눈은 아래로 내려! 그런 데 신경 쓰기엔 아직 너무 어려! 우선 공부부터 끝내. 그러고 나서 나중에 참한 아가씨 만나 결혼하면 돼."

아들이 갑자기 걸음을 멈추더니, 나의 모든 경험에 비추어볼 때 참 돼지 같다고 할 수밖에 없는 미소를 지으며 공간의 한 지점을 뚫어지게 바라본다. 아버지가 기가 막힌 듯 탄식을 터뜨린다.

"불쌍한 놈!"

"자제가 안 돼요, 저에게 손짓을 하는 게 있어요…… 오, 저것! 저것 좀 봐요! 어쩜 저리 크고, 어쩜 저리 아름답죠! 오, 벌어지는데요! 저에게 미소를 보내요!"

"뭐? 네게 미소를 보낸다고? 바보 같으니, 그런 것들은 미소를 짓지 않아. 어디 말이야? 보여줘봐! 어디? 아무것도 안 보이는데. 불쌍한 녀석, 넌 지금 사춘기 병을 앓고 있는 거야!"

"저런 세상에…… 곳곳에, 가지들마다 온갖 털이 있어요, 금색, 갈색, 적갈색 털들…… 오, 곱슬곱슬한 완전 황금빛 털도 있군요…… 오…… 오…… 저것, 저것 좀 봐요, 아빠! 보여요? 저것이 활짝 벌리고는 저에게 윙크를 해요……."

나도 참다 못해 살펴본다. 가만 보니 샤츠도 목을 빼고 있다. 물론 그것은 이상적인, 진정한, 위대한, 유일한 절대는 아니다. 하지만 작은 절대라도 소홀히 해선 안 된다. 뭐든 취해서 나쁠 게 없지 않은가. 마음을 달래주는데.

"우선 그것이 윙크를 보낸 상대는 네가 아니라 나야. 게다가 그 속엔 눈이 없어! 뭘 좀 알고 말해! 착시 효과란 말이다! 넌 지금 성 강박관념에 사로잡혀 있어. 형이상학 공부를 너무 많이 해서 그래!"

"주변 털들이 너무 예뻐요! 어쩜 저렇게 길고 부드럽고 곰실거리죠! 좀 보시라니까요, 아빠! 한 무더기가 있단 말예요!"

"손님을 끌려는 수작이지!"

"오…… 휘파람 부는 것도 있고, 노래하는 것도 있고, 옹알거리
는 것도 있고…….”

"옹알거린다고?”

"오, 어쩜 저리 꼬리를 치고 흔들어대고…… 어찌 저리 파닥거
리고 살랑거리지! 전 저 적갈색이 아주 마음에 들어요! 아주 좋
을 것 같아요…….”

"당장 눈을 내려! 하늘을 쳐다보지 마! 부끄럽지도 않니? 너의
불쌍한 어머니가 보면 어쩌려고 그래! 적갈색이라고? 어디 있어,
그 적갈색이? 내 눈엔 적갈색이 안 보이는데.”

"저기 있잖아요, 저기 저 흑인 여자 거시기 옆에…… 쨱쨱거리
는 거시기 말예요…….”

"쨱쨱거린다고? 그것들은 그런 소릴 내지 않아! 이런 바보, 새
들이나 그런 소릴 내지. 넌 지금 작은 새 둥지들을 보고 있는 거
야…… 생김새가 약간 이상하긴 하다만 그뿐이야!”

"아, 저것, 저건 내게 야옹야옹 하는군요!”

"그건 개똥지빠귀야. 또다시 공도에 모습을 나타내다니! 고소
를 해야겠어. 안심하고 나다닐 수가 없다니까…… 저것 좀 봐!
음란 그 자체 아니냐!”

"아빠, 늘 그런 생각만 하면 안 돼요. 쇼펜하우어도 그랬잖아
요. 절대 취미가 사람 잡는다고.”

"나 말이야? 너 지금 나한테 감히 그런 소릴 하는 거냐? 그럼
내가 너에게 쇼펜하우어들을 보여줘야겠군! 내게도 다 눈이 있
는데, 너의 더러운 짓거리들을 내게 숨길 수 있다고 생각하다니!
이 따귀나 받아! 역겨운 놈! 감히 아버지 앞에서 말이야! 자, 얼

른 집으로 가도록 해."

그들이 떠난다. 나는 고개를 끄덕인다. 꿈 많은 인류여! 언제나
이상을 갈구하는…….

"진정한 견자들이로군" 하고 플로리앙이 말한다. "알겠어, 당
신? 당신만 절대를 꿈꾸는 게 아니란 말이야. 무한한 영적 욕구
가 인간의 영혼을 삼키고 있어…… 한데 말이지, 난 늘 적갈색 머
리 여자만 보면 오금을 못 쓰겠어."

"꼬마가 예뻤는데."

"다시 보게 될 거야, 여보. 다음번엔 제대로 준비가 되어 있을
거야."

"플로리앙."

"왜, 여보."

"난 얼마 전부터 신을 많이 생각해."

"알았어. **그분**이 나타나시는 즉시 당신에게 데려올게."

지상의 암소 천상의 황소

삼켜진 많은 보물들이 이따금 소용돌이치며 감동적인 자신들 존재를 수면에 표출하는, 인간의 영혼이라는 이 **대양**의 무한 깊이에 대해 명상하고 있는데, 누가 내 발을 잡아당기는 느낌이다. 샤츠다. 하기야 독일인에게서 유대인을 **빼버린다면** 그는 박탈감을 느낄 것이다.

"이리 와보시오."

나는 샤츠가 우리 주변에서 가동되는 전복적 요소들—**해와 달**이 축소되어버린 듯한데, 분명 거세콤플렉스에 사로잡힌 어떤 혼란스럽고 악의적인 정신 구조만이 그것들에 그런 크기와 기능을 부여할 수 있을 것이다—로 인해 완전히 겁에 질려 있음을 발견한다. 자기 머리 위에서 일어날 하늘의 새로운 폭발이 두려운 듯 샤츠는 전투모를 쓰고 있다. 하지만 한눈에도 그 모자는 아무 도움이 되지 않을 것 같다. 천하가 다 아는 독일인의 남성다움에 대해 내가 불가극복의 적대감을 느끼는 것으로 오해할지도 모르겠으나, 남성다움도 어느 정도지 이렇게까지 심해진다면 나로선 화를 내는 게 당연하다. 물론 나도 안다. 그것이 샤츠의 뜻이 전혀 아니요, 신앙도 명예도 모르는 이 악당—우리를 사로잡고서 자신의 불명예와 그 원인이 된 수치스러운 병들로 우리를 뒤덮는—의 딱히 뭐라 명명할 수 없는 잠재의식 때문임은 잘 안다. 하지만 아무리 그렇더라도 샤츠는 이런 상태로 모습을 나타내서는 안 되었다. 고골의 콩트 「코」에서, 문제의 코가 정당한 소유주의 얼굴에서 떨어져 나와 번쩍거리는 유니폼을 입고 상트페테르부르크의 거리거리를 돌아다녔다는 것도 내 모르는 바 아니다. 그러나 지금 우리가 있는 곳은 차르 치하의 러시아가 아니라 정신이 살아 숨 쉬는 산당 가이스트 숲이요, 상대도 그런 아무 코하고는 비교도 안 되게 더러운, 퉤, 퉤, 퉤! 지금 같은 몰골의 샤츠다. 그래서 내가 언성을 높인다.

"당신이 이런 상태로 나타나서는 안 되는 거요!"

"내가 뭐 어떻다고 그러시오?"

"이보시오, 샤츠, 지금 당신이 어떤 꼴이 되어 있는지 모르겠거든 당신 자신을 한번 더듬어보시오! 당신이 그런 머리를 할 권리는 없어요! 역겹소! 아무래도 정신과 의사를 만나보셔야 할 것 같소이다!"

샤츠가 분노로 새파랗게 된다. 나의 훌륭하신 스승, 비알리스토크 랍비 주르의 옷을 걸고 맹세하건대 이건 내가 지금껏 살면서 본 가장 끔찍한 것들 중 하나다. 괜찮다고, 어쩌면 피카소의 작품일지도 모른다고 잠시 희망에 매달려도 보지만, 너무도 현실적이고 구체적인 그 명백함은 차마 눈 뜨고 볼 수가 없다! 새파랗다, 완전히 새파랗다! 그런 색깔, 나는 내 친한 친구들이 그렇게 되길 바라지 않는다.

"나더러 정신과 의사를 만나봐야 한다고?" 하고 샤츠가 소리친다. "그래야 할 사람은 바로 당신이오, 콘. 나를 그런 식으로 보는 당신이란 말이오! 당신 머릿속이 문제요! 늘 말했듯이 당신이야말로 타락한 유대 예술의 전형이요!"

나는 눈을 뜨고 용기를 내 그를 바라본다. 대가리에 모자를 썼기에, 나로선 그를 아주 면밀하게 살펴볼 수밖에 없고, 그러자니 역겨움이 극에 이른다. 하지만 그렇다고 할 말조차 못할 건 아니다.

"맹세코 이건 유대 예술이 아니오" 하고 내가 단호하게 말한다.

"그럼 어디 그 얘기 좀 해봅시다" 하고 샤츠가 외친다. "사실 당신 체면을 생각해서 아무 말도 하지 않으려고 했소. 게다가 우리가 어떤 전복 시도에 걸려들었다는 걸 잘 아니 말이오! 난 이 테러리스트에게 호락호락 당하지 않고자 했소. 하지만 당신은 당신의 모습을 좀 바라보아야 하오! 당신은 제 모습을 좀 바라보아야 한다는 이 한마디만 하겠소! 하, 하, 하!"

나는 깜짝 놀라 돌처럼 굳는다. 어느새 손을 얼굴로 가져가 더듬어본다. 그러나 천만의 말씀, 내가 타락에 쩐 난폭한 알코올중독자의 영향을 수수방관할 리 없다.

"당신 눈엔 환영이 보이는가 보오" 하고 내가 위엄에 찬 어조로 그에게 말한다.

"내가 환영을 본다고? 콘, 당신을 좀 더듬어보시오, 당신이 사람인지! 그리고 당신이 기뻐하길 바라면서 이 한마디만 덧붙이고 싶소. 당신은 사람이 되기엔 너무 사람 같다고, 진짜 사람, 100퍼센트 사람 같다고 말이오. 여기엔 전혀 의문의 여지가 없소, 하, 하, 하, 하!"

나는 오연히 몸을 바로 세운다. 짐짓 태평한 표정을 짓는다. 나를 안심시키기 위해 두 귀도 좀 움직여보는데, 전혀 위험하지 않은 그 팔딱거림이 샤츠를 참을 수 없는 폭소에 빠트리는 결과를 낸다. 차마 눈 뜨고 못 봐줄 지경으로 퉤!, 퉤!, 퉤!, 그가 둘로 접히더니 내 얼굴을 손가락질하며 미친 듯이 웃는다.

내가 분노로 시뻘겋게 변한다. 그러자 샤츠가 웃음을 뚝 그친다. 겁을 먹은 것 같다. 그가 얼른 손으로 두 눈을 가린다.

나는 확신한다. 나에 대한 이런 증오에 찬 테러리스트적인 처우, 그 본성은 뻔하다. 그게 뭔지 안다.

그게 바로 유대인 배척주의라는 거다.

"콘, 정말이지 지금은 우리끼리 언쟁을 할 때가 아니오. 우린 둘 다 같은 똥구덩이에 처박혀 있는 거요. 게다가 그게 끝도 아니오. 이리 와보시오, 당신에게 뭘 좀 보여드리겠소."

난 그가 아직도 내게 뭘 보여줄 게 있으리라고 생각하지 않는다.

"싫소이다! 이미 실컷 보았소!"

"이리 와보시라니까요. 뭔가 끔찍한 일이 준비되고 있단 말이오."

그가 하도 확신에 찬 어조로 말하기에 나는 마지못해 그를 따라간다.

우리 모두가 알고 있듯이 가이스트 숲은 리히트 산맥의 높은 봉우리들 위, 아주 높은 곳에 자리 잡고 있다. 숲을 나서면, 지평선 위로 가물대는 공업 도시 다하우의 연기들이며 들판과 전원을 굽어보는 멋진 경관이 펼쳐진다. 나는 경치가 변하지 않았음을 확인하고 안심한다. 이자가 인간들을 가만 놔두지 않는 것은 분명하며, 어쩌면 바로 그래서 자연을 보살피는 것 같다. 수상쩍은 그 어떤 정신적 요소도 들판과 전원을 더럽히지 않는다. 대기는 맑고 햇살 가득하며, 강은 유쾌히 반짝거리고, 모든 것이 깨끗하고 질서 정연하다.

다만 한 가지 당혹스러운 일은 전원에서 벌어지는 저 종교적 활동이다. 나는 내가 깊은 생각 없이, 본능적으로, '종교적'이라는 말을 쓴다는 사실을 깨닫는다. 모두들 짐작했을 테지만 아마 그건 내게 약간은 신비주의를 지향하는 성향이 있어서일 것이다. 사실 이 전원 활동의 본성을 정확하게 규정할 수는 없다. 군중에 뒤섞인 수많은 도미니크회 수도사들의 흰 옷에 영향을 받은 탓일 수도 있다. 어떻든 저기 저 초원에는 상당히 많은 군중이 있는데, 마치 종교를 섬기는 모든 하층민들이 피난을 온 것 같다. 우리가 있는 고지에서 내려다보는 광경은 브뢰겔의 그림을 연상시키지만, 저 모든 순박한 이들이 열심히 몰입하고 있는 활동은 생판 처음 보는 광경이다.

얼핏 보기엔 그들이 종을 치려고 애쓰는 것 같은데 저기엔 종이 없다. 사실 군중들 모두가 하나의 밧줄에 매달려 전력을 다해 끌어당기고 있으나, 밧줄 다른 쪽 끝이 하늘 속으로 사라져—샤츠가 불안해하는 이유가 바로 여기에 있다—보이지 않는다.

나는 코를 쳐들고 한 손으로 햇빛을 가리며 뚫어지게 하늘을 탐색해보지만 밧줄 다른 쪽 끝은 보이지 않는다. 무엇보다 이상한 건 하늘이 너무나 푸르고 구름 한 점 없다는 점이다. 그렇다면 대체 무엇에, 누구에게, 어떤 목에 이 밧줄이 매달려 있단 말인가? 사람들은 어떤 저항을 만나기라도 한 듯 몹시 힘들게 줄을 당기는 것 같다. 그 몸짓만 보면 마치 농부들이 말을 잘 듣지 않는 암소나 황소를 풀밭으로 끌어당기는 것 같다. 하지만 그게 아니다. 그들이 무슨 생각을 하고 있는지, 무엇 때문에 저렇게 애쓰는지 나로서는 도저히 이해할 수 없다. 그들은 반대 방향으로 당기고 있으나, 밧줄 다른 쪽 끝은 천공 속으로 완전히 사라져 보이지 않는다.

나는 나의 훌륭하신 스승 랍비 주르의 혼령께 도움을 청해보지만, 그러나 내가 알기로는 카발에도 이를 해명해줄 만한 요소는 없다.

게다가 그들은 노래를 부르고 있다. 마치 배 끄는 사람들처럼 밧줄을 당기며 노래를 하는데, 내 귀엔 그것이 볼가 강의 배 끄는 사람들 합창처럼 들린다. 배라고? 하지만 배는 흔적도 없는 데다, 대체 언제부터 배가 하늘을 항해했단 말인가?

그때 샤츠가 한 가지 가설을 내놓는다. 가설은 어디까지나 가설일 뿐이지만, 그래도 전혀 없는 것보다는 낫다.

"릴리를 위해서인 것 같소" 하고 그가 말한다.

"뭐요, 릴리를 위해서?"

"그녀에게 진절머리가 난 거지요. 온갖 까다로운 요구로 그들을 잔뜩 고생시켰지 않소."

"그래서요?"

"지원군을 부르는 겁니다."

"지원군?"

"이제야 그들도 오직 신만이 그녀를 행복하게 해줄 수 있음을 깨달은 거지요. 그래서 **그분**을 그녀에게 끌어다주려는 거죠."

흠. 나는 적잖이 기분이 상한다. 별것 아니지만 진즉에 그런 생각을 했어야 했다.

"지금껏 기도도 하고, 양초도 피우고, 간청도 해보았지만 아무런 결과도 없었잖아요. 그래서 아주 강력한 수단을 강구한 겁니다."

곰곰 생각해보니 가설이 제법 그럴싸하다. 이자는 제 잠재의식 속에 온갖 왜곡과 혼잡을 만들었으나 결국 본심이 드러나는 것을 막지 못했다. 사실 잠재의식 속으로 파고들다 보면 결국 신에게 떨어지게 된다. 파헤쳐보면 안다. 이 고집쟁이들 모두가 다 마찬가지다. 잔해들 밑에 꼭꼭 숨겨둔 푸른 꿈들이 있다. 놀랍도록 아름다운 하늘의 잔해들이 있다. 오로지 쓰일 구실만 기다리는, 너무도 말짱한 선사시대 사원들이 있다. 게다가 나는 그것이 양 방향으로 작용한다고 생각한다. 인간의 잠재의식 속으로 파고들다 보면 결국 신에게 떨어지게 되고, 신의 잠재의식 속으로 파고들다 보면 인간에게 떨어지게 된다.

곤경에서 벗어나려면 아직 멀었다.

까다로운 신학적 문제 하나가 나를 사로잡는다.

"당신은 그들이 서로 좋아하게 될 거라고 생각해요? 이 경우 우리는 어느 쪽에도 뜻을 굽히라고 요구할 수 없어요. 최소한의 상호적 끌림이 필요합니다. 만약 그들이 서로에 대해 완전 넌더리를 내고 있다면 어쩌지요? 그런데도 그들을 계속 붙잡아둘 순 없어요. 암소를 초원으로 이끌 듯이 할 수는 없죠. 서로 마음이 없으면 어쩌지요?"

"내가 어찌 알겠소" 하고 샤츠가 의기소침해져 말한다. "내가 아는 건 만약 우리가 저 여자를 만족시켜주지 못한다면, 그녀가 큰 불행을 일으킬 거라는 겁니다."

한편, 양쪽 모두에게 좋은 여건을 만들어주는데도 신이 인류를 행복하게 해주길 거부할 거라는 생각은 할 수 없다. 사실 지금까지는 신이 교회 때문에 불편했을 것 같다. 교회가 필요한 분위기를 만들지 못한다는 건 분명하다. 정반대다. 교회는 신을 지나친 수줍음의 분위기로 에워쌌다. 교회는 육체와 신체적 행복을 너무도 두려워했기에 지상 최고의 선의, 지상에서 가장 아름다운 자연조차 스스로를 드러내길 망설일 것 같다. 교회는 신을 완전히 주눅 들게 해버린 것 같다. 물론 난 어디까지나 우리의 케케묵은 유대-기독교 교회를 두고 하는 말일 뿐이다. **보디사트바**는 그런 성취를 분명히 예견하고 기대했으니까. 내 생각엔—비알리스토크의 훌륭하신 스승님이 이 자리에 계시지 않아 그분의 정신적 원조를 받을 수 없기에, 이는 그저 내가 하나의 가정으로서 하는 말이지만—우리 교회가 신과 신의 권능 주위에 추상적이고, 쇠약하고, 소심하고, 탈脫육체적인 분위기를 조성하고 끊임없는 감시망을 쳐 **그분**에게 콤플렉스를 심어주었든가, 아니면 **그분**을 불구로 만들어버렸든가, 그렇지 않으면 적어도 주눅 들게 해버렸을 가능성이 있다. 우리 케케묵은 유대-기독교 교회가 아마 신 자체를 변화시켜 신체와 신체적 욕구에 대해 혐오감을 느끼게 해버린 게 아니냐는 얘기다. 그렇게 볼 때 우리는 인류의 사후 행복만이 아니라 현세에서의 신체적 행복이 문제될 때 신이 심각한 어려움과 불안을 느끼지 않을까, 신이 우리가 가진 편견과 고통 숭배의 수인囚人이 되어버린 것 아닐까, 신이 완전히 주눅 들어 더는 본래의 전능하신 모습으로 현현하실 수 없게 되어버린 것 아닐까 하는 생각을 하게 된다.

"이런 사실을 그녀에게도 미리 알려주어야 할 것 같아요" 하고 내가 샤츠에게 말한다. "그녀가 충격을 받으면 안 되니까요. 자칫 그녀에게 회복 불가능한 정신적 외상을 안겨주어 영원히 불감증에서 벗어나지 못하게 할 수도 있단 말입니다."

샤츠가 점점 더 의기소침해진다.

"그녀가 **그분** 마음에 들지 않으면 어쩌지요?" 하고 그가 중얼거린다. "아직까지 **그분**은 한 번도 그녀를 그런 측면에서 바라본 적이 없잖아요. 늘 그녀의 영혼 문제였지 신체 쪽이 문제였던 적은 없단 말입니다. **그분**이 그녀를 한번 흘끔 쳐다보고 달아나버리면 어쩌지요?"

나는 히브리 신비 철학을 더듬어보지만 어느 구석에도 이 새로운 신학 문제의 갈피를 잡는 데 도움이 될 만한 내용은 없다.

"어떻든 아무리 목에 밧줄을 감아 끌어당긴들 **그분**이 호락호락 넘어오실 것 같지는 않아요. 릴리에게 괜히 헛된 희망을 품게 하는 것보다는 사태의 자연스러운 흐름대로 내버려두는 게 나을지도……."

그때 아주 멀리서 들려오는 메아리 소리가 내 말을 중단시킨다. 그것은 내가 잘 아는, 지금껏 한 번도 거부하지 못했던 소리다. 나는 샤츠에게 등을 돌리고는 급히 가이스트 숲으로 되돌아간다.

깊은 숲속 뿔피리 소리

역시 장중하고 씩씩한 소리 하나가 깊은 숲속에서 솟아오른다. 내 생각엔 나만 그 소리를 듣는 것 같다. 우리 귀는 유난히 예민하다. 우리의 전 역사가 오랜 청각 훈련이었다. 늘 허사였지만 우리는 게토 담벼락에 귀를 붙인 채 혹 구원자들이 다가오는 소리가 들리지 않는지, 외부 도움의 미미한 메아리나마 듣게 되는 건 아닌지 염탐했다. 아무도 오지 않았지만, 열심히 귀를 기울인 덕에 귀가 발달하여 음악가 민족이 되었다. 호로비츠, 루빈스타인, 메누힌, 하이페츠, 거슈윈, 그밖에 다른 많은 음악가들이 러시아 벌판 외진 곳의 우리 유대인 부락에 빚지고 있다. 언제나 귀로 염탐한 덕에 우리는 러시아 기병대 말발굽 소리며 암스테르담 거리군화 소리, 독일, 우크라이나 아타만들코카스 종족, 신성 러시아의 영원회귀를 아주 멀리서도 지각할 줄 알게 되었다. 그래서 우리 귀는 디아스포라 이후, 이전에 갖지 않았던 특성들을 갖게 되었다. 아마 여러분 모두 게토 유대 청년들 시신에서—이에 관한 아주 멋진 영화들이 있는데—배춧잎 모양으로 아주 잘 발달한 귀들에 주목했을 것이다.

그러므로 지금 이 순간 나 혼자만 뿔피리 소리를 듣는다고 해서 놀랄 건 전혀 없다. 소리가 매우 아름답다. 아주 멀리서 들리는 소리여서 그렇다. 한데 소리가 가까이 다가오자 릴리도 듣고 플로리앙도 듣는다. 심지어는 경찰인 샤츠까지도 듣는다. 그는 어느새 내가 있는 숲속으로 다시 찾아와서는 관심을 나타낸다. 아직 퓌러는 아니지만, 벌써 폰 타덴제2차 세계대전 당시 독일 지상군 군단장 쯤 된 건지도 모른다. 릴리의 얼굴이 약간 몽상에 잠긴 표정이다. 기분 좋은 인상을 받은 모양이다. 소리가 좀 더 가까이에서 울리더니, 지속되고, 연장되고, 뭐랄까, 수컷 냄새가 물씬 나는 저음으로 길게 늘어진다. 장난이 아니다. 플로리앙이 화난 것 같다.

"듣지 마, 여보. 거들먹거리고 있어."

"난 깊은 숲속의 저녁 뿔피리 소리가 좋아" 하고 릴리가 중얼거린다.

"저것이 의미하는 건 말이지, 이제 사냥 시즌이 개시되었다는 것뿐이야…… 한데 아직 뭘 더 사냥할 게 있다는 건지 참 궁금하군."

뿔피리가 고집을 부린다. 소리가 약간 무거운 것 같다. 이젠 너무 가까워서 아주 분명하게 들린다. 나 여기 있다고, 우리에게 자신의 존재를 느끼게 한다. 나는 낯을 찌푸린다. 하지만 샤츠는 흥미로운 모양이다. 아마 아직 이상까지는 아니어도 희망을 주는 모양이다. 베를린 이스라엘 공동체 의장 M. 갈린스키가 지적했듯이, 벌써부터 신문 1면에 유망한 제목들이 보인다. **유대 언론이 독일을 부패시킨다.**

뿔피리가 이젠 너무 가까워 듣기 거북할 정도다.

"뿔피리를 정말 잘 불어" 하고 릴리가 말한다. "난 뿔피리가 좋아, 플로리앙. 온갖 약속이 그득하거든……."

"음악은 이미 시도해봤잖아, 여보. 아무런 결과도 없었지. 우리 문제를 해결해주지 않았어. 헛물만 켜게 할 뿐이야. 진짜 악기, 위대한 악기는 존재하지 않아. 한데 지금 사람들이 그런 걸 만들려고 해. 뭐 품지 못하는 희망이 없다니까. 실제로 그들은 곧 인공심장을 갖게 될 거야."

"가까워지고 있어" 하고 릴리가 중얼거린다.

그녀가 금방이라도 실신할 것 같다. 그야말로 잊을 수 없는 한 폭의 그림이다. 작은 초목, 꽃들, 뿔피리 소리 등등, 모든 것이 여기 있다. 사람들은 태피스트리마다 우리 전설의 공주를 바로 이렇게 표상한다.

"조심해" 하고 플로리앙이 말한다. "깊은 숲속의 뿔피리 소리는 언제나 아름답고 희망을 품게 하지만, 그것이 결국 의미하는 건 거기에 사나운 개들이 있다는 거야."

사냥꾼이 잡목림에서 빠져나온다. 아직도 뿔피리를 입에 대고 있다. 그가 릴리를 보더니 흥미로운 자세를 취한다. 가죽 바지를 입고 작은 티롤 모자를 썼다. 신체 균형이 잘 잡히고, 필요한 곳에 고깃살도 실하게 붙은 아주 잘생긴 미남자다. 벨벳처럼 부드러운 눈동자에 보기 드문 멍청함이 어른거린다. 이디시 사람들은 이런 얼굴을 진짜 바보 얼굴이라고 한다. 수염도 예쁘다. 독일 사람 같지 않다. 종마 같은 풍모를 보면 모파상 콩트에서 빠져나온 사람 같기도 하고, 언더셔츠 차림에 텁수룩한 수염을 기른 노 젓는 멋쟁이 수컷들과 함께 어느 인상파 화폭에서 빠져나온 사람 같기도 하다. 릴리가 미소를 보내자 사냥꾼이 한층 더 대담한 자세를 취한다. 한 걸음 더 다가서서, 두 뺨을 부풀리곤 뿔피리를 거만하게 하늘로 치켜세운 채 불 준비를 한다.

"돼지 같은 녀석" 하고 플로리앙이 노골적으로 화를 내며 중얼거린다.

"정말 멋진 악기예요!" 하고 릴리가 감동한 듯 말한다.

그는 기분이 좋다.

"감사합니다, 부인."

저음의 아주 강력한 목소리다. 정말이지 인간의 깊은 내면에서, 그의 깊은 본성에서 우러나는 목소리 같다.

"뭐가 고맙다는 거요?" 하고 플로리앙이 투덜거린다. "좀 기다려보쇼!"

그가 더는 불편한 심기를 감추지 않는다. 기분이 잔뜩 고조된 사냥꾼이 그에게 격한 반감을 드러낸다. 누구라도 금방 느낄 수 있을 정도다. 내 생각엔 플로리앙이 질투를 좀 하는 것 같다.

"정말 멍청하게 생긴 얼굴이야" 하고 그가 언성을 낮추지도 않고 말한다.

하지만 이 초ᵉ수컷은 그의 말을 듣지도 않는다. 그저 릴리만 뚫어지게 바라본다. 뿔피리가 문득 그의 손에서 하얘진 것 같다. 새하얗게 달궈진 것 같다. 언제나 이런 식이다. 그녀가 눈길만 던져도 그들은 자신이 초인이 된 줄로 착각한다. 그러고 보면 초인은 실제로 존재하고 니체가 헛꿈을 꾼 게 아닌 것 같다. 그의 약속을 지킨 인물이 적어도 한 명은 있었다. 아마 여러분도 모두 바티스타 독재 시절, 쿠바에 관한 르포르타주에서 그에 관한 기사를 읽었을 것이다. 그 독재자가 초인이었다는 얘기가 아니다. 그는 다른 사람, 가짜가 아니라 진짜 초인이었다. 그는 **슈퍼맨 홀리오**라 불린 자로, 사람들은 그를 유흥장에서 볼 수 있었다. 당시 사람들은 초인적 광경을 감상하기 위해 마치 영화관에 가듯 그 유흥장에 입장했다. 사람들은 그에게 열일곱 명의 여자를 데려다주었고, 그는 그 여자들 한 명 한 명과 절대에 도달했다. 자신이 진정한 초인이며 속임수를 쓰지 않는다는 사실을 증명하고자, 매번 절정의 순간에 몸을 뺐다. 회의적이고 냉소적인 사람들, 천성적으로 의심이 많은 사람들, 인간의 힘을 믿지 않는 골수 중상꾼들에게 자신이 속임수를 쓴 게 아니요, 정말로 그가 열일곱 번이나 완벽하게 즐겼음을 확인시키기 위해서였다. 나폴레옹이나 미켈란젤로가 그 광경을 보았다면 우울증을 앓거나 심한 열등감에 사로잡혔을 것이다.

어쨌거나 이야말로 진정한 위업 아닌가.

사냥꾼의 놀랍고 자랑스러운 악기를 바라보는 릴리의 얼굴, 두 눈동자, 그 광채, 그녀를 더욱더 아름답게 만드는 그 돌연한 빛을 아마 나는 죽을 때까지 잊지 못할 것이다. 참으로 내 앞에는 남자에게 지상 최고의 행복을 맛보게 해줄 준비가 된, 열기와 따뜻한 감동이 최고조에 달한 우리 모두의 여왕이 있다. 그녀가 걸작들이 가득한—얼마나 많은 수고, 꿈, 사랑, 질긴 노력과 믿음이 밴 작품들인가!—드레스를 살짝 걷어 올리고 데이지들 속으로 나아가는 바로 그 순간, 마치 하늘이 보내는 환영의 신호이듯, 이미 오래전에 천연 사냥감이 사라져버린 가이스트 숲, 풀이 온통 다시 돋아난 이곳에, 스물일곱 명의 소크라테스, 일곱 명의 호메로스,

열네 명의 플라톤, 스물일곱 명의 라이프니츠, 일흔두 명의 요한 세바스찬 바흐, 두 명의 어린 헨델, 3400명의 그리스 신과 힌두 신이, 일각수들이며 사원들, 자연 목동들의 경호를 받는 144마리의 신화적인 짐승들, 철학자들, 박물관 관리자들, 시인들 틈에 모습을 나타내고, 그 사이 1000마리 독수리가 저마다 희망과 사랑의 메시지를 부리에 물고 비상한다. 참으로 경이로운 태피스트리요, 걸작이요, 실로 놀라운 **예술**이요, 마법이다! 풀잎 하나하나가 다시 희망을 품기 시작하는 것 같다.

"그를 먹어치울 모양이야." 옆에서 샤츠 서장이 말한다. 목소리에 서정적 환상과 갈망에 대한 수세기의 욕구불만이 서려 있다.

"정말 아름다운 악기예요" 하고 릴리가 또다시 중얼거린다. "한번 만져봐도 될까요?"

사냥꾼은 몹시 놀란 표정이다. 사실 그도 그 정도까지 기대하지는 않았다. 그가 무겁게 숙고하고 나서 말한다.

"무…… 물론이지요! 영광입니다!"

"영광은 무슨" 하고 플로리앙이 중얼거린다. "쳇! 정말 역겨워!"

릴리가 뿔피리를 만진다.

"선이 정말 아름다워요!"

"과찬이십니다, 부인."

"이자가 무슨 헛소리를!" 하고 플로리앙이 분을 삭이며 말한다.

"연주해주세요!"

사냥꾼이 뿔피리에 바람을 불어넣는다. 지금은 소리가 너무 가까워 아주 끔찍하게 들린다. 지평선에서 울리던 그 아득한 우수 어린 소리와는 너무 다르다. 여기서는 거칠고 둔탁하기만 하다. 현실이 꿈을 살해하고 있는 중이다. 나는 뿔피리 소리가 도살장에 끌려가는 황소들의 울음소리 같다는 사실을 깨닫는다. 극도의 우둔함 같고, 아주 불쾌하기까지 하다. 푸줏간의 고기가 내는 저주 같기도 한데, 어떻든 그것이 릴리에게 효과를 본 건 확실하다.

"마침내 하늘도 응답을 하려나 봐요" 하고 그녀가 중얼거린다.

그녀 말도 틀리지 않았다. 아득히 멀리서 개 짖는 소리가 들린다.

"응답하는군그래" 하고 플로리앙이 쏘아붙인다.

릴리가 뿔피리를 만진다. 레오나르도가 그려준 저 놀라운 손으로, 처음엔 소심하게 만지다가 곧 애무를 시작한다.

"무한을 향해 올라가는 건 뭐든 좋죠, 하늘 길을 보여주는 건 뭐든……."

사냥꾼이 감사 표시로 절을 하며 말한다.

"성 바츨라프 소 경연 대회에서 뿔피리 일등상을 받았었죠…… 금메달 말입니다, 부인."

그녀가 그의 팔을 잡으며 묻는다.

"금메달을?"

"그렇습니다, 부인."

"플로리앙, 이 이마 좀 봐! 정말 높아! 정말 넉넉하고! 지오토에게, 피에로 델라 프란체스카에게 재능을 마음껏 발휘하라며 내준 담벼락 같아!"

"감사합니다, 부인!"

"쳇!" 하고 플로리앙이 말한다. "늘 그 담벼락에 늘 그 트로피고만."

전설의 공주 손가락이 사냥꾼의 이마를 가볍게 스친다.

"운명의 징표야…… 이분은 제국의 건설자야…… 당신은 주위의 이 침묵이 들리지 않아? 온 세상이 숨죽이고 있어. 뭔가 놀라운 일이 벌어질 것 같아…… 안녕, 플로리앙. 이제 더는 당신 봉사가 필요치 않을 거야. 다시 돌아오는 날, 더는 날 알아보지 못할 거야. 난 다른 사람이 되어 있을 거야. 마침내 소망을 이루어, 변모되고 해갈한 행복한 여자 말이야. 당신은 해고되겠지. 더는 이 지상에 당신의 냉소적인 그림자를 드리울 수 없을 거야…… 나는 높이, 아주 높이 올라가, 다시는 내려오지 않을 거야……."

"땅바닥에 담요를 펴도록 해, 여보. 날씨가 선선해지는 것 같아."

릴리가 사냥꾼의 팔을 부드럽게 죄며 번민 어린 눈동자로 그를 바라보는데 눈동자에서 유대 별 하나가 반짝인다.

"금메달이야!"

둘은 멀어져간다. 곧 뿔피리 소리가 들린다. 사냥꾼이 작업을 개시한 모양이다. 매우 아름답고 매우 씩씩한, 심금을 울리는 소리지만 좀 짧다. 잠시 침묵이 흐르다가, 뿔피리 소리가 다시 한 번 솟아오른다. 천품은 훌륭하나 좀 떨리고 노력이 느껴진다. 진정한 영감이 엿보이지 않는다. 물론 재능도 있고 가능성도 있지만, 릴리의 향수에 걸맞는 현실성을 제공해줄 정도의 빼어난 재능은 아니다. 나는 기다린다. 이번에는 침묵이 훨씬 더 길다. 재능이 숨을 헐떡인다. 아마 혀를 내밀고, 굵은 땀방울을 흘리며, 부질없이 하늘의 도움을 기다리고 있으리라. 나는 얼굴을 찌푸린다. 흠. 걸작 체험과는 너무나 거리가 멀다. 전혀 걸작을 얻지도 소유하지도 못했다. 천부의 재능이 있다는 데는 이론의 여지가 없지만, 역시 거기까지다. 데자뷰다. 마오쩌둥을 읽고 여러 가지 수단을 강구하여 핑퐁 세계 챔피언이 되기도 하는가 보다만, 그러나 7억 중국인 모두가 겁 없이 달려든다 해도 거기에 이르지는 못할 것이다. 아니, 내 말을 곡해하지 마시라. 그녀가 그럴 수 없다는 얘기, 그녀가 불감증이라는 얘기가 아니다. 마르크스든 마르크스가 아니든, 프로이트든 프로이트가 아니든, 마오쩌둥이든 마오쩌둥이 아니든, 꼭 필요한 것이 우리에게 없다는 얘기다. 메시아가 필요하다. 진짜 수단을 가진 진짜 메시아. 장담하건대 그는 도래할 것이다. 참고 기다려야 한다. 메시아는 올 것이다. 그가 도래하여 그녀의 손을 잡을 것이고, 그녀가 그토록 오랫동안 기다려온 것을 마침내 줄 것이다. 이로써 추구가 끝나고, 불만족도 끝나고, 향수도 끝날 것이다. 어쩌면 생존자도 더러 있을 것이다. 비관해서는 안 된다.

이윽고 뿔피리 소리가 세 번째로 울려 퍼진다. 시작은 아주 좋다. 힘차게 솟아올라 진동하고 포효한다. 어쩌면 약간 신경질적이고, 약간 불규칙하며, 뭐랄까, 좀 의도성이 느껴지기도 하지만, 그러나 어쨌든 소리가 지속하고 충만하게 울린다…… 하지만 절망의 에너지다. 슬프다! 슬프고, 슬프고, 슬프다! 나는 낯을 찡그린다. 소리가 잦아들고, 갈팡질팡하고, 딸꾹질을 하고, 질식하는 듯하더니, 이윽고 뭔가 꾸르륵하는 초라한 소리를 내다가 뚝 끊어진다. 플로리앙이 고개를 끄덕이고 나서 칼을 꺼낸다.

"거봐. 그렇다니까. 안 되는 건 안 되는 거야, 아님, 좋은 일엔 언제나 끝이 있다고 해야 하나."

염소와 모나리자

그가 떠나고, 나는 약간 슬픔을 느낀다. 희망이라는 것이 한낱 숲속의 뿔피리 소리에 불과한 것인가 하는 생각이 들어서다. 나는 랍비 주르가 사랑을 가득 담아 내게 손가락질해주던 **그분** 쪽으로 생각을 끌어올리려고 애쓰면서, 나 역시 뭔가 긍정적인 일을 해야 하는 것 아닌지, 릴리의 운명을 탄식만 하고 있을 게 아니라 나도 가서 다른 사람들을 도와 동아줄을 당겨야 하는 것 아닌지 하는 생각을 해본다. 그런 생각을 하고 있을 때, 폰 프리트비츠 남작과 폰 잔 백작이 숲속에 모습을 나타낸다. 즉시 나는 일이 급박해지고 있음을, 사태가 악화되고 있음을 깨닫는다. 우리를 사방에서 포위하고 있는 이 테러리스트가 마침내 누구의 방해도 없이 조용히 신문을 읽기 위해 우리를 추방해버리기로, 우리의 모든 광년, 우리의 모든 자잘한 욕구들과 더불어 우리를 토해버리기로 단단히 결심했음을 말이다. 두 엘리트 족속이 유독 심하게 그의 양심과 적의를 산 것 같다. 폰 프리트비츠 남작—하지만 그는 정말이지 나치 치하에서 아무 짓도, 정말 아무 짓도 하지 않았다—의 몰골은 처량하기 짝이 없다. 옷이 피로 뒤덮였다.

나비매듭만이라도 풀어헤쳐지지 않았다면 그래도 좀 나았을 것이다. 그는 극한 공포에 질려 제자리에서 맴을 돌고 있는데, 그도 그럴 것이 지금 그는 일흔 살 난 어느 카시드 유대인의 미소 속에 말 그대로 푹 잠겨 있기 때문이다. 한 독일 병사가 웃는 그 유대인의 수염을 자기도 이를 환히 드러내 웃으며 잡아당기고 있고, 일행인 다른 병사들은 남작과 그의 엘리트 천품을 미소로 에워싸고 있으며, 모두 모나리자 손에 들린 카메라를 향해 포즈를 취하고 있다.

"나랑은 아무 상관없는 일이야!" 하고 남작이 자신의 옷을 더럽히는 그 더러운 유대 미소에게서 벗어나려고 애쓰며 외친다. "난 조용히 성에 물러나 있었어!"

"이보게, 기운을 내게!" 하고 백작이 큰 소리로 말한다. "무엇보다 냉정을 유지해야 하네!"

내가 보기엔 그들이 불안해 할 이유가 전혀 없는 것 같다. 냉정을 유지하는 정도가 아니라 머리에서 발끝까지 온통 냉정을 뒤집어쓰고 있기 때문이다.

나는 남작이 스트라디바리우스를 적어도 스무 개나 두 팔 가득 안고 있으며, 백작은 아랫도리가 벗겨진 채 유난히 악의적인 검은 염소 한 마리와 소금통의 공격을 방어하는 처지임에도 두 손에 6권짜리 완전한 아주 훌륭한 상태의 문화를, 일람표며 상보며 냅킨과 함께 손에서 놓치지 않고 있다는 사실, 그리고 그가 제 코앞에서 유대 주먹이 어느 수챗구멍에서 빠져나오는 모습을 전율 없이 바라보고 있다는 사실 등에 유의한다.

"끔찍해!" 하고 남작이 바흐의 푸가 흔적이 묻어나는 탄식조 목소리로 말한다. "그들이 되돌아오고 있어!"

"뭔가 해야만 해!" 하고 백작이 외친다.

"그렇긴 한데, 뭘 해야 하지?"

"아주 강력한 뭔가를 해야 해!"

백작이 신중한 눈길로 주변을 살핀다.

"그럴 수는 없어!" 하고 그가 중얼거린다. "아직 때가 너무 이른데다 이젠 수도 그리 많지 않아!"

"이를 어쩌지" 하고 남작이 탄식한다. "한데, 아랍 친구들은 대체 뭘 하고 있는 거야?"

그의 얼굴이 문득 마지막 희망으로 반짝인다. 좋은 생각이 떠오른 모양이다. 언제나 그런 식이다.

"무슨 수를 쓰든 우린 그들과 화해를 해야 해! 이보게, 그 초상화……."

백작은 염소와 소금통의 공격을 받고 있으나 자신의 문화만은 손에서 놓치지 않는다. 참 감탄스러울 뿐이다. 게다가 염소가 돌연 생각을 바꿔 모나리자를 공격하는데, 그거야말로 모나리자가 바라는 바다.

"무슨 초상화 말인가?"

"나치가 살해한 유대인 막스 자코브의 초상화, 너무나 급해 자기 혼자서 죽어버린 유대인 모딜리아니가 그린 초상화 말일세! 그걸 그들에게서 구입해버리면 그들도 결국 알게 되겠지. 독일은 어떤 일에서도 물러서지 않는다는 것, 우리는 잊을 마음의 준비가 되었다는 것을 말이네! 어서 가세, 친구여, 뛰자고! 아직은 우리 박물관들에 자리가 있어!"

그들이 빠져나갈 궁리를 한다, 백작은 모나리자를 회수하려 하고, 염소가 화를 내고, 어느새 진실의 순간이 다가온다, 남작이 그의 두개골에 스트라디바리우스로 일격을 가하고, 문화가 방어를 하고, 무엇이 염소이고 무엇이 문화인지 알 수 없게 모든 것이 늙은 카시드 유대인의 비겁한 미소 속에서 허우적거리는데, 그 유대인의 수염을 웬 염소가 잡아당기고, 다른 염소들이 모두 문화와 후세 쪽으로 돌아서서 웃으며 그것을 지켜본다.

문득 내가 말을 반복하는 것 같은 느낌이 든다. **반복하다**의 모든 함축을 여러분이 정확히 이해하시는지 모르겠다. 어쨌든 내가 지금 이러는 게 마음에 들지 않거든 딴 데로, 경쟁자네로 가보시라. 널린 게 흑인들 유흥장이요 베트남 식당이니까.

나는 두 귀족을 눈으로 좇는다. 그들은 마침내 궁지에서 탈출하여 가이스트 숲속으로 사라진다. 나는 그들을 이해한다. 증시에서 정신적 가치들이 완전히 폭락할 때 엘리트 족속은 당혹감에 사로잡힌다. 하지만 그들은 틀렸다. 매입을 해야 하는 때는 추락 장일 때, 시세가 최저일 때다. 사실 아우슈비츠에서는 우리 중 누구도 독일의 기적을 예견하지 못했다. 그때 거기에 돈을 걸어 이득을 취했어야 했다. 적어도 재정적 측면에서는 말이다. 히틀러는 우리에게 큰 사업 기회를 은쟁반에 올려주었으나 우리는 기회를 놓쳐버렸다. 그러고 보면 우리도 사람들이 말하는 것만큼 약은 사람이 못 된다.

유대 주먹은 여전히 저기 있다. 저 주먹이 나도 겨냥하고 있는 건 아닌지, 저것이 내가 생각한 것보다 훨씬 더 분노한 건 아닌지 하는 생각이 들기 시작한다. 천만의 말씀. 저건 아마 기념비일 것이다. 좀 더 가까이 다가가서 살펴봐야겠다는 생각을 하고 있는데, 릴리와 플로리앙이 되돌아오는 모습이 보인다. 그녀는 이전만큼 초연해 보이지 않는다. 오히려 훨씬 더 절망한 표정이다. 어쨌거나 아무 일도 없었던 것보다는 낫다. 적어도 뭔가를 느꼈을 테니까. 플로리앙은 뿔피리를 손에 들고 있다. 이 짐승은 전리품을 수집한다.

"서둘러야 해, 여보. 기차가 삼십 분 후에 떠나. 스피츠 박사가 기다리고 있다는 걸 잊어선 안 돼. 정말 기적적인 사람이잖아! 하는 도중에 늘 누군가가 문을 두드려줘야 했던 여자가 있었지…… 짧게 일곱 번, 길게 한 번. 그리고 러시아워 때 지하철 안에서 해야만 행복에 도달하는 여자도 기억나지? 승강기 안에서라야만 하늘로 올라갈 수 있는 여자도 있었고, 또 어떤 여자는 권총으로 관자놀이를 부드럽게 눌러줘야만 했잖아? 인간 영혼의 미스터리와 깊이는 정말 측정 불가능이야! 그런 여자들이 모두 정상으로 돌아왔단 말이야, 여보. 인간의 과학이 해결하지 못하는 것은 없어. 우리도 해결책을 찾게 될 거야."

그녀는 그런 말을 더는 믿지 않는다. 그녀의 목소리는 들릴락 말락 하지만, 그래도 완전히 체념한 목소리는 아니다. 어떻든 아직은 인간의 목소리다.

"나는 심장만 있으면 되는 줄 알았어."

"물론이지. 스피츠 박사는 자기 책 서문에서 심장을 아주 호의적으로 언급하고 있어."

"간이나 비장 얘기를 하듯이 하던데!"

"그러니까 그가 심장을 저평가하는 게 아닌 거잖아."

"젠장, 서문에서 심장 얘기만 하는 것도 마음에 들지 않아!"

"장담하건대 과학은 분명 당신 문제를 완전히 해결해줄 거야. 대단히 진보하고 있거든…… 두고 봐, 그들이 뭔가 완전히 새로운 걸 발명할 테니…… 그들은 곧 사랑을 발명할 거야."

"정말 그럴 것 같아?"

"물론이지. 이제 그건 그저 신용 문제일 뿐이야. 그래, 사랑도 발명할 거라고. 지상에 모기와 전갈, 거미, 물뱀, 하이에나, 샤칼, **중국인**만 우글거리게 하는 이 한심한 현상만이 아니라 말이야. 당신은 이제 활짝 피어나게 될 거야, 여보."

사랑은 혼자서 하는 것

자, 이제 불참자는 하층민뿐이군! 이 예언적인 말을 듣기라도 한 듯 요한이 기름통을 들고 등장한다. 릴리를 보자마자 그는 마치 전설의 공주, 프레스코 벽화의 마돈나가 비천한 자들에게 다가오기 위해 눈부신 태피스트리에서 내려오기라도 한 듯이 군다. 요한은 몸을 떨더니 밀짚모자를 벗어 가슴에 대고 정중하게 머리를 조아린다. 이 순둥이 멍청이의 입이 미소로 벌어지고 두 눈에 얼마나 희망과 감동이 가득 찼던지, 어린 새들이 지저귀기 시작하고, 꽃들이 눈에 띄게 자라나고, 샘들이 완전 목가적인 뭔가를 노래하고, 대지 전체가 성스러운 순박함에 감동하는 것 같다. 자연은 서민의 창자를 가졌고, 대지는 식구들을 알아볼 줄 안다.

"이런, 그 정원사로군" 하고 플로리앙이 투덜거린다.

"오, 부인!"

릴리가 이번만큼은 별로 내켜하는 것 같지 않다.

"저이가 내게 뭘 원하는 거지?"

"뭐? 그가 당신에게 뭘 바라냐고? 민주주의잖아, 그도 투표함에 표를 넣을 권리가 있어!"

"안 돼, 그는 안 돼!"

플로리앙이 깜짝 놀란다.

"릴리, 그러는 건 좋지 않아. 이젠 차별을 하겠다는 거잖아!"

"안 돼."

"여보, 릴리! 이러는 건 심해! 그는 곧 백성이야! 착한 데다 저렴하기까지 해, 신성하고 갸륵하지…… 이건 따지지도 않고 받아들이는 거라고! 그런다고 누가 눈여겨보지도 않을 거야, 빤하니까."

"안 돼."

요한은 온몸이 쪼그라든다. 그의 얼굴에 모욕당한, 상처 입은 표정이 나타나고, 두 눈썹이 떨리기 시작하고, 금방이라도 울음을 터뜨릴 것 같다. 동요와 절망과 굴욕. 그런 그의 모습에 내 마음이 아프다. 나는 릴리가 하층민을 모욕할 권리는 없다고 생각한다. 그녀가 개인들에게 집착하는 건 잘못이다. 뭇사람도 시도해보아야 한다. 거기에서 이득을 얻게 되리라고 나는 확신한다.

"어째서 저는 안 되죠?" 하고 요한이 절망한 목소리로 말한다. "어째서 모두 다 되는데 저만 안 된다는 거죠?"

"안 돼요."

"릴리, 도대체 어쩌다 그런 금기를 갖게 된 거야?"

"세상에, 제가 하느님께 대체 무슨 잘못을 저질렀단 말인가요?" 하고 요한도 언성을 높인다.

"내키지가 않아."

"맙소사, 릴리, 이제 보니 당신, 계급에 대한 편견이 있군그래!"

그녀가 발을 구른다.

"인민, 걸핏하면 인민, 아주 지긋지긋해!"

"진짜 천재는 인민 속에 있는 거야, 여보! 그가 해방되도록 도와야 해, 그에게 기회를 줘야 한다고! 예수는 목수의 아들이야, 천민 출신이란 말이야! 엘리트들을 갈아치워야 해!"

"칫."

"제발요! 이렇게 간청합니다!"

요한이 무릎을 꿇는다. 두 손을 모은다.

"저도 다른 사람들처럼 하고 싶어요! 저는 준비가 되었어요! 깨끗해요! 발도 씻었단 말입니다!"

"오, 릴리, 당신도 들었어? 발도 씻었대. 감동이야."

"내키지가 않아."

"당신이 원하시는 건 뭐든 하겠어요! 무슨 짓이든! 당신이 원한다면 살인도 마다 않고 하겠어요! 명에 따르겠어요! 평보 행진도 할 거고, 필요하다면 군복무를 20년이라도 하겠어요! 뭐든 자원하겠어요! 어디에서든, 무슨 일을 위해서든 목숨을 바치겠어요! 뭐든 요구만 하세요! 거역하지 않을 거예요! 당신을 사랑합니다!"

"릴리, 하층민을 경멸해선 안 돼! 그건 친절하지 않은 짓이야."

"저는 인민의 아들입니다!"

"자자, 릴리, 인민을 위해 선심 좀 써!"

"전 지금도 사회주의자란 말이에요!"

"들었어, 릴리? 사회주의자라고 하잖아! 그는 정말 권리가 있어."

"개똥 같은 소리."

요한이 울음을 터뜨린다. 주먹으로 두 눈을 비빈다.

"도대체 왜 그러시죠? 저의 무엇이 그리 싫으시죠? 배척당했다고 느끼기 싫어요. 이건 부당해요! 제게도 자식을 무척 사랑하는 엄마가 계신단 말이에요!"

"들었어, 릴리? 그의 엄마를 생각해서라도 이래선 안 돼."

"쳇."

"제발, 저도 하고 싶어요!"

"릴리, 사람을 이런 식으로 대해선 안 되는 거야."

"대체 이자는 자신을 무엇으로 생각하는 거야? 날 누구로 아는 거냐고? 내가 무슨 지하철인 줄 아나 봐."

"도대체 왜죠?" 하고 요한이 통탄하듯 말한다. "적어도 모두 다 되는데 저만 안 되는 이유 정도는 말씀해주셔야죠. 온 동네 사람들의 비웃음을 사게 된단 말이에요."

"정말 기가 막히네, 그들은 날 색광녀라고 생각하나 봐!"

"천만에. 모두들 당신을 행복하게 해주고 싶어 해, 여보."

"그래요! 맞아요! 전 당신께 행복을 드리고 싶어요! 무슨 짓이든 하겠어요!"

이번만큼은 그녀도 관심을 보인다.

"무슨 짓이든?"

"예! 무슨 짓이든! 절대 물러서지 않겠어요! 무슨 짓이든 하겠어요! 분부만 내리세요! 하고 싶어요! 하고 싶다고요!"

"들었어, 여보? 이 친구는 정말 잘하고 싶은가 봐."

릴리는 감동한 모양이다. 살짝 상냥한 미소를 짓는다. 사실 그녀도 남을 아프게 하는 걸 좋아하지는 않는다.

"좋아요, 가보세요."

요한이 몸을 일으킨다. 잠시 망설인다.

"자, 그렇게 날 쳐다보고만 있지 말고! 가보세요. 우리에게 보여 줘봐요. 멋진 모습이어야 해요."

"혼자 말인가요?"

"그래요, 혼자."

"좋아요. 가지요."

그는 통을 잡더니 기름을 뿌린다. 나는 몹시 놀란다. 릴리도 마찬가지다.

"흐음" 하고 그녀가 호기심 어린 목소리로 말한다. "이런 수단이 있는 줄은 미처 몰랐는데."

요한이 주머니에서 성냥갑을 꺼낸다. 그러곤 미소 지으며 말한다.

"당신은 저를 자랑스러워하게 될 거예요!"

"좋소, 좋아" 하고 플로리앙이 말한다. "하지만 그러려면 좀 멀찌감치 떨어져서 하시오."

요한이 숲속으로 몸을 날린다. 곧 불꽃이 보인다. 활활 타오른다. 릴리가 어린아이처럼 손뼉을 친다.

"오, 플로리앙, 저것 좀 봐! 저 불길, 저 불꽃!"

플로리앙도 감명받은 것 같다.

"그래, 이제 보니 자신을 표현할 줄 아는 자였어. 거봐, 여보, 하층민이라고 절대 얕잡아봐서는 안 되는 거야. 가끔씩 강한 내면의 힘을 보여준다니까."

불꽃이 금방 사그라진다. 릴리는 잠시 검은 연기를 바라보다가 울음을 터뜨린다. 플로리앙이 그녀 손을 잡는다.

"울지 마, 여보. 고통스럽지 않나 봐, 진정한 관능을 맛보는 것 같기도 해…… 울지 마."

하지만 그런 말로는 그녀를 위로할 수 없다.

"벌써 끝나버렸어! 이토록 빨리! 오! 플로리앙, 어째서 늘 얼마 못 가고 끝나버리지?"

"어쩌겠어, 여보. 하지만 걱정 마. 성화聖火를 유지할 다른 용감한 젊은이들이 있으니까. 가, 여보. 저리 가서 잠시 묵념해야지. 관습이라는 게 있잖아. 감정을 격려해줘야 해. 나의 귀여운 여왕, 어서 가."

그는 그녀를 귀감의 현장 쪽으로 부드럽게 떠민다.

나는 잠시 망설인다, 하지만 아니다, 불은 다시 타오르지 않을 것이다, 이제 내겐 꼭 필요한 것이 없다. 내게 남아 있는 것을 그녀에게 주는 것으로 만족해야 한다. 나의 희망, 언젠가는 그녀가 창조되리라는 희망 말이다. 신에 의해서건, 아니면 인간들에 의해서건. 정말이지 나는 마침내 그녀가 탄생하는 순간 그 현장에 있고 싶다, 그토록 오랫동안 자신의 탄생을 기다리며 막연히 꿈만 꾸고 있는 태초의 대양에서 마침내 인류가 빠져나올 때 말이다. 나는 대양을 사랑하며, 그에게 모든 기대를 걸고 있다. 그는 어수선하고 파란만장하며 이 세상 모든 기슭에서 시달린다. 그는 형제다.

3

징기스 콘의 유혹

부케

지금 뭔가 수상쩍은 일이 벌어지고 있다. 얼마 전부터 나를 짓누르는 어떤 교활한 위협을 느끼고 있으나 그게 뭔지 곧바로 알아내지 못하고 있다. 우애와 선의와 친절에 둘러싸여, 내 집에서 더없이 안락하게 있다는 느낌. 호의적인 시선과 접대, 그리고 신뢰 분위기 속에서 이토록 편안함을 느끼는 건 참 오랜만이다. 이제 박해는 끝났고, 도처에서 내가 마주치는 것은 관용과 동정과 사랑뿐이다.

그러니까 사람들이 내게 뭔가 아주 더러운 수작을 꾸미고 있는 거다. 너무도 평온한 느낌 때문에, 나의 모든 불안과 경계심이 대번에 되살아난다. 나의 생존 본능이 깨어나 즉각 경계 태세를 취한다. 나는 대단히 조심스럽게 주변을 살펴본다. 숲은 전일숲一의 정신으로 빛나고, 눈길 닿는 곳마다 관용과 공감뿐, 나뭇가지 하나하나도 나를 향해 내민 손 같다. 나는 온통 호의와 환대 속에 빠져 있다. 사람들은 나를 초대하고, 내 비위를 맞추고, 내게 공모의 눈짓을 보내며 '동지!'를 연발하지만, 그러나 즉시 나는 그 의미를 깨닫는다. **지금 이 개자식들은 니그로에게 하는 수작을 부리고 있는**

거다. 물론 그들은 내게 자리를 내주고 있으며, 가이스트 숲에는 인종주의 레퍼토리에서 가장 황홀하고 박애적인 노래, 〈애야, 우리와 함께 가자!〉가 울려 퍼진다.

퉤, 퉤, 퉤. 그 부케다 프랑스어로 '정말 지겹다'라는 의미의 숙어. 형제애라니, 그런 게 어디 있는가…… 신체적으로야 얼마든지 나를 동류시할 수 있을 것이다. 잘 겨냥하거나 아님 무차별 사격을 가하기만 하면 된다. 하지만 내가 그들의 **형제가 될 수 있다니**, 그거야말로 지난 2000년 동안 내가 들은 얘기 중 가장 웃기는 얘기다.

나는 그 노래를 안다. 이미 맛도 본 터다. 처형당한 자라면 몰라도 집행자라니! 그들의 수작에 넘어가지 않을 것이다. 그들에게 징용당하지 않을 것이다.

즉각 나는 역사적인 자기방어 태세를 취한다. 배신자의 검은 눈동자, 배춧잎 모양 귀, 울룩불룩 휘어진 코, 털 많은 팔, 비굴한 등짝, 색정적인 아랫입술…… 성화聖畫의 모든 걸작들에 철두철미 부합하는 태도를 취하고서, 오른손을 나의 노란별 위에 얹는다. 그들에게 **슈바르체 쉭세** 시절 최고 레퍼토리인 배신자 유다를 선보인다. 설마 그들이 오로지 나를 한통속으로 만들기 위해, 지난 2000년간의 걸작과 기독교 사랑을 포기하지는 않지 않겠는가?

사실 나는 지금 매우 위험한 세뇌 시도에 저항하고 있는 중이다. 숱한 유대인들이 그런 시도에 걸려들었고, 그래서 사람들은 이제껏 그런 얘기를 전혀 듣지 못했다. 이젠 우리를 신체적으로 제거하는 게 아니라 도덕적으로 제거하겠다는 거다. 우리를 대등한 인간으로 만들고, 우리 등에 집단 책임을 짊어지워서 말이다. 그리되면 여러 가지 끔찍한 결과를 얻게 된다, 다른 무엇보다 특히 우리의 멸절에 우리 자신도 책임이 있다는 결과를 얻게 된다.

예컨대 유대인이 예수 처형—고이 잠드소서!—에 책임이 없다고 가톨릭교회가 공포한 사실을 알게 되고, 또 사람들이 우리를 포함해 모든 사람이 형제라고 주장한다는 사실을 알게 된다면, 바보가 아니고서야 그 의미를 모르지 않을 거다. 사람들이 우리를 교묘하게 다시 붙잡으려 한다는 것을 말이다. 모든 사람이 형제라니, 이야말로 분명 유대인이 예수의 죽음—고이 잠드소서!—에 책임이 있음을 증명하려는 수작 아닌가. 뻔할 뻔 자다.

난 그런 수작에 넘어가지 않을 거다. 그들 형제가 되는 꼴을 순순히 받아들이지 않겠다. 유대인은 대등한 사람이 아니다. 여러분이 우리에게 그리 말한 게 한두 번이 아니잖은가. 이젠 너무 늦었다. 여러분이 우리에게 허락해준 그런 존엄을 이제 와서 다시 빼앗아갈 수는 없다.

그들은 내 평판을 해치고 명예를 실추시키려 한다. 아우슈비츠와 히로시마를 내 등에 짊어지우려 한다.

사방에서 나를 향해 내민 저 모든 형제들 손, 그게 뭘 의미하는지 말해주겠다. 그게 바로 유대인 배척주의라는 거다.

내 판단은 옳았다. 아니나 다를까, 내가 사소한 잡담 하나, 사랑 노래 두 곡, 동정 1000톤, 용서 100그램, 세상에서 가장 아름답고 가장 탐스러운 운명 스물두 개, 명예 1밀리그램, 네이팜 조금, 알제리 고환睾丸을 위한 전극 여섯 쌍, 오라두르쉬르글란 하나, 선물을 훔치는 동방 박사 셋, 걸음아 나 살려라 달아나는 메시아, 입에 뭐가 꽉 찬 모나리자, 기름통 하나, 그리고 그밖에도 많은 것이 필요하겠지만, 어쨌든 이 모든 것과 더불어 나를 덮친 **문**

화에서 막 벗어났을 때, 샤츠가 멋진 새 베어마흐트^{나치군} 군복을 입고 가이스트 숲 한가운데에서 튀어오르는 모습이 보인다. 말이 났으니 말이지만, 우리들 중에는 마지막 순간까지도 독일인들이 설마 그렇게 하리라곤 믿지 않았던 사람들이 있었음을 여러분은 아는가? 그들이 그저 유대인 배척자들인 줄로만 알고 말이다.

나는 땅에 납작 엎드려 죽은 체한다.

"콘, 어디 있소? 아주 신나는 소식이 하나 있소! 사람들이 당신들을 용서해주었소! 곧 키징거 정부가 전 세계 유대인들의 독일 집단 이주를 허용한다는 선언을 할 거요. 현재 3만 명 정도뿐이오. 그 정도 수로는 우리에게 어떤 목표나 이데올로기, 어떤 역사적 사명을 제공하지 못해요. 적어도 한 100만 명은 되어야 독일 영혼이 잠에서 깰 거요. 오늘날의 독일에서는 무기력이랄까, 보기 딱할 만큼 이상 결핍증이 느껴지오. 유대인들이 꼭 돌아와야 하오. 그들이 떠나는 걸 이스라엘이 수용한다면, 우린 그들을 트럭들과 교환해줄 생각이오!"

그는 나를 보지 못했지만, 사실 다른 사람들은 모두 거기 있었다. 가이스트 숲에 그들이 가득하다는 것, 모두가 스트라디바리우스를 들고서, 형제애를 노래하는 소곡을 내게 연주해주려고 거기 숨어 있다는 것을 나는 안다. 지금까지는 수줍음 때문에 그저 내게 호의만 보이고 있었을 뿐이다. 이제 때가 되었다! 간단하다. 염소도 거기 있다. 나는 저항한다. 고함을 지르고, 두 손으로 엉덩이를 누르고, 형제가 되길 한사코 거부한다.

무엇보다 슬픈 건 다른 사람들보다 유대인들이 더 난리를 친다는 거다. 그들 모두가 성난 얼굴로 나를 에워싸고서, 배짱도 좋게—진짜 **이디시 후츠페다**—감히 나의 노란별을 떼어내려 든다. 사실은 결코 나도 유대인들을 그리 좋아하지 않았다. 말이 났으니 말이지만 그 자식들은 뭔가 인간적인 구석이 있는 데다 이미 내게 적잖은 곤경을 안겨주기도 했다.

"콘, 너 완전히 돌아버린 거 아냐? 그들이 네게 형제애를 제안하는데, 네가 그걸 거부한다고? 비겁자! 썩은 널빤지 같은 녀석! 유다!"

유대인 놈들, 그들이 길길이 뛰며 내게 화를 내고 증오를 드러낸다. 그들이 유대인 배척자가 된다고 해도 나는 놀라지 않을 것이다. 벌써부터 형제애가 작동한다. 그들은 너무 오래전부터 유대인이었고, 그게 몹시 힘들어 이따금 인종주의자가 되고 만다.

"콘, 형제애를 거절할 권리는 없어! 그건 무릎 꿇고, 눈물을 흘리며 받아들이는 거야!"

"그딴 게 뭐라고!" 하고 내가 외친다. "넌더리 나! 썩었어. 피가 흥건하고 시체들이 가득해! 속는 거라니까!"

"자식, 받으라니까 그러네! 형제애는 따지는 게 아냐! 눈 감고 받아들이는 거야! 받아!"

염소가 길길이 날뛴다. 나는 맴을 돌며 방어를 한다. 두 손을 등 뒤로 교차시킨 채, 그에게 발길질을 한다.

"그들이 줄 때 얼른 받고 고맙다고 해! 자, 받아!"

"턱도 없는 소리!" 하고 내가 외친다. "나는 베트남에도, 중국에도, 알제리에도 가지 않을 거야, 난 취하는 사람이 아냐!"

"자, 받아! **인 더 바바!** "In the baba. 영어의 in the와 은어로 '궁둥이'를 뜻하는 프랑스어 baba의 합성어. 여기서는 '궁둥이 속에 받아두라!'는 뜻과 '속아 넘어가라!'

라는 이중 의미를 내포.

"싫어! 그들의 형제애 따윈 한 푼 가치도 없어!"

"그럴지도 모르지만 공짜로 주는 거잖아!"

"뭐, 공짜? 집단 책임이라는 건 턱없이 비싸! 그걸 받아들이면 즉시 손에 피가 묻는다고!"

"천만에, 형제애라는 게 뭔지 아직 이해를 못하는군! 그건 말이지, 일단 한통속만 되면 전혀 해를 끼치지 않아. 더는 아무 것도 느끼지도 않고, 강자 편에 서게 돼!"

나는 어째서 그들 모두가 이토록 대등한 인간이 되고 싶어 하는지 이해가 되지 않는다. 어째서 독일인 곁에 나란히 서지 못해 이리 안달이란 말인가? 나는 작고하신 스승, 비알리스토크 랍비 주르의 혼령께 도움을 청해본다. 지금 이 순간만큼 그분 조언이 절실한 때는 없었다. 환상인지 모르겠으나, 나는 이 위기 순간에 그분이 바로 여기, 내 곁에 계시다고 느끼고서, 그분이 언젠가 해주신 말씀을 떠올린다. 당시 나는 백인들이 미시시피에서 어느 흑인에게 집단 폭행을 가한 일을 신문 기사로 막 읽은 참이었다. 그분은 내게 이렇게 설명해주셨다. "얘야, 흑인들은 자부심이 대단하단다. 다만 그들의 검은 피부 때문에 사람들은 그들이 **다르다**는 걸 즉각 깨닫지. 그래서 다른 사람들, 즉 흑인이 대등한 사람임을 잘 아는 자들은 굴욕감을 느끼고 질투심을 느껴. 이따금 그들이 흑인을 살해하는 것도 다른 흑인들로 하여금 그만 항복하고 형제애를 받아들이도록, 그래서 대등한 인간이 되도록 압박하기 위해서지. 흑인이 다르다는 이 생각, 그걸 미치도록 시기하는 백인들이 있어. 열외가 될 기회를 가진 인간들이 있다는 생각을 용납하지 못하는 거야. 하지만 이 문제도 조만간 해결될 거야. 곧 흑인들도 두 손 들고 말 테니까. 얼마나 선전을 해댔는지 이젠 그들도 희망을 버리고 자신들도 대등한 사람이라고 믿기 시작했어. 심지어 그걸 목이 터져라 요구하기까지 할 테고, 결국 이 논쟁에서 이기는 쪽은 인종주의자들이 되겠지."

나는 이 모든 얘기를 그들에게 설명해주려고 해본다. 일장 연설을 해보지만 아무 소용이 없다. 강자의 편은 치명적인 병이다. 모두가 그렇게 되길 바란다. 무시무시하다. 한 가지 끔찍한 생각이 떠오른다. 머잖아 유대인을 더는 찾아볼 수 없게 되는 것 아닐까? 그러자 이스라엘이 독일과 문화 협정을 체결한 사실이 문득 떠올라 하마터면 까무러칠 뻔했다. **퇴, 퇴, 퇴.** 내가 얼마나 포르노그래피에, 음란에 빠진 것인지, 이에 비하면 미소 짓는 모나리자는 진짜 성모. 내 눈앞에서 깃발을 든 제복 차림의 나치들이 나를 에워싼다. 샤츠가 SS대원 차림을 하고 선두에서 으스댄다. 잠시 나는 희망을 갖는다. 어쩌면 그들은 나를 옹호해줄지도 모른다, 나를 도와 나의 명예를, 나의 존엄을 지키게 해줄지도 모른다. 내게 사격을 가해, 나를 학살해줄지도 모른다. 하지만 천만의 말씀. 그들은 차렷 자세로 내게 거수경례를 하더니 한 목소리로 얼마나 무시무시한 구호를 외치는지 마치 지구 전체에 소름이 돋는 것 같다. 마침내 인류가 창조되기라도 하는 듯이 말이다.

"유대인들은 – 우리와 – 함께! 유대인들은 – 우리와 – 함께!"

"안 돼 –!" 하고 내가 외친다. "살려줘! 사람 살려!"

"**지크 하일!** 유대인들은 – 우리와 – 함께! 유대인들은 – 우리와 – 함께!"

그들은 깃발을 내 발밑까지 기울인 채 내게 경례를 한다.

"안 돼!" 하고 내가 외친다. "히틀러! 히틀러는 어디 있는 거야! 히틀러를 데려와! 그는 이런 걸 용납하지 않을 거야! 히틀러를 데려다줘! 차라리 죽는 게 나아!"

"유대인들에게―명예를! 유대인들에게―명예를!"

샤츠가 형제애를 입가에 달고 손을 내민 채 나를 향해 걸어온다.

"콘! 우리는 모두 형제요!"

나는 머리카락을 쥐어뜯는다.

"아라크모네스! 제발! 난 싫소! 뭐든 좋소만 그것만은 안 돼!"

"우리는 모두 형제요!"

"그발트! 그런 끔찍한 소린 제발 그만!"

그가 내게 두 팔을 벌리며 말한다.

"콘, 우리가 당신에게 형제애를 드린다잖소! 당신은 대가를 치를 일이 전혀 없소, 지불은 언제나 다른 사람 몫이요. 남는 장사라니까!"

"그런 장사라면, 난 내 친한 친구들에게 권하지 않……."

말을 끝낼 힘조차 없다. 그것이 사방에서 솟아올라, 다투어 모습을 나타낸다. 그것의 전 역사가 여기 펼쳐진다. 스탈린이 내 목을 껴안고 입술에 키스를 하고, 나는 노예제를 발명하고, 십자군 병사들이 내게 자리를 내주려 물러나고, 시몽 드 몽포르가 직접 이단 신생아의 두 다리를 잡고 휘둘러 툴루즈의 벽에 머리를 터뜨리는 시범을 보여주고, 나는 루이 16세를 단두대에서 처형하고, 시체들을 밟고 선 제국 원수가 되고…….

"안 돼!" 하고 내가 화가 나서 외친다. "프랑스는 프랑스인들에게 줘!"

나는 나를 향해 내민 그 모든 형제들의 손아귀에서 몸을 빼려 해본다. 몸부림을 치고, 죽어라 발길질을 한다…… 달아날 방법이 없다. 형제애는 그런 거다.

"모두가 형제라니!"

차라리 돼지는 게 낫지. 한데 그것 역시 형제애다. 더는 빠져나갈 구멍이 없다.

"우린 모두 인간이오, 콘, 절대 거기서 빠져나갈 수 없소!"

나는 귀를 틀어먹는다. 그런 소리는 듣기도 싫다. **그발트!** 좋아, 그럼 그게 뭔지 내가 얘기해주지.

그게 바로 게슈타포라는 거야.

얼마나 화가 났던지 나의 온 힘이 돌연 되살아난다. 펄쩍 뛰어 올라, 앞으로 돌진한다, 두 눈을 부릅뜨고 앞으로 치달아, 숲속으로 파고든다, 쓰러지고, 기고, 네발로 어기적거리고, 빠져나가려 버둥거리고, 덤불 속에 잠겨든다, 더는 그들 소리가 들리지 않는다.

이제 안심이다 하고 있는데, 웬걸 바로 코앞에 나만큼이나 겁에 질린 채 옷을 벗고 있는 자가 있다.

나는 즉각 그를 알아보지는 못한다. 의심하는 눈으로 그를 관찰해본다. 아니다, 적어도 내게 호의를 가진 자는 전혀 아니다. 가만 보니 그는 옷을 벗고 있는 게 아니라, 이미 완전히 알몸인 채 반쯤 죽은 상태다. 끔찍할 만큼 야위었다. 어쩐지 얼굴이 낯익다 했더니, 그제야 그가 바로 판박이로 닮은 내 초상화임을 깨닫고 깜짝 놀란다.

"혹시 옷 좀 빌려주실 수 있나요?" 하고 그가 히브리어로 묻는다. "언젠가 백배로 갚아드리겠습니다."

"대체 발가벗고 여기서 뭘 하고 계시오?"

나는 그의 온몸이 피멍과 상처투성이인 데다 이마에 피가 흐르는 것을 보고, 혹시 그도 나처럼 형제가 되지 않으려고 도망친 게 아닐까 하는 생각을 해본다.

"말도 마세요!" 하고 그가 말한다. "그들은 수세기 동안이나 날 기다리더니, 마침내 내가 도착하자 곧바로 내게 환영회를 열어준 거지요."

마침내 나는 그를 알아본다. 감동이다. 늘 나는 그에게 깊은 존경심을 품고 있었다. 그는 진정한 유대인이었다. 그 역시 창세를 꿈꾸었다. 그가 내 노란별을 바라보며 말한다.

"그걸 그렇게 눈에 띄게 달고 다녀선 안 돼요. 신중치 못한 처사예요."

경험이 있어 하는 말이다. 그는 나보다 더 위협받고 있는 게 분명하다.

"리히트 역에서 경찰이 날 알아보더군요" 하고 그가 말한다. "나야 물론 박물관마다 초상화가 있고 도처에 수백만 장이 복제되어 있으니 빠져나갈 꿈도 꿀 수 없는 신세죠. 다시 오지 말았어야 했던 것 같아요. 하지만 어찌 되었는지 꼭 보아야만 했다오. 내 생각엔 그래도 한 2000년 정도면 정말 변화를 실감할 수 있을 것 같았지요."

나는 연민에 사로잡힌다.

"모르셨나 보지요?"

"몰랐어요" 하고 그가 말한다. "몰랐습니다. 그들을 믿었지요.

끔찍하군요. 그러리란 걸 미리 알았더라면 나도 그냥 유대인으로 남았을 겁니다. 십자가형을 당할 필요가 없었지요."

"그래도 그 말은 좀 부당하군요" 하고 내가 말한다. "당신이 없었다면 르네상스도, 원초주의파도, 소설도, 고딕 미술도, 그 무엇도 없이 그저 야만 상태였을 테니까요."

그는 내 말을 듣지 않는다. 내 느낌에 그는 진짜로 화가 난 것 같다.

"무슨 일이 벌어지고 있는지 당신도 보았지요? 나는 아시아 쪽도 한 바퀴 둘러보고 온 세상을 돌아다녀보았어요. 정말 십자가형이 하나의 풍속이 되어버리리라곤 꿈에도 생각하지 못했지요. 이젠 그런 일 따위엔 아무도 신경조차 쓰지 않아요."

"한데 이번엔 그들에게서 어떻게 빠져나올 수 있었지요?"

"짐작하시겠지만, 아직 내게 그 정도 수단은 있죠. 하지만 가까스로 빠져나왔어요. 그들은 기뻐하지도 않았습니다. 나를 보는 즉시 거대한 십자가를 하나 꺼냈어요. 마치 내가 돌아오길 기다리며 준비라도 한 듯이 말입니다. 내게 말을 할 시간조차 주지 않더군요. 즉시 내 머리에 면류관을 눌러 씌웠지요. 그러곤 내가 그들을 어떻게 생각하는지 외쳐대기 시작하자, 나더러 사기꾼이라고 아우성을 치더군요. 내가 다시 해봐야 아무 소용없다는 걸 깨닫고 이번만큼은 호락호락 당하지 않으려 한다는 걸 알고는 말입니다. 그냥 날 가만 내버려두기는커녕 가짜 메시아라는 구실을 내세워 강제로 십자가에 매달려 하더란 말입니다. 세상에 그런 논리가 어디 있소? 하여간 이 사람들에겐 이길 수가 없어요."

"앞으로 어떻게 하실 거지요?"

"우선 어느 농가에 가서 옷을 좀 구해 입고 함부르크로 갈 생각입니다. 거기서 타히티로 가는 배를 찾아봐야겠어요. 타히티는 지상낙원이라고 하니 누구도 거기로 날 찾아올 생각은 하지 못하겠죠. 한데, 댁은 뉘시지요?"

"콘입니다" 하고 내가 말한다. "날레브키 출신 유대인 희극배우 콘입니다. 저도 아우슈비츠에서는 꽤 알려졌었죠. 당신도 아실지 모르지만……."

그의 얼굴이 어두워진다. 아주 딱딱하고 엄한 얼굴, 약간 원시적인 거친 면모가 엿보이는 멋진 얼굴, 바로 그가 이탈리아 화가들 손에 떨어지기 전, 고대의 비잔틴 성화들에서 가졌던 얼굴이다.

"나도 잘 알지요" 하고 그가 말한다. "내가 글도 읽을 줄 모르는 것 같아요? 사실 두 번 다시 그들을 구제하지 않아야겠다고 생각하는 게 바로 그것 때문이오. 해도 해도 너무하지 않소. 그들은 절대 변하지 않을 거요. 다시 해봤자 박물관들에서 주문만 좀 늘어나겠지요."

늘 그렇지만 그의 말이 맞다. 그가 말을 막 마쳤을 때, 덤불 속에서 은밀한 발자국 소리와 누군가의 가쁜 숨소리가 들린다. 그도 그 소리를 들었다. 가까이 다가오는지, 바스락거리는 소리가 사방에서 올라오고 가이스트 숲에 생기가 돈다. 혹시 경찰이 아닐까 하는 생각이 뇌리를 스치는 순간, 눈앞에 미켈란젤로, 레오나르도, 치마부에, 라파엘의 음산한 얼굴이 나타난다, **투티 프루티**, 모두의 손에 붓이 들려 있고 괴상한 얼굴들이 역겨운 미소에 쪼개져 있다. 그가 후다닥 일어나 돌을 집어 치마부에에게 던지자 돌이 그의 코를 때린다. 미켈란젤로와 레오나르도는 흥분한 이탈리아 물결 속으로 잠수해보지만, 그러나 그는 다시 돌 몇 개를 줍고, 나는 최선을 다해 그를 돕는다. 레오나르도가 비명을 지른다. 눈에 돌을 맞고 심히 불경한 언사를 내뱉는다. 미켈란젤로는 붓을 내던지고서 발을 부여잡고 맴을 돌며 춤을 춘다. 우리는 또다시 그들에게 돌을 한 줌 던지고, 그들은 덤불 속으로 숨는다. 숨어서도 않는 소리를 한다, 그들이 요구하는 건 단지 한 시간만 포즈를 취해달라는 거라고, 나머지는 그들이 알 바 아니라고, 그 한 시간의 포즈는 문화를 위한 거요, 그에겐 거절할 권리가 없다고 말이다. 그러나 그들은 사람을 잘못 보았다. 너무도 자주 그를 약하고, 숨김없고, 사랑스럽고, 유약하고, 너그러운 모습으로 그리다 보니, 실제로 그가 양처럼 순한 분인 줄 안다. 대단한 착각이다. 그는 남자, 진짜 남자다. 대단히 강하고 대단히 엄격하며, 남성적인 얼굴에 두 눈 또한 냉엄하여, 그를 직접 보면 모든 종교 예술이 그를 길들이는 작업에 얼마나 매진했는지 알 수 있다. 그는 아르카익한 형태들에 익숙지 않은 가이스트 숲 전체를 전율시키는 저주의 물결을 날린다. 어쨌든 그는 기적 같은 재주로 기막히게 잘 조준하여 돌을 몇 개 더 날리고는 급히 달아난다. 수단이 훨씬 못 미치는 내가 그를 뒤쫓으려 해보지만 헛일이요, 결국 오늘 하루 동안 겪은 시련의 대가를 치른다. 시야가 흐릿해지고 머리가 빙빙 돈다. 그가 되돌아와 나를 부축하고, 나는 그에게 날 그냥 내버려두고 어서 달아나라고 말한다. 우리가 함께 있는 걸 사람들이 보아서는 안 된다. 예수가 그들에게서 벗어나도록 도와주었다는 사실을 사람들이 알게 되면, 내 이름은 세상 끝나는 날까지 유다로 남을 것이다.

위장복을 입고

내가 고집스레 호라 춤을 추던 이 산당에서, 마침내 그들이 나를 몰아내어 자신들 의식에서 추방해버린 듯, 이렇게 기절해 있는 시간이 얼마나 될까? 나로선 뭐라 말할 수 없다. 어쨌든 눈을 뜨자 기분이 한결 낫다. 과거의 공포들이 아직도 기억나긴 하지만 그러나 잠자는 동안 내가 부지중에 변해버린 듯 지금은 그것들이 낯설게 여겨진다. 느낌이 너무나 좋아 내가 없는 동안 정성 어린 손들이 나를 치유한 게 아닐까 하는 생각마저 든다. 나는 자신감이 생기고 다시 쾌활해진다. 온몸에 활기가 돈다. 생각이 맑고 고양되어 있다. 단단한 우정, 수많은 지적 후원에 둘러싸인 느낌이다. 발전하고, 다시 장비를 갖추고, 도덕적으로 재무장된 것 같은 묘한 느낌. 몽테뉴, 파스칼, 유네스코, 인권 동맹, 두 명의 유대인 작가에게 주어진 노벨상, 도처에서 열리는 콘서트, 하루에 100만 명씩 우리 박물관들을 찾는 방문객들, 나는 그런 것들을 생각하고, 그런 것들을 생각해야 한다. 휴우. 좀 전엔 대체 뭐에 쒼 거지? 그저 일시적인 발작, 사기 저하일 뿐이다. 심호흡 한번 크게 하면 더는 나타나지 않는다. 가이스트 숲의 공기는 언제나 큰 도움이 된다. 이곳엔 진짜 성령의 바람이 분다.

몸을 일으키다가 아주 흥미로운 사실을 확인한다. 누가 내 옷을 훔쳐갔다. 지금 나는 여태 다른 사람들 등에서만 보던 슬립 같은 것을 걸치고 있다. 사람들이 **위장복**이라고 부르는 옷 같다. 흠. 이상하다. 어찌된 일이지? 이것이 의미하는 게 뭘까? 내가 잠자는 동안 샤츠가 내게 이런 슬립을 입혔을까? 내가 감기에 걸릴까봐 걱정이 된 모양이다.

나는 즉시 나의 노란별을 찾아본다. 누군가가 떼어냈다. 그러나 다행히도 여기, 내 발밑에 있다. 나는 그것을 주워 다시 제자리에 붙인다. 만사 순조롭다.

나는 나뭇가지들을 약간 벌리고서 조심스럽게 살펴본다. 곧바로 나는 정확히 뭔지는 모르겠으나 뭔가가 준비되고 있음을 확인한다. 아름다운 빛에 잠긴 가이스트 숲이 희망찬 약속으로 빛나는 역사 태피스트리로 변해 있다. 꽃향기가 너무나 좋아 더는 다른 어떤 냄새도 느낄 수 없다. 풀잎은 자라나 우리가 볼 수 없는 모든 것을 숨기고, 1000마리 비둘기가 경이로운 평화를 과시하고, 암사슴들이 도처에서 감동적인 포즈를 취하고 있고, 폐허들은 최고의 행복 효과를 내며 배치되어 있고, 하늘은 너무나 순수하고 푸르러 자연을 배반하는 느낌마저 든다. 신고전주의 열주列柱, 풍요의 뿔, 사방 구석구석의 칠현금, 절정의 순간 당신 성기 위에 떨어질 허공에 걸린 월계수, 구석구석 모든 것이 예술이다. 후원국, 엄청난 주문, 훌륭한 아카데미들, 로마 대상 수상작 〈보편적 사랑〉 냄새가 난다. 찬란한 문화의 빛이 너무나 밝아 얼룩이나 침해의 여지가 없다. 수백만 어린아이들이 눈을 또랑또랑

빛내며 이곳으로 긁어 죽으러 올 수도 있을 것이다. 이는 더는 의식도 잠재의식도 아니다, 진짜로 상상 박물관이다. 이런 곳에 내가 받아들여졌다고 생각하니, 감사와 감동으로 두 눈에 눈물이 흐를 것 같다. 나의 사념이 이렇게까지 고상하고 드높았던 적은 없다. 나, 이 불쌍한 유대인 디부크가 마침내 신의 잠재의식 속에, 아니 어쩌면 바로 드골 장군의 잠재의식 속에 떨어지기라도 한 걸까?

내 귀에 영광의 트럼펫 소리가 들리고, 포동포동한 아기 천사들이 깨끗한 귀여운 엉덩이를 선보이며 나뭇가지들마다 앉아 있는 게 보인다. 천상의 합창이 솟아오른다. 지상에서 천상의 합창이 솟다니, 이야말로 진짜 기적이다. 목소리들이 너무도 순수하고 맑아, 드디어 인간이 모두 거세를 당했고 그래서 그들이 고마운 마음을 이렇게 노래하는 거라는 희망마저 생긴다.

마침내 릴리가 절정을 누린 걸까?

지금 내 눈엔 그녀가 보이지 않는다. 하지만 그녀는 분명 이 가이스트 숲 어딘가에 있을 것이다. 그런 일은 언제나 이곳에서 일어나니까. 태피스트리 구석구석에 숨은 경찰들도 눈에 띈다. 좋은 징조다. 의장대인 셈이다.

하늘이 좀 불안하다. 이토록 빛나는 하늘은 여태 한 번도 본 적이 없다. 성큼 가까이 다가온 것만 같다.

릴리는 아직도 여기에 없다. 대체 어디에 틀어박힌 걸까? 어쩌면 인도나 아프리카로 갔는지도 모르지만, 그렇게 까다로운 여자가 뭣 하러 그런 후진국에 간단 말인가?

하늘이 하는 짓이 점점 더 염려스럽다. 좀 전보다 훨씬 더 가까이 다가온 것 같다. 창공에서 빠져나왔다. 그리하여 자줏빛이 되고 보랏빛이 되더니, 붉게 빛나며 박동을 한다. 내 주변 대기가 하얗게 달궈져 강렬한 빛을 발한다. 돌연 사방에서 구름이 솟더니 천상의 어떤 질주 때문인 듯 날아간다. 이어 하늘이 혼탁한 색조로 변해 장밋빛인지 구릿빛인지 더는 육안으로 분간이 안 된다. 마치 여명과 일몰 사이에서 망설이고 있는 것 같다. 이 수수께끼 같은 망설임 효과 때문인 듯 자연 전체가 숨을 죽인다.

"콘, 어째 그런 옷차림을 하고 있소?"

나는 깜짝 놀라 펄쩍 뛴다. 샤츠다. 하늘을 살피는 데 온 정신이 팔려—아마 나는 이 고질병에서 영원히 벗어나지 못할 것이다—그가 오는 것을 보지 못했다. 그도 나처럼 얼룩무늬 슬립에 턱 끈 달린 모자를 쓰고 있다.

"당신하곤 상관없는 일이오. 이제 난 미국인이라 당신하곤 볼일이 없소."

"**마즐토브**. 그런데 얼굴 표정이 왜 그 모양이오?"

"별일 아니오. 우리가 또 실수로 어느 남베트남 마을을 폭격했소. 사상자가 났고요."

"괜찮아질 거요, 당신은 아직 신참이니까."

"그렇죠, 실수는 누구나 하는 거죠. 어느 고슴도치가 옷솔에서 내려오며 말했듯이."

"릴리를 찾고 있는데, 혹시 저기서 그녀를 보지 못했나요?"

"아뇨. 저긴 더러워요. 모나리자의 흔적은 없죠. 그녀는 여기에 있을 거요."

나는 내 위장복을 살펴본다. 아직도 좀 당황스럽다. 어떻게 된

일인지 도통 알 수가 없다. 나로선 익숙지 않은 차림이요, 내 속에서 **그발트!** 하고 외치는 작은 목소리까지 들린다. 형제애로 인해 내게 베트남인이나 아랍인, 아니면 흑인 디부크가 썬 건지, 어쨌든 전혀 가톨릭이 아닌 뭔가가 지금 내게 일어나고 있는 중이다.

머리 위에서 끔찍한 소음이 들린다. 하지만 내가 짐작하는 것이 전혀 아니다. 다만 제트기 전투 비행 중대가 내는 소리일 뿐이다. 저들이 이 가이스트 숲에서 뭘 하는 거지?

"이곳에도 베트콩이 있단 말인가? 그 개자식들, 놈들이 여기서 뭘 하는 거지?"

샤츠가 호의 어린 눈빛으로 나를 바라보며 말한다.

"많이 발전했군요. 좋아졌어요. 거봐요, 그리 어렵지 않다니까."

그의 눈 한쪽 구석에 살짝 조소의 빛이 어른거린다. 게다가 내게 말을 할 때 약간 보호자처럼 말하는 어조도 마음에 들지 않는다. 유대인도 독일인 못지않게 훌륭한 군인이라는 사실을 그에게 증명해주어야겠다. 그들이 우리에게 사격을 하고, 나는 배를 깔고 납작 엎드려 포복을 한다. 웬 놈들이지? 가만 보니 저 얼간이들 중 넷이 내가 최고로 아끼는 1중대 전우들에게 기관총 사격을 하고 있다! 개자식들! 나는 수류탄을 하나 까서 그 노란 무리 한가운데로 던진다. 아무것도, 찢어진 눈 하나, 개미 먹을 연어알 것 하나 남아나지 않는다! 나는 앞으로 돌진하며 명령을 내린다. 마을이 또 하나 튀어나오고, 내가 앞장을 서고, 마을이 곧 우리 통제 아래 놓이고, 내가 부하들에게 축하를 해준다. 절반은 흑인이다. 처음엔 유대인 휘하에 있는 걸 불쾌히 여기더니, 마을 서너 개를 점령하고 나서부턴 내게 존경심을 보인다. 부하들 중엔 멕

시코인, 푸에르토리코인도 있다. 누가 뭐라 지껄이건 전쟁은 우습게 볼 게 아니다. 그것은 형제애를 만든다.

나는 끔찍한 비명을 지르며 화들짝 깨어난다. 나는 지금 여기, 총과 모자에 위장복 차림으로, 남자와 여자, 어린아이 포함 스물두 명의 베트남인들 속에 누워 있다. 전투를 치른 후 깜빡 잠든 모양이다. 얼굴 위에 아직도 어린아이 발 하나가 있다. 나는 그것을 살그머니 떼어내고는 하품을 한다. 기진맥진한 상태다. 그새 실종 상태로 있는 동안 내가 대령으로 승진하고 훈장을 주렁주렁 매달고 있음을 깨닫는다. 염소는 아직 여기 있다. 혀를 내민 채 진땀을 흘리고 있다. 모나리자가 녹초로 만든 거다. 녀석 몸에 경련이 일고 엉덩이 전체가 흔들린다. 녀석이 그녀 쪽으로 고개를 돌린다. 하지만 그녀의 미소를 보더니 끔찍한 비명을 지른다. 몸을 질질 끌며 덤불 속으로 달아나려 해보지만, 그녀는 이미 그를 완전히 세탁해버렸다. 녀석은 다시 한 번 발작적으로 몸을 떨더니, 등을 깔고 나자빠져 네 굽을 허공에 치켜든 채 숨을 거둔다. 염소는 끝장났다. 이기는 쪽은 언제나 **문화**다.

어쨌거나 나로서는 모나리자가 여기 있는 것이 만족스럽다. 긍정적인 느낌을 갖는 데는 그만한 것도 없다. 염소 일은 유감이지만, 사실 시민들은 나 알 바 아니다. 우리가 목숨 걸고 싸우는 동안 우리 여자를 건드리는 시민들은 더욱 그렇다. 나는 염소에게 발길질을 한다. 아주 쌤통이다. 어디 결산을 해보자. 죽은 염소 한 마리, 모나리자 한 명, 어린아이 발 하나, 이 정도면 한 여드레는 너끈히 견딜 수 있다. 모든 게 다 무탈한데 딱 한 가지가 의문이다. 대체 내가, 날레브키 가의 이 콘이 전장에서 죽은 염소 한 마리, 어린아이 발 하나, 포르노 배우처럼 웃는 모나리자와 함께 여기서 뭘 하는 거지? 특히 어린아이 발이 나를 불안하게 한다. 이것이 유대 아이 발이면 어쩌지? 천만에, 그건 불가능하다, 아직도 박해 강박증에 사로잡혀 있다, 발 색깔이 노란 건 척 보면 알 수 있는데 말이다, 안심하고 자도 된다. 어쨌든 이건 이념 갈등이다, 반대편에 유대인이 있다 해도, 그 자식들이라고 가만 놔둘 수는 없다.

이 구석에선 아무래도 좀 외로운 느낌이 든다. 샤츠 자식은 대체 어디를 간 거야? 놈이 그립다. 그가 내 곁에 있으면 좋을 것 같다. 그는 개자식이요 나치 출신이지만 녀석이 쌓은 군대 경험은 존중해줘야 한다. 지금 같은 순간에는 내게 아주 유익할 것이다. 그는 진짜 프로다. 그를 곁에 두면 안심할 수 있을 거다.

모나리자는 계속 나를 바라보며 음탕한 미소를 보낸다, 그러나 천만의 말씀, 염소를 그 지경으로 만들어 놓고, 내가 바보인 줄 아나? 내 흑인 부하들 중 누구에게 말만 하면 될 일이다, 그들이라면 마다하지 않을 테니까.

한데 이 샤츠라는 인간은 대체 뭘 하고 있는 거야? 설마 동료를 내팽개쳐버린 건 아니겠지? 그건 있을 수 없는 일이다, 그런 거라면 정말 더럽다.

하지만 어찌 그를 의심한단 말인가. 두말하면 잔소리지만, 독일 군인들은 직업 정신이 투철하고 샤츠는 명예를 아는 사람이다. 나를 여기서 구출해주러 올 것이다.

나는 완전히 지쳤다. 하지만 기가 꺾여선 안 된다. 베트콩들이 바라는 게 바로 그거다. 내 사기를 저하시키는 것. 이 자식들은 우리와 정정당당하게 싸워선 이길 수 없다는 걸 알기에 어떻게든 우리 사기를 떨어뜨리려 한다.

한데 샤츠 녀석은 대체 뭘 하고 있는 거지? 이제 곧 밤이 될 텐데, 여기서 나 혼자 밤을 새우는 건 영 마뜩지 않은 일이다.

어쩌면 내가 샤츠를 좀 부당하게 대했는지도 모른다. 그는 명령을 받았었다. 그는 군인이었고 명령에 복종해야 했다.

그를 여기 있게만 해준다면 뭐든지 줄 생각이다.

저 앞, 그늘 속에서 뭔가가 움직인다. 나의 심장이 세차게 뛰기 시작한다. 샤츠일까? 그걸 어떻게 알 수 있지? 나를 알아챌 수 있게 휘파람으로 곡조 하나를 흥얼거려 보아야 할 것 같다. 한데 어떤 곡? 함정이 아니라는 확신을 주려면 베트콩이 모르는 곡이어야 한다. 나는 〈호르스트 베셀의 노래〉 첫 두 소절을 휘파람으로 분다.

아무 반응이 없다. 아닌가 보다. 더럭 겁이 난다. 하느님, 제발 샤츠를 돌려보내주소서! 베트콩들은 나를 덮치기 위해 어서 밤이 오길 기다리고 있을 게 분명하다.

저기 맞은편, 어느 집 잔해 속에서 또 뭔가가 움직인다. 어떤 민간인이나 부상병이 도망치려는 걸까? 하지만 위험을 감수할 수는 없다. 나는 수류탄을 하나 까서 그쪽으로 던진다. 그러곤 땅바닥에 납작 엎드려 기다린다. 아무 반응이 없다. 침묵뿐. 더는 움직이지 않는다. 해치운 거다.

샤츠는 프랑스 침공과 러시아 침공에 참여했다. 그리고 철십자 훈장을 받았다. 정말 대단한 녀석이다.

나는 그가 날 버리지 않을 거라고 확신한다. 나는 유대인이고 그는 나치였지만, 그것은 이미 지난 일이요 이젠 씻어버려야 한다. 잊어버릴 줄도 알아야 한다.

게다가 샤츠는 앙심 품는 스타일이 아니다. 전쟁이 끝난 뒤 그는 프랑스 외인부대에 입대하여 프랑스에 봉사했고, 프랑스인들은 그에게 훈장까지 수여했다. 그는 믿어도 된다고 나는 확신한다.

이제 밤이 되었다. 달은 없다. 염소가 악취를 풍기기 시작한다.

이곳엔 틀림없이 베트콩 순찰대가 있다. 나를 발견하면 내 불알을 잘라 내 입에 처넣을 거다. 샤츠 말로는 북부 아프리카 빨치산들이 용병을 잡으면 그렇게 했다고 한다. 고백하건대 난 정말 아랍 녀석들이 싫다. 샤츠는 녀석들을 많이도 죽였다.

한데 그는 대체 어디에 있는 거야? 날 내팽개친 건가? 그건 있을 수 없는 일이다. 나는 그를 안다. 그에게 우정은 신성하다. 그저 내가 좀 의기소침해진 거다.

전쟁이 끝나면 나는 그를 미국에 초대할 생각이다. 거기엔 내 가족이 있다. 나는 가족에게 그가 내 생명의 은인이었다고 말할 것이다. 그들은 그에게 축연을 베풀어줄 것이다.

더는 견딜 수가 없다. 나는 눈을 감고 기도를 올린다. 하느님, 샤츠를 돌려보내주소서!

기분이 좀 낫다. 담배 생각이 간절하다. 라이터를 켜선 안 되지만, 철모 속에 숨겨서 켜면 되지 않을까…… 주머니 속에 시가가 한 개비 있었다. 주머니를 뒤져본다. 찾을 수가 없다. 주머니에서 떨어진 모양이다. 주변 땅바닥을 더듬어본다. 드디어 시가를 찾아 입술 사이에 문다…… 맙소사, 시가가 아니다. 어린아이 손이다.

나는 끔찍한 비명을 지르며 식은땀 범벅이 되어 깨어난다.

멍한 눈으로 주변을 둘러본다. 얼마나 겁에 질렸는지, 내가 아직 가이스트 숲을 떠난 게 아니라는 사실을 깨닫고도 전혀 안도가 되지 않는다.

사방이 환하고 햇살이 가득하다. 어디선가 멧비둘기 울음소리가 들리고 하늘은 해맑기만 하다.

나는 내가 어디에 있는지 까맣게 잊고 있었다. 이 자식은 진짜 쓰레기요 그의 잠재의식은 독사 둥지다. 좋아, 알았어. 일 초도 더 거기 머무르지 않겠어.

한데 이젠 그 무엇도 확신이 가지 않는다. 내가 생각을 하는 건지 그가 생각을 하는 건지도 모르겠다. 어쨌든 내가 확신하는 것이 하나는 있다. 나의 노란별 말이다. 그것은 아직 여기 있다. 아직은 내가 끝장난 게 아닌 거다.

릴리는 여기 없다. 이젠 놀랍지도 않다. 그 쌍년은 베트남에서 화냥질을 하고 있을 게 분명하다. 이젠 그녀에게 어떤 환상도 없다.

내가 정말 정신을 차린 건지도 확신이 서지 않는다. 어쩌면 또 깨어날지도 모른다. 거기가 어디일지 벌써 짐작이 간다. 아우슈비츠일 거다. 하지만 독일 아우슈비츠일지는 확신이 서지 않는다.

아직 내게 어떤 동정이랄까, 유감을 불러일으키는 것이 하나 있다면 그건 바로 그 염소다. 그는 형제였다. 그렇게 죽어서는 안 되었다.

콘 대령

더는 의심의 여지가 없다. 나의 마지막 순간이 닥친 거다. 신심 깊은 유대인 열 명의 흔적은 내 주변에 없지만, 그들이 나를 쫓아내는 데 성공하리란 것을 나는 안다. 방어하고 싶은 마음도 없다. '콘, 애쓸 것 없어. 그들은 널 놓치지 않을 거야. 사람들은 말이지, 서로 닮는 문제에서는 실패하는 경우가 드물어' 하고 끊임없이 되풀이하는 조롱기 어린 은밀한 목소리가 내 내면에서도 들린다.

그런 목소리, 내 친한 친구들은 그런 소리를 듣지 않길 바란다.

그들이 어떻게 하려 들지는 아직 잘 모르겠다. 소화되지 않은 채 위장에 남아 있는 뭔가를 해치우려 할 때 늘 그러듯, 아마 그들은 나를 한 권의 책으로 만들지 않을까 싶다.

그들의 형제애라는 것도 이젠 전혀 믿음이 가지 않는다. 나는 찬성도 반대도 아니요, 그저 논의를 해봐야 한다는 것뿐이다. 내가 미친놈처럼 후다닥 달려들어 아무거나 구매할 거라고 생각하면 오산이다. 지금 막 타산을 맞춰보니, 그들이 내게 팔아넘기려는 게 사실 가격은 어마어마한데 가치는 아무것도 없는 것 같다. 얼굴 붉히지 않고 아이들과 손자들에게 물려줄 수 있다는 확신이 서야만 구매할 것이다.

나는 어느 돌 위에 앉아 고개를 숙인다. 유대인 무명 희극배우 기념비 건립을 위해, 사람들이 나더러 지난날 바르샤바 게토가 있던 자리에 포즈를 취하게 한다. 발아래엔 개울이 하나 흐르고, 안쪽엔 폭포도 하나 있고, 위쪽에는 나무들이 서로 햇살과 새를 차지하려 다툰다. 이런 정경이 베야르를, 롤랑 드 롱스보를 연상시키길 바라는 모양이다. 하늘에 날개 펼친 독수리 몇 마리를 풀어놓더라도 나는 놀라지 않을 것이다. 아마 내 외모는 영감에 찬 고상한 모습일 테고 셈족 형이겠지만, 그러나 너무 티를 내선 안 된다. 유대인들을 화나게 해선 안 된다. 등에 엄청난 무게가 느껴지는 걸로 보아 후세를 위해 내게 갑옷을 입힌 모양인데, 놀랄 일은 아니다. 뿐인가, 내 무릎 위에 부러진 칼도 하나 놓아두었다. 무슨 칼? 우리를 멸절시킬 때는 우리에게 주지 않았던 칼 아니냐고? 늦었더라도 안 주는 것보다는 낫다. 나는 이 포즈를 그대로 유지한다, 어째도 상관없다, 너무 피곤하다. 세계교회운동 정신으로 내 머리에 후광을 덧씌우지만 않았길 빌 뿐이다. 하여간 모두가 유대인 배척자들이다.

좋다, 내 프로필을 원한단 말이지. 이 나쁜 놈들이 설마 내 코를 건드릴 생각은 아니겠지. 내가 아끼는 코를.

한데 내 별, 내 별은 어디 갔지? 까짓것, 괜찮다.

뭐? 아직 끝난 게 아니라고? 뭘 더 바라는 거야? 머리를 꼿꼿이 세우라고? 왜 그래야 하지? 그야 정 원하면 당신들이 알아서 할 일이다. 그러라고 돈을 받았으니까.

한데, 내게 친구가 한 명 있는데, 그 친구도 내 옆에 세워주지 않으시려오? 검은 염소 말이오. 뭐라고? 그는 그녀를 행복하게 해주려고 애쓰다가 죽었소. 이상주의자였소. 좋소, 좋아, 당신들 좋을 대로 하시오.

이제 됐소? 정말 하나도 빠진 게 없는 거요? 어디 한번 봅시다. 소금통, 자전거펌프, 아주 깨끗한 양말 여섯 켤레도 있어야 하는 것 아니오? 글쎄, 기념물이라고나 할까. 후세에겐 숭배할 물건들이 있어야 하니 말이오.

그래, 괜찮다. 영혼이 없는 것들이니까. 누구든 불가능한 일을 할 의무는 없는 거지.

자, 이제 날 어디에 둘 생각인지 장소를 알려주시오. 아무 곳이나 받아들이진 않을 거요. 나도 한때 이름깨나 날린 사람이고, 600만이라는 아주 비싼 대가를 치렀소. 그러니 아주 좋은 곳을 원하오. 미리 말해두지만 무명용사 자리 같은 곳에 넘기려들면 가만있지 않겠소. 아니, 스탈린 옆자리는 싫소, 퉤, 퉤, 퉤. 그렇지 거기가 좋겠소, 고야의 〈전쟁의 공포〉를 위해 스페인 시민들을 총살해대는 조제프 보나파르트의 근위병들 옆자리. 그런데 그게 이곳일 줄은 몰랐는걸, 난 그게 프랑스 문화유산에 속하는 줄 알았지. 한데, 이 영웅들은 왜 모두 바지를 내리고 있는 거요? 한창 일을 치르던 도중에 총을 맞아서 그런 거요? 오, 사랑하는 릴리. 어째서 난 안 되는 거요? 당신은 내가, 나 역시, 바지를 내리는 게 싫은 거요? 물론 눈에 확 띄겠지만 그럼 뭐 어때서? 오, 괜찮아, 이해했어. 모두 다 유대인 배척자들 아닌가.

내가 거절한다면?

내가 거절한다면? 만약에 내가 그들의 형제애, 그들의 상상 박물관을 송두리째 거절한다면? 어쨌든 그들은 내게 분명한 약속을 하고 명예 서약을 했다. 2000년 전부터 그들은 내가 개요 원숭이요 염소라는 단언을 멈추지 않았다. 한번 뱉은 말은 존중해야 하는 법, 그러던 그들이 어느 날 갑자기 실은 내가 개도 원숭이도 염소도 아니라고, 자신들이 거짓말을 했노라고, 내가 인간이 아님을 논증한 건 날 안심시키기 위해서였다고 말할 권리는 없는 거다. 그들은 내게 조건을 제시했고 나는 받아들였다. 우리는 피의 협정을 체결했고 나는 수세기 동안 그걸 지키느라 온갖 희생을 치르며 나의 자리, 나의 게토에 머물렀다. 어느 누구도 그토록 오랫동안 인간이 되지 않을 권리를 위해 나보다 더 비싼 대가를 치르지는 않았다. 사람들이 침을 뱉고 학살을 하고 조롱을 했지만, 나는 명예를 중시했고 여러 세기 동안 끝까지 그것을 지켜냈다. 나는 염소였고 악취를 풍겼다. 내겐 심장도 영혼도 없었고, 열등한 족속이었다. 그런 내가 갑자기 나의 특권들을 포기하고 그들과 한통속이 되길 받아들인단 말인가? 그것도 단지 그들이 검은색 혹은 황색의 다른 염소를 찾아냈기 때문에? 그들이 나 역시 끌어들이기로, 자신들의 역사 태피스트리 속에, 자신들의 기사단 속에 나를 맞아들이기로 결심했기 때문에?

나는 그들을 지켜본다. 의심할 바 없이 그들 모두는 내게 자리를 내주기 위해 협력한다. 나폴레옹 기병대 장교들이 뒤로 물러나고, 십자군 병사들도 비켜나면서 나더러 저기, 생 루이와 롤랑 드 롱스보 사이에 오르라고 손짓한다. 이 시대 사람들이 아랍인으로 부르는 모르족을 물리친 자 옆자리에 말이다.

희미하나 아직은 빛이 있다. 으레 그렇듯 이 역시 프랑스에서 오는 빛이다. 설문 조사에 응한 잔 다르크의 아들들 중 1퍼센트가 600만 유대인을 멸절한 히틀러의 소행에 찬동했고, 14퍼센트가 자신이 유대인 배척자라고 선언했으며, 34퍼센트가 자신은 절대 유대인에게 표를 주지 않을 거라고 했다.

나는 이 미약한 희망에 얼마간 매달려본다, 그래, 아직은 내가 완전히 끝장난 게 아니다.

한데 바로 그때 태피스트리 전체가 부드러운 광채로 환히 빛난다. 이 빛은 전설의 공주에게서 나오는 광채가 아니다. 그것은 **용서의 빛**, 프레스코 벽화들의 마돈나에게서 나오는 빛이다. 태피스트리의 가장 높은 자리, 성 베드로 성당의 둥근 지붕이 우뚝한 곳, 거기서 격동된 목소리 하나가 솟아올라 이렇게 말한다. "**유대인들은 죄가 없다, 그들은 그리스도를 죽이지 않았다.**"

더는 망설일 여지가 없다.

슈바르체 쉭세(끝없는 계속)

지금 샤츠는 자신의 사령부에서 지도를 살펴보고 있는 중이다. 손에 컴퍼스를 들고서, 최선의 입장을 찾고 있다. 그의 생각이 옳다. 이제 더는 계속 그의 내부로 아무렇게나 되돌아올 수 없다. 뭔가 새로운 걸 찾아야 한다. 나는 텐트 아래를 통해 안으로 들어가, 그에게 거수경례를 한다.

"나의 모든 걸 용서한다는 게 정말입니까?"

"그렇소, 전부."

"게토의 폭동도?"

"장담하지만 더는 그 일을 생각하지 않소."

"시온 현자들의 의정서도?"

"그거야 금빛 전설 아니오. 그저 문학작품일 뿐이죠. 문화 말이오."

"코도? 귀도?"

"외과 수술을 받으면 눈에 띄지 않게 될 거요."

"고이 잠드신 우리 주 예수도?"

"그분이 유대인인 게 그분 잘못은 아니지요."

"히틀러 일도?"

"당신들이 독일에 그런 짓을 해선 안 되는 거였소. 그 일로 우린 아직도 고통을 받고 있지. 하지만 당신들 수가 너무나 많았고, 당신들로선 그러지 않을 수가 없었소."

"우린 고리대금업도 했습니다."

"그 얘긴 그만합시다."

"이따금 아리안 여자들과 자기도 했지요."

"창녀들은 어디에나 있소."

"사람들이 우리가 기독교 어린이 피를 우리 미사 빵에 뒤섞었다고 비난한 사실도 아세요?"

"독일인들도 중상에 시달렸소. 사람들이 오라두르니 리디체니 트레블링카 등등에 대해 떠들어댄 그 모든 중상모략들을 생각해보시오."

"아시겠지만 마르크스도 유대인이었습니다."

"용서해야지요."

"정말이에요? 정말 나의 모든 걸 용서해줄 건가요?"

"모두."

"맹세코? 카이렘이디시어로 '당신에게 맹세한다'는 뜻?"

"카이렘."

"아이히만 일도?"

"아이히만에 대해서도 당신들을 용서하오. 그는 그저 꽁꽁 숨어 있었으면 되었을 텐데. 콘, 정말이지 난 어떤 뒷생각도 없이 당신더러 우리 일원이 돼달라고 제안하는 거요. 난 이스라엘 국가의 성공을 열렬히 기원합니다. 이스라엘이 국가들의 합주에 참여하길 바라지요."

"무슨 합주 말인가요? 그런 합주라면……."

"독일은 이스라엘에게 오른쪽 귀빈석을 내줄 거요."

"오른쪽? 싫어요. 우린 왼쪽을 원해요."

"왼쪽이든 오른쪽이든 그게 뭐 대수요? 가족이 되겠다는 거요 싫다는 거요? 자, 콘 대령…… 우리에게 그걸 좀 보여주시오!"

무슨 소릴! 이번만큼은 화를 내지 않을 수 없다.

"당신들께 아무것도 보여주지 않겠어요. 게다가 그건 아무런 증거도 되지 않아요, 요즘은 신교도들도 대부분 할례를 하지 않습니까!"

"콘 대령!"

나는 머리를 조아린다. 왠지 내가 제복의 명예를 더럽히는 느낌이다. 내겐 익숙지 않은 일이다. 사람이 하루아침에 온전한 인간이 될 수는 없다. 나는 바지를 벗는다.

"자, 전쟁터로 갑시다, 대령, 서두르시오. 전장이 따분해지는 게 보이지 않소?"

나는 여전히 망설인다. 맙소사, 그런 행복과 성취의 꿈 앞에서, 재능이란 건 얼마나 하찮은 것인가!

"그녀에게 다른 누군가를 붙여줄 순 없나요?" 하고 내가 가냘프게 말한다. "프랑스인들은 어떨까요. 역사가 말해주듯 그들은 언제나 그런 쪽으로 취미가 많았지요. 그들도 이제 자신들의 위대함을 되찾았으니 다시 한 번 시도해보는 게 좋을 것 같은데요."

나는 꽃밭 한가운데에서 기뻐 날뛰는 뮤즈들과 미의 세 여신 사이로 나아가는 위장복 차림의 남작과 백작을 본다. 눈에 띄게 성장하는 황화黃禍에 맞서 최소한의 필수품은 보전해야겠다는 듯 스트라디바리우스를 품에 껴안고 있다. 그 품세가 당당하고 리얼하다, 구체적이다, 추상을 박살낸다, 시뻘겋다, 기념비적이요, 만고 불변이다, 그거야말로 진짜 철퇴요, 뜨거운 백성, 나의 용병이다, 그것이 부르르 떨고, 노호하고, 윙윙거리고, 부글거리고, 쇄도한다, 그것이 마오쩌둥을, 그의 빨간책을 마구 주무른다, 그것이 지평선을, 지평선의 유일한 찢어진 눈을 봉쇄해버린다, 그런 눈, 중국인들은 그런 눈을 공유하고 있다, 그들은 뒤에 웅크린 인간만도 7억이다, 자기들 집에, 따뜻한 곳에 따로 있는, 그러나 언제라도 태피스트리 위로 확산할 수천 억 잠재 중국인은 제외하고도 말이다.

"제기랄!" 하고 샤츠가 외친다. "중국 놈들이 움직이는군! 우리보다 먼저 도달하겠는걸!"

나는 그것을 주의 깊게 바라본다. 사실 나는 회의적이다.

"재래식 무기로는 어림도 없죠" 하고 내가 말한다.

장갑 기둥 하나가 태피스트리를 가로지른다. 거기엔 이미 바지를 내린 결의에 찬 미군 병사들이 가득하지만, 하나같이 자신들이 거기, 금빛 찬란한 전설 한가운데 있다는 사실에 질겁한 얼굴이다.

"미국 놈들!" 하고 샤츠가 외친다. "놈들에겐 핵폭탄이 있지! 그녀가 활짝 피겠는걸! 그녀에게 행복을 안겨주겠어!"

행복은 개뿔! 미국 놈들은 해내지 못할 거다. 놈들은 너무 격정적이고, 너무 서두르고, 너무 조급하다. 속도광들이라 금방 피식 바람이 빠져버릴 것이다! 재능은 오랜 인내의 결실이라는 것,

진정한 정부情夫라면 누구나 그렇게 말할 것이다.

샤츠가 철모를 쓴 채 쌍안경으로 가이스트 숲을 정탐하다가 말한다.

"어라, 저런 체위가 있는 줄은 몰랐군."

"아마 마르크스 식 체위겠지요" 하고 내가 소심하게 말한다.

샤츠의 얼굴이 창백해진다. 쌍안경을 내리고는 이마의 땀을 훔친다.

"마르크스 식이 아니오" 하고 그가 힘없는 목소리로 말한다. "뭔지 전혀 모르겠소. 당신이 한번 보시겠소?"

"싫어요" 하고 내가 말한다. "더는 골치 썩이고 싶지 않아요."

"저 중국 녀석들," 하고 샤츠가 말한다. "저 자식들은 뒤로 물러나는 법이 없다니까. 하지만 그녀에게 저런 걸 해주려면 성화聖火가 있어야 할 텐데……."

그가 곧 쓰러질 것 같다. 나는 그를 부축한다.

"저런 수단을 쓴다면 분명 성공하고 말 텐데!"

"뭐라고요!" 하고 남작이 항의하고 나선다. "미안하지만 그녀는 엘리트 체질이요! 그래서 내가 스트라디바리우스를 가져온 거요!"

내가 웃음을 터뜨린다.

"조용히 하시오" 하고 샤츠가 그에게 쏘아붙인다. "안 그러면 당신 공장을 국유화해버리겠소."

"내 공장을 어쩐다고? 더럽소! 당신은 색광이오!"

"천만에, 소중한 친구여, 그렇지 않네" 하고 백작이 그를 안심시키며 끼어든다. "그는 그저 자네 공장 얘기를 하는 걸세."

"누구든 내 공장을 건드리면 가만두지 않겠어!" 하고 남작이 큰 소리로 말한다. "내 공장은 아주 잘 돌아가고 있소! 생산성이 대단하지! 내가 그녀는 불감증 여자라고 말하지 않소!"

"참게나, 소중한 친구여, 약해져선 안 되네……."

"고맙네, 괜찮으니 걱정 말게. 내가 가진 수단도 멀쩡하다네! 내가 직접 이 스트라디바리우스를 들고 가서 증명을 해보여야겠군!"

나는 배꼽을 잡고 웃는다.

"왜 그리 웃는 거요?" 하고 남작이 화를 버럭 낸다. "이건 틀림없는 스트라디바리우스란 말이오!"

더는 도저히 배겨낼 수가 없다. 샤츠도 허리가 거의 접혔다.

"귀족 양반, 당신은 이미 기회를 가졌지 않소" 하고 그가 말한다. "복원은 없소이다!"

"제기랄, 도저히 참을 수가 없군!" 하고 남작이 노발대발한다. "복원되지 않아도 된다니까!"

"소중한 친구여, 아무래도 자네 좀 위태로운 것 같네……."

"닥쳐!" 하고 남작이 비천한 인민의 자식처럼 외친다.

나는 온몸을 비비 꼰다. 이젠 나 자신을 방어할 시도도 하지 않는다. 그 자식이 내가 이렇게 폭소를 터뜨리고 있는 중에 나머지 모든 것과 더불어 날 쓸어버리려 한다면, 나도 찬성이다. 결국, 곰곰이 생각하면 할수록 더욱더 확신이 굳어지는 한 가지가 있다. 기왕에 망가질 것, 웃음으로 터져버리는 것이야말로 터지는 최고의 방법이라는 것 말이다.

저 중국 놈들! 그녀에게 대체 뭘 넣는 거야? 가이스트 숲에 깃털이 날리고, 태피스트리가 산산조각 나 날아다니고, 그 한 조각이 내 눈을 때린다, 미켈란젤로의 작품이다, 라파엘의 마돈나도 얼굴로 날아든다, 돌격 나팔소리가 울린다, 베토벤의 작품이다, **서양**이 저항을 한다, 음악 **청춘**들이 사방으로 내닫는다, 드골은 굽히지도 꺾이지도 않는다, 이번엔 베르메르 한 점이 사망 셋 부상 열 명의 사상자를 내며 내 따귀로 날아든다, 고삐 풀린 소금통 하나가 앞으로 달려 나가고, 문화유산이 등장하여 몸을 곧추세운다, 물론 중국만한 역사적 규모는 아니지만, 보시라, 저 정도면 2000년치곤 제법 아닌가.

나는 쌍안경을 집어 들고 작업 중인 중국인들을 살펴본다. 흠. 케케묵은 민족치곤 제법 놀랍다. 좀 강압적이긴 하다, 무게를 이용하고 떼거지로 밀어붙인다. 애무를 한다면 그녀가 좀 더 열릴 텐데. 게다가 사회주의를 건설한다면서 저렇게 네 발 체위를 취하는 것도 좀 이상하다. 고이 잠든 염소 친구가 생각난다. 그 친구 방식과 똑같다. 그도 꼭 저런 방식으로 사랑했다. 나는 감동에 잠긴다. 새로운 중국이 작업에 임하는 모습을 보는 건 충격적이다. 신속하고, 힘차고, 급격하고, 불규칙적이다. 하지만 그리 독창적이지는 않다. 이미 스탈린에게서 똑같은 포지션을 본 적 있다. 그가 우선권을 놓고 염소와 언쟁을 벌인 일까지 생각난다. 그렇다, 정말이지 아주 새로운 건 아니다. 아마도 그들은 두 귀로 시도해보아야 할 거다.

"그래, 어떻소? 응?" 하고 샤츠가 아주 불안해하며 말한다. "중국 놈들, 뭔가 새로운 걸 발명한 거요?"

"아니오" 하고 내가 말한다. "**인 더 바바**요. 모두 다 그랬듯이."

"그럼…… 그녀는?"

"전혀. **다음 사람**이죠."

나는 좀 슬픈 느낌이 든다. 결코 기분 좋은 일은 아니지만 이젠 진실과 대면해야 할 때다.

"이젠 그녀가 원하는 걸 해주어야 할 때인 것 같아요."

"그녀가 원하는 게 뭐란 말이오?"

"죽는 것. 그녀의 꿈은 그것뿐이죠."

샤츠의 얼굴에 다시 희색이 번진다.

"이보시오," 하고 그가 말한다. "사실 우리 독일인들은 말이오, 수행해야 할 역사적 사명이 있다는 걸 잊은 적이 없소이다."

"뭐라고?" 하고 남작이 나선다. "릴리가? 나의 가엾은 릴리가 말이오? 랑바레네에서 나병 환자들을 보살피고 달 착륙을 준비하던 그녀요! 그녀가…… 죽다니!"

"모든 일엔 시작이 있지요" 하고 내가 진심 어린 희망을 내비치며 말한다.

"릴리, 머릿속에 너무도 아름다운 것들이 가득하던 나의 릴리! 죽음이라니!"

"그 이하는 받아들이지 않을 겁니다."

"당신 정말, 지금 눈물을 흘리는 거요? 징기스 콘, 당신이?"

나는 가슴을 치며 곡을 한다.

"신경 쓰지 마시오" 하고 내가 울음과 울음 사이 샤츠에게 말한다. "오랜 유대 전통이랍니다. 우린 인류가 영원히 소멸할 때마다 눈물을 흘리죠!"

"말도 안 돼! 콘, 당신 같은 냉소가가…… 이제 낙천가가 된 거요?"

"미안하오, 미안하오," 하고 내가 황소처럼 울며 말한다. "나는 지독한 비관주의자라 이번에도 그녀가 빠져나갈 거라는 생각이 드오! 가슴이 찢어지는 것 같소. 아이 - 아이 - 아이!"

나는 머리카락을 쥐어뜯고, 곡을 한다, 그녀는 이번에도 빠져나갈 테고, 나는 그런 꼴이 보기 싫다.

샤츠가 시선을 빛내며 우리 모두를 훑어본다. 마지막으로 가이스트 숲이 희망의 온갖 구렁이들로 빛난다. 물론 아직 히틀러는 아니지만 이미 독일이다.

"용기를 내시오! 앞으로! 앞으로! 그녀에게로! 단체로 그녀에게로! 형제애로 뭉쳐 그녀에게로! 과학적으로 그녀에게로! 중국인들이 전방, 서양이 후방을 맡아, 인민 모두가 뒤로 물러나느니차라리 그 자리에서 죽음을 맞이합시다!"

나는 슬그머니 달아나려 한다.

"콘, 사람들이 당신에게 형제애를, 진짜 형제애를 준다잖소. 이해가 안 되시오?"

"얼마에 주겠다는 거죠?"

"난들 알겠소. 두고 봐야겠지만 처음 십오 분은 3억 정도 할 거요. 최고의 순간이니까! 설마 흥정을 하려들진 않겠지! 그런 제안에 대해서까지 말이오! 형제애는 값이 없는 거요."

"값이 없다고? 너무 비싸요!"

"유대인들은 모두 이렇다니까! 이 세상 누구보다 구두쇠지! 콘 대령, 처음으로 사람들이 당신에게 남을 죽이고 자신을 죽이는 걸 허락한 거요, 죽임을 당하는 게 아니라 말이오. 설마 그런 명예를 외면하진 않으시겠지!"

나는 몸을 곧추세운다. 커다란 자부심이 나를 사로잡는다. 남성의 기개가 목구멍까지 차올라 숨이 막힌다. 나는 고개를 아주 높이 치켜세우고 멋지게 턱 운동을 한다. 숭고한 빛이 내 이마를 스치고, 본능적으로 우리 성스러운 십자군의 케케묵은 구호가 입술까지 올라온다.

"몽주아 생 드니!"

"브라보, 콘! 유대인은 우리와 함께! 자 이제 다른 이들과 함께 기독교적으로 죽으러 가도 좋소!"

나는 변신을 하고 변모를 한다, 코가 위로 말려 올라가고, 유다의 아랫입술이 사라지고, 두 귀가 정돈된다. 얼른 나 자신을 위한 **카디시** 하나를 읊조린다. 안심하기 위해 나의 노란별을 더듬어 찾아본다. 이제 노란별은 없다. 얼씨구. 이번엔 진짜 형제애다.

"그발트! 그발트! 난 싫어! 게토, 게토는 어디에 있는 거야!"

없다. 더는 게토도 수챗구멍도 없다.

"그발트! 난 싫다니까!"

"콘! 당신은 사람이오!"

"마즐토브! 축하하네!" 하고 저 위, 아주 높은 곳에서 웬 목소리가 천둥처럼 말한다.

"당신은 사람이오!"

"아냐! 절대 그것만은 안 돼! 히틀러, 히틀러는 어디 있지? 날 구해줘! 히틀러, 괴벨스, 슈트라이허, 나 좀 구해줘!"

"사람이요!"

"아니라니까! 내게도 명예라는 게 있소!"

마지막 희망, 마지막 꾀, 최후의 논거, 나의 훌륭하신 스승 비알리스토크 랍비 주르의 영혼이 아직도 나를 돌보신다.

"아니오, 날 속이려 들지 마시오, 아직은 진정한 형제애가 아니오, 아직 누군가 빠진 사람이……."

천만에, 나는 벌린 입을 다물지 못한다. 이번만큼은 더 이상 희망이 없는 것 같다. 이번만은 정말 꽉 찼다. 저 앞에서 위장복을 입고 턱 끈을 맨 거구의 흑인이 손에 무기를 움켜쥔 채 다급히 우리 쪽으로 돌진해오고 있는 게 아닌가. 불만이 가득한 듯 그가 심하게 화까지 내며 원망조로 말한다.

"그럼 나는? 나 좀 봐요! 내게도 다른 사람들과 똑같은 권리가 있소!"

그들은 그에게 자리를 내준다. 샤츠가 그와 악수를 하고 그에게 만년필자를 건넨다. 그는 감격한다. 더는 의심의 여지가 없다. 이젠 정말 인종주의는 끝장이다. 드디어 흑인도 유대인 배척자가 되고 유대인도 나치가 될 수 있을 거다. 이제 더는 아무런 희망도 없다. 나는 형제가 되었다. 그발트!

나는 서명을 한다. 이왕 망가지는 것, 선의라도 보여주는 게 낫다.

인 더 바바

빛이 엄청나게 밝고, 성화聖火가 도처에 있다, 나는 격노한 베트남인 시체 스무 구가 물결 따라 흘러가는 것을 본다, 어머니들은 아직 아이들을 품에 안고 있고, 포즈 따윈 신경조차 쓰지 않는다, 문화는 대체 뭘 하고 있는 거야, 고야를 기다리며 썩어 문드러지도록 이 자리에 마냥 머무를 순 없지 않은가? 베트남 부상자들이 죽은 미군 병사들 부축을 받으며 어디 틀어박힐 데 없나 하고 상상 박물관 빈자리를 찾아 헤맨다. 태피스트리가 새로운 섬광으로 환히 빛난다. 혈액형은 상관없다, 중요한 건 색깔이다, 프레스코 벽화의 마돈나와 전설의 공주 이마에 붉은색이 아주 조금 부족하다. 재능이 대량으로 흐르고, 그 백색 첫물이 모든 것을 허옇게 적신다, 절대의 냄새, 끈끈한 풀 냄새가 난다. 아, 전리품이 또 하나 있다. 존슨 대통령이 직접 창설한 지식인 연방위원회가 현재까지 이루어진 총 600메가톤의 핵실험으로 1600만 어린이들이 심각하게 오염되어 정신적 불구가 될 거라고 예고한다. **마즐토브!** 오염된 어린이 1600만은 곧 1600만 재능을 의미한다. 거기엔 분명 또 한 명의 오펜하이머원폭개발자 로버트 오펜하이머, 또 한 명의 텔러'수소 폭탄'의 아버지로 불리는 에드워드 텔러가 있을 것이요, 어쩌면 메시아도 있을 거다. 감동적인 무대들도 있다. 잘게 찢긴 소녀가 자신의 바람은 오직 하나뿐이라고 주장한다. 다른 아이들처럼 학교에 가는 거다. 문화유산이 불어나, 새로운 높이로 솟아오른다. 철저히 무장한 눈 찢어진 정자 7억 개가, 주둥이 비틀어진 물뿌리개 하나와 고품질 양말 여섯 개를 찾아 몰려든다. 첫물이 대량으로 흘러들어 모든 것을 자신의 명백함으로 뒤덮는다. 황인종 세계에서도 위험이 흰색일 줄은 몰랐다. 상상 박물관에는 자리 값이 너무 비싸 사람들이 시체들을 거부하기 시작한다. 모나리자의 미소는 변함없다. 그것은 모든 걸 삼켜버렸다. 나는 수건을 찾는다. 어허, 어찌 그리 염치를 모르시오, 자, 부인, 입은 좀 닦아야 하지 않겠소. 나는 그 속에 인간이 있는 것을 보고 깜짝 놀라지만, 천만에, 실은 당연하다, 신화적 작품 아닌가. 나는 눈을 들어 하늘을 바라본다. 아무것도 없다, 그것은 오지 않는다, 아마도 코뿔소 뿔 가루를 좀 써보든가 해야 할 것이다. 어쨌든 좀 참고 기다려보자, 노년학의 진보가 대단하다니까…… 나는 고개를 꼿꼿이 쳐들고 있다, 달리 어떻게 할 수도 없다. 캄보디아 고대 예술이 턱까지 차오른다. 물결 한가운데에 있는 어느 바위 위에 몸을 넌 채 프로메테우스가 미친 듯이 웃는다. 그가 성화를 훔치려 했다는 건 사실이 아니다, 그는 다만 그분 엉덩이에 손을 좀 대보려 했을 뿐이다. 게토의 수채들이 넘쳤다. 후원국이 생기고 미증유의 주문 사태가 벌어질 것 같은 느낌이 든다. 재능이 줄을 서고, 소재를 대량으로 모은다, 늦지 않게 국제 전람회를 준비해야 한다. 추상예술이 도처에서 기승을 부린다. 네이팜이 일을 썩 잘 해치워, 더는 눈도 코도 가슴도 분간할 수 없다, 실로 구상 예술의 종말이다.

요컨대 사람들은 필요한 모든 일을 하지만, 천만에, 아무것도 없다, 그녀는 쾌락에 도달하지 못한다. 한 가지 희망이 남아 있다. 어쩌면 독일이 핵탄두를 가질지도 모른다는 거다. 하지만 그래봤자 결과는 겨우 피에타 몇 점이다.

나는 다만 예수가 꼭꼭 숨었기를, 그들이 그를 추적하여 타히티에서 그를 찾아내지 못하길 바랄 뿐이다. 그도 고갱처럼 그림만 그리지 않으면 된다, 우리에게 아쉬운 건 그것뿐이다.

사실 나는 독일의 씩씩한 남성성도 그리 믿지 않는다. 물론 그것이 다시 고개를 쳐들고, 헤센 주와 바이에른 주에서 약간 팔딱거리는 게 보이긴 하지만, 독일국가민주당이 그녀에게 줄 수 있는 건 별 게 없다. 구성원 대부분이 45세 이상인 데다 지난 20년간의 민주정치 때문에 심히 물러버렸다.

갑자기 한 가지 끔찍한 생각이 떠오른다. 만약에 독일이 나치즘에서 멀어진다면? 정의는 없다.

나는 물결을 거슬러 헤엄쳐보지만, 항거 불능의 물살이 나를 이끌고 간다. 원초의 바다가 나를 앞으로 나아가게 한다. 하기야 나는 원천으로 거슬러 오를 생각도 별로 없다. 그런 원천이라면, 난 내 친한 친구들이 그러길 바라지 않는다.

나는 최소한 얼굴만이라도 건지기 위해 배영으로 흘러가고, 남작은 내 옆에서 스트라디바리우스에 매달려 떠내려가고, 백작은 떨지 않는 한 손으로 거기에 자기 악기를 붙여 그와 연대하고, 개들은 충직하게도 발을 내준다, 나는 눈물 나도록 감동한다, 그런 행동은 엄청난 파급효과를 내는 법, 언젠가 그 위에 하나의 문명을 구축할 수 있을 거다. 역시나 눈이 아주 온순한 잡종견 한 마리가 거기 있다, 어쩌면 그놈이 그런 일을 할지도 모른다.

사람들이 내게 총질을 하지만, 이번만큼은 유대인 배척주의로 그러는 거라는 생각이 들지 않는다. 오히려 그것은 이제 사람들이 더는 인종차별을 하지 않으며 내가 완전히 받아들여졌음을 뜻한다.

아주 높은 곳, 아주 먼 곳에서 작은 웃음소리와 목소리가 들린다. 아득하지만, 기만하지 않는 사랑스럽고 천진한 목소리다.

"저들이 지금 날 위해 저러는 거야?"

"물론이야, 여보. 자신들이 가진 모든 걸 당신에게 주는 거야."

"정말 아름답고, 정말 위대해! 정말 창조적이야!"

"당신이 그들에게 엄청난 영감을 준 거야. 그들은 정말 자신들의 정수를 당신에게 바치는 거야."

"오, 저 예쁜 강아지 좀 봐!"

"이런, 이런, 여보. **모든** 걸 가질 수는 없어……."

"플로리앙, 저기 저 신사는 누구지?"

"어느 신사? 신사는 없어. 그는 글쟁이야. 당신을 잊으려 애쓰고 있지. 그는 당신을 좋아해."

"저런! 그래, 날 좋아한다면……."

"안 돼, 여보. 글쟁이라고 했잖아. 그가 줄 수 있는 건 문학뿐이야."

"지금 뭘 하고 있는 거야, 수챗구멍 속에서?"

"영감을 얻으려고 해."

"뭘 하러 바르샤바 게토까지 온 거야?"

"잊어버리려고. 분명 책을 한 권 쓸 거야. 뭔가 불편한 걸 털어내는 그들 나름의 방식이지."

"귀여워."

"거참, 글쟁이라니까 자꾸 그러네. 그들은 늘 책을 써서 빠져나간다고."

"그럼 저기, 저분은 누구지?"

"그는 콘이야, 징기스 콘. 그는 2000년 전에 이미 당신이 해치웠어."

"왜 물살을 거슬러서 헤엄을 치는 거야?"

"여보, 그는 유대인이야. 이상주의자. 지독한 냉소주의자들 말이야."

"하지만 왜 물살을 거슬러 헤엄치는 거야? 못됐어."

"저들은 반골 기질로 유명해. 게다가 유대인은 기독교의 체념이란 걸 몰라."

"지금 무슨 소릴 외치고 있지?"

"이디시어야. **인 더 바바!**"

"그게 무슨 뜻인데?"

"이디시어로 '형제애'를 뜻하지."

"불만이 가득한 표정인데."

"습관이 되지 않아서 그래. 칼을 차보는 건 이번이 처음이야. 이번이 그의 첫 원정이지."

"정말 아름답고, 정말 열정적이고, 정말 강압적이야!"

"원천에서 흘러나와서 그래. 그들의 모든 재능이 저 안에 있어.

잠깐만, 여기, 당신 눈썹 위에 작은 먼지가 하나 앉았군…… 내가 치워줄게. 됐어. 여보, 당신은 말이지, 단 하나의 흠집도 오점도 없어야 해. 그들은 말이야, 자신들 출신 때문에 무엇보다도 특히 순수성을 추구하거든."

"플로리앙, 난 희망에 차 있어. 이번에는 정말……."

"물론이야, 여보. 시속 100킬로미터의 거센 동풍이 불어야만 하는 여자 생각나? 아우슈비츠의 환한 태양 아래에서만 애정에 자신을 여는 귀여운 프랑스 여자, 먼저 라하트루쿰 사탕 5킬로그램을 먹어야만 하는 여자, 조서 꾸미는 경찰이 입회해야만 도달하는 여자도? 인간의 영혼은 측정할 수 없을 만큼 깊어. 그녀들이 모두 다 쉽게 만족하는 여자들이 되었어. 벨만 울리면 되지. 한데 당신에겐 좀 특별한 조건이 필요하고, 그래서 지금 그들이 작업을 하고 있어. 어쨌든 멋진 예술 작품이 만들어지겠지. 언제나 그런 식으로 끝나니까. 당신은 전보다 훨씬 더 아름다워질 거야. 문화는 당신과 아주 잘 어울리고, 당신을 사방에서 보호해줘, 당신이 방해받기 싫어하는 곳만 빼고 말이야."

"플로리앙, 왠지 감동할 것 같아."

"그것 좋지, 감동은 기분을 좋게 하니까. 그게 없으면 안 되지."

"당신이 그들을 도와줄 거지?"

"물론이야, 여보. 당신도 알잖아, 결국엔 내가 늘 그들을 돕는다는 걸. 하지만 그들은 자기들끼리도 알아서 잘 해."

더는 아무 소리도 들리지 않는다, 아니, 아직 모차르트 음악이 약간 있다, 철조망이 있다, 밀지 마시오! 모두에게 다 돌아갈 만큼 양은 충분하니까, 나는 피를 흘린다, 조심하자, 피는 녀석들을 부른다, 프라 안젤리코, 만테냐, 티티앙 같은 녀석들이 내 주변에 득시글거리게 될 거다, 상어 떼보다 더 지독한 자식들, 누군가 누구라고 특정하지 않은 채 미래 연대를 고려해서 외친다, '배신자들에게 죽음을!', 형제애가 지배한다, 흑인들이 흑인들에게 총질하고, 아랍인이 내 목에 달려들고, 나도 그를 포용하고, 그가 내 코를 물고, 내가 그의 귀를 씹는다, 한데 어느새 새로운 물결들이 도처에서 밀려든다, 샤츠가 내곁을 지나가는 게 보인다, 미래를 위해 유대인 몇 사람을 부축하며 힘차게 헤엄치고 있다, 나의 노란별이 떠가는 것이 보인다, 나는 그것을 붙잡으려 한다, 그 구명대에 매달려보려 한다, 하지만 그것은 나의 손아귀를 빠져나간다, 되돌아오라고 간청해보지만 소용없다, 그새 유대인 배척자가 되어버렸다, 형제애다. 이런, 이건 또 뭐지? 무지개인가? 아니다, 그것은 후세를 향해 고개를 돌린 채 독일 병사들이 웃으며 수염을 잡아당기던 카시드 유대인의 미소다, 그 미소는 불멸이다, 마침내 우리가 영원에 다가가는가 보다. 샤츠도 그걸 보았다, 그가 유명한 나치 집합 구호를 날린다. "인간적인 그 무엇도 나와 무관하지 않다!", 그러고는 종의 씨앗 속으로 잠겨들더니, 최종적으로 제집에 들어가버린다. 좀 전의 변덕스러운 목소리가 들린다.

"플로리앙, 아직도 뭔가가 부족해."

"저런, 여보, 어째서 그렇지?"

"위대한 시인이 있어야 해, 플로리앙. 난 그게 없으면 안 된다는 걸 당신도 알잖아."

"분명 저 무리 속에 있을 거야, 그런 시인은 늘 있지. 염려 마. 의로운 전쟁에서 죽은 자는 행복하여라, 잘 익은 이삭과 수확된 밀은 행복하여

라…… 당신도 기억하지?"

새로운 사랑의 축포가 나를 들어 올려, 아주 높이, 귀빈석을 향해 데려간다, 좋아, 기왕 이렇게 된 마당에 나도 다른 사람들과 어울려야겠다, 형제애라니까, 하지만 아무하고 아무거나 붙잡지는 않을 거다, 나는 모세 옆자리, 아브라함 옆자리, 다윗 옆자리, **바이츠만**이스라엘 공화국 초대 대통령 옆자리에 있고 싶다, 나는 **고이**유대인 입장에서 본 이교도들과 함께 있길 거부한다. 나를 자기들 곁에 두려 할 게 뻔하다, 그들은 생각보다 훨씬 더 심한 유대인 배척자들이다.

한데 이건 또 뭐지?…….

돌연 소름끼치는 사실주의, 가증스러운 자연주의가 우리의 성소들을 덮친다. **아라크모네스!** 말도 안 돼, 성소들을 폐쇄해버린 줄 알았는데. 그래, 좋아, 저런 게 존재한다는 걸 인정해주자, 하지만 아주 깨끗하고, 아주 우아하고, 고급스러운 것들도 있는데, 저건 정말! 그러나 아무리 잘 준비되고 호의적인 남자더라도 어찌 이런 여건에서 그가 최고 기량을 발휘하길 바란단 말인가? 적어도 그녀가 옷을 갈아입고 사이사이로 화장을 할 수는 있을 테지만, 그래도 그렇지, 고객들이 너무 빨리 잇달아 들이닥친다, 언제나 변함없는 역사의 이 가속, 잇달아 그녀에게 달려드는 이 모든 알몸들, 무진 고생을 하는 플로리앙, 그리하여 부헨발트가, 시체 더미가 만들어지기 시작한다.

"릴리, 나의 릴리!" 하고 스트라디바리우스에 매달린 남작이 부르짖는다. "어찌 이런 장소에서!"

"꿋꿋이 견디게, 소중한 친구여!" 하고 백작이 빽빽거린다. "처다보지 말게! 추상예술 속으로 은신하게! 게다가 그녀가 바로 그녀인지 어찌 안단 말인가? 눈에 뵈지도 않는걸!"

맞는 말이다. 그녀는 육신들 아래 깔려 보이지 않는다, 보이는 거라곤 더미에서 빠져나온 불쌍한 팔 하나다, 우리를 안심시키려는 듯, 아직은 기가 살아 있다고 말하려는 듯, 미약하게나마 모나리자를 흔들어대는 팔 하나뿐이다.

남작이 백작에게 매달리고, 백작이 남작에게 매달리고, 스트라디바리우스가 둘로 쪼개지고, 어린 집배원이 우편물을 가져다주고, 소금통이 더는 상처를 찾지 않고, 사이클 선수가 도착한다.

바로 그때 나의 훌륭하신 스승, 비알리스토크 랍비 주르의 충고가 떠올라 나는 그녀를 구하기로 결심한다.

"눈을 감으시오!" 하고 내가 그들에게 명한다. "마음으로 바라보시오! 마음으로 그녀를 바라보아야 합니다! 눈을 감으시오, 이렇게, 그러면 그녀의 참모습을 볼 수 있소! 눈을 감고, 마음을 여시오!…… 아, 그녀는 참으로 아름답소!"

"아, 그녀는 참으로 아름답소!" 하고 남작이 눈을 감은 채 황홀경에 빠져 소리친다.

"아, 그녀는 참으로 아름답소!" 하고 백작이 더없이 예술적으로 눈을 감으며 쩍쩍거린다.

"모두 함께! 눈을 감고! 아, 그녀는 참으로 아름답소! 아, 이토록 아름다울 수가!"

"아, 그녀는 참으로 아름답소!"

"아, 이토록 아름다울 수가!"

"아, 이토록 뜨거울 수가!"

"나의 용병……."

"퉤, 퉤, 퉤! 누가 눈을 감지 않았군! 자, 다시 한 번! 호흡을 멈추시오, 그게 더 확실하오! 아, 이토록 아름다울 수가! 아, 이토록 좋을 수가!"

"아, 이토록 아름다울 수가!"

"아, 이토록 좋을 수가!"

"인 더 바바!"

"퉤, 퉤, 퉤! 여기 훼방꾼이 한 명 있소!"

두 눈을 감은 채, 내가 미소를 짓는다. 콘 자식은 분명 내가 이 자리에 있다는 걸 짐작하고 있을 거다. 이미 오래전에 그는 자신이 떨어진 곳이 어디인지 깨달았고, 나의 의식 구석구석을 탐사했다, 이 장소들, 퉤, 퉤, 퉤! 마침내 내가 그를 추방해버리게 될 훨씬 더 음침한 이 장소들까지도 말이다.

그는 이 속에 영구 정착해서는 안 된다. 방랑 유대인은 어느 곳에서도 제집처럼 느낄 권리가 없다.

아직 그는 분투 중이나 나는 모든 기교와 솜씨를 모조리 쏟고 있으며, 그는 희망의 메시지 하나 없는 어린 우체부, 우승한 사이클 선수, 속에 아무도 없는 양말 여섯 켤레, 더는 아무것도 줄 게 없는 소금통, 부활한 불멸의 염소, 유대인 배척자가 된 노란별, 파열한 문화 곁에서, 두 눈 감고 배영을 하고 있다.

"여기 우리를 비우려는 쓰레기가 있소!" 하고 콘이 외친다. "우리의 사기를 꺾으려 하고 있소! 두 눈을 감고 마음으로! 아, 그녀는 참으로 아름답소!"

"아, 그녀는 참으로 아름답소!"

"자, 이 자식에게 보여주기 위해 다시 한 번만 더! 아, 그녀는 참으로 아름답소! 아, 이토록 아름다울 수가!"

"그녀는 참으로 아름답소! 아, 이토록 아름다울 수가!"

"**인 더 바바, 콘!**" 하고 내가 그에게 외친다. "**마즐토브!**"

그가 주먹으로 나를 위협하며 외친다.

"더러운 유대인! 유대인 배척자!"

"아듀, 제젠!"

"날 제젠이라고 하지 마! 가만 안 둘 거야!"

"그리고 당신의 십자가도 잊지 마시오! 자칫 감기가 들지도 모르니까!"

그가 나를 주먹으로 위협한다.

"되돌아오겠어! 또 만나게 될 거야!"

그의 목소리가 겨우 들린다. 이젠 거의 보이지도 않는다. 벌써 그가 그리워지기 시작한다.

"어디로 가는 거요?"

"타히티!" 하고 그가 외친다. "타히티는 지상낙원이니, 우선 그들이 거기에서 빠져나오도록 도와주어야 하지 않겠소. 게다가 누구도 거기로 날 찾으러 올 생각은 하지 못할 거요! 지상낙원은 나의 시간 **이전**에 존재했으니까!"

"이번엔 말이오, 절대로 아무것도 건드리지 마시오, 콘! 그들을 구원하려 하지 말란 말이오!"

그가 얼마나 화가 나 외치는지 목소리가 아주 또렷하게 들린다.

"절대로. 한 번으로 족해! 분명히 깨달았소! 누구든 인류를 들먹이기만 해봐……."

이제 더는 들리지 않는다. 더는 보이지도 않는다. 그는 나를 떠났다. 이제 남은 건 릴리뿐이나, 떠돌이보다는 아주 고귀한 부인을 떨쳐버리기가 훨씬 더 어렵다. 심지어는 여기, 하수도 출구, 지난날 바르샤바 게토가 있던 곳, 내가 그녀의 흔적을 찾으러 와서 그녀의 진면목을 발견한 이 장소에서조차, 전설의 공주는 가난한 이들과 죽은 이들을 방문했다가 어느새 다시 사륜마차에 올라 조용히 제집으로, 자신의 상상 박물관으로 되돌아갈 채비를 하는 여왕처럼 보인다. 나는 아직 눈을 감고 있으며, 프레스코 벽화 속 마돈나의 모든 광채, 모든 모범적 덕성을 간직한 그녀를 본다. 그녀는 참으로 아름답다! 나는 너무도 그녀를 사랑하기에 아무리 나 자신을 정화하려 해보아야 소용이 없다. 자명한 이치도 전혀 안 먹히고, 증거들은 지워지고, 어떤 규탄도 중상이 되어버린다. 그녀는 우아하게 고개를 숙이고서, 단말마와 비탄의 외침들에 사랑스러운 몸짓으로 응답하고, 땅에 끌리는 그녀 옷자락을 잡아주기 위해 하수도 구멍들에서 나오는 멸절된 어린 유대 시동들의 머리를 어루만져준다, 그녀가 영광스럽게 한 이 장소의 어떤 흔적, 어떤 오점도 없이, 게토를 가로질러 자신의 전설 속으로 되돌아가도록 그녀를 돕는 어린 시동들의 머리를 말이다.

"저 신사는 누구지, 플로리앙? 저기 저 거리, 군중들 한가운데에 누워 두 눈을 감은 채 미소 짓고 있는 분 말이야."

"흠. 그는 신사가 아냐, 여보. 글쟁이야."

"왜 눈을 감고 있어?"

"그야 당신을 좀 더 잘 보려고 그러는 거지. 그들은 마음으로 봐야 당신을 제일 잘 보거든. 그들이 당신의 모든 아름다움, 당신의 참모습을 보는 건 당신을 볼 수 없을 때라고. 그들은 그럴 때라야 당신을 제대로 찬미할 수 있어. 휴머니스트들이나 이상주의자들은 말이지, 자신들이 볼 수 없는 것만 잘 봐. 시니컬한 자들이지. 당신 행복해, 여보? 그들이 당신에게 정말 많이도 주었잖아!"

"그게 무슨 말이야, 플로리앙? 정말 너무 빨랐잖아. 그들하고는 말이야, 늘 너무 빨랐어. 감동할 시간조차 없었어."

"그럼 계속해야지 뭐. 다른 봄들이 있으니까."

"오, 더는 기대가 되지 않아, 플로리앙……."

"그래, 여보."

"정말 죽어버리고 싶어."

"너무 욕심 부려선 안 돼, 여보. 좀 더 두고 봐. 아직은 우리가 그들의 가능성을 모조리 퍼내버린 건 아니니까. 끈질겨야 해. 또 한 분의 아주 위대한 황녀 메살리나로마 시대에 성적 쾌락을 즐겼던 황녀로 유명하다가 한 말을 생각해 봐. '기대해야만 착수할 수 있는 건 아니요, 성공해야만 계속할 수 있는 것도 아니다' 이 성녀가 도통을 했는지는 하느님만이 아시겠지! 이제 그만 가, 여보. 늦었어. 갈 길이 멀어."

"오, 저기 봐, 플로리앙. 웬 신사가 우릴 따라와."

내 눈에도 그가 보인다. 구제불능이다! 이번에도 그가 무사히 빠져나온 것을 보니 기쁘다. 나는 몸을 일으켜, 그에게 가서 도와주고 싶지만, 아직은 그럴 기력이 없다, 대체 언제부터 내가 여기, 지난날 그를 탄생시킨 게토가 있던 곳, 이 광장 한가운데 그의 기념비 아래에 쓰러져 있었는지 모르겠다.

사람들 목소리가 들리고, 손 하나가 내 손을 잡는다. 어린아이 손 같은 게 분명 아내 손이다.

"다들 물러나세요, 숨 좀 쉴 수 있게……."

"분명 심장에 문제가……."

"저런, 저런, 이제 정신이 드나 보네, 미소 짓는 걸 보니…… 곧 눈을 뜨겠어……."

"바르샤바 게토에서 누군가를 잃어버린 모양이야……."

"부인, 당신 남편께서…… 그러니까 그가……."

"이곳에 다시 오면 안 된다고 신신당부를 했는데……."

"게토에서 누구를 잃어버리신 건가요?"

"네."

"누구를요?"

"모든 사람을."

"모든 사람이라니, 그게 무슨 말이죠?"

"엄마, 여기 이 아픈 신사분이 누구야?"

"신사분이 아니란다, 얘야, 글쟁이야……."

"제발 좀 뒤로 물러나세요……."

"부인, 이번 경험을 바탕으로 남편분이 우리에게 책을 한 권 내놓을 것 같나요?……."

"**플리즈, 로맹, 포 크라이스트스 세이크, 돈 세이 팅스 라이크 댓**……. 부탁이야, 로맹, 그런 말만은 하지 말아줘……."

"그가 뭔가 중얼거렸어……."

"**쿠르바 마츠!** '너의 어머니는 창녀다'를 뜻하는 폴란드어 욕설"

"**로맹, 플리즈!** "

"남편분이 미츠키에비치 폴란드의 낭만파 시인의 언어를 하시는 줄은 몰랐어요……."

"이곳 게토에서 인문학을 했죠……."

"아, 그가 유대인인 줄은 몰랐군요……."

"그도 몰랐죠."

나는 그들이 하는 소리, 그들의 목소리를 알아듣는다. 잠시 후, 나는 눈을 뜰 것이고, 두 번 다시 그를 보지 못하게 될 것이다. 하지만, 아직은 여기, 내 앞, 좀 전까지만 해도 피와 안개와 연기만 있던 곳에 있는 그가 내 눈엔 아주 똑똑히 보인다. 가엾은 콘, 상태가 썩 좋아 보이지 않는다. 아직도 **추레스**가 가득하고, 끔찍하도록 야위었으며, 상처투성이에다 한 쪽 눈엔 멍까지 들었다, 그가 비틀거린다, 어느새 그들이 그의 머리에 관을 씌워놓았고, 가시들 아래에서 그는 완전히 넋 나간 표정으로 더는 관을 벗을 생각조차 하지 않는다, 하지만 어쨌든 그는 아직 여기 있다, **마즐토브!** 구제불능 콘, 불멸의 콘, 허리가 완전히 꺾였으되, 여전히 버티고 선채, 어깨 위의 거대한 **십자가**를 끌며 막무가내로 릴리를 뒤쫓는다.

"오, 저기 좀 봐, 플로리앙, 웬 신사가 우리를 쫓아와."

플로리앙이 돌아서서 그를 멀거니 바라보고는 말한다.

"당신의 그 유대인이잖아, 여보. 늘 같은 그 유대인 말이야. 자식, 이번에도 용케 빠져나왔군. 나로선 어쩔 도리가 없어. 아주 독종이야. 어서 가, 여보. 그는 누구도 방해하지 않아."

1966년, 바르샤바.

미美의 가면을 쓴 문화와 예술의 추악함

이 소설을 어떻게 읽어야 할까?

로맹 가리가 히틀러의 만행에 관해 쓴 책은 두 권이다. 『유럽의 교육』(1945)과 이 소설 『징기스 콘의 춤』(1967). 전자는 그에게 첫 수상(비평가상)의 영예와 명성을 안겨주었지만, 이 소설은 거의 침묵 속에 묻혀버렸다. 오랫동안 그의 다른 작품 대부분이 누린 보급판(폴리오판) 출간의 영예조차 누리지 못했다. 왜 그랬을까? 이 소설에 대한 독자들의 반응이 궁금하여, 책 소식을 전하는 프랑스 사이트 '바벨리오'에 실린 독자 서평란을 살펴본다.

별점 세 개를 준 독자: "1966년 진 세버그와 함께 바르샤바로 간 로맹 가리에게 무슨 일이 있었기에 이런 미친 소설이 탄생했는가? 어떤 충격이 있었는가? 소설 마지막 장을 덮고 나니 절로 그런 의문이 떠오른다. 물론 그의 신랄한 유머, 기민한 문체, 정곡을 찌르는 놀라운 문학적 표현 감각은 이 작품에서도 여전하지만, 그래도 이건 너무 심하다. 좀 더 깊은 성찰을 유도하기 위해, 일부러 독자를 혼란에 빠뜨리고, 뒤흔들고, 충격을 주려 한 것 같다."

별점 두 개를 준 독자: "『징기스 콘의 춤』은 참으로 우리를 당혹스럽게 하는 소설이다. 화자인 징기스 콘은 아우슈비츠에 수용되었다가 SS대원 샤츠에게 총살당한 후 악령이 되어 그의 집에 기숙하는 유대인 희극배우다. 그러니까 콘은 샤츠에게서 단 한 치도 떨어지지 않은 채 어릿광대처럼 춤추는, 그를 비웃으며 따라다니는 그의 죄책감 그 자체다…… 이 소설 전개의 일관성은 대략 여기까지다. 그 뒤부터는 로맹 가리가 대체 무슨 약을 먹었는지, 그것이 불법적인 어떤 약은 아닌지 자문하게 된다……『징기스 콘의 춤』은 뭔가 좀 막혀버린, 전혀 앞뒤가 맞지 않는 소설이요, 대체 가리가 우리에게 무슨 말을 하고 싶은지가 너무 궁금해서 단 하루 만에 읽게 되는 소설이다."

별점 두 개를 준 독자: "로맹 가리는 희생자의 망령이 씐, '나치의 탈을 벗은' 옛 나치라는 주제를 극단까지 밀고 나가는데, 제1부에서는 이야기가 이처럼 그럴 듯한 선형線形의 전개를 보이지만, 제2부부터는 어떤 '환각 상태'에 빠져든 듯한 느낌을 주며, 그래서 우리는 대체 어떤 불법 약물이 저자에게 이런 약효를 낸 건지 궁금해하게 된다."

요약하면 다수의 독자들이 보기에 아무래도 이 소설은 어떤 환각 상태에서 쓰인 작품 같다는 얘기다.

로맹 가리는 암시의 달인이요, 은유와 반어의 대가다. 말하지 않으면서 말하고, A를 말하며 B를 가리키고, 아니라고 말하며 그렇다고 말하는 그의 언어 곡예는 타의 추종을 불허한다. 이 작품에서도 우리는 그의 얄미울 만치 기민한 암시와 능청맞은 은유(주로 성적인 은유들이다)와 절묘한 반어에 수시로 폭소를 터뜨리게 된다. 하지만 독자들이 이구동성으로 언급하는 이 망상적 양상은 문학적 수사의 차원을 넘어서는 무엇임이 분명하다. 그렇다, 이 작품에는 분명 망상적 혼란으로 볼 수 있는 측면이 있다. 쓰레기통의 잡동사니처럼 우수수 쏟아지는 말들의 두서없는 나열 같은 긴 문장들은 차치하고라도, 안정성과 일관성을 결여한 주요 등장인물들의 파열과 분화가 읽는 이의 혼을 빼놓는다. 어떤 의도에서 가리는 이런 망상적 소설을 쓴 걸까?

1945년에 출간된 『유럽의 교육』은 폴란드의 레지스탕스를 그린 작품으로, 점령 나치와 실랑이하는 한 폴란드 귀족의 삶을 이야기하는 소설이다. 독자는 자신의 직접 관심사가 아닌 일에는 별 주의를 기울이지 않는 법이기에, 아마 대부분은 "유럽의 점령과 레지스탕스를 통해 한 문명이 떨어진 구렁텅이를 보여주는"(『밤은 고요하리라』) 이 쓸쓸하고 냉소 어린 제목의 소설을 그저 과거에 일어난 일에 대한 환기 정도로 읽었을 것이다. 오래된 성당들이 즐비한 유럽이 반인륜적인 가공할 범죄의 무대였다는 사실, 문명이라는 것이 야만의 종식과 전혀 연계되지 않는다는 사실에 대해, 아마 그리 깊이 생각하지 않았을 것이다.

하지만 그로부터 20여 년 후에 출간된 이 소설 『징기스 콘의 춤』은 SS대원에게 희생당한 유대인 악령을 중심인물로 등장시킴으로써, 나치즘의 얼굴, 그 전대미문의 공포와 대학살의 민낯을 외면할 수 없게 만든다. 아우슈비츠와 유럽, 둘 사이에 어떤 공통점이 있는가? 1945년에 아주 피상적으로 다루어졌던 이 물음이 이번에는 독자의 눈을 친다. 이 책이 출간된 때는 독일이 다시 부활의 기지개를 켜던 시기다. 독일에 극우 나치정당(독일국가민주당)이 창당되고, 시체 소각로의 존재마저 의문시하는 새로운 담론이 서서히 고개를 쳐들던 때다.

유럽은 문화와 예술이 꽃핀 곳이자 사상 유례가 없는 대학살이 자행된 곳이다. 문명과 야만의 이 불가해한 공존. 끔찍한 죽음의 수용소들이 하필이면 빛과 계몽의 유럽, 문화와 예술의 중심지에서 잉태되었다는 사실을 어떻게 이해해야 할까? 미와 이상의 추구가 어떤 잔혹 행위의 희생자들을 부토로 하여 발아하고 성장하고 개화하기라도 한다는 말인가? 미와 죽음 사이에, 분리할 수 없는 어떤 단단한 연결 고리가 있기라도 한 걸까?

로맹 가리가 이 소설의 주요 등장인물들을 가해자/희생자 커플인 샤츠/콘과, 각각 죽음과 미의 화신인 플로리앙/릴리 커플로 설정한 것은 이런 의문에 답하기 위해서인 것 같다. 이 소설에서, 나치에게 희생된 콘과 과거의 악행으로 인해 양심의 가책에 시달리는 옛 나치 샤츠, 이 희생자/가해자 커플이 이따금 누가 누구인지 알 수 없을 지경으로 혼동된다는 사실은 의미심장하다. 피해자 콘의 공격성이 가해자 샤츠에게로 향하는 법은 없다. 콘은 샤츠를 골려주고 희롱하고 짓궂게 괴롭히긴 해도 그에게 침을 뱉지는 않는다. 이제 동거하는 신세가 된 이 커플의 관계는 때로는 부부나 연인 사이처럼 정겹게 느껴지기까지 한다. 콘이 침을 뱉는 대상은 그가 아니라 미의 걸작들이다. "걸작에는 뭔가 역겨운 것이 있는 것 같지 않은가? 이 얘기는 그냥 아무렇게나 해보는 말이다. 시키는 대로 온 가족이 함께 구덩이를 파고 그 속에 들어가 경기관총을 바라보며 모나리자를 생각해보라. 그 미소가 어떤지 알게 될 것이다…… 퉤. 더럽다."(47쪽) 이러한 설정은 무엇을 의미하는가? 어쩌면 악마적 존재들이 아니라, 오히려 미와 순수에 대한 인류의 욕망이 바로 인류를 '세탁하는' 행위, 자신의 몸에 더러운 때처럼 기생하는 자신의 일부(유대인들)를 소각하는 그런 더없이 추악하고 잔혹한 행위의 동기였다는 뜻일까? 어느 면에서 콘과 샤츠는 둘 다 미의 제단에 희생된 존재들이라는 뜻일까? 콘은 제물로, 샤츠는 도구로?

문명과 야만의 공존, 미와 죽음의 결탁이라는 문제. 이 소설에서 우리는 종종 유럽의 문화와 예술이 알고 보면 유대인 같은 희생양을 먹이 삼아 자라난 것 아니냐는 콘의 냉소와 마주친다. "그리스도가 문득 잿더미에서 부활하여 우리의 화려한 성화들, 르네상스기의 그 모든 예수 수난도의 매혹적인 아름다움과 대면한다고 상상해보라. 아마도 그는 마지막 핏방울까지 모욕당한 느낌에 화를 낼 것이다. 그의 처절한 고통에서 그런 아름다움을 끌어낸다는 것, 그의 죽음을 쾌락 제공에 이용한다는 것, 이를 아주 기독교적인 것이라 할 수는 없을 것이다. 고통을 자본으로 이윤을 남기는 방식임은 물론, 거기엔 사드적인 측면도 있으며, 이에 대해 교황은 자신의 잘못을 깨달아야 한다. 기독교도들이 성화 제작을 하지 못하게 해야 한다. 고리대금업처럼 그런 일은 유대인들이 하게 내버려두어야 한다."(50~51쪽)

이러한 문제의식을 품고서, 이 소설의 '망상적' 측면을 살펴보자. 우선 이 네 주역이 모두 실체 없는 존재들이라는 점에 유의하자. 징기스 콘이 나치 출신 경찰서장 샤츠에게 쓴 악령이라면, 샤츠 역시 "나치의 탈을 벗은", 즉 나치의 유령 같은 인물이다. 죽음

과 미의 알레고리적 존재들인 플로리앙/릴리 커플은 더 말할 것
도 없다. 주요 등장인물 넷 모두가 이처럼 '현실 저 너머'의 존재
들이라면, 이야기의 전개가 실세계의 논리성과 인과성에서 벗어
나 환상적 양상을 취할 수밖에 없지 않을까. 게다가 이 인물들이
안정되고 일관된 정체성을 갖지 않는 파열하고 분화하는 존재들
이라는 점이 독자들을 더욱더 혼란스럽게 한다.

　이 소설이 본격적으로 망상적 양상을 취하는 것은 제2부, 연
쇄살인 사건의 범인인 플로리앙/릴리 커플의 정체가 드러나는 부
분부터다. 위의 독자들이 지적한 대로, 선형의 전개는 거기서 끝
난다. 연쇄살인이 있고, 그 살인범이 드러났기 때문이다. 이때부
터 징기스 콘의 파열과 릴리의 분화가 본격화하고, 소설의 진짜
관심은 연쇄살인 사건의 범인은 누구인가에서, 징기스 콘은 누
구인가, 릴리는 누구인가로 전환된다. 소설의 화자인 '나'가 가해
자 샤츠에게 씐 피해자 콘의 악령인지, 아니면 거꾸로 콘에게 씐
샤츠의 망령인지 혼동되고, 나아가서는 누군지 알 수 없는 제3의
존재에게 씐 악령처럼 서술되기도 하며, 다른 한편으로는 미와
순결함의 화신으로만 조명되던 릴리가 서서히 색광(만족을 모르
는 창녀)으로 분화된다. 이름도 성도 없는 웬 낯선 자(소설 말미에
이르러서야 우리는 그가 작가 로맹임을 알게 된다)의 돌연한 개입
이 있고, 급기야는 예수가 콘의 분신처럼 불쑥 출현하여 콘과 대
화를 나누다가 소설 말미에 다시 그와 하나가 되기도 한다. 불안
정하고 실체 없는 등장인물들의 이 같은 파열과 분화, 증식과 재
통합이야말로 이 사건 없는 소설의 진짜 사건들이라 할 수도 있
을 것이다. 그 의미? 그야 읽는 이의 관심과 시각에 따라 다양한

해석이 가능할 테지만, 참고가 되길 바라며 몇 가지만 언급하자.

우선 릴리의 분화는 '미와 죽음의 결탁'이라는 문제를 탐구하기 위한 장치로 이해할 수 있을 것 같다. 릴리Lily라는 이름은 영어로 백합을 가리키는 동시에, 유대교 사제 전통에서 사탄의 동반자로 여겨지는 여성 악마 릴리트Lilith를 암시하기도 한다. 이상을 추구하는 이들의 입장에서 보면, 릴리는 인류의 문화예술이 마땅히 추구해야 할 미와 순수성의 상징, 모나리자요 동정녀 마리아지만, 그러한 추구에 희생된 자들의 관점에서 보면 릴리는 릴리트다. 사람 잡는 마귀요 창녀다. 인류가 충족시켜야 할 욕망 대상, 아무리 채워주고자 해도 온전히 채워줄 수 없는, 언제나 더 많은 것을 요구하는 존재, 신적인 초超수컷의 발기한 남근을 요구하는 여자 마귀 릴리트다. 소설 말미에서 작가 로맹이 마치 환각 상태에서 벗어나듯 잠에서 깨어나며 내뱉는 욕설, "쿠르바 마츠"다(폴란드어로 마츠는 '어머니', 쿠르바는 '창녀'를 뜻한다). 릴리의 이러한 이중성, 즉 미와 순결에 대한 열망의 대상인 동시에 성적 욕구의 완전한 충족에 이르고자 하는 색광, '모나리자/마리아'인 동시에 '창녀/악마'인 릴리의 이 이중성은 곧 미와 이상의 이름으로 인류가 자행하는 만행의 가능성이자, 정치적·미학적 정복과 성적 정복의 근원적 동질성(권력 욕망)에 대한 암시로 이해될 수 있다.

징기스 콘은 누구인가? 물론 그는 나치 출신 샤츠의 양심에 악령처럼 깃든 죄책감이다. 하지만 그뿐일까? 그가 그저 나치만의 죄책감일까? 악령 징기스 콘의 파열 과정에 주의를 기울여보면 우리는 그 단계적 양상에 주목할 수 있다. 그는 샤츠에게 썸 악령으로 등장하는 도입부의 첫 단계에서, 누가 누구에게 쓴 것인지 알 수 없게 되는 두 번째 단계를 거쳐, 결국에는 둘 중 어느 누구도 아닌 정체불명의 낯선 존재(작가일 수도 있고 우리 모두일 수도 있는)에게 쓴 악령으로도 나타난다. 말하자면 부조리한 착란이나 혼동이 아니라 단계적인 진화다. 이는 마치 그가 나치에게 쓴 악령이라는 틀에서 벗어나 미의 가면을 쓴 문화와 예술의 추악함을 냉소하는 유럽의 타자로 변신하고, 나아가서는 미와 이상을 갈망하는 전 인류의 잠재의식에 깃든 악령으로 활동 무대를 넓혀나가는 것만 같다. 그는 단순히 나치의 타자이기만 한 게 아니라 유럽 문명의 타자요, 나아가서는 전 인류의 타자라는 얘기다.

제3부에서 느닷없이 예수가 그의 분신처럼 출현했다가 소설 말미에 다시 그와 하나로 통합되는 것도 이런 시각에서 볼 수 있다. 인류에게서 달아나고자 하는 인류의 희생양들, 인류의 영원한 타자인 예수/콘. 인류와 한통속이 되길 한사코 거부하는 이 악령이 호라 춤을 추는 곳, 그가 발을 구르는 곳은 특정 국민이나 특정 민족의 잠재의식에 국한되지 않는다. 미와 이상에 대한 추구가 그들만의 일은 아니잖은가. 전 인류의 잠재의식이 콘이 추는 춤의 무대다. 징기스 콘의 춤, 그의 호라 춤은 그가 가진 유일한 무기다. 그것은 우리 모두의 잠재의식에 깃든 죄책감을 일깨우는 발길질이다.

그렇다, 고통이 있었다. 예수의 고통이 있었고, 징기스 콘의 고통이 있었다. 가리 말대로 유럽의 문화와 예술이 그 고통을 먹고 자라난 거라면, 고통이 희생자들에게 준 것은 무엇일까? 아이러니하게도 그것이 바로 유대 유머라고 그는 말한다. 그의 말을 좀 더 들어보자.

유대 유머란 무엇인가?『내 삶의 의미』에서, 로맹 가리는『징기스 콘의 춤』을 쓰기 몇 해 전인 1960년 말까지 수년 간 할리우드에 머물며 거기서 유대인 희극배우 그루초 막스(이 소설에 언급되는 하포 막스의 동생이다)와 만난 일을 얘기하며 유대 유머에 대해 이렇게 말한다. "그루초 막스의 유머는 내게 아주 중요합니다. 일반적인 모든 유머도 그렇지만 말입니다. 유머는 무기 없는 사람들의 순결한 무기이기 때문입니다. 유머는 우리에게 닥친 고통스런 현실을 누그러뜨릴 때 우리가 행하는 일종의 평화적이고 수동적인 혁명입니다. 이를테면 게토에서 탄생한 유대인들의 유머가 그렇습니다. 그들은 어떤 비극적 웃음 외에 다른 방어 무기를 갖지 못한 사람들이었습니다. 유대 유머들 중에서 매번 성공을 거두는 가장 잘 알려진 농담 하나를 소개하죠. 유대인 박해의 희생양이 되어 심장 쪽에 칼을 맞은 한 유대인을 발견하고 구해주려는 사람이 유대인에게 묻습니다. '아프세요?' 그러자 유대인이 대답합니다. '웃을 때만요.'"(85쪽)

유대 유머는 고통에서 탄생한 웃음, "이를 악문 웃음"(『밤은 고요하리라』)이다. 고통과 웃음의 결합, 그것이 유대 유머의 본질이다. 징기스 콘이 추는 호라 역시, "마치 뜨거운 숯불 위의 고양이들이 그러듯 그들이 아주 자연스럽게 배우게 된 춤"(259~260쪽), 고통에서 탄생한 춤, 고통과 결합된 춤이다. 징기스 콘의 호라 춤은 이 유대 유머의 신체적, 공격적 표현이다.

지금으로부터 반세기 전에 출간된 이 작품이 오늘날 종종 가벼운 희극으로 극화되어 무대에 오른다는 사실도 지적해두자. 지난해 말, '파블로 피카소 문화재단'은 공연 안내문에서 이 작품의 현대성을 이렇게 강조한다. "『징기스 콘의 춤』은 익살맞으면서도 불편한 한 편의 보드빌처럼 쓰였다. 이번 공연에서 '베스티올 극단'은 인간 정신의 복잡성, 정신분열 지경에 이른 현실과 지각의 장애를 무대에 올린다. 이 작품에서 로맹 가리는 언제나 희생양을 찾는 부조리하고 잔혹한 세계의 초상화를 제시한다. 1967년에 출간된 이 작품은 지금 이 시대의 현실과 잘 공명한다."

　　이를 악물고 웃는 사람들, 호라 춤을 추는 사람들이 있다. 부조리하고 잔혹한 세계의 모든 희생자들, 극한의 고통을 웃음으로 표현할 수밖에 없는 사람들, 비극적인 웃음 외에 다른 방어 무기를 갖지 못한 사람들이 있다. 어느 시대 어느 사회든, 권력이 발기한 남근처럼 일어서는 곳에는 언제나 "이를 악문 웃음들"이 있다.

2018년 3월

김병욱

노래하던 꽃 시절이 떠오르는 것인지는 나도 모르겠다. 어쩌면 지는 꽃을 바라보는 일은 피는 꽃을 한 번 더 바라보는 일을 뜻하는 것이기 때문인지도.

피는 꽃이 좋았던 시절에는 그 꽃잎들이 지는 걸 굳이 지켜보지 않았다. 하지만 어느 틈엔가 나도 나이가 들고, 이제는 지는 꽃은 모두 화려한 옛 시절을 품고 있다는 걸 알게 됐다. 두보의, 또 임방울의 가슴을 흔들었던 '낙화 소식'은 수많은 세월이 지난 오늘날의 청춘의 가슴도 똑같이 뒤흔든다. 우연히 라디오에서 심규선과 윤덕원의 〈왜죠〉라는 노래를 들었다. "꽃처럼 한철만 사랑해줄 건가요? 왜 꽃처럼 내 곁을 떠나려 하는 건가요?"라는 가사처럼, 수없이 반복된, 꽃 지는 시절의 이별은 오늘도 계속된다. 그리고 여전히 우리에게는 떨어지는 꽃잎 앞에서 배워야 할 일들이 남아 있다. 어쩌면 인생이란 그런 것일지도 모르겠다. 알지 못해서 몰랐던 게 아니라 내 일이 아니라고 생각해서 모르는 척했던 일들을 하나하나 배워가는 것. 내년이면 나는 또 어떤 '낙양성도 낙화 소식'에 귀가 뚫릴는지.